Cilla & Rolf Börjlind

# Bevroren goud

A.W. Bruna Uitgevers

*Oorspronkelijke titel*
Fruset guld

*Vertaling*
Corry van Bree
*Omslagbeeld*
© Christophe Dessaigne/Trevillion Images
*Omslagontwerp*
Studio Jan de Boer


ISBN 978 94 005 1148 4
NUR 305

## Politiebureau, Stockholm, 1999

*Arne Rönning hield niet van de donkere novembermaand. Hij werd er depressief van en kreeg slaapproblemen, maar zodra het december werd verbeterde zijn humeur. Op dit moment was het midden november en het regende pijpenstelen. Hij draaide zich van het raam af en keek naar het donkerharige meisje dat achter zijn bureau zat. Het was zijn dochter, de twaalfjarige Olivia. Ze had vanochtend pijn in haar keel gehad en wilde niet naar school. Haar moeder moest 's ochtends in de rechtbank zijn en Arne had haar niet alleen thuis willen laten, dus had hij haar voor een paar uur meegenomen naar het politiebureau. Maria zou haar rond lunchtijd ophalen. Hij wist dat het niet druk was op het werk, dus zou het geen probleem zijn.*

*Olivia had zijn boekenplanken bekeken en had een deel van de serie* Scandinavische Misdaadkronieken *gepakt omdat er geen andere boeken stonden. De rest van de planken werd in beslag genomen door mappen en ordners. Nu bladerde ze in het boek. Arne vond het niet de meest geschikte literatuur voor een twaalfjarige, vooral niet omdat er veel foto's van plaatsen delict in stonden.*

*'Maar ik wil erin kijken,' reageerde Olivia meteen.*

*Dat besliste de kwestie. Hij wilde geen ruzie met haar maken, dus mocht ze blijven bladeren.*

*'Papa, wat is dat?' Olivia wees naar een foto en Arne boog zich naar voren.*

*'Dat is een dolk.'*

*'Dat zie ik, maar waarom ligt er een liniaal onder?'*

*'Zodat je kunt zien hoe lang de dolk is.'*

*'Waarom dat?'*

*Er werd hard op de deur geklopt, die meteen daarna openging. Zijn cheffin, Mette Olsäter, kwam binnen. Haar stevige, enigszins grijzende haar hing los en ze had een vel papier in haar hand.*

*'Hallo Olivia,' zei ze, waarna ze zich tot Arne wendde. Ze vond het niet prettig dat haar werknemer zijn kind naar het bureau had meegenomen, maar zag het voor deze keer door de vingers. 'Er is een anonieme brief opgedoken waaruit blijkt dat Kaldma ontvoerd is.' Ze hield Arne het vel papier voor. 'Ze willen vijf miljoen, maar geven geen nadere uitleg. De brief is in het Spaans geschreven en voelt niet helemaal zuiver.'*

*'Waarom niet?' vroeg Arne terwijl hij het vel papier aanpakte.*

*'De brief is heel onhandig geformuleerd en bevat geen details over hoe of wanneer er contact opgenomen zal worden. Ze waarschuwen echter wel dat de politie er niet bij betrokken mag worden.'*

*'Wie heeft de brief gekregen?'*

*'Die was naar zijn bedrijf gestuurd. Ik geloof niet helemaal in zijn verdwijning, maar we moeten de kwestie natuurlijk onderzoeken. De technisch rechercheurs bekijken het origineel op dit moment.'*

*'Mooi.'*

*Er verscheen nog een collega in de deuropening, Tom Stilton, die al jarenlang nauw samenwerkte met Arne. Op dit moment was hij uitermate informeel gekleed in een blauwe trui en een spijkerbroek. 'Boberg heeft daarnet gebeld,' zei hij. 'Ze hebben een paar vreemde haren in de slaapkamer gevonden.'*

*'Op welke manier vreemd?' vroeg Mette.*

*'Donker.'*

*'Oké.'*

*Stilton richtte zijn aandacht op het meisje aan het bureau. 'Olivia, ga je mee koffiedrinken?'*

*'Graag.' Olivia sloeg het boek dicht en liep naar de deur. Stilton sloeg een arm rond haar schouders en ze verdwenen naar de gang.*

*Mette en Arne keken elkaar aan. 'Hij zou zelf kinderen moeten nemen,' zei Mette.*

*'Dat gaat niet gebeuren.'*

*'Waarom niet?'*

*'Omdat hij zich hier doodwerkt.'*

*Mette wist niet of het een steek onder water was, maar besloot er niet op te reageren. 'Over een uur hebben we een bespreking,' zei ze.*

*'Ik ben erbij.'*

*Mette bleef in de deuropening staan en draaide zich om. 'Denk je dat we hem vinden?'*

*'Vroeg of laat wel.'*

## Radtjagebergte, Arjeplog, augustus 2019

Hij stond in een grijs stoffen jack en een donkere leren broek op de kale berg en streek langzaam met zijn hand over zijn voorhoofd. Het was ruim dertig graden en er stond geen zuchtje wind. De zon was meedogenloos, het was één uur en zijn lichaam vormde geen schaduw. Hij keek uit over het schrale landschap, dat in alle richtingen verlaten was. In de verte daalde een buizerd langs een rotswand en verdween, aan de horizon zag hij het Sarekgebergte met zijn met sneeuw bedekte, fonkelende toppen.

Daar ging hij niet naartoe.

Hij pakte zijn houten stok op en begon weer te lopen. Zwermen vliegjes vielen zijn gezicht van alle kanten aan, maar daar had hij geen last van. Zijn huid was gehard en deed denken aan de grijze lava op de rotsblokken. Dit waren de rendierweiden van het dorp. Zijn opa en zijn vader hadden over het pad dat hij volgde gelopen. Hij was de laatste van de bloedlijn omdat hij geen kinderen had. Na een paar meter bleef hij staan en bukte zich. Zijn vingers waren in de loop der jaren krom en stijf geworden, maar het was geen probleem om een paar rijpe gele bergframbozen te plukken. Het zoete sap leste de dorst en gaf een beetje nieuwe energie. Hij was er bijna; het bruisende geluid werd harder.

Het laatste stuk ging hij langzamer lopen omdat hij wist wat hij te zien zou krijgen en dat vond hij vreselijk. Hij kon er echter niets tegen doen. Even later keek hij naar de brede, wilde stroomversnelling voor hem. Het kristalheldere water stortte tussen de stenen naar beneden en spatte omhoog alsof het al spelend de helling af stroomde. Het was heel mooi en tegelijkertijd heel verdrietig. Vroeger kabbelde hier 's zomers een rustige, kleine beek die ruisend tussen dwergberken en kruipende rotsroosjes naar het grote Låddauremeer stroomde.

Voordat alles veranderde.

Hij keek naar de schaduwzijde van de berg, naar de rotswand die in het Samendorp 'de blauwe wolf' werd genoemd. Zijn blik gleed verder omhoog naar de fonkelende sneeuw in een van de kloven, de oorsprong van de brede stroomversnelling. In zijn jeugd strekte de sneeuwlaag zich als een harde gletsjer tussen de bergwanden uit en was die nog niet beïnvloed door het klimaat. Tijdens een warme zomer stroomde er iets meer water naar beneden, dat was alles. Nu was het geen gletsjer meer, maar een krimpende sneeuwplek die elk jaar sneller smolt en een stroomversnelling veroorzaakte. Geen kalme beek, maar een brede, bruisende stroomversnelling. Alsof het leven uit de berg vloeide.

Hij liet de groene drinknap in het water zakken en nam een grote, ijskoude slok. Toen hij weer naar de kloof keek zag hij kleine donkere stippen die zich tegen de sneeuw aftekenden. Hij had geen verrekijker nodig om te weten wat het was. Hij bezat een kudde rendieren die de koelte daar opzocht. Vooral in een zomer zoals deze, met een paar van de warmste dagen die hij zich kon herinneren. Hij begon naar zijn dieren toe te lopen.

Ze zagen hem aankomen en liepen een stukje weg toen hij naderde. Hij had de hond vandaag niet bij zich omdat het beest ziek was, maar dat was ook niet nodig. Hij wilde de dieren in deze hitte niet opdrijven. Toen hij de sneeuwrand had bereikt zag hij een plantje boven de sneeuw uitsteken. Was de sneeuw inmiddels tot de bodem weggesmolten? Hij liep ernaartoe om te zien wat voor plant het was. Sneeuwwilg misschien, of een jeneverbesstruik? Geen van beide; het was een mensenhand die uit de sneeuw stak. Een stuk van de ringvinger ontbrak.

Olivia Rönning was gelukkig, verliefd en bruingebrand. Ze was net terug van een vakantie in Mexico toen ze binnenkwam bij de NOA, de Nationale Operatieve Afdeling van het politiebureau van Stockholm waar ze werkte. Ze begroette de collega's die ze in de gangen tegenkwam vrolijk en straalde zo dat meerderen van hen er een beetje van in de war raakten. Had ze iets geslikt? Zo kon je er toch niet zomaar uitzien, vooral niet in deze tijden? Toen ze uiteindelijk de deur opende van het kantoor dat ze met Lisa Hedqvist deelde, zag ze meteen de doordringende blik van haar collega. 'Waarom zie je er zo vrolijk uit? Heb je helemaal geen last van vliegschaamte?'

Olivia glimlachte, hief haar handen en tikte tegen haar oren. 'Sorry, ik hoorde het niet goed. Slechte ontvangst hierbinnen.'

'Je hebt waarschijnlijk zo'n koraaldier in je oor. Ik heb gehoord dat die levensgevaarlijk zijn. Gelukkig zie je er in elk geval goed uit.'

Lisa stond op van haar stoel en omhelsde Olivia stevig. Ze had een nieuw parfum op dat Olivia niet herkende. Misschien was het zelfs vermengd met een zweem transpiratie, wat heel logisch was omdat het niet bepaald koel was in de kamer. De zon stroomde door het nogal vieze raam naar binnen en de luchtverplaatsing die werd veroorzaakt door de omhelzing zorgde ervoor dat er kleine stofdeeltjes in de stralen dansten. Olivia smoorde een nies bij Lisa's oor.

'Gezondheid en welkom thuis. Hebben jullie het leuk gehad? Je hebt niet bepaald veel foto's geplaatst.' Lisa maakte zich los van Olivia, trok haar shirt naar beneden en ging weer zitten.

Olivia zette haar schoudertas neer, haalde de haarklem uit haar donkere haar en vormde er een nieuwe sprietige knot mee. 'We hebben het fantastisch gehad,' zei ze. 'En ja, ik weet het. Ik ben min of meer gestopt met Insta, maar ik heb een heleboel foto's om je mee te pesten.' Ze ging op haar stoel zitten, die plotseling in een dalende lift veranderde. Haar kin sloeg bijna tegen het bureau. 'Jezus!' Olivia keek naar Lisa, die dubbelboog van het lachen. 'Heb jij ermee geknoeid?'

'Nee!' Lisa's lach vulde het saaie kantoor en de stofdeeltjes, die daarnet nog gedanst hadden, vlogen nu als kleine gevechtsvliegtuigjes in het rond. 'Ik zweer dat ik hem niet aangeraakt heb.'

Olivia stond op van haar vernederende positie en onderzocht de stoel, maar geen van de hendels deed wat hij moest doen. Uiteindelijk gaf ze het op, reed hem weg en pakte een klapstoel die bij de muur stond. Hij was een beetje te hoog, maar voorlopig moest ze het ermee doen.

Lisa was inmiddels een beetje bijgekomen van haar lachbui en veegde de tranen uit haar ogen. 'Dat had ik echt nodig. Je had je gezicht moeten zien.'

'Fijn dat ik je vreugdeloze bestaan heb kunnen opvrolijken. Is het hier niet verschrikkelijk warm?'

'Ja, zo heet als in de Hades. Er is iets mis met de airco.'

Olivia liep naar het raam en pakte de greep vast.

'Dat heeft geen zin,' zei Lisa. 'Het kan niet open.'

'Wat is dit? Gaat alles stuk als ik weg ben?'

'Yep.' Lisa glimlachte. 'Het is vakantie geweest en niet alleen voor jou.'

'Ik weet het. Hoe heb jij het gehad?'

'Leuk, hoewel... Ik ben naar mijn moeder op Åland geweest en het stortregende aan één stuk door, dus besloot ik samen met een vriendin om een lastminutereis naar Málaga te boeken.'

'Gezellig.'

'Jazeker. Het was er vijfenveertig graden. Ik heb bijna de hele week in mijn hotelkamer naar adem gesnakt terwijl het hier dertig graden was en de zon volop scheen. Waaraan iedereen ons voortdurend herinnerde door foto's te plaatsen van hun fantástische dagen op steigers aan het water, héérlijke barbecueavonden en ábsoluut mágische cocktails met tegenlicht.'

Olivia glimlachte en Lisa wees met haar pen naar haar. 'Dat wordt leedvermaak genoemd.'

'Dat is het niet. Het is gewoon fantastisch om je weer te zien,' zei Olivia. 'Ik heb je gemist.'

Dat was inderdaad zo. Lisa was niet alleen een collega, maar was een vriendin geworden. Ze hadden in het begin diverse aanvaringen gehad, maar konden inmiddels heel goed met elkaar overweg. Nu Mette uit het gebouw was verdwenen, was Lisa Olivia's veilige haven op het werk en ook een beetje daarbuiten. Ze wist dat ze Lisa kon vertrouwen en dat was goud waard. 'Hoe gaat het hier?'

'Goed wel. Ik ben vorige week teruggekomen en kon er meteen weer flink tegenaan met die moord in Vårberg waarbij het slachtoffer in stukken gesneden is.'

'Daar heb ik over gelezen. Walgelijk. Maar jullie hebben de dader toch?'

'Ja, hij heeft zichzelf aangegeven. Hij heeft net een forensisch psychiatrisch onderzoek gehad en belandt waarschijnlijk bij de andere gekken.'

Lisa kreeg een onzekere blik in haar ogen. Olivia wist wat ze dacht. Lukas Bengtsson, die tegenwoordig haar Lukas was, had ook een aantal psychiatrische onderzoeken gehad. Hij was in Karsudden terechtgekomen, samen met de andere 'gekken', maar daar eindigden de overeenkomsten. Lukas was niet schuldig geweest aan de misdaad waarvoor hij was veroordeeld en zijn psychische aandoening was tegenwoordig onder controle.

'Ik bedoelde niet dat...' Lisa beet op haar lip.

'Dat begrijp ik.'

'Gaat het nog steeds goed met hem?'

'Ja.'

'En hebben jullie het fijn? Samen, bedoel ik?'

Olivia glimlachte. 'Het gaat fantastisch tussen ons. En jij?'

Lisa zuchtte zachtjes. 'Daar hoef je niet eens naar te vragen. Ik ben ermee gestopt. Je had mijn laatste date moeten zien, hij had...'

'Olivia Rönning.'

Olivia herkende de stem. Die was van Klas Hjärne, die in de deuropening stond. Hij was hun nieuwe chef, maar was niet haar favoriet voor die positie. Aan de andere kant was het niet gemakkelijk om Mette Olsäter op te volgen.

'Heb je een momentje?' vroeg Hjärne.

Olivia keek naar Lisa, die onzichtbaar was voor Hjärne en een gezicht trok. Lisa was ook geen fan van hem.

'Jazeker. Hier?'

Dat was blijkbaar niet zo, want Hjärne was al uit de deuropening verdwenen. Olivia stond op en liep achter hem aan.

Toen ze zijn kantoor binnenliep zat hij al en gebaarde met zijn hand naar de stoel aan de andere kant van het bureau. Hjärne was klein, bijna kogelrond en niet bepaald fit. Hij had zijn positie via de academische weg bereikt. Olivia ging zitten. Het was aanzienlijk kouder in deze kamer, wat werd veroorzaakt door een kleine ventilator die koele lucht over het bureau blies.

'Dat was een lange vakantie.' Hjärne leunde naar achteren op zijn stoel en trok ter hoogte van zijn middel aan zijn overhemd, alsof hij het wilde uitrekken zodat zijn buik onzichtbaar was, wat tamelijk zinloos was.

'Ja?' Ze wist niet goed wat hij daarmee wilde zeggen.

'Mooi, mooi. Maar nu is het tijd om je mouwen weer op te stropen.'

'Absoluut.' Olivia ging ervan uit dat ze aan hetzelfde onderzoek als Lisa zou gaan werken. Het kwam haar prima uit om daar na de vakantie mee te beginnen. Een lopend onderzoek met een dader. Ze zou haar avonden en nachten aan niets anders dan Lukas hoeven te besteden. Een perfect voorzichtig begin.

'Ik wil dat je onderzoek doet naar een zaak in het gebergte van Arjeplog.'

'Wat?'

Hij glimlachte, waarschijnlijk omdat hij precies de ontstelde reactie kreeg die hij wilde hebben. Dat dacht Olivia tenminste. Hij boog zich naar voren, legde zijn armen op het bureau en gebaarde als een televisiepresentator die mediatraining had gevolgd. 'Er is een lijk in het berggebied aangetroffen en ik wil dat jij ernaartoe gaat om de kwestie te bekijken.' Hij wees naar Olivia terwijl hij 'jij' zei en leunde vervolgens weer naar achteren.

'Aha. Alleen?'

'Is dat een probleem?' Hjärne fronste zijn voorhoofd.

'Nee. Het is alleen een beetje ongewoon.'

'Je krijgt hulp en informatie van de plaatselijke politie, dus ik verwacht geen problemen. We hebben op dit moment weinig personeel en ik kan het niet verdedigen om daar meer mensen naartoe te sturen voor een oude zaak.'

'Oud?'

'Ja, heb ik dat niet gezegd?'

'Nee.'

'Het lijkt erop dat het slachtoffer een aantal jaar onder de sneeuw begraven gelegen heeft.'

'Dat klinkt als een zaak voor het coldcaseteam.'

'Die hebben het razend druk. Ze hebben bijna een doorbraak in de Väsby-moord en hebben nog 193 andere zaken liggen. Bovendien is de vindplaats actueel. Ik vraag je opnieuw of het een probleem voor je is.'

'Nee, absoluut niet,' loog Olivia.

'Mooi.' Hij pakte een map van zijn bureau en gaf die aan haar. 'Hierin staat de informatie die we hebben. Op dit moment bevindt het lijk zich in het Forensisch Centrum in Umeå. Ik stel voor dat je daar met de trein naartoe gaat. Een paar uur meer of minder is niet belangrijk in deze zaak.'

Ze pakte de map als een teleurgesteld kind aan. 'Wanneer vertrek ik?'

'Vanavond. Anita heeft een ticket voor de nachttrein naar Umeå voor je geboekt. Hoe je daarvandaan naar Arjeplog moet komen zul je zelf moeten uitzoeken. Hou er rekening mee dat je twee tot drie dagen weg bent.'

'Oké.'

Hjärne vouwde zijn leesbril dicht om aan te geven dat het gesprek afgelopen was en Olivia stond op. Ze knikte naar hem, draaide zich om en liep het kantoor uit. Het voorstel om de trein te nemen had niets met het milieu te maken, daar was ze heel zeker van. Hjärne leek geen klimaatknuffelaar te zijn. Het was eerder een manier om de ondergeschikte betekenis van de zaak in verhouding tot actuelere moorden te onderstrepen. Het was ook geen voorstel maar een feit, omdat het ticket al op haar naam was geboekt.

Olivia vond het echter geen probleem om met de trein te gaan. Ze had de afgelopen weken lang genoeg in vliegtuigen gezeten en kon zo een paar uur compenseren.

Toen ze terug was in haar kantoor had ze een heel andere houding dan toen ze was gekomen. Als het onder de oude omstandigheden was geweest, als Mette haar de opdracht had gegeven, had ze misschien gedacht dat ze uitverkoren was en had ze het beschouwd als een uitdaging om in haar eentje naar Arjeplog te gaan. Er waren echter geen 'oude' omstandigheden meer in haar leven. Mette werkte niet meer en ze wilde niet langer dan noodzakelijk bij Lukas weg zijn, dus voelde het voornamelijk als een straf.

De moderne techniek, die de digitale revolutie werd genoemd, had voor- en nadelen. Een voordeel was om waar en wanneer dan ook op de hoogte te blijven van alles wat er plaatsvond, wat het ook was. Het prostaatprobleem van de man, waardoor hij gedwongen was om vele saaie momenten op het toilet door te brengen, werd een beetje draaglijker door de iPad van zijn dochter.

Op dit moment zat hij op de verwarmde bril en las hij een online nieuwskanaal. Het eerste item, over Donald Trump die zijn schoonzoon met een golfbal had geraakt, interesseerde hem matig, ondanks speculaties dat hij het expres had gedaan. Het volgende item was een liveverslag van een verslaggever die zich in Arjeplog bevond. In een smeltende gletsjer in het Radtjagebied was een lijk aangetroffen. Het lichaam leek daar al jaren gelegen te hebben en de plaatselijke politie kon niet uitsluiten dat het om een moord ging. Een ander voordeel van de moderne techniek was de mogelijkheid om iemand rechtstreeks vanaf de iPad via FaceTime te bellen. Toen hij de vrouw aan de telefoon kreeg stond ze in de keuken om lasagne op te warmen. Het duurde even voordat de man had uitgelegd waarom hij belde en nog iets langer voordat de vrouw besefte waarover het ging. Tegen die tijd had ze geen honger meer en was ze zowel geschokt als bang.

Het rook naar avondeten in het trappenhuis toen Olivia binnenkwam. Iemand op de eerste verdieping hield blijkbaar van knoflook en dat herinnerde haar eraan dat ze geen fatsoenlijke lunch had gehad. De geur bleef tot de tweede verdieping koppig om haar heen hangen. Ze nam de trappen met twee treden tegelijk om aan haar conditie te werken.

Ze hijgde terwijl ze de laatste versleten marmeren treden naar Lukas' appartement op liep. Ze zou een paar weken bij hem logeren, omdat de balkons van haar appartementencomplex in de Högalidsgatan vervangen werden.

Olivia zocht in haar tas naar de sleutels. In het appartement hoorde ze David Bowie vragen of er leven op Mars was. Als bij toverslag waren de sleutels er en vlak daarna bleken ze overbodig te zijn omdat de deur niet op slot was.

In het appartement hing geen etenslucht, maar drongen de geuren van olieverf en terpentine via haar neusgaten tot aan haar voorhoofdsholtes. Ze gooide haar jack op een stoel en liep door de zitkamer naar het atelier, dat Lukas de schilderkamer noemde. De ruimte was niet zo groot dat die de naam atelier verdiende, maar het was de plek waar hij werkte. De ruimte was gevuld met schilderijen en doeken, waarvan sommige met een nietpistool aan de muur waren bevestigd. Midden in die chaos stond Lukas in een verwassen gele onderbroek die aan de achterkant een beetje hing en eruitzag alsof hij uit de jaren zeventig afkomstig was met een kwast in zijn hand.

Wat hield ze toch verschrikkelijk veel van hem.

Geen onderbroek ter wereld kon beïnvloeden wat ze voor hem voelde. Het was als metaalsplinters rond een magneet. Ze kon geen beter voorbeeld bedenken. Het enige wat ze wilde was in zijn sterke krachtveld gezogen worden en daar blijven. Haar lichaam had dat van hem nodig op een manier die ze nog nooit had meegemaakt. Hij bezat haar volledig.

En nu werd ze naar dat verdomde Norrland gedeporteerd.

Er was wat rode verf op Lukas' ene schouder terechtgekomen en de punten van een paar van zijn lange donkere lokken die de plek geraakt hadden waren ook rood. Hij was volledig geconcentreerd op het doek voor hem. Het schilderij was een magisch moment in Cuatro Ciénegas in Mexico; een naakt vrouwenbeen op de voorgrond in een hotelkamer die baadde in warme kleuren. Het hotel heette Xipe Totec en het was haar been. Ze sloop naar hem toe en sloeg haar armen om hem heen. Hij verstijfde, maar toen ze een kus in zijn nek gaf ontspande hij. 'O, ben jij het?' zei hij.

'Wie zou het anders moeten zijn?'

'Niemand, ik was alleen zo verdiept in... Ik schrok gewoon. Hoe laat is het?'

'Halfzeven.' Ze duwde haar neus tegen zijn rug. Bowie vroeg zich een laatste keer af of er leven op Mars was en Olivia bedacht dat haar dat niets kon schelen als ze vanavond maar niet in een trein hoefde te zitten. Lukas maakte zich van haar los en draaide zich om. Zijn intense blik ving die van haar, waarna hij haar handen pakte en met haar vingers speelde. 'Ik wil nog even doorgaan,' zei hij. 'Daarna kunnen we...'

Stel je voor wat een beetje contact kan doen. Lichte vingertoppen die huid aanraken. Olivia stapte in het krachtveld. IJzervijlsel heet het, dacht ze, niet metaalsplinters. Ze duwde haar onderlichaam tegen hem aan. 'Ik moet naar Umeå,' zei ze.

'Waarom dat?'

'Er is een oud lijk in de bergen gevonden en mijn chef vindt dat ik het moet regelen.'

'Wanneer ga je weg?'

'Vanavond. De trein vertrekt om 21.12 uur vanaf het centraal station.' Ze duwde zich nog wat steviger tegen hem aan. 'We hebben nog genoeg tijd, maar daarna moet ik mijn tas inpakken en iets eten.'

Lukas lachte, tilde haar op, wankelde met haar benen rond zijn middel naar de oude velours bank en liet zich erop vallen. Twee personen die high van elkaar waren.

'Hoe lang blijf je weg?'

'Een dag of twee. Als ik het overleef zonder jou.'

'Dat doe je niet.' Lukas kuste haar hals en Olivia dacht dat haar dat inderdaad niet zou lukken. Ze wilde op de bank blijven, met Lukas in haar.

Om haar heen.

Altijd.

De man was stamgast bij Solvalla en had een raamtafeltje dat permanent voor hem gereserveerd was. Deze avond was daarop geen uitzondering. Hij zat met zijn rug naar het restaurant en keek naar de drafbaan. Het regende zachtjes en hij volgde de paarden, die zich op de tweede lange kant bevonden, via zijn verrekijker. Het was een selectiewedstrijd ter nagedachtenis aan K.G. Bergmark en hij had een paar duizend kronen op Minnestads Ecuador ingezet. Dat was geen wilde gok, maar hij had vanavond geen zin om veel geld op het spel te zetten. Toen de paarden het laatste rechte stuk hadden bereikt, versnelde de hartslag van de man. Hij liet de verrekijker zakken en volgde de paarden via het raam. Het was een nek-aan-nekrace, maar het lukte Minnestads Ecuador om met anderhalve lengte voorsprong te finishen. De man balde zijn rechterhand, die op zijn schoot lag. De kas zou gespekt worden. Hij draaide zich om en schrok. Tegenover hem zat een vrouw die een donkere zonnebril droeg, een Ray-Ban. Hij wist wie ze was en knikte. Voor haar op tafel lag een opengevouwen kaart. De man keek ernaar en zag een kruis met een cirkel eromheen. De vrouw draaide de kaart om zodat hij hem vanaf zijn kant kon lezen.

De aangekruiste plek lag ten noorden van Arjeplog.

Toen Olivia op het centraal station in de trein stapte en op haar plaats bij het raam ging zitten, bevond ze zich nog steeds in haar Lukas-bubbel. Het was gelukkig een ligwagen, zodat ze een paar uur kon slapen voordat ze in Umeå arriveerden. Er zaten maar twee andere personen in de coupé. De eerste was een oudere vrouw met lang blond haar die meteen haar telefoon pakte en oordopjes indeed. Olivia zag vanuit haar ooghoeken dat ze foto's op Instagram bekeek. De tweede persoon, die tegenover haar zat, was een meisje van een jaar of zeventien, achttien met donker, kortgeknipt haar. Ter hoogte van Karlberg bukte ze zich en pakte heel verrassend een boek in plaats van haar telefoon uit haar tas. Het zou hopelijk een rustige nacht worden als geen van beiden keihard bleek te snurken of nachtmerries à la Stilton kreeg.

De trein begon snelheid te krijgen. Ze snelden in de roze schemering langs Helenelund, Sollentuna en Häggvik. Op het moment dat ze Rotebro passeerden, waar ze haar jeugd had doorgebracht, plingde haar telefoon. Ze pakte hem en las de sms. *Begrijp je? Hoeveel ik? Meer dan alles op aarde*, gevolgd door drie rode hartjes. Olivia glimlachte en zag dat de oudere vrouw naast haar zich uitrekte en een blik op Olivia's telefoon wierp. Probeert ze mijn sms stiekem te lezen? Olivia draaide haar telefoon en antwoordde: *Ik snap het, net zoveel en meer dan alles op aarde, want zo voel ik me ook. Meer dan alles*, met daarna vier hartjes. Ze kreeg meteen een sms terug: *Nu verdwijn ik weer naar Cuatro Ciénegas. Ik zet mijn telefoon uit. Hoop dat je een beetje kunt slapen. We spreken elkaar morgen*. Ze antwoordde met een opgestoken duim en een hartje, leunde daarna met haar hoofd tegen het raam en deed haar ogen dicht.

Verdiende ze het om zo gelukkig te zijn? Hoe lang zou deze toestand waarin ze zich allebei bevonden duren? Er waren namelijk een aantal bedreigingen, vooral Lukas' ziekte. Een dissociatieve identiteitsstoornis was een ernstige diagnose. Daardoor was hij veroordeeld voor een misdrijf dat hij niet had gepleegd. Nadat hij uit Karsudden was ontslagen, was hij in geen van zijn andere persoonlijkheden veranderd. Ze hadden elkaar steeds vaker gezien nadat hij was vrijgesproken en uiteindelijk waren ze onafscheidelijk geworden.

Haar relatie met Lukas had heel nieuwe werelden geopend. Een paar van haar vriendinnen hadden hun wenkbrauwen opgetrokken. Een kunstenaar en een politieagente leek geen vanzelfsprekende combinatie. Vooral als het om een kunstenaar met bewezen psychische problemen ging. Zelfs Maria, haar moeder, had haar bezorgdheid geuit. 'Hij gebruikt toch geen drugs?' had ze gevraagd. Olivia was boos geworden, zo boos dat ze een tijdlang geen contact met elkaar hadden gehad, zoals vaker tussen hen gebeurde.

Mette en Mårten waren daarentegen voorzichtig positief geweest en waren de eersten die Olivia en Lukas uitnodigden om bij hen te komen eten. Wat op veel manieren merkwaardig was, zowel voor hen als voor Lukas. Mette was tenslotte degene die hem had gearresteerd voor een moord die hij niet had gepleegd. Het avondeten ging echter goed. Mårten, de oude, ervaren therapeut, had Lukas meteen opgevangen. Hij nam hem mee naar zijn speciale ruimte in de kelder, waar ze probeerden de kelderspin Kerouac met verschillende oude countrynummers naar buiten te lokken. Uiteindelijk was dat gelukt. Dat beweerden ze in elk geval toen ze weer naar Mette en Olivia toe kwamen, die veel te veel wijn hadden gedronken omdat ze allebei op hun eigen manier zenuwachtig waren geweest.

Het was Lukas' idee geweest om naar Mexico te gaan. Hij had een gedicht voor haar geschreven toen hij in het psychiatrisch centrum zat. De laatste regels kende ze nog steeds uit haar hoofd:

*een andere keer*  
*als ik mezelf ben*  
*gaan we naar Cuatro Ciénegas*  
*samen*

Dat was wat hen had verenigd toen ze elkaar hadden ontmoet. Ze hadden beiden door Mexico gereisd en hadden zelfs in hetzelfde hotel in het stadje Cuatro Ciénegas gelogeerd. De naam van het hotel, Xipe Totec, stond op Lukas' borstkas getatoeëerd. Niet vanwege het hotel, maar omdat het de gevilde god uit de Azteekse mythologie was, de god die zichzelf vilde om de mensen eten te kunnen geven. Het was een symboliek die Lukas aansprak. Als een slang die zijn huid afwerpt.

'Zoals ik,' had Lukas gezegd toen ze ernaar vroeg. 'Ik heb soms geen huid en dan word ik een ander en krijg ik een nieuwe huid.'

Sinds ze een relatie hadden was hij geen ander geworden. Hij was de hele tijd Lukas geweest en daar was Olivia dankbaar voor. Ze zorgde ervoor dat hij zijn medicijnen innam en naar zijn therapeut ging. Lukas worstelde met zijn trauma en in Cuatro Ciénegas had ze hem over dat van haar verteld. Over het lot van haar biologische moeder op een strand op Nordkoster. Over haar biologische vader die vierentwintig jaar later het slachtoffer van dezelfde moordenaar werd en hoe ze in dat moordonderzoek was beland zonder te weten wie ze waren.

Lukas had gefascineerd geluisterd en daarna hadden ze opnieuw met elkaar gevrijd in de mooie, bedompte hotelkamer terwijl een koppige, oude, roestige plafondventilator de warme lucht rond hun lichamen had verdeeld. Ze herinnerde zich het magische moment daarna, toen ze voelde dat ze nu volledig met elkaar versmolten waren. Olivia zag Lukas in zijn gele onderbroek voor zich terwijl hij probeerde een schildersdoek in hun appartement op te hangen en merkte dat ze onnozel glimlachte. Een conducteur kwam de coupé in en hielp hen om de bedden naar beneden te klappen. De oudere vrouw zorgde ervoor dat ze als eerste een bed koos. De jonge vrouw nam het bovenbed, zodat het onderste bed tegenover de anderen voor Olivia overbleef. De volgende ochtend om zes uur zouden ze arriveren. Olivia ging op haar zij liggen en sloot haar ogen. Ze had een paar uur slaap nodig om zich op de zaak te kunnen concentreren.

Op het onbekende lijk in de bergen boven Arjeplog.

Ze stelde zich voor als Cathy Gudilsdotter en hield de deur open voor Olivia. 'We zijn aan het verbouwen, dus het is een beetje rommelig.'

Haar warme glimlach gaf Olivia het gevoel dat ze welkom was. Ze droeg een donkerblauwe lange jurk met groen borduurwerk en had warrig, loshangend rood haar. Niet bepaald een vrouw die je in het Forensisch Centrum van Umeå zou verwachten, dacht Olivia positief verrast. De weinige patholoog-anatomen die ze had ontmoet maakten in de regel een aanzienlijk stijvere indruk en waren niet zo spraakzaam.

Dat was Cathy wel. Terwijl ze tussen bouwvakkers en bouwmateriaal door laveerden vertelde ze dat ze was opgegroeid in het gebied waar Olivia straks naartoe zou gaan en wat haar daar te wachten stond. 'Ben je eerder in het gebergte boven Arjeplog geweest?'

'Nee.'

'Het is zo triest.'

Een paar minuten later begreep Olivia wat er zo triest was: wat er met de natuur gebeurde.

'Ik ga elk jaar naar een kamp bij het Miekakmeer om te vissen. Er zijn daar fantastische vissen en toch word ik elke keer gedeprimeerder. De verandering is zo duidelijk. Het kreupelbos verschuift steeds meer naar boven en de boomgrens verplaatst voortdurend. De wilgenstruiken verschuiven als eerste naar boven, daarna volgen de dwergberken. Binnenkort verdwijnen alle mooie bloemen in het kreupelbos, zoals de kegelsilene en de ereprijs. Dat is te verdrietig voor woorden. Daar denken jullie in het zuiden niet veel over na, maar voor degenen die in het noorden wonen en van het landschap houden is het moeilijk om dat te moeten aanzien.'

'Komt het door de klimaatveranderingen dat...'

'Wat zou het anders moeten zijn? Je kunt het met het blote oog zien. Eeuwenoude sneeuwbekkens en kleine gletsjers smelten weg, een deel ervan is al bijna verdwenen. Bovendien dooit de permafrost en veranderen veengebieden overal in moerasgebieden. Als mijn kinderen kinderen krijgen zijn er misschien geen onbegroeide berggedeelten meer over. In elk geval niet zoals we die nu kennen.'

Cathy bleef staan, opende een nieuwe deur en glimlachte. 'Maar nu gaan we ons met prettiger zaken bezighouden.'

Ze liepen de autopsiezaal in.

Olivia keek naar de grijze koelruimten die zich langs één muur bevonden. Ze wist wat die bevatten. Cathy liep naar een ervan. Haar warme toon veranderde bijna ongemerkt, alsof de omgeving een correcter taalgebruik vereiste.

'Hij is twee keer in zijn rug en één keer in zijn hoofd geschoten. Van dichtbij,' zei ze. 'Een zuivere executie.'

'Zaten er kogels in zijn lichaam?'

'Nee, maar het is goed mogelijk dat de technisch rechercheurs die bij de vindplaats aantreffen. De sneeuw is daar flink gesmolten.'

Cathy trok een baar met daarop een blauw laken naar buiten terwijl Olivia haar telefoon pakte. De eerste foto die ze nam was het hoofd van het lijk, dat tevoorschijn kwam terwijl Cathy het laken langzaam weghaalde. Het was verbazingwekkend goed bewaard gebleven, verzakt maar tamelijk onaangetast dankzij de kou van de vindplaats. De schedel van de man was nog steeds bedekt met een dikke bos rood haar.

'Als je naar voren buigt kun je zien waar de kogel de schedel binnengedrongen is. En daar is de uitschotopening.'

Olivia nam foto's. 'Hoe lang heeft hij onder de sneeuw gelegen?'

'Het is bijna onmogelijk om dat te zeggen, maar in elk geval een aantal jaar. Als het nodig is kunnen we een forensische tafonomie doen om te zien hoe ver we kunnen komen.'

'Tafonomie?' vroeg Olivia.

'Het bestuderen van de ontbinding van het lichaam, een beetje zoals de ecologie van kadavers, maar dat is mijn specialiteit niet.' Cathy tilde een van de handen van het lijk op. 'Onder deze nagels hebben we huidresten gevonden.'

'Kan daar DNA van afgenomen worden?'

'Dat denk ik wel, ik heb het naar het NFC gestuurd. Daar liggen trouwens zijn kleren, ik heb ze vanochtend klaargelegd.' Ze wees naar een grote witte plastic zak. 'Hij droeg een dik sneeuwscooterpak en stevige wandelschoenen.'

'Hij is dus in de winter vermoord?'

'Waarschijnlijk wel.'

'Had hij een identiteitsbewijs bij zich?'

'Nee,' antwoordde Cathy. 'Dit is alles wat we gevonden hebben.' Ze tilde een kleine plastic zak op. 'Een van de zakken van het sneeuwscooterpak was stuk. We hebben een munt, een briefje en een paperclip in de voering gevonden.'

Olivia pakte de plastic zak aan en hield hem omhoog. Ze zag dat er een paar getallen op het briefje stonden. 'Geen auto- of scootersleutels?' vroeg ze.

'Nee.'

'Kan het een roofmoord geweest zijn?'

'Dat is twijfelachtig. Hij droeg een dikke gouden ketting en dan zou die in elk geval verdwenen zijn. Bovendien is het geen vanzelfsprekende plek om mensen te beroven.'

Cathy glimlachte maar Olivia bedacht dat mensen overal beroofd en vermoord konden worden. Zelfs in de bergen.

'Heb je nog andere bijzondere dingen op het lichaam gevonden? Littekens bijvoorbeeld?'

'Geen littekens, maar er is een stuk van zijn linkerringvinger afgehakt.' Cathy tilde de hand op en Olivia maakte een foto.

'Kan dit door een dier veroorzaakt zijn?'

'Nee, de huid is over de wond gegroeid. Dit is ruim voordat hij vermoord is gebeurd.' Cathy begon het blauwe laken over het lichaam te trekken.

'Denk je dat hij vermoord is op de plek waar hij gevonden is?' vroeg Olivia. 'Dat de vindplaats en de plaats delict identiek zijn?'

'Dat weet ik niet, dat zul je aan de technisch rechercheurs moeten vragen, maar het wordt waarschijnlijk moeilijk om daar een antwoord op te krijgen voordat we de moordenaar gevonden hebben.'

'Of de moordenaars.'

Jäkkvik is een plaatsje dat tussen Arjeplog en nergens ligt, of Noorwegen om preciezer te zijn. Het dorp bestaat uit een paar verspreid liggende woningen in de buurt van meren en stromend water, en het heeft een goed gesorteerde ICA-supermarkt met een benzinepomp. Het bevindt zich in de buurt van de Kungsleden, een bekend wandelpad voor naar natuur snakkende toeristen, van wie de winkel zijn inkomsten deels binnenkrijgt. Het andere deel bestaat uit Noren die hier met hun caravans naartoe komen om hun auto's vol te laden met snoep vanwege de suikerbelasting in hun land.

De man en de vrouw die vandaag de winkel binnenkwamen en een plastic mand pakten waren geen Noren. De caissière, die op dit moment alleen was, zag dat het stel als klassieke bergwandelaars gekleed was en ging ervan uit dat ze over de Kungsleden liepen. Zelf had ze dat nooit gedaan. Ze woonde hier tenslotte.

Zonder dat ze bewust afluisterde ontging het haar niet dat het stel een buitenlandse taal sprak. Welke taal dat was wist ze niet. Het was in elk geval geen Engels. Toen ze bij de kassa kwamen greep ze haar kans. In het Engels.

'Gaan jullie in de bergen wandelen?'

'Ja,' antwoordde de vrouw met een glimlachje.

'Veel mensen doen dat in dit jaargetijde.'

De caissière sloeg de artikelen aan en schoof ze naar de man, die ze in een ICA-tas verpakte, waarna hij de tas in een rugzak stopte die er exclusief uitzag.

'Is dit de eerste keer?' vroeg ze terwijl ze een tros bananen aansloeg.

'Inderdaad,' antwoordde de vrouw.

'Dat is een heel avontuur. Jullie komen niet uit Engeland, of wel soms?'

'Spanje.'

'Dat is ver weg... Wat leuk. Mijn zus is een keer in Barcelona geweest. Waar komen jullie...'

'Accepteren jullie American Express?'

'Nee, helaas niet.'

De vrouw glimlachte weer en haalde wat bankbiljetten uit haar zak. Nadat de betaling geregeld was, pakte het stel de rugzak en liep naar de uitgang.

'Weten jullie dat er onstabiel weer op komst is?' vroeg de caissière.

'Ja,' antwoordde de vrouw zonder zich om te draaien.

‘Veel succes dan maar. Ik hoop dat jullie elanden te zien krijgen,’ zei de caissière omdat ze wist dat het de ultieme belevenis voor buitenlanders was om een eland te zien. Of in elk geval een bord met een waarschuwing voor elanden. Ze keek het stel verbaasd na door het raam.

Ze liepen helemaal niet naar de Kungsleden, maar stapten in een auto en namen de Silvervägen in de richting van Noorwegen.

Na een rit van vier uur in een huurauto bereikte Olivia Arjeplog. Het duurde niet lang voordat ze het politiebureau had gevonden. Dat lag aan de Storgatan in Tingsbacka. Het was een klein bureau met een enorm gebied waarop toezicht gehouden moest worden. Iedereen op het bureau hield zich bezig met van alles, van botsingen met wild tot snelheidscontroles en af en toe een inbraak. De vrouw die haar bij de receptie opwachtte had zwaar gestifte lippen en een kleine hond aan de lijn. Haar lange donkere pony omlijstte een bril met zwart montuur. ‘Agent Marja Verkkonen,’ stelde ze zich voor.

‘Olivia Rönning.’

‘Ik weet het. Je werkt toch voor de NOA?’

‘Dat klopt.’

‘We krijgen niet zo vaak bezoek van iemand van de NOA.’

‘Daar moeten jullie waarschijnlijk blij om zijn.’

‘Dat zijn we ook, maar toch van harte welkom.’

Olivia glimlachte en Marja beantwoordde de glimlach. Opnieuw een vrouw zonder contactdrempel. Olivia begon deze landstreek te waarderen.

‘Dit is mijn hond niet, maar hij is lief,’ zei Marja. ‘Ben je allergisch?’

‘Niet voor honden.’

‘Dat is mooi.’

Even later waren ze in Marja’s kantoor. Dat had ramen die uitkeken op het Hornavanmeer en neutrale meubels. Aan de muur achter het bureau hing een merkwaardig schilderij van de trol Plupp die rond een vuur in het bos danste.

Marja keek naar haar. ‘Je werkt nog maar vrij kort bij de NOA, nietwaar?’

‘Inderdaad.’

'Ik heb een paar jaar bij Drugszaken gewerkt, maar dat was waarschijnlijk voordat jij daar begon.'

'In Stockholm?'

'Ja, maar ik kreeg genoeg van alle ellende en heb hier gesolliciteerd.'

'Is het hier rustiger?'

'Ja, aanzienlijk. Hier schieten ze op elanden in plaats van tieners.'

Marja ging achter haar bureau zitten en Olivia nam plaats op een stoel tegenover het schilderij van Plupp.

'Het lijk,' zei Marja terwijl ze haar bril afzette.

'Ja.'

'Het is gevonden door een Samische man. Hij heet Janne Marklund en woont in het Samendorp Luokta-Mávas. Het lijk is gevonden op de rendierweiden van het dorp in de streek Radtja. Nadat een sneeuwbekken gedeeltelijk was gesmolten zag hij een hand uit de sneeuw steken. Het duurde een tijd voordat hij contact met ons kreeg, er is daar tenslotte geen bereik, dus waren we pas een paar uur later ter plaatse. Eerst dachten we dat het misschien iemand was die op een natuurlijke manier was gestorven, dat hij bijvoorbeeld was verrast door een lawine of zoiets, tot we de verwondingen zagen.'

'In de schedel.'

'Inderdaad. Daardoor waren we er vrij zeker van dat hij geen natuurlijke dood was gestorven, dus haalden we technisch rechercheurs erbij. Vervolgens is het lichaam naar Umeå vervoerd.'

'Ik heb het gezien. Hoe hebben jullie de vindplaats veiliggesteld?'

'Die hebben we afgezet, wat een beetje overdreven voelde. We hebben het over een kaal berggedeelte op tientallen kilometers van de bewoonde wereld. Afzetlint van de politie in Radtja is bijna grappig. Ga je de plek bekijken?'

'Morgen. Hoe diep lag het lijk?'

'Vlak onder de harde ijslaag. Maar we weten hoeveel daar de afgelopen zomers gesmolten is, dus in het begin lag het veel dieper. Weet je hoe lang het daar gelegen heeft?'

'Nee, maar in elk geval lang. Hebben de technici iets gevonden?'

'Ik krijg morgen een verslag. Waar overnacht je?'

'In hotel Silverhatten.'

Marja's reactie was kort, maar heel duidelijk. 'Daar logeren veel jagers. De sneeuwhoenjacht begint binnenkort.'
'En?'
'Dan wordt er altijd veel gedronken.'

Dat bleek inderdaad zo te zijn. De mannen in de hotelbar waren in een uitstekend humeur. Ze was van plan geweest om na het eten een biertje te drinken, maar zag daar snel van af. Helaas was dat niet snel genoeg. Een van de mannen, een blonde, zwaargebouwde man met een roodgeruit overhemd en een camouflagebroek, zag haar voordat ze zich had omgedraaid. 'Hé, jij daar, dame, ik trakteer op een drankje!'

Omdat Olivia de enige vrouw in de bar was, was het duidelijk wie hij bedoelde.

'Wat wil je hebben?'

'Niets, dank je.'

Olivia draaide zich om en wilde naar buiten lopen toen ze een hand op haar schouder voelde. Ze had geen idee hoe het de man zo snel was gelukt om bij haar te komen, maar ze trok haar schouder los. Daarna trok hij aan haar haar. Olivia had geen gevoelige hoofdhuid, dus deed het niet veel pijn. Haar reactie werd door iets anders veroorzaakt. Ze smeet de man met een bliksemsnelle reflex tegen de muur, waardoor hij zijn evenwicht verloor en op de houten vloer viel. Het was inmiddels doodstil in de bar. Alle blikken waren gericht op de tengere vrouw en de zwaargebouwde man die overeind probeerde te komen. Dat kostte moeite. Toen hij weer stond hijgde hij van de inspanning. Olivia rook zijn zure, met alcohol vermengde adem en deed een stap naar achteren. 'Je kunt beter niet meer drinken,' zei ze kalm.

De man staarde een paar seconden in haar ogen, perste zijn vlezige lippen op elkaar en keek naar de vloer. 'Het spijt me,' zei hij. 'Het spijt me, ik wilde je alleen trakteren op...'

Olivia draaide zich om en liep de bar uit.

Olivia sliep diep toen de wekker van haar telefoon hardnekkige pogingen begon te doen om haar wakker te maken. Langzaam besefte ze waar ze was en dat ze veertig minuten de tijd had om zich klaar te maken en te ontbijten. Ze kwam uit bed, slenterde naar de badkamer en nam een douche om helemaal wakker te worden.

Haar rugzak met alles wat ze nodig had voor een halve dag in de bergen stond al klaar, met inbegrip van haar dienstwapen. Olivia dacht niet dat ze het nodig had, maar had het wapen in Stockholm automatisch ingepakt. Haar toilettas en kleren liet ze in de hotelkamer achter, ze zou minstens nog een nacht in Silverhatten slapen voordat ze naar Lukas terug kon.

Lukas.

Zou ze hem bellen? Het risico dat hij sliep was vrij groot. Aan de andere kant zou ze geen contact met hem kunnen opnemen voordat ze vanmiddag terug was en ze wilde dat hij wist dat ze vandaag niet te bereiken was. Ze kon natuurlijk een sms sturen, maar haar verlangen om zijn stem te horen won het met grote overmacht van de gedachte dat ze hem niet wilde storen als hij sliep. De liefde is niet zelden egoïstisch.

'Hallo?'

Lukas klonk helder en klaarwakker toen hij opnam. Bijna een beetje te wakker. Hij had ook keiharde muziek aanstaan: 'Changes' van Bowie. Ze vroeg zich af of de buren dat zo vroeg op de ochtend konden waarderen.

'Het lijkt er niet op dat ik je wakker gemaakt heb,' zei Olivia.

'Dat heb je ook niet. Wacht, dan zet ik het geluid zachter.'

Ze betrapte zichzelf erop dat ze luisterde of ze andere stemmen hoorde. Gaf hij een feest? Waar was hij mee bezig?

'Ik schilder,' zei Lukas, alsof hij antwoord op haar gedachten gaf.

'En dat gaat zo verdomd goed, zo soepel, ik heb de hele nacht niet geslapen.'

Niet geslapen? Dat was niet goed. Klonk hij niet een beetje opgefokt? Ze probeerde het gevoel van onrust dat vanaf haar buik omhoogkwam te verdringen. Sinds wanneer was ze zo gevoelig? 'Fijn dat het zo goed gaat. Ik zal je niet storen, ik wilde alleen weten hoe het met je is.'

'Fantastisch. Hoe is het met jou?'

'Goed, ik vertrek zo met een helikopter en ben vanmiddag pas weer bereikbaar. Er is geen bereik in de bergen en ik wilde je stem horen.'

'En ik die van jou.'

Het bleef even stil.

'Ik verlang naar je,' zei Olivia.

'En ik naar jou. Voortdurend. De pijn stroomt via mijn penselen naar het doek.'

'Maar je moet slapen.'

Hij lachte. 'Maak je geen zorgen, lieve O, ik ben mezelf. Er is niemand anders verschenen.'

'Meen je dat?'

'Ik meen het. En ga nu maar snel naar je helikopter, dan spreken we elkaar als je terug bent.'

'Oké, ik bel zodra ik terug ben. Ik hou van je.'

'Ik hou ook van jou.'

Ze stopte haar telefoon in haar zak, hing de rugzak over één schouder en ging naar beneden om te ontbijten. De gedachten tolden door haar hoofd en ze probeerde ze zo goed mogelijk te rangschikken. Ze had geen reden om zich zorgen over Lukas te maken. Hij voelde zich goed en hield van haar. Ze moest proberen haar controlerende kant een beetje te onderdrukken, die was niet bepaald aantrekkelijk. Hij kon het zonder haar redden, in elk geval een paar dagen. Of misschien zelfs langer dan dat. Nu moet ik me concentreren op mijn werk, alleen mijn werk, dacht ze in een poging een eind te maken aan de knagende onrust in haar hersenen. Ze wist echter dat hij zo in beslag genomen kon worden door waar hij mee bezig was dat hij dingen vergat. Dus toen ze met een kop koffie en een broodje aan een tafeltje zat pakte ze haar telefoon weer om een sms te sturen:

*Vergeet de afspraak met de therapeut vanmiddag niet.* Waar ze natuurlijk een paar hartjes aan toevoegde.

Ze dacht er geen moment over na dat Lukas zich zorgen om haar zou moeten maken.

Twee dingen verrasten Olivia terwijl ze met de rugzak in haar hand naar de blauwe politiehelikopter liep. Het eerste was dat Marja er met de hond was. Het tweede was de piloot, een blonde, zwaargebouwde man met een roodgeruit overhemd en een camouflagebroek. Het was voor beiden een bijzonder eigenaardige ontmoeting. Gênant voor de man, verontrustend voor Olivia, die zich afvroeg of de alcohol al uit zijn bloed was verdwenen.

'Dit is Pekka Karvonen,' zei Marja. 'Hij vliegt de helikopter. En dit is...'

'We hebben elkaar al ontmoet,' onderbrak Olivia haar. Ze stak haar hand niet uit. 'Gisteravond in hotel Silverhatten.'

'O ja?'

Pekka zei niets.

Marja hield Olivia een zaklamp voor. 'Neem deze mee, je weet nooit wat er in de bergen gebeurt.'

Ze pakte de zaklamp aan en draaide zich om naar de helikopter. Pekka had een van de deuren geopend en gebaarde dat ze naar binnen moest klimmen. Dat deed ze niet, niet meteen in elk geval. Ze liep naar Marja toe. 'Hij was gisteren nogal dronken,' zei ze zachtjes.

'O jee. Tja, dat gebeurt soms, maar daar hoef je je geen zorgen over te maken. Hij is de meest ervaren piloot van Norrbotten. Hij zou nooit een helikopter besturen als hij niet in staat was om te vliegen. Dit is zijn hond.'

Het was een volkomen irrelevante opmerking. Olivia schudde haar hoofd even en klom enigszins onzeker met haar rugzak in de vijfpersoonshelikopter.

'We kunnen het beter meteen uitpraten,' zei Pekka zodra de rotorbladen begonnen te draaien. 'Ik heb me gisteren als een klootzak gedragen. Het spijt me. Ik wilde je alleen iets te drinken aanbieden.'

'Je hebt aan mijn haar getrokken.'

'Ja, dat was ongelofelijk stom. Deed het pijn?'

'Nee.'

'Gelukkig maar.'

Daarmee was Pekka blijkbaar van mening dat de kwestie uit de wereld was. Hij deed de veiligheidsgordel bij Olivia om, gaf haar een koptelefoon en liet haar zien hoe ze het volume kon regelen.

'Hoor je me?' vroeg hij.

'Ja.'

'Dan vertrekken we.'

De helikopter steeg op en vloog in de richting van de bergen.

Olivia had in verband met noodsituaties een paar keer in een helikopter gevlogen, maar dat was in de stad geweest. Dit was iets heel anders. Ze vlogen zo laag dat ze de sporadische woningen en groepjes rendieren kon zien terwijl ze over het kale, rotsachtige landschap vlogen. Hier en daar stroomde blauwgrijs water, dat werd onderbroken door stilstaand water.

'Je kunt hier normaal gesproken prima vissen, maar op dit moment is de waterstand een beetje te hoog,' zei Pekka. 'Vis je?'

'Nee.'

'Jaag je dan misschien?'

'Niet op dieren.'

Pekka glimlachte even. Zijn ademhaling rook aanzienlijk beter dan de vorige avond. 'Helaas heeft de vinvis moeite om te overleven.'

'O ja?' Ze had geen idee wat ze moest antwoorden.

'Het water in de meren wordt veel te warm, de rode forel krijgt moeite om zich te voeden… Er wordt rekening mee gehouden dat hij over een paar jaar uit ruim de helft van de bergmeren verdwenen is.'

'Dat klinkt niet goed.'

'Het is een ramp… Daar liggen een paar elanden te luieren.' Hij lachte en wees naar een stuk veengebied. Olivia zag drie elanden liggen. Een ervan had enorme hoorns. Ze pakte haar telefoon en maakte een foto. Die zou ze naar Lukas sturen als ze terug was.

'Ben je al eens in de bergen geweest?'

'Nog nooit.'

'Dat wordt spannend voor je.'

'Op welke manier?'

'Het is hier nogal anders.'

Hij legde niet uit wat hij bedoelde omdat de radio knetterde. Pekka hield een hand tegen zijn koptelefoon en luisterde. 'Begrepen.' Hij draaide aan een zwarte knop op het controlepaneel en keek naar de hemel.

'Wat is er?' vroeg Olivia.

'Het betrekt eerder dan de meteorologen verwacht hadden.'

'Wat wil dat zeggen?'

'Dat het zicht slechter wordt. We vliegen zo meteen over een paar bergkammen en als de wolken te laag hangen kan het lastig worden.'

'Op welke manier?'

'Dat we er niet overheen komen, maar het komt goed. Er zijn altijd gaten in het wolkendek te vinden.'

Plotseling besefte Olivia hoezeer ze was overgeleverd aan deze man en zijn bekwaamheid. Ze zat in een klein metalen toestel hoog in de lucht en had nergens invloed op. Het voelde niet goed.

'Dat is het lastigste aan vliegen in deze streek,' zei Pekka.

'Wat?'

'De weersomslagen. Het gaat zo verdomd snel. Je vliegt in de zon en vijf minuten later onweert het en staat er een harde wind uit een heel andere richting dan voorspeld was.'

'Maar je hebt hier vaak gevlogen?'

'Miljoenen uren, maar daar trekt het weer zich niets van aan. Zie je het meer daarboven?'

Olivia zag blauw water tussen de bergwanden. 'Ja?'

'Dat is Pieskehaure, een enorm groot meer en de bron van de rivier de Pite. Er bestaat een sterk verhaal dat er goud op de bodem ligt, gestolen nazigoud dat niemand nog heeft kunnen vinden. Er komen nog steeds gelukszoekers van het continent die denken dat ze het zullen vinden… en kijk daar.' Hij wees naar de kale bergtop.

'Elanden?'

'Nee, het lijken een paar bergwandelaars.'

Olivia keek uit het plexiglas raam. De zon was verdwenen en het zicht verminderde snel. Toch lukte het haar om ver onder zich beweging te zien. Ze kon niet bepalen of het mensen waren, maar dat kon Pekka blijkbaar wel.

'In deze tijd van het jaar trekken veel toeristen de bergen in, voornamelijk buitenlanders. We moeten ze regelmatig uit het een of andere ontoegankelijke gebied halen als ze verdwaald zijn en bijna verhongerd. Ze hebben geen respect voor dit landschap. Het kan gevaarlijk zijn als je niet weet wat je doet.'

Ze ging ervan uit dat hij dat wel wist. Zelf wist ze niets over de bergwereld, maar ze hoefde alleen naar de vindplaats en zou over een paar uur weer opstijgen. 'Hoe zit het met de wilde dieren in de bergen?' Ze had het gevoel dat ze van de gelegenheid gebruik moest maken om iets over dit landschap te leren.

'Hier zijn voornamelijk wolven, beren, lynxen en steenarenden. Een paar weken geleden heb ik een paar veelvraten gezien bij Radtja, het gebied waar we naartoe gaan. Dat is ongewoon, want veelvraten zijn schuw.'

'Zijn dat aaseters?'

'Jazeker, net als alle andere, maar het is toch geen dier dat je midden in de nacht wilt tegenkomen.' Pekka keek weer naar de hemel voordat hij naar Olivia keek. 'Is het weer goed tussen ons?' vroeg hij.

'Tussen jou en mij?'

'Ja.'

Wat moest ze antwoorden? Ik heb geen idee wie je bent, maar zorg ervoor dat we door die wolken heen komen, dacht ze. Dat zei ze echter niet. Ze knikte met een glimlachje.

De Spaanssprekende man met de exclusieve rugzak had het motorgeluid in de verte gehoord. Nu had hij een verrekijker voor zijn ogen en volgde hij de blauw-witte politiehelikopter. Die vloog niet recht boven hen, maar hij trok de vrouw toch met zich mee achter een groot rotsblok.

'Denk je dat ze ons gezien hebben?' vroeg ze.

'Misschien wel, maar ze vliegen verder.'

'In de richting waar wij naartoe gaan?'

'Ja.'

Ze vlogen zonder problemen over de eerste bergkam. De wolken hingen laag, maar Pekka had een gat ontdekt en was erdoorheen gevlogen, zoals hij had beloofd. Nu naderden ze de tweede bergkam. Die was aanzienlijk hoger en de wolken hingen beduidend lager. De wind was toegenomen, waardoor de helikopter heen en weer zwaaide. Olivia voelde het in haar maag. Bovendien vlogen ze inmiddels door een hevige bui en sloeg de regen tegen de ramen van de helikopter. In de verte zag Olivia bliksemflitsen zonder donderslagen te horen. Tot nu toe was het op afstand. Pekka zweeg al een tijdlang. Olivia nam aan dat hij zich op het vliegen concentreerde. Plotseling stak hij zijn vinger uit en tikte op een klein cirkelvormig scherm op het paneel. Ze nam aan dat het de benzinemeter was. Olivia zag dat hij een frons op zijn voorhoofd had.

'Is er een probleem?'

'Nee, niets aan de hand.'

Ze hoorde aan zijn toon dat hij loog en besefte dat hij niets zou zeggen wat haar bang zou maken.

Alsof het daar niet al te laat voor was.

In de verte zag ze de volgende bergkam, of eigenlijk de berg opdoemen. De kam ging schuil in de lage, donkere wolken.

'Komen we eroverheen?' vroeg ze terwijl ze kalm probeerde te klinken.

'Dat denk ik wel.'

*Dat denk ik wel*? Dat wilde je niet horen van een piloot met miljoenen vlieguren. Je wilde horen dat het geen enkel probleem was. 'Wat doen we als we er niet overheen komen?'

'Dan vliegen we eromheen.'

'Waaromheen?'

'De bergkam, waarna we proberen vanaf een lagere plek het dal in te vliegen.'

Olivia kon het niet helemaal volgen. Ze wilde net vragen wat hij bedoelde toen de helikopter door een windstoot opzij werd gesmeten en naar beneden werd geduwd. Olivia gaf een gil. Na een paar seconden had Pekka de helikopter weer onder controle, waarna ze verder naar de bergkam vlogen. Olivia legde een hand op zijn arm. Een fysieke aanraking die oneindig ver verwijderd was van de bar in hotel Silverhatten. 'Pekka, wees eerlijk. Wat gebeurt er?'

Misschien was het haar aanraking waardoor Pekka stopte met het bagatelliseren van de situatie. Hij keek weer naar de wolken. 'Wat er gebeurt is dat we niet terug kunnen. We komen niet over de bergkam achter ons en helaas hebben we niet voldoende benzine om helemaal naar beneden te vliegen en het dal te volgen.'

'Dus...?'

'We zullen hier over de kam moeten vliegen.'

'Door een gat?'

'Als we er een vinden.' Hij vloog heen en weer langs de bergwand om een opening in de wolken te zoeken. Uiteindelijk vond hij er een. 'Daar!' Hij steeg snel naar het gat en Olivia verstrengelde haar handen op haar schoot. Ze zouden eroverheen komen.

Misschien was dat gelukt als een bliksemflits de rotorbladen niet had geraakt, waardoor de helikopter in het rond werd geslingerd.

Een paar seconden later botsten ze tegen de bergwand.

Lukas' hand trilde plotseling en de kwast belandde op de verkeerde plek op het moment dat hij een lichte schittering wilde toevoegen aan het vrouwenbeen, Olivia's been, dat hij had geschilderd. Hij hield van O's benen. Hij deed een paar stappen naar achteren en keek verbaasd naar zijn hand. Wat gebeurde er? Hij had weliswaar te weinig geslapen, maar normaal gesproken bezorgde hem dat geen fysieke reacties zolang hij in beslag werd genomen door zijn creatie. Hij liep naar de keuken en dronk een glas water. Hij was vergeten om te drinken en trouwens ook om te eten. Misschien was het niet zo vreemd dat zijn lichaam protesteerde. Aan de andere kant trilde zijn hand nog steeds en dat gold ook voor zijn benen. Kreeg hij een terugval? Niet nu alles zo goed gaat, dacht hij voordat de misselijkheid hem overviel.

Ik ben niet dood, was haar eerste gedachte. Daarna schoten er een paar beelden door haar hoofd van een enorme vlam en het gekraak van verbrijzelend metaal. We zijn neergestort. Ze opende haar ogen. Recht boven haar lieten de donkere wolken warme regen op haar gezicht vallen. Het veroorzaakte pijn aan haar hoofd. Ze hief haar hand een stukje en streek de dikke vloeistof van haar voorhoofd. Het was geen regen. Pekka? Ze keek opzij. Een stukje verderop lag het wrak van de politiehelikopter. De regendruppels sisten als ze het wrak raakten. Ze probeerde te gaan zitten en voelde dat haar hele lichaam pijn deed. Ik heb het overleefd, dacht ze. We zijn neergestort. Waar is Pekka? Ze kwam moeizaam overeind en keek naar het wrak. Waar is hij? Ze klom over een paar gescheurde plexiglas delen en liep naar de restanten van de helikopter. De cabine was in elkaar geperst. Daar was hij niet. Op dat moment verscheurde een bliksemflits de duisternis, waarna een keiharde donderslag volgde, die tussen de bergen verdween. Door de flits zag ze het donkere lichaam dat een stukje verder weg op de grond lag. Ze voelde de pijn in haar pols nog niet; die werd onderdrukt door de situatie. Olivia liep naar het lichaam toe. Pekka had de koptelefoon nog steeds op zijn hoofd en lag op zijn zij. Ze durfde hem niet om te draaien, maar hurkte naast hem en voelde aan zijn hals. Zijn hart klopte. Op dat moment zag ze iets donkers uit hem stromen. Ze sloeg zijn jack open, zag een dun metalen voorwerp uit zijn buik steken en begon te huilen.

Tegelijkertijd scheurde ze zijn overhemd open, waardoor het stuk metaal dat in zijn buik was gedrongen blootgelegd werd. Ze was geen arts, ze was wanhopig. Met trillende handen begon ze het stuk metaal eruit te trekken. Op hetzelfde moment draaide Pekka's lichaam een stukje. Het bloed pulseerde uit de wond die het metaal had achtergelaten. Ze had een drukverband nodig, maar hoe kwam ze hier aan een drukverband? Olivia scheurde haar shirt stuk en duwde een stuk stof op de wond. Met haar andere hand maakte ze Pekka's broekriem los en duwde die onder het lichaam door. Ze trok hem zo stevig als ze kon over het stuk stof en maakte hem op het laatste gaatje dicht, waarna ze zich achterover liet vallen. De grond was nat en zacht door de regen. Ze veegde haar bebloede handen af aan de heide naast zich.

En nu?

Ze streek over haar gezicht. Wat moet ik nu in vredesnaam doen? Er is hier geen bereik, de helikopterradio is stuk, de piloot bloedt en ik heb geen flauw idee waar we zijn.

De duisternis werd verscheurd door een nieuwe witblauwe bliksemflits. De donderslag die een paar seconden later volgde was zo hard dat Olivia haar oren met haar handen bedekte.

Ik moet hulp zoeken, anders sterft hij. Hoe snel zullen ze begrijpen dat we verongelukt zijn? Misschien denken ze dat we ergens een noodlanding hebben gemaakt om te wachten tot het opklaart. Hoe moeten ze ons vinden? We hebben tenslotte een andere route genomen toen het onweer naderde. Duizend gedachten schoten door haar pijnlijke hoofd en leidden allemaal tot dezelfde conclusie. Ze moest hulp zoeken. Alleen. Zouden er lichtkogels aan boord van de helikopter zijn? En wie zou die zien? De twee mensen die beneden hadden gelopen?

Olivia stond op en begon naar haar rugzak te zoeken. Die lag ongeveer op de plek waar ze bij bewustzijn was gekomen. Met haar natte vingers trok ze de rits open en pakte haar kaart en de zaklamp die ze van Marja had gekregen. Ze vouwde de kaart open en probeerde zich te oriënteren. Ze wist waar ze naartoe gingen, waar ze een andere route hadden genomen en bij benadering waar ze bij de laatste bergkam waren verongelukt.

De kaart toonde wildernis, op een visserskamp bij het Miekakmeer na. Dat was het meer waarover Cathy het in Umeå had gehad. Volgens de kaart moest het kamp in zuidelijke richting liggen, rechtdoor vanaf de plek waar ze waren verongelukt. Op de kaart leek het niet zo ver. Misschien waren daar mensen en misschien was er zelfs een telefoon met bereik. Olivia keek of het kompas van haar telefoon werkte. Dat was zo. Mooi. Ze had niet veel alternatieven en nam een beslissing. Pekka was ernstig gewond. Bovendien wilde ze gevonden worden. Ze dacht aan Lukas. Een seconde later dacht ze aan de veelvraten, aaseters die de geur van Pekka's bloed elk moment konden ruiken. Dat was geen prettige gedachte, maar ze verdrong het en liep naar het wrak. Midden in de verwrongen delen zag ze de punt van een deken. Ze trok hem eruit en trok tegelijkertijd een stuk van de rugleuning van een van de stoelen mee.

Pekka was iets verder op zijn rug gedraaid. Ze bukte zich, haalde de koptelefoon voorzichtig weg en duwde het stuk rugleuning onder zijn hoofd. De deken spreidde ze over zijn lichaam uit. Zijn ogen waren gesloten toen ze haar hoofd bij zijn gezicht hield. 'Ik ga hulp halen, Pekka.'

Hij reageerde niet. Ze streek over zijn wang en kwam overeind. Meer kon ze in de huidige situatie niet doen. Vervolgens deed ze de rugzak om en liep de wildernis in.

Marja voelde meteen dat er iets mis was toen ze de kamer in kwam. Een van de mannen had een verbeten gezichtsuitdrukking, de anderen leken bezorgd. Geen van hen dronk koffie.

'Wat is er aan de hand?' vroeg ze.

'We krijgen geen radiocontact met Pekka.'

'Wanneer hebben jullie voor het laatst contact met hem gehad?'

'Terwijl hij naar Radtja vloog. Hij is midden in het noodweer terechtgekomen.'

'Misschien heeft hij een noodlanding gemaakt om te wachten tot het voorbij is?'

'Maar dan hadden we radiocontact moeten kunnen krijgen.'

Het werd stil. Iedereen in de kamer besefte de ernst van de situatie. In slecht weer door de bergen vliegen hield altijd risico's in, ongeacht hoe geroutineerd de piloot was. Gedurende de jaren hadden er een aantal nare ongelukken plaatsgevonden.

'Zullen we een zoektocht op touw zetten?' stelde Marja voor.

'Dat heeft op dit moment geen zin. De wind is veel te hard, het zicht is te slecht om ernaartoe te vliegen en bovendien onweert het.'

'Bodø dan? Kunnen zij het proberen met de Rescue Hawk?'

'Misschien wel, maar ik denk dat we even moeten afwachten. Pekka is Pekka.'

Marja knikte en bedacht dat hij volgens Olivia de vorige avond dronken was geweest. Aan de andere kant wist ze dat hij geen risico's zou nemen. 'Hoe ziet het weerbericht eruit?' vroeg ze.

'Slecht. Het noodweer blijft de hele nacht in het gebergte hangen. Morgenochtend trekt het pas verder. In het gunstigste geval.'

Het probleem met kaarten is de schaal. Wat eruitziet als een duimnagel blijkt vaak meerdere kilometers te zijn, in dit geval over onbegaanbaar terrein. Dat zou Olivia de komende uren ondervinden. Bovendien was haar pols gewond. Die deed pijn bij elke stap die ze tussen rotsblokken en dwergberken zette. Ze liep mank tot haar lichaam aan de pijn wende en die negeerde. Ze liep urenlang in de stortregen tot ze de eerste steile helling bereikte. Olivia wist dat ze naar beneden moest, naar het water van de rivierarmen die naar het Miekakmeer en het kamp stroomden. Ze had geen idee hoe lang de helling was, maar merkte dat de afdaling steil en verschrikkelijk moeilijk was. De bodem was niet langer vlak, maar bestond uit grote en kleine ronde stenen die bedekt waren met nat, glibberig korstmos. Ze moest zich bij elke stap schrap zetten, maar toch gleed ze om de vijf meter weg en dreigde te vallen terwijl de wind dunne berkentakken tegen haar gezicht zwiepte. Na wat een eeuwigheid leek, maar waarschijnlijk niet meer dan twintig minuten duurde, was ze uitgeput. Haar benen waren vanwege het melkzuur in onbuigzame stokken veranderd en ze moest haar stijve benen optillen om verder te kunnen. Uiteindelijk kon ze niet meer, ze ging op een donkere boomstam zitten en schreeuwde.

Dat hielp niet veel.

Bovendien werd ze aangevallen door een zwerm kleine stekende vliegjes zodra ze was gaan zitten. Haar bezwete gezicht zat vol donkere, vleesetende rotvliegjes die haar huid aanvielen. Ze sloeg ze weg, schreeuwde nog harder en stond weer op. Woedend dwong ze haar stijve benen om verder te lopen. Steen na steen, meter na meter. Nu begon het ook nog te hagelen. Grote, zware hagelstenen sloegen tegen haar doornatte jack. Ze hurkte achter een enorm rotsblok, deed de zaklamp aan en zag iets wat op een opening leek. Ze wrong zich erdoorheen en kwam in een grotachtige ruimte, die ze met behulp van het licht van de zaklamp inspecteerde. De grot was niet groot. Op de bodem zag ze een laag jeneverbestakken en een stookplaats. Aan het plafond was een ketting met een haak bevestigd die recht boven de stookplaats hing. Olivia ging op de jeneverbestakken zitten om op adem te komen. Ze wreef met haar hand over haar pijnlijke pols en keek om zich heen. In één hoek zag ze een stapel takken die in stukken waren gekapt en waarschijnlijk voor het vuur waren bedoeld. Olivia had het ijskoud, was doodmoe en had honger.

De vermoeidheid zou overgaan en aan de honger kon ze niets doen, maar ze kon ervoor zorgen dat ze op temperatuur kwam. Ze legde wat takken in de vorm van een driehoek op de stookplaats en schoof daar jeneverbestakjes onder. Met behulp van de aansteker in haar rugzak stak ze de droge takjes aan, die snel vlam vatten. De rotsen vormden een natuurlijke schoorsteen, waardoor de rook door de opening verdween. Ze trok haar jack uit en kroop in elkaar bij het vuur.

De warmte verrichtte wonderen. De vreselijke, hopeloze tocht door de wildernis in de koude wind was veranderd in een redelijk te verdragen situatie. Haar bevroren vingers ontdooiden en ze dacht aan Lukas terwijl ze over haar wangen wreef om de bloedcirculatie op gang te brengen. Ze haalde haar telefoon tevoorschijn en bekeek een paar foto's van hem in zijn atelier en in Mexico. Daarna zette ze haar telefoon helemaal uit om de batterij te sparen.

Vervolgens dacht ze aan Pekka. Ze vroeg zich af hoe lang zijn gewonde lichaam zou overleven in dit noodweer. Geen idee, dacht ze, maar ik moet doen wat ik kan. Ik moet verder naar het kamp zodra de hagelbui voorbij is. Ze leunde tegen de rotswand achter zich, haar oogleden vielen dicht en haar lichaam begon weg te glijden.

Waarschijnlijk was ze door de warmte en de uitputting in slaap gevallen, maar ze reageerde onmiddellijk toen ze het lage gegrom hoorde. Ze ging rechtop zitten en staarde naar de opening tussen de rotsen. Instinctief trok ze de rugzak naar zich toe en haalde het pistool eruit, dat ze met beide handen op de ingang richtte. In de verte klonk het onweer en buiten was het donker, zodat ze niets zag. Wat voor dier gromde er op die manier? Een veelvraat? Een wolf? Ze vervloekte haar bijna volledige gebrek aan kennis over de wereld waarin ze zich op dit moment bevond. Dit was Zweden! Ze woonde hier! Waarom wist ze zo weinig over deze streek? Ze pakte een van de brandende takken en kroop naar de opening. Dieren waren bang voor vuur, dat had ze in een natuurfilm gezien. Nu was het echter werkelijkheid. Het gegrom was inmiddels gestopt.

Dat gold ook voor de hagelbui.

Het regende nog steeds en de donder rommelde, maar de omstandigheden waren goed genoeg om verder te gaan. Ze doofde het vuur, pakte haar rugzak en kroop uit de grot. Het pistool hield ze in haar hand. Ze wist niet wat er tussen de rotsblokken en stenen op de loer lag.

Het enige wat ze wist was dat ze naar beneden moest. Daar zou ze water vinden en dan wist ze in welke richting ze moest lopen om het kamp te bereiken, waar ze hopelijk hulp kon krijgen. Ze keek op haar horloge, zag dat ze Pekka vier uur geleden had achtergelaten en verhoogde haar tempo. Het terrein was een tijdlang goed begaanbaar, vlak en niet bijzonder steil, en ze voelde dat haar batterijen waren opgeladen door de tijd in de grot. Het zou haar lukken. Het volgende moment gaf ze een gil. Een meter voor haar voeten fladderde een sneeuwhoen op. Olivia wist niet dat het een sneeuwhoen was, alleen dat ze zich doodgeschrokken was omdat ze zo dichtbij was voordat de vogel reageerde. Haar hartslag kalmeerde langzaam en ze daalde verder af – over de drassige moerasgrond tussen kruipbramen met rijpe, gele bessen door terwijl ze was omringd door hoge, donkere bergen – naar de rivier die zich voor haar moest bevinden.

Als ze in de juiste richting had gekeken had ze misschien beweging tussen de rotsblokken gezien. Misschien zou Olivia gedacht hebben dat het rendieren waren, maar dat was niet zo. Deze dieren liepen op twee benen.

Eindelijk kwam ze bij een kleine waterloop van zo'n drie meter breed en niet bijzonder diep die ze moest oversteken. Op de bodem zag ze een paar stenen die ze daarvoor kon gebruiken. Ze stapte probleemloos op de eerste en zette haar andere voet erbij. Midden in de waterloop zag ze een grijze, vlakke steen die op een perfecte plek lag. Ze stak haar voet uit en zette hem op de steen, maar op het moment dat ze haar gewicht erop zette werd ze volkomen verrast door de stroming. Het was alsof een sterke, natte hand haar onderbeen vastpakte. Olivia wankelde en verloor haar evenwicht maar viel in de juiste richting, op de oever tussen de heide. Ze krabbelde hijgend en met een bonkend hart overeind. In de verte hoorde ze gebulder. Het klonk anders dan het gerommel van het onweer en toen ze de kaart had opengevouwen besefte ze dat het geluid afkomstig was van de machtige rivier de Pieske, die in de Pite uitkwam, in de buurt van het visserskamp.

Tegelijkertijd besefte ze dat het kamp aan de overkant van het water lag en dat ze dat moest oversteken.

Op dat moment stond ze op het punt het op te geven. Ze was bijna meegetrokken door een onbeduidende waterloop van drie meter en nu moest ze een enorme rivier die in een groot meer uitkwam oversteken. Pekka, dacht ze, dit gaat verkeerd. Ineens zag ze twee smalle zwarte strepen op de kaart. Over de Pieske en vlak bij het kamp. Zou daar een brug zijn?

Dat was zo, zag ze toen ze uiteindelijk door een verwilderd berkenbos was gedrongen en de rivier naderde.

Het was echter niet bepaald de Västerbrug in Stockholm.

Een grijze metalen brug van nauwelijks een meter breed en minstens twintig meter lang hing aan stalen kabels boven de wild stromende watermassa en zwaaide heen en weer in de wind. Olivia bleef bij het begin staan en keek naar de brug. Moet ik daaroverheen? Ze had geen hoogtevrees en de brug bevond zich maar een paar meter boven het woest stromende water, maar ze moest over een draadrooster lopen waaronder de wilde rivier zichtbaar was. Het ijzer was enigszins roestig. Ze draaide zich om en zag een paar enorme rotswanden naast de brug die helemaal zwart waren en glansden op de plekken waar de rivier er sinds mensenheugenis onafgebroken enorme hoeveelheden water tegenaan beukte. Het was bijzonder mooi en dramatisch. Als de omstandigheden anders waren geweest, had ze nu een heleboel foto's genomen. Zowel van de rotswanden, de rivier als de brug.

Dit was echter niet het juiste moment.

Ze keek weer naar de brug.

De man was haar een tijdje geleden, toen ze in het berkenbos verdween, uit het oog verloren. Nu kreeg hij haar door zijn verrekijker weer in het oog. Een kleine donkere gestalte stond bij het begin van de brug en keek naar de rivier. Is ze van plan het water over te steken? Zou ze op weg naar het kamp zijn?

Hij draaide zich om naar de vrouw en schudde zijn hoofd even, waarmee hij signaleerde dat ze een probleem hadden.

Olivia begon over de brug te lopen, meter na meter en met haar handen stevig rond de stalen kabels aan de zijkanten. De rivier slingerde schuimend water door het draadrooster. Ze vermeed het om naar beneden te kijken en voelde de brug in het midden door de wind heen en weer schommelen. De laatste meters naar de rotsachtige oever legde ze rennend af, waarna ze bleef staan om op adem te komen.

Ze had het gehaald.

Volgens de kaart moest het kamp recht voor haar liggen, achter een rotsheuvel, aan een inham van het Miekakmeer. Het was niet ver meer en ze merkte dat ze haar tempo verhoogde. De pijn in haar pols verdrong ze, zo meteen zou ze woningen, mensen, eten en in het gunstigste geval een telefoon bereiken.

Ze zag het eerste huis toen ze de rotsheuvel was gepasseerd, daarna zag ze steeds meer daken van de cabines van het kamp, die op de heuvels tussen de lage berkenstruiken waren gebouwd. Er was echter geen mens te zien.

Ze stapte op een paar houten planken die een looppad tussen de begroeiing vormden en liep naar de dichtstbijzijnde cabine. De deur was op slot. Ze keek door het raam aan de achterkant en zag een kamer, een stapelbed, een tafel en een kleine bank. Er was niemand. Vervolgens liep ze naar de volgende cabine, die ook leeg was. Olivia keek om zich heen. Was het kamp verlaten? Het was midden augustus, dan zou het hier toch vol vissers of jagers moeten zijn? Op de grond was echter voldoende beweging. Onder en naast het houten looppad wemelde het van de lemmingen. Eentje sprong recht over haar schoen. Ze deed snel een stap opzij. Had ze zich door de donkere nachtmerrie geworsteld om nu omringd te worden door lemmingen?

'Hallo?' riep ze. Er konden tenslotte mensen zijn die ze niet zag. 'Hallo!'

Het geluid verdronk in de regen en reikte waarschijnlijk niet verder dan drie cabines verderop. Er was niemand die antwoord gaf. Ze begon naar het water te lopen, waar een aanzienlijk grotere cabine stond. Die is waarschijnlijk van degene die verantwoordelijk is voor het kamp, dacht ze. Misschien is daar iemand? Ze liep ernaartoe en zag een geplastificeerd vel papier aan de deur hangen: WE GAAN WEER OPEN ALS DE SNEEUWHOENJACHT OP 25 AUGUSTUS BEGINT.

Het kamp was dicht.

Zo eenvoudig was het.

Dicht, afgesloten en verlaten.

Olivia liet zich op een houten bank voor de hut vallen, sloeg haar vieze handen voor haar gezicht en voelde alle energie uit haar lichaam verdwijnen.

Wat moet ik nu doen? Dezelfde weg teruggaan? Nooit, dat is onmogelijk. Ik ga nog liever dood. Ze haalde haar handen van haar gezicht en keek naar de cabine voor zich. Een gevlekte, dikke lemming naderde de bank, waardoor ze opstond. Op dat moment zag ze iets achter een van de ramen. Ze deed een paar stappen naar voren en zag dat het een fladderend gordijn was. Toen ze nog dichterbij kwam zag ze dat het glas uit het raam was gesneden, zodat ze naar binnen kon.

Olivia was volledig geconcentreerd, deed de rugzak af om het pistool binnen bereik te hebben en keek om zich heen. Ze zag nog steeds geen spoor van mensen, haalde de zaklamp tevoorschijn en scheen door het raam naar binnen. Het zag eruit als een kleine winkel, met een bank, een grote koelkast en een heleboel planken die vol stonden met levensmiddelen, vooral in blik. Ze trok de bank die bij de muur stond naar het raam en klom met het pistool in haar hand naar binnen. Als er mensen in het winkeltje waren, hadden die waarschijnlijk geen goede bedoelingen.

Dat was niet zo. De cabine was leeg.

Ze zag wat dingen op de vloer liggen die van de planken en uit een kast waren gehaald. Iemand had ingebroken en was daarna weer verdwenen.

Maar wie? En waar was diegene naartoe?

Ze was niet van plan om dat nu uit te zoeken. Plotseling had ze een dak boven haar hoofd, ingeblikt voedsel bij de hand en misschien een radiator die ze kon aanzetten. En een telefoon! Zou er een telefoon zijn? Ze liep de kleine maar gezellige kamer achter de winkelruimte in en scheen met de zaklamp in het rond tot ze een witte satelliettelefoon aan de muur zag hangen. Olivia liep ernaartoe en zag dat hij afgesloten was.

Alles gaat mis, dacht ze terwijl ze worstelde om een blik ham open te krijgen. Uiteindelijk lukte het met behulp van een mes dat ze in een lade had gevonden. Ze at de ham met gelei rechtstreeks uit het blik, onderdrukte haar braakneigingen en zag haar handen trillen, voornamelijk van de kou. Daarna volgde een nieuwe tegenslag. Er waren weliswaar zelfs twee radiatoren in de hut, maar er was geen elektriciteit. Waarschijnlijk was er alleen stroom als het kamp open was.

Daar stond tegenover dat ze een medicijnkastje met onder meer de pijnstillers paracetamol en naproxen vond. Ze deed de voordeur van het slot, nam een glas mee en liep naar de oever van het meer, waar ze heel even aarzelde. Kon je dit water drinken? Het zag er zuiver en helder uit en ze besloot het te proeven. Het was kouder en lekkerder dan ze ooit had gedronken. Ze slikte twee paracetamols en een naproxen en liep naar de cabine terug. Ze hoopte een tijdje verlost te zijn van de pijn in haar pols en alle pijnlijke plekken in haar lichaam. De andere pijn, die met Pekka en het neerstorten van de helikopter te maken had, kon ze niet verdoven.

Olivia liep het winkeltje in en zag in de tweede kamer een tweepersoonsbed staan. Het was koud en vochtig in de cabine, maar er waren dekens en een sprei. Ze trok haar natte kleren uit, hing ze over de stoelen en wikkelde alles wat ze kon vinden rond haar naakte lichaam. Daarna ging ze met het pistool naast zich languit op het bed liggen. Ik moet een strategie bedenken, dacht ze, waarna ze binnen een paar seconden in slaap was gevallen en niets meer hoorde of zag.

'Hallo, met Lukas... Bengtsson. Sorry dat ik zo laat bel. Stoor ik?'

'Helemaal niet,' antwoordde Mette Olsäter.

De grote villa uit het begin van de twintigste eeuw had negen grote en een paar kleine kamers. Vanavond zat Mette samen met haar man Mårten in de kamer achter de Afrika-kamer, die ze de kleine salon noemden. De open haard brandde en ze dronken een glas lekkere, kruidige wijn. Mette was van mening dat ze een pleister op de wond nodig had, of liever gezegd haar voet, omdat ze sinds een paar dagen last had van hielspoor. 'Je moet weten dat het zelfs pijn doet als ik zit.' Martin wist het. Hij had er zelf een paar jaar geleden last van gehad en wist ook dat het goed was om te bewegen om de bloedcirculatie in de voet op gang te houden, maar dat hield hij voor zich. Mette keek op de klok. Het was bijna twaalf uur, maar nu ze gepensioneerd was hoefde ze de volgende dag niet vroeg op te staan, dus stoorde Lukas niet.

'Hoe is het met je?' vroeg ze.

'Goed, ik wil alleen vragen of jullie iets van Olivia gehoord hebben.'

'Nee. Ze is toch in Arjeplog?'

'Ja. Ze zou vandaag naar de bergen vliegen en zou als ze 's middags terug was contact met me opnemen omdat er in de bergen blijkbaar geen bereik is.'

'Dat klopt. Heeft ze niet gebeld?'

'Nee.'

'Misschien is ze nog niet terug?'

'Het is twaalf uur, dan moet ze uren geleden toch teruggekomen zijn?'

'Ja, maar misschien moest ze andere dingen doen?'

'Misschien wel, maar ik weet zeker dat ze gebeld zou hebben zodra ze terug was.'

'Hoe weet je dat?'

Daar had Mette eigenlijk niets mee te maken en ze begreep natuurlijk waarom Lukas dat zei. Olivia en hij bevonden zich in de fase waarin je een acute behoefte aan gevoelsmatige bevestiging nodig hebt. Het liefst dag en nacht en op alle mogelijke manieren.

Die fase hadden Mårten en zij achter de rug.

'Heb je geprobeerd een sms te sturen?' vroeg ze.

'Ja.'

'Wil je hiernaartoe komen?'

Mette zag dat Mårten naar haar keek. Lukas? Mette wist echter dat Lukas haar uitnodiging niet zou aannemen, maar misschien was het een prettig gevoel om te weten dat ze er voor hem was als hij zich ellendig voelde. Hij had tenslotte een chaotisch verleden achter de rug.

'Dat is lief aangeboden, Mette, maar nee, bedankt. Zou je... Kun je haar vragen om me te bellen als je haar spreekt? Ik ben de hele nacht aan het schilderen.'

'Natuurlijk doe ik dat.'

'Dank je wel. Dag.'

Mette klikte haar telefoon uit en nam een slok wijn. Mårten streek met zijn hand door zijn dunne grijze haar en besefte dat hij haar op dit moment niet moest storen.

Mette zou anderen gaan storen.

Ondanks het late tijdstip gonsde het van de activiteit op het politiebureau in Arjeplog. Naast alle anderen was Marja aanwezig en dat gold ook voor Ragnar Klarfors, de dienstdoende commandant van de regio. Ze stonden allemaal onder spanning door de verdwenen helikopter van Pekka en nu belde er een vrouw uit Stockholm die informatie wilde hebben.

'Wie is het?' vroeg Marja.

'Ene Mette Olsäter.'

'Dat gesprek neem ik.' Ragnar stak zijn hand naar de telefoon uit. Hij had gedurende de jaren vaak met Mette Olsäter samengewerkt. 'Hallo Mette. Met Ragnar. Hoe is het met je? Je bent toch...'

'Dat klopt. Jij werkt dus nog?'

'Ja, nog een paar jaar. Wat kan ik voor je doen?'

'Olivia Rönning van de NOA is bij jullie vanwege een lijk dat in de bergen gevonden is. Weet je daarvan?'

'Ja.'

'Ze heeft vanavond geen contact opgenomen met haar vriend, die beweert dat ze dat absoluut zou doen. Is ze bij jullie?'

Die vraag wilde Ragnar volstrekt niet horen, en al helemaal niet van Mette Olsäter. Hij wist dat het zowel zinloos als onverantwoord was om te proberen iets voor haar achter te houden, dat zou zich gemakkelijk tegen hem kunnen keren, dus vertelde hij wat er was gebeurd. 'Ze is vanochtend naar de bergen gevlogen. Na verloop van tijd verloren we het contact met de helikopter. Het is daar noodweer en we weten niet wat er gebeurd is.'

'Sinds vanochtend?'
'Dat klopt.'
'Waarom zijn jullie daar niet aan het zoeken?'
'Omdat we op dit moment niet naar dat gebied kunnen vliegen.'
Het bleef een paar seconden stil. Mette wist dat Ragnar de waarheid vertelde. Als er niet gezocht kon worden, dan was dat zo. 'Wanneer denken jullie dat...?'
'Zodra het noodweer vannacht of morgenochtend weggetrokken is, gaan we zoeken, zowel hiervandaan als vanuit Bodø. Ze kunnen een noodlanding gemaakt hebben op een plek waar geen radiocontact mogelijk is. Dat is het enige waarop we kunnen hopen.'
'Oké... Wil je me op de hoogte houden?'
'Dat doe ik, Mette.'

Mårten zag meteen aan Mette dat het geen goed telefoongesprek was geweest. Ze was diep in gedachten verzonken en peuterde aan een verhard stukje huid op haar duim.
'Was Olivia er niet?' vroeg hij na een tijdje.
'Nee, ze is niet in Arjeplog. De helikopter waarin ze zat is tijdens noodweer in de bergen verdwenen.'
Mårten streelde Mettes arm om contact met haar te krijgen. 'Ben je van plan om Lukas te bellen?'
'Nee.'

Olivia werd wakker van een geluid buiten de cabine.
Waarschijnlijk was ze de eerste twintig seconden niet alleen door de pijnstillers zo verdoofd. Ze had de dekens van zich af gegooid, lag naakt in het donker en had geen idee waar ze was. Pas toen ze het pistool tegen haar hand voelde kwamen de gebeurtenissen in korte, chaotische fragmenten terug. Het gebergte, het lijk met de kapotgeschoten schedel, het wrak van de helikopter, het kamp, de heen en weer schommelende stalen brug, ik lig in een hut met een kapot raam, het is ijskoud, lemmingen onder het bed.
Ze ging rechtop zitten in de donkere kamer en probeerde alle irrationele gedachten te ordenen. Haar hart bonkte, ze haalde een paar keer diep adem, keek op haar horloge en zag dat het halfdrie was. Dat kon ze zien omdat het maanlicht door het raam naar bin-

nen scheen. Maanlicht? Was het noodweer weggetrokken?

Ze wikkelde een deken rond haar lichaam, pakte het pistool en liep naar de deur. Waardoor was ze wakker geworden? Het was buiten doodstil. Ze duwde de deur met haar voet open. Het regende inderdaad niet meer.

Ik ben hier niet alleen, dacht ze terwijl ze de deur nog een stukje verder openduwde. Iemand heeft hier pasgeleden ingebroken, iemand die zich nog in dit gebied bevindt. In een van de cabines? Ze zag de wolken van haar ademhaling. Was er iemand in de cabine geweest terwijl ze sliep? Had diegene bij haar bed gestaan? Ze hield haar adem in en luisterde. Het gebulder van de stroomversnelling was afgenomen, het geritsel in de berkenbomen was gestopt, het gepiep van de lemmingen was verstomd. Ze deed een stap naar buiten en zag een lichtschijnsel bij een van de cabines die een stuk verderop lagen, maar het was duidelijk te zien. Op het moment dat ze haar eigen zaklamp op het schijnsel richtte verdween het. Was het een weerkaatsing? Maar waarvan dan? Ze knipte haar zaklamp uit, hield het pistool stevig vast en sloop voorzichtig een paar meter in de richting van de cabine. De maan verlichtte niet alle delen van het pad, soms liep ze in het donker, soms in het koude blauwe licht. Ze hief het pistool terwijl ze met haar andere hand de deken rond haar lichaam bij elkaar hield. Het was geen ideale positie. Zou ze rond de cabine sluipen en naar binnen schijnen? Om daarna een schot in haar voorhoofd te krijgen? Ze deed een paar stappen naar achteren en luisterde. Doodse stilte. Ik ga me aankleden, ga naar deze cabine terug en trap de deur in. Ze liep achterwaarts over het pad met het pistool op de cabine gericht. Toen Olivia bij het winkeltje terug was ging ze trillend over haar hele lichaam op de veranda zitten. Ze keek naar de sterren die aan de nachtelijke hemel glinsterden en dacht aan Pekka. Met een laatste krachtsinspanning liep ze naar de slaapkamer, ging op de bedrand zitten, pakte haar broek om die aan te trekken en liet zich achterover op het bed vallen.

De krachtige legerhelikopter van de reddingsdienst uit Bodø vond de verongelukte helikopter vrij snel nadat de weersomstandigheden veranderd waren en het licht werd. Het wrak lag op een rotsplateau. De piloot lag niet ver van het wrak. De verpleegkundige constateerde al snel dat de man een zwakke hartslag had, ernstig onderkoeld was en zo snel mogelijk naar de Spoedeisende Hulp vervoerd moest worden. De tweede persoon die in de helikopter had gezeten was nergens te bekennen. De helikopter steeg met Pekka aan boord op en vloog dreunend weg over het Låddauremeer.

Deze keer werd Olivia wakker van een geluid dat ze vrij snel kon identificeren. Het was een helikopter. Ze was met haar broek in haar handen op het bed in slaap gevallen, rende halfnaakt naar de deur en rukte hem open. De zon scheen volop. In de verte, tussen de bergen van Radtja, zag ze de Noorse helikopter wegvliegen van het gebied waar Pekka en zij waren verongelukt. Ze besefte dat het zinloos was om te zwaaien. Ze besefte ook dat Pekka waarschijnlijk was gevonden. Of dat dood of levend was wist ze niet. Hij had haar hulp echter niet meer nodig.

Ze ging op zoek naar de zeep die ze in een van de kamers had gezien. Die vond ze, samen met een haarborstel, waarmee ze haar haar probeerde te borstelen. Dat ging niet gemakkelijk. Haar kleren waren nog steeds vochtig. Ze wikkelde een deken als een sari rond haar lichaam, pakte haar kleren en de zeep en ging naar buiten. Ineens dacht ze terug aan de afgelopen nacht, toen ze wakker was geschrokken en een lichtschijnsel had gezien. Was dat een droom geweest? Nee. Ze keek naar de cabine waar ze het licht had gezien, maar zag geen beweging. Ze liep ernaartoe en bleef op een afstandje staan, maar zo dichtbij dat ze de vislijn met blinkers naast de deur aan de muur zag hangen. Had ze het maanlicht daar vannacht in zien weerspiegelen? De vorige dag was ze vlak bij het kamp een bosmeertje gepasseerd. Ze liep er in de zon op blote voeten naartoe en plotseling waren de lemmingen schattige kleine beestjes, als kleine hamsters, onschuldige dikkerds die heen en weer renden.

Het bosmeertje was omringd door gladde rotsplateaus waarlangs gletsjerboterbloemen met mooie witte kroonbladeren groeiden. Ze spreidde haar kleren op de plateaus uit om ze in de zon te laten drogen en stak haar teen in het water. Het was niet warm, maar Olivia had de zomers in haar jeugd aan de scherenkust doorgebracht en was gewend aan koud zeewater. Dit was een lekkere temperatuur. Ze gleed langs een plateau in het water en begon met voorzichtige bewegingen al het opgedroogde bloed, de modder en zwaarmoedigheid van zich af te wassen. Ze had het overleefd en het was slechts een kwestie van tijd voordat ze Lukas zou terugzien. Ze zou gevonden worden, op zijn laatst als de sneeuwhoenjacht begon. Tot die tijd had ze een dak boven haar hoofd, ham in blik en tijd om na te denken.

Ze dreef minutenlang op haar rug. Rondom haar verrezen de majestueuze bergen, met hier en daar kleine sneeuwplekken, en ze voelde hoe nietig ze was. Een te verwaarlozen vlek in dit eeuwige machtige panorama, dat er duizend jaar voor haar al was geweest en duizend jaar nadat zij was verdwenen nog steeds zou zijn. Stilte. Schoonheid. Sublimiteit.

Het lukte Olivia een paar magische minuten lang om niet te denken aan alle verschrikkingen die deze omgeving eveneens bevatte als je je hier op het verkeerde moment met de verkeerde uitrusting en de verkeerde ideeën bevond.

Alleen in Mexico had ze hetzelfde wonderbaarlijke contact met de natuur gevoeld. Lukas en zij hadden door de oneindige woestijn getrokken. Alleen de groene reuzencactussen met drie vertakkingen hadden de horizon verbroken en uiteindelijk waren ze bij een ravijn gekomen, een kilometers brede kloof die het landschap doorsneed, met helemaal onderin een blauwe rivier. Geen mensen, geen geluiden van de beschaving, alleen hij en zij en de stilte.

Lukas.

Ragnar zat voor het politiebureau met een kartonnen beker koffie en een telefoon in zijn hand. De zon scheen, maar dat hielp niet veel. Hij zag op tegen het telefoongesprek.

'Mette Olsäter.'

'Hallo, met Ragnar.'

'Hebben jullie haar gevonden?'

'We hebben de helikopter gevonden. Die is in het Radtjagebergte neergestort, in de buurt van de vindplaats van het lijk. De piloot is zwaargewond. Hij is naar Umeå vervoerd.'

'En Olivia?'

'Ze was daar niet.'

Mette zat in haar badjas aan de keukentafel en zag er net zo gammel uit als ze zich voelde, maar dat kwam niet door de wijn die ze de vorige avond had gedronken. Ze had de afgelopen nacht niet veel geslapen en dat gold ook voor Mårten, die bij het fornuis stond om roerei te maken.

'Was ze daar niet?'

'Nee. Ze moesten de piloot meteen naar het ziekenhuis brengen, dus konden ze de omgeving niet afzoeken, maar ze was niet in de buurt.'

'En? Wat is je conclusie?'

Ragnar nam een slok koffie, die inmiddels was afgekoeld. 'Ik denk dat ze het overleefd heeft en weg is gegaan om te proberen hulp te vinden.'

Dat klonk in Mettes oren als Olivia. De ijzeren band rond haar hart ging een beetje losser zitten. 'Maar dan vinden jullie haar toch snel?' zei ze.

'Misschien wel.'

'Wat bedoel je daarmee?'

'Je kent de weersomstandigheden hier in het noorden, vooral in de bergen. We hebben vanochtend een paar uur een helderblauwe hemel, maar er trekt vanuit het noorden opnieuw noodweer deze kant op.'

'Wat betekent dat?'

Ragnar wist na al die jaren dat Mette net een levende drilboor was. 'Dat we nu over het gebied gaan vliegen, maar dat we niet weten wat er gebeurt als het weer te slecht wordt.'

'Ragnar.'
'Ja?'
'Vind haar.' Mette verbrak de verbinding en keek naar Mårten. 'De helikopter is verongelukt en ze heeft het overleefd,' zei ze.
'Maar? Je ziet er niet uit alsof je iets te vieren hebt.'
'Ze weten niet waar ze is.'
Op dat moment ging Mettes telefoon weer. Ze pakte hem op en hoopte dat het Ragnar was die vrolijk nieuws had. Het was Lukas echter.
'Hallo,' zei hij. 'Heb je iets gehoord?'
'Ja en nee.' Ze besefte meteen dat het een stom antwoord was, ook al was het deels waar. 'Ik heb net een telefoontje uit Arjeplog gekregen. Olivia's helikopter is gisteren verongelukt. Ze hebben het wrak vandaag gevonden. De piloot is zwaargewond en...'
'Is ze dood?' Hij zei het met een stem die zo beheerst klonk alsof hij niet had geschilderd, maar zich de hele nacht had voorbereid op het bericht dat Olivia overleden was.
'Nee, ze is niet dood, maar ze weten niet waar ze is.'
'Leg uit.' Nog steeds dezelfde beheerste toon.
'Ze denken dat ze weggegaan is om hulp te halen,' zei Mette.
'Maar dan kan het toch niet zo moeilijk zijn om haar te vinden? Ze hebben de piloot tenslotte ook gevonden.'
'Daar hopen we inderdaad op.' Ze hoefde hem niet te belasten met het naderende noodweer vanuit het noorden. De situatie was zo al onzeker genoeg voor hem. 'Ik bel zodra ik iets hoor,' verzekerde ze hem.

Olivia lag naakt op het rotsplateau bij het meertje om op te drogen. Af en toe voelde ze een koude windvlaag, maar de zon verwarmde voldoende. Het deed haar goed, en niet alleen wat betreft haar lichaam. Haar gepijnigde ziel kwam er eveneens door in balans. Ze deed haar ogen dicht en dacht nergens aan. Dat deed haar ook goed. Toen ze haar ogen weer opende zag ze hoog aan de hemel een donkere vogel vliegen. Ze beschermde haar ogen met één hand tegen de zon. De vogel daalde in grote, langzame cirkels steeds verder naar beneden en werd steeds groter. De vleugels bewogen langzaam en krachtig door de lucht. Dat moet een adelaar zijn, dacht Olivia. Een steenarend. Ze draaide zich om, haalde haar telefoon uit haar zak, zette hem aan en zag dat de batterij bijna leeg was. Vandaag wilde ze foto's maken. Ze ging weer op haar rug liggen, nam een paar foto's en keek naar de statige roofvogel. De vleugelwijdte was bijna angstaanjagend. Plotseling stortte hij recht naar het grote meer waaraan het kamp grensde. Ze verloor hem uit het zicht, kwam een stukje overeind en zag dat hij met een krijsende roodkeelduiker in zijn klauwen vanaf het wateroppervlak opsteeg. Net zo langzaam als hij naar beneden was gezweefd, verdween hij met zijn buit naar de bergen. Olivia ging weer op haar rug liggen. Het tafereel was bijna plechtig geweest. Ze zou het in elk geval nooit vergeten.

Op dat moment zag ze in de verte nog een vogel, minder hoog maar net zo donker, net zo zwevend, die in de richting van het kamp vloog. Een paar seconden later hoorde Olivia een zacht gebrom. Zo klonken vogels beslist niet. Ze hield haar hand weer voor haar ogen en zag dat het een drone was. Hij naderde hoog aan de hemel, stopte en bleef even hangen voordat hij recht boven haar daalde. Instinctief trok ze haar kleren naar zich toe om haar lichaam mee te bedekken en werd woedend. Is iemand me aan het filmen terwijl ik naakt ben? Wat een klootzak! Ze stond op, staarde naar de drone en had de neiging om haar pistool te pakken. Ineens besefte ze dat ze haar misschien zochten. Ze was tenslotte verdwenen. Ze hief haar arm en zwaaide naar de drone. 'Hallo! Ik heb hulp nodig!'

Ze wist dat de camera onder de drone zowel geluid als beeld opnam. Als het tenminste een redelijk moderne was.

'Hallo!'

Op hetzelfde moment draaide de drone en vloog weg over het meer.

Olivia trok haar kleren aan en liep naar de cabine terug. Ze wist dat de actieradius van de meeste drones ongeveer acht kilometer was. Dat was niet ver in verhouding tot het berglandschap waar ze zich bevond. Degene die de drone bestuurde kon zich redelijk in de buurt bevinden. Hadden ze haar horen roepen en waren ze van plan haar te helpen? Of was het degene die hier had ingebroken en had hij helemaal geen belangstelling voor haar situatie?

Terwijl ze de heuvel naar het kamp af liep vielen haar twee dingen op. Ten eerste was de zon verdwenen en waren de bergkammen opnieuw verborgen achter tot nu toe lichte wolken. Ten tweede zag ze een smalle rookzuil aan de overkant van het meer. Ze liep de cabine in, opende een blik met worstjes en pakte de verrekijker die aan de muur hing. Met de verrekijker in één hand en het blik worstjes in de andere ging ze op de bank bij het water zitten en keek uit over het meer. De rook leek afkomstig uit het dak van een huis dat bijna verscholen in het bos stond. Daar waren dus mensen. Waarschijnlijk de eigenaars van de drone. Olivia at het laatste koude worstje en nam een beslissing. Als het goede mensen waren zou ze hulp kunnen krijgen. Waren ze dat niet, dan moest ze op dat moment bekijken wat ze zou doen.

De man in de vakantiewoning stopte de film van de drone, spoelde hem achteruit en zoomde in. De vrouw boog zich naar de camera in zijn hand. Hun belangstelling was niet gericht op de vrouw op het scherm die met haar ogen dicht naakt op een rotsplateau lag, maar op het pistool naast haar.

De man wees ernaar.

De vrouw knikte en pelde een banaan.

Er lagen een aantal eenvoudige polyester boten bij de steiger van het kamp. Olivia nam aan dat de motoren in de grote gereedschapsschuur die ernaast stond waren opgeslagen. Het hangslot van de schuur was opengebroken. Hier was dus ook ingebroken. Ze duwde de deur open en scheen met de zaklamp naar binnen. Midden in de schuur hingen een aantal tweetaktmotoren op schragen en in een hoek stonden een paar kleine plastic jerrycans met benzine netjes op een rij. Ze vond ook een plastic zak voor het pistool. Als het ging regenen wilde ze dat het droog bleef. Ze schoof de zak met het pistool onder haar trui.

Het duurde een tijd voordat Olivia een van de boten in het water had geduwd en de motor eraan had gehangen. Ze was gewend aan tweetaktmotoren omdat ze een boot met zo'n motor bij de vakantiewoning van haar ouders hadden gehad. Vervolgens legde ze een paar roeispanen en een van de zwemvesten die in de schuur hingen in de boot. De motor sloeg meteen aan. Ze nam aan dat hij niet lang geleden was gebruikt door de vliegvissers die in het kamp verbleven.

Vervolgens trok ze het zwemvest over haar jack aan en stuurde de boot de inham uit.

De lichte wolken waren verder langs de berg gedaald en bovendien was het bedenkelijk donker geworden, de wind was toegenomen en er ontstonden schuimkoppen op de golven. Ze hoefde echter niet verder dan de overkant van het meer.

Toen ze halverwege was begon het te regenen, maar daar maakte ze zich geen zorgen over. Over de sterke stroming was ze wel bezorgd. Die ontstond door de krachtige wateraanvoer van de rivier de Lådda en de Pieske aan de ene kant en de grote Sartawaterval aan de andere kant. Daartussen werd de stroming steeds sterker naarmate je dichter bij de waterval kwam.

Dat voelde Olivia. Het huis dat ze had gezien lag links van de waterval en daar stuurde ze de boot naartoe. Ze moest haar best doen om met behulp van de gashendel op koers te blijven en probeerde zo veel mogelijk gas te geven.

Op dat moment stopte de motor.

Ze trok telkens weer aan het startkoord, maar de motor sloeg niet aan en de boot dreef steeds sneller naar de waterval. Ze trok opnieuw zonder dat er iets gebeurde. De reden was eenvoudig en volkomen begrijpelijk. Olivia was vergeten om het luchtkraantje dat zich boven in de motor bevond open te draaien. Nu stopte de benzinetoevoer na een tijdje. Een fout die diverse vliegvissers ook hadden gemaakt.

In Olivia's situatie was het een levensgevaarlijke fout.

Ze pakte de roeispanen en probeerde uit de ergste stroming te roeien. In de verte zag ze de schuimende rand waar het water met een oorverdovend gebulder verdween. Het duurde niet lang voordat ze besefte dat het haar nooit zou lukken om weg te roeien; de zuigkracht van de waterval was te sterk. Ze ging op een van de roeibanken staan, sprong in het water en probeerde wanhopig naar een paar stenen die uit het water staken te zwemmen. Het zwemvest hield haar aan de oppervlakte, maar er zat geen kracht in haar armspieren. Ze kreeg een grote slok koud water binnen en probeerde haar hoofd boven water te houden. De stroming trok aan haar lichaam. Op dat moment voelde ze iets onder haar schoenen. Dat moest de bodem zijn! Ze kreeg nieuwe krachten, zette haar voeten op de bodem en begon naar voren te bewegen. Haar voeten kregen steeds meer houvast en na een paar meter kwam het water tot haar middel. Toen ze zich omdraaide zag ze de boot over de rand van de waterval verdwijnen.

Uiteindelijk liep ze doornat en ijskoud de oever op en begon in de richting van het huis te lopen. Daar zou het in elk geval warm zijn. Olivia klappertandde terwijl ze langzaam tussen de bomen door liep. Ze wist dat het huis een paar meter bij de oever vandaan lag. De rooklucht hielp haar zich te oriënteren.

Op een open plek stond een grijs houten huisje met een kleine, ongeverfde veranda.

Ze bleef tussen de bomen staan. Aan deze kant brandde er geen licht achter de ramen. Naar de grootte van het huisje te oordelen brandde er ergens anders ook geen licht. Was er niemand thuis? Maar de rook uit de schoorsteen dan? Ze haalde de plastic zak onder haar trui vandaan en voelde aan het pistool, dat ze misschien moest gebruiken en dat gelukkig nog redelijk droog was. Ze schoof de zak weer onder haar trui en begon naar het huisje te lopen. Deze keer was ze niet van plan om 'Hallo' te roepen. Voorzichtig sloop ze naar het raam en probeerde naar binnen te kijken. Dat lukte niet, omdat er een kast of iets dergelijks voor het raam stond. Ze liep om het huisje heen, nam de trap naar de veranda en klopte een paar keer op de deur. Geen reactie. Ze voelde aan de deur. Die was niet op slot. Langzaam duwde ze hem stukje bij beetje open en ging naar binnen.

De kamer, want het was maar één kamer, was leeg. In de kleine ijzeren kachel die in een hoek stond gloeiden een paar houtblokken, die een zwak licht verspreidden dat net voldoende was om de drone te zien die naast een tafelpoot op de vloer lag. Olivia wilde het licht niet aandoen omdat ze van buitenaf niet zichtbaar wilde zijn en had spijt dat ze de zaklamp niet had meegenomen. Ze had de aansteker echter wel in haar zak. Ze deed hem aan en keek naar de tafel. Daarop lagen een paar bananenschillen en een opengevouwen kaart van precies hetzelfde gebied als Olivia's kaart. Dat was niet zo vreemd, omdat ze zich in dat gebied bevonden. Wat echter heel merkwaardig en onaangenaam was, was de getekende cirkel op de plek die Olivia ook had gemarkeerd: het sneeuwbekken waar het oude lijk was gevonden.

Op deze kaart stond een stukje onder de vindplaats bovendien een kruis en dat stond niet op haar kaart.

Ze boog zich over de kaart en dacht erover na wat het kruis kon betekenen toen ze plotseling een harde klap op haar achterhoofd kreeg. Ze was al bewusteloos voordat ze de vloer raakte.

Hij stond bij het raam en vroeg zich af of hij een tijdje zou gaan liggen. Het was nog lang geen tijd om naar bed te gaan, maar hij was moe. Hij had de afgelopen nacht slechter dan anders geslapen omdat hij onrustig had liggen woelen en een paar keer was opgestaan om door de kamer te ijsberen terwijl hij over haar en wat hij van haar had verlangd nadacht. Hij wist dat hij haar een gevaarlijke opdracht had gegeven en wist niet zeker of hij daar goed aan had gedaan. Ze was echter de enige die hij kon vertrouwen. Bovendien wist hij dat ze in hachelijke situaties ijskoud bleef.

Had ik zelf mee moeten gaan? dacht hij. Het is tenslotte allemaal mijn schuld. Had ik dit lang geleden al moeten regelen?

Dat had hij echter niet gedaan.

Hij keek naar de gladde gouden zegelring aan zijn pink en begon hem langzaam rond te draaien. Hij had gisteren en vandaag geprobeerd contact met haar op te nemen, maar dat was niet gelukt. Dat kon komen doordat ze geen bereik had, dat wist hij, maar in het ergste geval had het een andere oorzaak.

In het ergste geval waren er meer personen in het gebied.

Waarschijnlijk was Olivia niet lang bewusteloos geweest, maar het was lang genoeg voor haar overvaller om een plastic zak over haar hoofd te trekken en haar handen op haar rug vast te binden. Ze lag op haar buik voor de ijzeren kachel en had een bonkende pijn in haar achterhoofd. In de duisternis hoorde ze de stemmen van een man en een vrouw die Spaans praatten, een taal die ze vloeiend beheerste. Helaas hoorde ze daardoor ook iets wat ze liever niet had willen weten. De vrouw zei namelijk: 'Schiet haar dood.'

'Dat is geen goed idee.'

'Schiet haar dood.' De ijskoude stem zweeg en het werd stil. Olivia hoorde het vuur in het ijzeren kacheltje knetteren en voelde een voet tegen haar been duwen.

'Dat is niet nodig,' zei de man na een tijdje.
'Ze heeft ons gezien.'
'Ze heeft helemaal niets gezien. We vertrekken nu.'
'We vertrekken als ze doodgeschoten is. Geef me het pistool.'

Olivia hoorde iets over de vloer schrapen en kneep haar ogen dicht. Alsof dat zou helpen als je doodgeschoten werd.

Ga ik hier dood? dacht ze, waarna ze een zandstrand voor zich zag en een gebruinde man die een blikken doosje met daarin een haarlok aan haar gaf.

Op dat moment werd het schot afgevuurd.

Olivia gaf een gil en draaide zich om. Er gebeurde niets. Is er op me geschoten? Hoort dat geen pijn te doen? Ze hoorde een deur dichtslaan. Er is niet op me geschoten. Ze zijn vertrokken. Of niet soms?

Ze haalde hijgend adem binnen de plastic zak, die gelukkig niet helemaal dichtzat. Haar oren suisden door de knal van het schot.

Ze lag een hele tijd doodstil omdat ze het risico niet wilde lopen dat de vrouw in de deuropening stond te wachten tot ze overeind kwam, om haar daarna neer te schieten. Uiteindelijk ging ze zitten. Ze hoorde nog steeds geen geluiden. Ze zijn er niet meer, dacht ze en ze schoof naar de kachel. Ze besefte dat die heet was, maar er zat een handgreep aan die uitstak. Als het haar lukte om de plastic zak daarachter te haken kon ze hem van haar hoofd schuiven.

Het lukte, ook al brandde ze haar wang.

De drone was weg en toen ze eenmaal stond zag ze dat de kaart ook verdwenen was. Ze liep naar het aanrecht. Haar handen waren met een dun touw in plaats van een kabelbinder op haar rug gebonden. Daar was ze dankbaar voor omdat een touw kapotgeschuurd kon worden, bijvoorbeeld tegen de metalen rand van het aanrecht of als het niet anders kon de hete kachel. Op dat moment zag ze het gat omringd door houtsplinters hoog in de muur. Het was een waarschuwingsschot geweest.

Ze haatte die vrouw.

Het kostte tijd, maar uiteindelijk brak het touw. Olivia wreef over haar polsen en zocht naar een mes of een schroevendraaier of iets anders wat scherp genoeg was om de kogel mee uit de muur te verwijderen. Ze vond een kurkentrekker, wipte de kogel uit het gat en stopte hem in haar zak. Toen ze toevallig op de plastic tas stapte zag ze dat die van een ICA-supermarkt in Jäkkvik was. De plastic tas belandde ook in haar jaszak. Ze was overvallen en bijna beschoten en was bovendien naakt gefilmd. Olivia zou jacht op het stel maken.

Het belangrijkste was de kaart van de Spanjaarden met een cirkel rond de vindplaats van het lijk en een kruis vlak daaronder. Dat was geen toeval. Het stel was op weg naar de plek waar zij ook naartoe zou gaan voordat Pekka's helikopter neerstortte.

Olivia haastte zich een beetje te snel de hut uit, waardoor haar pols pijnsignalen door haar hele lichaam stuurde. Bovendien deed haar achterhoofd verschrikkelijk veel pijn.

Ze had de pijnstillers in een plastic doosje in haar zak en hoopte dat ze niet nat waren geworden door het avontuur bij de Sartawaterval. De meeste pillen hadden het overleefd en ze slikte er een paar met een mondvol water uit het meer.

Ze wist in welke richting ze moest lopen en ging op weg.

In het commandocentrum in Arjeplog werd snel gereageerd zodra de weersverandering een feit was. Ragnar Klarfors stuurde twee helikopters naar het Radtjagebergte om naar de verdwenen politieagente Olivia Rönning te zoeken. Hij waarschuwde de Noren ook. Het zou opnieuw noodweer worden en de omstandigheden konden lastig worden als de vrouw voor die tijd niet was gevonden.

Ze wisten in elk geval hoe het zoekgebied eruitzag, ook al was het groot.

Olivia maakte zichzelf wijs dat ze een zeker voordeel had omdat ze deze route pasgeleden nog had gelopen. Weliswaar in de tegenovergestelde richting, maar toch kende ze het terrein enigszins. Bovendien onweerde het nu niet, ook al regende het licht. De vorige dag was het erger geweest. Aan de andere kant wist ze niets over de kennis die de Spanjaarden van het gebied hadden. Misschien waren ze hier al heel vaak geweest. Ze konden iets over de dode man in het sneeuwbekken weten en zelfs over de moord, omdat ze de vindplaats op hun kaart hadden omcirkeld.

Helaas had ze hun gezichten niet gezien en hun stemmen hadden hun leeftijd niet verraden.

Het was midden op de dag en de grijze wolken lieten voldoende licht door om zich probleemloos een weg door het terrein te banen. Zo probleemloos als dat tenminste ging met alle rotsblokken en kleine ravijnen en waterstroompjes. Olivia ging ervan uit dat het stel zich niet ver voor haar bevond. Ze was hoogstens een halfuur na hen uit het huisje vertrokken. Weliswaar deed haar pols pijn, maar dat werd gecompenseerd door de enorme woede die haar de broodnodige energie gaf. Het belangrijkste was dat ze haar niet zagen. Ze moest die twee vinden voordat ze haar ontdekten.

Toen ze een rotsige heuvel had beklommen zag ze in de verte een persoon in een donkere parka met een opgezette capuchon en een tweede persoon met een gebreide zwarte muts. Ze keken geen van beiden achter zich. Dat moesten ze zijn. Olivia vermoedde dat de afstand zo groot was dat ze haar niet hadden gezien. Ze zorgde ervoor dat er de hele tijd iets in de buurt was om zich achter te verstoppen, zoals rotsblokken en berkenbosjes.

Het paar bleef op een rotsplateau staan en haalde de kaart tevoorschijn. Olivia ging op haar hurken zitten. Ze had haar eigen kaart niet bij zich, maar nam aan dat ze naar de omcirkelde plek of naar het kruis keken.

Het kon niet ver meer zijn.

Ze had een flinke stap over een kabbelende beek moeten nemen en liep nu door een dicht berkenbos. Een smal pad leidde omhoog. Ze nam aan dat de vliegvissers gebruikmaakten van deze route. Ze had het stel al een tijdje niet gezien, daarvoor was het terrein te dichtbegroeid. Een stukje verderop groeiden de berken verder uit elkaar en ging het pad verder over een open rotslandschap. Ze bleef staan en luisterde.

Het enige wat ze hoorde waren de geluiden van de bergen: kabbelend water, het ruisen van de wind, af en toe de kreet van een vogel. Stemmen hoorde ze niet. Ze moest het kale gedeelte dat voor haar lag oversteken om het stel weer in het oog te krijgen. Er was hier niet veel om zich achter te verstoppen. Ze liep gebukt langs lage rotswanden en verhoogde haar tempo enigszins.

Toen ze op een groot rotsblok was geklommen en rechtop ging staan zag ze de man en de vrouw minder dan dertig meter voor zich.

Ze stonden bij een oude rendierherdershut. Gelukkig stonden ze met hun rug naar haar toe en kon ze achter de rots wegduiken.

Even later keek ze voorzichtig boven de rots uit naar de hut, die was omringd door een grotendeels kapotte omheining en verlaten leek. Olivia dook weer achter de rots en keek naar de berg met het sneeuwbekken. Het politielint waarmee de vindplaats was afgezet fladderde in de wind. Daar zou ze gisteren naartoe gegaan zijn en nu was ze er na een aantal hindernissen toch gearriveerd. Ze keek opnieuw voorzichtig boven de rots uit. De vrouw was verdwenen. Waarschijnlijk was ze de hut in gegaan. De man had zijn muts afgezet en had een pistool in zijn hand. Olivia haalde haar eigen pistool tevoorschijn, terwijl ze het terrein voor zich tegelijkertijd controleerde. Tussen de plek waar ze stond en de hut lagen meerdere rotsblokken om zich achter te verstoppen. Het probleem was om ongezien van het ene naar het andere te komen.

Het eerste rotsblok lag maar een paar meter voor haar. Ze wachtte tot de man zijn rug naar haar toe draaide en liep snel naar de steen. Waar ze geen rekening mee had gehouden, hoewel ze het eerder had meegemaakt, was de sneeuwhoen die een meter voor haar onverwacht opfladderde en wegvloog. Daardoor draaide de man zich om. Hij zag haar en hief zijn pistool, net als Olivia deed. Ze schoten tegelijkertijd. Zijn kogel raakte het rotsblok naast haar en die van haar raakte het voorhoofd van de man. Hij viel achterover en tijdens zijn val vloog het pistool uit zijn hand en verdween achter de hut. De knal echode tussen de hellingen en stierf weg. In de stilte hoorde Olivia het geluid van een helikopter. Ze ging op haar hurken achter het rotsblok zitten. Van de vrouw was nog steeds geen spoor te bekennen. Ze was in de hut of erachter.

Dat was de plek waar het pistool terecht was gekomen en er waren niet veel andere plekken waar ze kon zijn.

Olivia dacht heel even na, ging rechtop staan en rende gebukt tussen een paar grote rotsblokken door naar de hut. Een paar meter ernaast lag een stapel half vermolmde grijze planken, waarschijnlijk oud hout van de omheining. Ze bleef achter de stapel staan. Nu kon ze de achterkant van de hut zien. Daar was niemand. Was de vrouw in de hut? De tweede sneeuwhoen fladderde vlak achter haar op. Olivia reageerde instinctief op het geluid, draaide zich om, zag de sneeuwhoen verdwijnen en draaide zich terug.

Op dat moment werd er vanuit de hut geschoten. De kogel raakte Olivia in haar borstkas en ze viel tegen de stapel planken terwijl het bloed over haar jack stroomde. De vrouw rende met het pistool in haar hand de hut uit. Ze was volkomen geconcentreerd op de helikopter die steeds dichterbij kwam en blijkbaar op weg naar de hut was. Ze rende de helling op naar de grote rotsplateaus en verdween tussen de rotsen.

'Daar ligt iemand!' riep de helikopterpiloot. De vrouw naast hem keek in de richting waarin hij wees en zag het lichaam voor de hut liggen.

'Is dat de politieagente?'

'Het lijkt een man.'

De helikopter landde vlak bij de hut. Drie personen stapten uit, de piloot bleef zitten. Degene die het eerst bij het lichaam was constateerde dat het inderdaad een man was en dat hij zonder enige twijfel dood was. Uit zijn hoofd stroomde warm bloed. De andere twee gingen de hut in. Die was leeg. Ze kwamen weer naar buiten en keken om zich heen. Het duurde even voordat ze bij de stapel planken waren en nog een lichaam zagen liggen. Het was een vrouw die was neergeschoten en onder het bloed zat.

De lichtbundel was op de gewonde borstkas gericht, een scalpel sneed door het weefsel, aders waren afgeklemd, de blauwe hechtdraad werd voorzichtig door het dunne bindmembraan getrokken, de hartfrequentie vormde groene, bergachtige patronen op het scherm, witte doeken vingen het bloed uit de doorgesneden aders op, de secondewijzer van de klok aan de muur schoof geluidloos naar de twaalf en gaf aan dat het middernacht was, een hand in een crèmekleurige plastic handschoen gaf een zilveren tang aan en een bebloede kogel belandde met een metalige klank in een schaal van roestvrij staal.

Het licht ging uit.

Tom Stilton lachte. Het was een lach die helemaal uit zijn buik kwam en volkomen onbevangen was. Luna keek verbaasd naar de man tegenover haar. Ze had Tom nog nooit op deze manier horen lachen. Waarschijnlijk had ze hem zelfs nog nooit hardop horen lachen. De reden van Stiltons lachbui was de vrouwen die bij hem zaten – zijn partner Luna en zijn halfzus Aditi – niet helemaal duidelijk, maar het had te maken met de haveloze informant Leif 'Minken' Minqvist, van wie Stilton in zijn tijd bij de politie honderd jaar geleden af en toe gebruik had gemaakt. Wat er zo verschrikkelijk leuk was begrepen de vrouwen niet.

'Snappen jullie!' lachte Stilton.

'Nee,' antwoordde Aditi.

'Hij probeerde in alleen een onderbroek en met een paraplu in zijn hand het verkeer te regelen op de kruising van de Kungsgatan…'

'Wil je nog wat thee?' onderbrak Luna hem.

'Graag,' antwoordde hij zonder te aarzelen.

Niet alleen lachte hij hardop, maar hij dronk ook thee. Bovendien was hij zo bruin als een kokosnoot, fit en redelijk gespierd. Op dit moment zat hij met zijn voeten gekruist over zijn dijbenen, wat niemand een jaar geleden had kunnen vermoeden. Hij had een aanzienlijke tijd in Aditi's yogaretraite in Mae Phim in Thailand doorgebracht en verbeeldde zich dat hij zich nooit beter had gevoeld dan nu. Hij had de vrouw van wie hij hield bij zich en had het verleden zorgvuldig verpakt in inzicht en vergetelheid. Hij was op dit moment op de juiste plek.

Op dat moment zoemde zijn telefoon. 'Stilton.'

'Hallo, met Mette.'

'Is er iets gebeurd?'

Mette was niet iemand die belde om te vragen of hij al lekker bruin was. Ze nam contact op als daar een reden voor was.

'Olivia is neergeschoten. Ze ligt op de intensive care. Het is niet duidelijk of ze het...'

'Wie heeft haar neergeschoten?'

'Ik weet het niet. Ze was in de bergen om een...'

'Ik kom naar huis. Ik bel je vanaf de luchthaven. Tot later.' Stilton kwam met een verbazingwekkende soepelheid uit zijn lotushouding.

De man met de prostaatklachten was op het toilet in slaap gevallen en werd wakker doordat zijn hoofd tegen de deur sloeg. Hij stond op en spoelde de laatste oogst weg. De iPad lag onder de wastafel op de vloer en pas toen het geluid van het doorspoelen was weggestorven hoorde hij het gezoem. FaceTime. Hij nam op, deed het toiletdeksel naar beneden en ging zitten. De vrouw op het scherm praatte zoals altijd beknopt. Ze had problemen in de bergen gehad en was nog niet op de plek geweest. Een helikopter was opgedoken en ze was gevlucht. Ze keken elkaar een paar seconden aan voordat de man de verbinding verbrak.

De vrouw had de opdracht niet tot een goed einde gebracht.

Daardoor kon alles op het spel komen te staan.

Stilton had een favoriete plek in Bangkok, Suzy's bar, die in een doodlopend straatje lag en een eigenares had die nooit meer zei dan nodig was.

Deze keer was ze helaas op bezoek bij haar dochter in Chiang Mai en zorgde haar jongere broer Lek voor het restaurant. Het nadeel aan hem was dat hij anders was dan zijn zus. Hij praatte en daar had Stilton op dit moment absoluut geen behoefte aan. Lek probeerde op verschillende manieren zijn belangstelling te wekken, terwijl hij alleen behoefte had aan bier om de paar uren voordat het vliegtuig vertrok door te komen.

'Ik kan olifantenshow regelen, fantastische olifantenshow, bijna goedkope kaartjes! Je zit zowat op de slurven.'

Stilton toonde zijn desinteresse door zijn telefoon te pakken en een nummer in te toetsen. Dat had hij het afgelopen halfuur een paar keer gedaan. Eerst had hij naar Mette gebeld, die niet opnam.

Daarna naar Mårten, die ook niet opnam. Nu probeerde hij Abbas el Fassi, die zich vroeger aan de verkeerde kant van de wet had bevonden, maar nu een opleiding tot croupier had gevolgd en een goede vriend was geworden. Abbas nam ook niet op. Daarmee waren zijn bronnen, in elk geval de informele, uitgeput. Met anderen wilde hij geen contact opnemen. Hij kon Olivia's moeder Maria bellen, maar hij had haar al heel lang niet gesproken en de laatste keren had hij daar om verschillende redenen geen prettig gevoel aan overgehouden. Stilton hield niet van onprettige gesprekken over persoonlijke kwesties waarover hij niet wilde praten.

Hij nam nog een biertje en dacht aan Olivia, de dochter van Arne, een van zijn beste collega's in zijn tijd bij de recherche, die aan kanker was overleden toen hij zelf dakloos was en in afvalruimten sliep waar het krioelde van de ratten. Dat was heel ver verwijderd van het met gekruiste benen in de lotushouding zitten.

Olivia was neergeschoten.

Zijn maag draaide voor de duizendste keer sinds Mettes telefoontje om.

Hij zag haar voor zich. Ze hadden de afgelopen jaren veel met elkaar meegemaakt en hadden elkaar een aantal keer gered. Gedurende de jaren had hij geleerd om te respecteren wat voor hem belangrijk was bij een ander. Dat was vertrouwen. In gevaarlijke situaties kon hij op Olivia vertrouwen, maar ook als hij dingen onder woorden moest brengen die hij diep in zichzelf had weggestopt.

Nu was ze neergeschoten en zou ze het misschien niet redden.

Hij sloeg zijn glas bier achterover.

Toen Lek naar hem toe kwam met een zijden overhemd dat Stilton volgens hem uitstekend zou passen als de mouwen verlengd werden, vertrok hij.

De man en de vrouw die het ziekenhuis verlieten leken veel ouder dan ze in werkelijkheid waren. Weliswaar waren ze al wat ouder en leed een van hen aan hielspoor, maar de leeftijd of de hielspoor was niet de reden dat ze zo ineengedoken liepen. Dat kwam door Olivia en het bezoek dat ze net hadden afgelegd. Ze mochten niet naar binnen omdat haar moeder er was en Olivia niet meer bezoek mocht hebben, dus konden ze niets anders doen dan weggaan.

Nu liepen ze dicht naast elkaar in de koele schemering. Mårten hield zijn arm onder die van Mette terwijl zij op haar telefoon keek. 'Tom is onderweg naar huis,' zei ze zachtjes.

'Dat is mooi.'

Mette stopte haar telefoon weg en drukte zich dichter tegen Mårten aan. Ze hadden besloten om met het openbaar vervoer te gaan, wat een idee van Mårten was. Hij was van mening dat het goed voor Mettes voetblessure was om te bewegen. Mette had er niets op tegen gehad. Normaal gesproken gaf ze de voorkeur aan taxi's, maar nu had ze andere dingen aan haar hoofd. 'Hoe reageerde Abbas erop?' vroeg ze.

'Hij zei niet zoveel, maar wil mee als we de volgende keer bij haar op bezoek gaan. Hij was bang.'

'Waarom denk je dat?'

'Dan wordt hij extreem kortaf. Heb je dat nooit gemerkt?'

'Nee.'

Geen van beiden wilde onder woorden brengen wat tot nu toe onuitgesproken was. Het zat niet in Mettes karakter om zich van tevoren druk te maken over beproevingen, terwijl Mårten een fatalist was wanneer dat nodig was. Wat we niet kunnen beïnvloeden moeten we achteraf overwinnen, was zijn motto.

'Zullen we toch maar een taxi nemen?' stelde Mette voor. 'Ik heb wijn nodig.'

'Dan doen we dat.'

Lukas pulkte aan een lichtgele verfvlek op zijn shirt, die zijn trillende hand vandaag had veroorzaakt. De verf die was bedoeld als een glinsterende plek op het doek, maar die was geëindigd als een vlek op zijn shirt. Lukas was ervan overtuigd dat zijn lichaam had gereageerd op het moment dat Olivia was neergestort. Of misschien toen ze was neergeschoten. Of allebei. Hij wist niet precies wanneer of hoe alles had plaatsgevonden, maar wat hij van Mette had gehoord had hem ervan verzekerd dat het zo was. Hij had Olivia's pijn gevoeld. Dat was vanzelfsprekend en glashelder voor hem. En nu lag ze met een heleboel slangen in haar lichaam in het ziekenhuis. Hij hield van Olivia. Het was zo verschrikkelijk. Het was alsof het leven hem altijd strafte als hij eindelijk rust had en zich goed voelde. Alsof hij het niet waard was om liefde te voelen.

'Lukas?' Zijn therapeute probeerde zijn aandacht te trekken en dat lukte. Hij stopte met pulken aan de verfvlek. Die mocht blijven zitten bij wijze van herinnering aan wat er was gebeurd. Of als bewijs. Hij zou hem aan Olivia laten zien wanneer ze… als ze… maar natuurlijk zou ze bijkomen.

'Sorry,' zei hij.

'Ben je in het ziekenhuis geweest?'

'Nee. Ze is onder narcose en ik…'

De therapeute wachtte af of hij zou zwijgen of verder wilde praten. Na een tijdje begreep ze dat hij niets zou zeggen. Ze zette haar bril recht en boog zich naar voren. 'En je?' vroeg ze.

'Wat?'

'Je stopte midden in je zin. "En ik", zei je.'

'Ja.' Lukas keek naar beneden en wachtte even voordat hij verderging. 'Je weet dat ik niet zo goed tegen ziekenhuizen kan. Ik heb het nog niet aangekund om ernaartoe te gaan. Het doet me denken aan hoe… Tja, je begrijpt…'

De therapeute glimlachte naar hem. 'Ik begrijp het,' zei ze. 'Maar ik vraag me af hoe je je in deze situatie voelt. Het moet een schok voor je geweest zijn om over Olivia te horen en we weten hoe geschoktheid en trauma's je problematiek kunnen activeren. Dus hoe voel jíj je?'

Lukas keek om zich heen. Hij mocht Sanna – zijn therapeute – graag, maar ze had geen smaak als het om inrichting ging. Ze zaten tegenover elkaar in twee lelijke, maar comfortabele witleren draaistoelen. Op de vensterbank stonden een paar witte plastic orchideeën en aan de witte muren hingen goedkope posters met zonsondergangen en bloemen. Op de vloer lag een versleten geknoopt kleed dat eruitzag alsof het al decennialang meeging. Waarschijnlijk waren de problemen van heel veel cliënten erop gedruppeld. Lukas vertrok zijn mond. Hij zag voor zich hoe dat druppelen eruitzag, als draden van verschillende lengten die aan de draaistoelen hingen, en hoe het saaie kleed de problemen en het noodlot van de mensen die hier kwamen gulzig opzoog in de vorm van druppels, als een algeneter in een aquarium.

'Hoe oud is dit kleed eigenlijk?' vroeg Lukas.

'Wat?' Er verscheen een uitdrukking van verwarring op Sanna's gezicht, zag Lukas. Even later was haar gezichtsuitdrukking weer neutraal en was ze de geduldige luisteraar weer.

'Heb je het al sinds je als therapeut bent begonnen?'

'Waarom vraag je dat?' Sanna leunde naar achteren. De stoel kraakte een beetje.

'Dat kleed moet al heel veel gehoord hebben,' zei Lukas.

'Tja... ik weet weliswaar niet hoe goed het gehoor van een geknoopt kleed is, maar stel dat het dat heeft, dan heeft het inderdaad heel veel meegemaakt.'

Sanna glimlachte, maar bedacht dat hij niet had opgenomen wat er was gebeurd. Hij had zich ervoor afgeschermd om niet in te storten. Ze moest voorzichtig te werk gaan.

De verpleegkundige had het rolgordijn laten zakken en het licht uitgedaan. De enige lichtbron in de kamer was een rode lamp naast de deur. Het zwakke schijnsel bereikte de in het donker geklede vrouw bij de muur niet. Maria, Olivia's moeder, zat met verstrengelde handen in het donker en hield haar adem in. Ze was klaar met huilen.

Voorzichtig schoof ze de stoel naar het bed en keek ze naar haar dochter. Dat had ze al heel vaak gedaan als ze klaar was met voorlezen en haar dochter sliep, maar deze keer was het anders. Olivia was neergeschoten. De kogel was rakelings langs de aorta gegaan en was in het schouderblad blijven steken. Nu was ze onder narcose en er liep een slang vanaf de binnenkant van haar elleboog naar een plastic houder. Het zwakke slurpende geluid van de slang kwam en ging, en verplaatste zich door de kamer. Maria ging rechtop zitten en keek naar het witte apparaat naast het bed waarop Olivia's hartslag als een golvende lijn zichtbaar was. Volgens de artsen was de operatie goed gegaan. De kogel was verwijderd en Olivia zou het overleven, maar dat had Maria al geweten voordat ze de kamer in kwam.

Ze boog zich naar voren, stak haar hand uit en legde hem op Olivia's voet onder de groene deken. Die bewoog niet. Ze streelde de voet.

'... hoe is het met Pekka?'

Maria schrok. De stem die afkomstig was van het hoofdeind van het bed was zwak en droog. Ze zag dat Olivia haar ogen een klein stukje open had. Hun blikken raakten elkaar heel even.

'Wie is Pekka?' vroeg Maria.

Olivia's oogleden zakten weer dicht.

Stilton was in sommige opzichten net zo direct als Mette. Hij nam vanaf luchthaven Arlanda een taxi naar de grote villa van rond de vorige eeuwwisseling in Kummelnäs. Hij haastte zich de taxi uit, rukte het hek open en liep op een holletje naar de voordeur. Mårten deed open en stak zijn hand uit.

'Hallo,' zei Stilton. 'Ik moet eerst naar het toilet.'

Stilton haastte zich langs Mårten en sloeg meteen af naar rechts. Hij wist waar het toilet was. Mette verscheen in de deuropening van de keuken. 'Was hij het niet?'

'Jawel, maar hij is naar het toilet.'

Mette begreep het. Stilton kon overvallen worden door acute diarree als hij vloog. Het had iets te maken met zijn maag die de druk in de cabine niet verdroeg. Ze liep de keuken in en stak de kaarsen in de kandelaar op de grote houten tafel aan. Mårten zag het. Dekt ze de tafel voor een dodenwake? Hij zei echter niets.

'Sorry, mijn maag.' Stilton stond in de deuropening en Mette maakte een bijna formeel gebaar naar de tafel. Stilton liep naar Mette toe en omhelsde haar. Hij hield haar zo lang vast dat Mettes ogen nat werden. Gelukkig liet hij haar los voordat de tranen begonnen te stromen.

'Ben je moe?' vroeg Mårten.

'Hoe is het met haar?' informeerde Stilton terwijl hij bij de dodenwake ging zitten.

Mette ging ook bij de tafel zitten en Mårten schonk rode wijn in drie kristallen glazen die al klaarstonden.

Mette begon te vertellen. 'Ze heeft het op het nippertje gered, de kogel is rakelings langs de aorta gegaan en is in het schouderblad blijven steken. Ze hebben hem eruit gehaald.'

'En?' Stilton wist dat er een aantal onaangename mogelijkheden waren. Hij was zelf een paar keer beschoten en de kogel verwijderen was soms maar de halve redding.

'De ergste crisis is voorbij,' zei Mårten. 'Haar situatie is stabiel.'

Stilton knikte en nam een slok wijn. Olivia zou het overleven. Dat was het belangrijkste. Het op één na belangrijkste volgde nadat hij de tweede slok had genomen. 'Waarom is ze beschoten?'

'Ze was op weg naar de bergen boven Arjeplog om de vindplaats van een lijk te bekijken,' vertelde Mette. 'De helikopter is tijdens noodweer neergestort. De piloot was ernstig gewond en Olivia is bij het wrak weggegaan om hulp te zoeken. Dat denken we tenminste.' Mette nam ook een slok wijn.

'En daarna?'

'Dat weten we niet. De piloot is gevonden en gered, maar hij herinnert zich niets van het ongeluk.'

'Is ze bij de helikopter gevonden?'

'Nee. Ze lag bij een rendierherdershut ergens in de bergen, vlak bij de plek waar het lijk gevonden is. Blijkbaar lag er een neergeschoten man vlak bij haar. Hij was dood.'

Stilton keek naar Mette. Hij snapte er niets van en dat gold eigenlijk ook voor alle anderen die er niet bij waren geweest, vooral Mårten.

'Om de een of andere reden heeft die dode man op haar geschoten,' zei hij.

'Maar wie was hij dan? Bevond ze zich niet midden in de Lappenhel?'

'Het woord "Lap" wordt niet meer gebruikt,' zei Mette.

Stilton vulde zijn glas bij. Hij voelde dat hij te lang in Thailand was geweest.

'Blijf je slapen?' vroeg Mårten.

'Nee, ik wil nog bij Abbas op bezoek.'

Abbas had een van zijn favorieten opgezet, 'Blue in Green' van Miles Davis, en zat op de grijze leren bank en absorbeerde de uiteenlopende, zachte trompetklanken. Het duurde een paar seconden voordat hij besefte dat bepaalde geluiden niet afkomstig waren van de muziek maar dat het de deurbel was.

'Hallo, mag ik binnenkomen?' Een beleefdheidsfrase die in deze situatie geen enkele betekenis had. Abbas liep de kamer in en zette Miles meteen zachter. Hij wist dat Stilton niet van deze muziek hield.

'Olivia?' vroeg Abbas voordat Stilton zijn schoenen had uitgetrokken.

'Ze is neergeschoten, maar dat weet je al,' antwoordde Stilton.

'Ja.'

Stilton liep de zitkamer in en zag hoe weinig er was veranderd in Abbas' appartement. Hij was hier lang geleden geweest, de hele periode in Thailand zat ertussen, maar het zag er in grote lijnen nog net zo sober, exclusief en elegant uit. De kleuren waren voornamelijk grijs en wit. Abbas had een heel andere smaak dan Stilton. Wat zijn smaak ook was.

'Ze overleeft het,' zei Stilton en hij ging op de grijze bank zitten. 'Ik ben net bij Mette en Mårten geweest.'

'Wil je een gin-tonic?'

'Graag.'

Abbas liep naar de smalle goudkleurige dranktafel en begon de drankjes te mengen. Stilton had al een intercontinentale vlucht achter de rug en had dat aangevuld met een aantal glazen dure wijn bij de Olsäters, dus een gin-tonic kon er ook nog wel bij.

'Was je net zo bang als ik?' vroeg Abbas terwijl hij twee ragfijne schijfjes citroen afsneed en in de glazen liet vallen.

'Banger. Olivia heeft me zover gekregen dat ik uit Thailand teruggekomen ben.'

'Een toost op Olivia.' Abbas gaf Stilton een glas en pakte het tweede glas voor zichzelf.

Stilton wist niet zeker waarop ze moesten toosten, maar zei: 'Proost. Je bedoelt dat ze het overleefd heeft?'

'Natuurlijk. Backgammon?'

Stilton besefte op hetzelfde moment hoe erg Abbas hem had gemist.

'Ga je terug?' vroeg Abbas terwijl hij het speelbord openvouwde.

'Vroeg of laat wel.'

'Heb je het daar naar je zin?'

'Ja.'

'Waarom dat?'

Het was een enigszins vreemde vraag en bijna agressief gesteld, maar Stilton glimlachte en legde de stenen op het bord. ‘Het leven is er goedkoper. Luna is daar. Er wordt niemand neergeschoten.’

‘En toch ben je naar huis gekomen?’

‘Je weet toch waarom dat is?’

Abbas knikte. Op het moment dat Mette vertelde dat Olivia was neergeschoten wist hij dat Tom naar huis zou komen. Dat was vanzelfsprekend. Hij wilde alleen dat hij zou blijven.

Hij miste hem.

Abbas had geen goede vrienden, alleen Mette en Mårten en hun dochter Jolene. En Olivia. Buiten die kring waren er niet veel. Hij werkte ’s avonds en ’s nachts in het casino, trainde met zijn messen, las gedichten uit het soefisme en stofzuigde. De vrouwen met wie hij in contact kwam bleven vluchtige ontmoetingen die geen diepere betekenis voor hem hadden.

Hij had een wond die niet genas.

‘Jouw beurt,’ zei Stilton.

De aak, Sara la Kali, lag in de duisternis aan de Långholmskade. De lantaarnpaal die iets verderop stond was kapot, maar Stilton was van mening dat hij in zijn huidige toestand goed in het donker kon zien. Hij struikelde en viel tegen de reling. Hij had alle drie de partijen verloren van Abbas, de eerste opzettelijk en de andere omdat hij niet helder meer kon denken. Dat kon hij nog steeds niet. Toen hij de sleutel niet in het slot van de salon kreeg besefte hij wat er aan de hand was.

Hij had een jetlag.

Dat was de enige reden die hij kon bedenken.

Hij deed het licht aan en vond een blik poederkoffie in de kombuis. Verder waren de kasten leeg en het rook bedompt. Hij zette water op en ging op een van de vaste banken in de salon zitten.

Luna.

Hoe laat zou het nu in Thailand zijn? Het duurde een tijdje voordat hij dat had uitgerekend en waarschijnlijk zat hij er een paar uur naast, maar hij belde haar toch. ‘Heb ik je wakker gemaakt?’ vroeg hij.

‘Ja, maar ik moet toch…’

‘Olivia heeft het overleefd.’

'Wat heerlijk. Heb je haar al gezien?'

'Nee, ik ben een paar uur geleden aangekomen. Ik ga morgenvroeg naar haar toe.'

Door de manier waarop hij 'morgenvroeg' uitsprak besefte Luna dat hij niet helemaal nuchter was. 'Hoe voel je je?' vroeg ze.

'Goed. Hoezo?'

'Ben je in de aak?'

'Ja.'

'Ik verlang naar je.'

'Dat is fijn. Abbas wil niet dat ik naar Thailand terugga.'

'Fuck Abbas.'

Luna lachte en die lach raakte hem in zijn hart. Hij miste haar verschrikkelijk. Gelukkig kookte het water voordat hij er dingen uit flapte die hij er niet uit wilde flappen.

'Wacht even,' zei hij. 'Ik pak koffie.'

Hij legde zijn telefoon neer en maakte een kop sterke koffie, die bijna te bitter was. Perfect, dacht hij, waarna hij zijn tong brandde.

'Hoe lang blijf je daar?' vroeg ze lachend toen hij zijn telefoon weer had gepakt.

'Ik weet het niet. Ik wil met Olivia praten om te horen wat er in vredesnaam gebeurd is en wie haar neergeschoten heeft.'

'Maar dat is toch niet… Ben je van plan je ermee te bemoeien?'

Luna wist het antwoord bijna voordat ze de vraag had gesteld. Ze had een relatie met een man die op veel niveaus heel primitief was en de ruggenmergreflex van een krokodil had. Hij sloeg toe zonder na te denken. Iemand had Olivia neergeschoten en dat was waarschijnlijk het enige wat zijn reptielenbrein op dit moment bevatte. Naast een hoeveelheid alcohol.

'Dat weet ik niet,' zei Stilton. 'Ik ben niet van plan om te blijven.'

'Dat ben je wel. Doe niet zo belachelijk.'

Luna had natuurlijk gelijk.

Lukas was er, in elk geval fysiek. Hij zat naast haar, hield haar hand vast en keek naar haar. Hij zag dat ze moe was, maar dat ze blij was om hem te zien. Hij was ook blij, omdat ze er vrij goed uitzag, hoewel ze door het oog van de naald was gekropen. Een centimeter, had ze gefluisterd.

Hij transpireerde, de hand waarmee hij die van haar vasthield was drijfnat en hij kon zich niet goed op haar focussen. In plaats daarvan keek hij in de kamer rond naar de saaie verschoten gordijnen, het rolgordijn dat scheef hing, alle apparaten, het ziekenhuisbed waarin ze lag, de verwassen gele deken over haar lichaam. Hij probeerde zich te concentreren op vaste dingen, een voor een. Dat had hij nodig om de onpeilbare diepte die deze omgeving bij hem opriep weg te houden. Om het feit te verdringen dat hij op het punt had gestaan om de vrouw van wie hij hield kwijt te raken.

Daardoor was het onmogelijk voor hem om zich open te stellen voor Olivia.

Olivia was niet in staat om te begrijpen waarom hij zo ver weg leek. Ze werd volledig in beslag genomen door het controleren van de pijn die ze ondanks de krachtige pijnstillers had, maar ze voelde de afstand, voelde dat ze verdwaald in de situatie rondtastten. Ze bedacht dat hij misschien iemand anders had ontmoet, maar zette dat uit haar hoofd. Zo lang was ze niet weg geweest, ook al voelde het zo.

'Hoe gaat het met schilderen?' vroeg ze.

'Goed. Heel goed eigenlijk.' Lukas' gezicht lichtte een beetje op door de vraag en hij keek zelfs naar haar. 'Ik krijg een eigen tentoonstelling bij Bohman-Knäpper.'

Dat zei Olivia niet veel, maar ze begreep dat het een galerie was. 'Fantastisch. Gefeliciteerd.'

'Dank je wel.'

Daarna doofde Lukas' blik weer en het werd stil. Olivia was te uitgeput om het gesprek op gang te houden. Ze vond trouwens dat hij dat zou moeten doen. Zij was tenslotte degene die bijna gestorven was. Ze probeerde een stukje omhoog te schuiven, maar de pijn won het van de intentie en het resultaat werd een vertrokken gezicht. Lukas zag dat niet, omdat hij naar hun handen keek, die verstrengeld op de deken lagen. Het zweet liep van zijn voorhoofd en hij vocht om de controle over zijn lichaam te houden.

'Is het hier niet verschrikkelijk warm?' vroeg hij.

'Ja, waarschijnlijk wel.'

Hij trok zijn hand voorzichtig uit die van haar en veegde zijn gezicht af.

'Vind je dit lastig?' vroeg Olivia in een laatste dappere poging om te praten, écht te praten, zodat ze elkaar niet helemaal zouden kwijtraken.

'Bedoel je de warmte?'

'Nee, om hier te zijn. Dat ik hier ben.'

'Nee. Ja, natuurlijk is het lastig dat je hier bent, maar het is fijn dat je... tja, dat alles goed met je is en zo.' Hij streelde haar hand even. Tot meer was hij niet in staat. De zwarte vleugelslagen van de paniek klapwiekten, waardoor ze een ruisend geluid veroorzaakten, en zouden zo meteen hun weerzinwekkende scherpe klauwen in hem slaan. Het gebaar sneed door Olivia's hart. Dit was zo ver verwijderd van de aanrakingen die ze anders van hem kreeg. Het was alsof hij de hand van zijn oude oma streelde. Ze zei echter niets en deed haar ogen dicht zodat hij de tranen van teleurstelling niet zag opwellen.

'Je bent vast moe,' zei hij.

Olivia knikte met gesloten ogen. Lukas pakte zijn mobiel, opnieuw om zich op iets anders te kunnen concentreren. Het ruisen nam toe, de vleugels naderden, de klauwen waren geslepen.

'Ik moet trouwens gaan,' ging hij verder. 'Ik heb over een halfuur een afspraak met de galeriehoudster.' Hij stond op nadat hij een afstandelijk klopje op haar hand en een snelle kus op haar voorhoofd had gegeven. 'Ik hou van je,' zei hij haastig.

Olivia vond het als een pure beleefdheidsfrase klinken. Daarom knikte ze alleen bij wijze van antwoord. Lukas liep naar de deur en Olivia liet haar tranen de vrije loop toen hij de kamer uit was.

Stilton stond voor de glazen deur van Olivia's kamer. Ze had bezoek. Naast het bed zat een man van haar leeftijd die haar hand vasthield. Stilton had geen idee wie het was. Het was in elk geval geen arts. Kon dat die Lukas zijn over wie ze had verteld? Hij deed een stap opzij en keek naar binnen. Olivia zag er bleek uit, met donkere kringen onder haar ogen en een slang in haar arm, maar ze leefde. Hij kreeg een brok in zijn keel en zijn ogen werden vochtig. Dat was misschien niet zo vreemd, want Olivia was zo dicht bij een dochter als hij in dit leven zou komen.

Hij deed nog een stap opzij toen de man haastig naar buiten kwam en wachtte een paar seconden voordat hij in de deuropening ging staan. 'Hallo,' zei hij.

Olivia keek op, zag hem staan, veegde haar tranen weg en keek naar de deken. Tom woont in Thailand en nu is hij hier. Ze besefte waarom dat was en keek op. 'Hallo,' zei ze. 'Je bent bruin.'

'Jij ook.'

'Mexico.'

'Wie kwam er daarnet naar buiten?'

'Lukas. Hoe is het met Luna?'

'Hoe is het met jou?'

'Ik ben neergeschoten, maar verder is het goed.'

Stilton glimlachte. Hij liep naar Olivia toe en streelde haar wang. Ze deed haar ogen dicht, alsof de streling haar herinnerde aan een andere man die haar wang had gestreeld toen ze nog heel klein was.

Papa.

'Wie heeft er op je geschoten?' vroeg Stilton terwijl hij naast het bed ging zitten.

Hij staat klaar om de strijd aan te gaan en denkt aan niets anders meer, dacht Olivia. Ze begon het verhaal in het kort te vertellen: over het Spaanse stel in de hut, de plastic tas over haar hoofd, de vrouw die haar wilde doodschieten, dat ze het stel bij de rendierherdershut had ingehaald en de schoten die gelost waren.

'Heb je haar gezicht gezien?'

'Nee.'

'Maar je hebt die vent doodgeschoten?'

'Ja. Waarschijnlijk heb ik haar gemist. Helaas.'

Stilton wist dat Olivia volgestopt was met allerlei soorten dempende medicijnen, maar toch was hij een beetje verbaasd. Ze had iemand doodgeschoten en beklaagde zich erover dat ze de vrouw had gemist. Zo kende hij Olivia niet. Voor zover hij wist was dit de eerste keer dat ze iemand had gedood. Dat zou een andere reactie teweeg moeten brengen. Daar wilde hij zich nu echter niet in verdiepen, dus veranderde hij van onderwerp. 'Mette vertelde dat je onderzoek deed naar een oude moord.'

'Dat klopt. Een man die twintig jaar geleden met drie schoten geëxecuteerd is.'

'Heb je geen idee wie het is?'

'Nee, nog niet. Ik heb het lijk gezien. Het enige interessante was de linkerringvinger, die afgehakt was. En hij had rood haar.'

Op dat moment had er een belletje bij Stilton kunnen gaan rinkelen, maar dat was niet zo. Dat rinkelde pas veel later, midden in de nacht op de aak.

Lukas rende door de ziekenhuishal. Hij moest naar buiten. Snel. Hij voelde in zijn zak, waarin hij een pil voor noodsituaties bewaarde, drukte hem uit de strip en slikte hem door. Daarna liep hij naar een bank voor het ziekenhuis, ging zitten, leunde naar achteren en deed zijn ogen dicht. Hij hoorde het geluid van de vleugels heel langzaam verdwijnen en zijn lichaam begon te schudden. Waarom had hij niet gewoon gezegd dat hij ziek werd van een ziekenhuisomgeving? Dat hij haar zo miste dat het pijn deed? Dat het enige wat hij wilde was dat alles weer zoals anders zou zijn? Hij keek naar zijn benen, die opsprongen en schudden door de spasmen. Toen hij zijn blik hief keek hij in een paar kinderogen. Een klein meisje van een jaar of drie, vier, met twee vlechten in het haar, was voor hem blijven staan. Ze had haar duim in haar mond en keek met haar heldere, bruine ogen naar hem. 'Heb je pijn?' vroeg ze.

'Nee,' antwoordde Lukas en hij probeerde te glimlachen.

'Als je dat hebt, kun je daarbinnen een pleister halen en dan word je beter,' zei het meisje terwijl ze naar de ziekenhuisdeuren wees.

'Dank je wel. Ik zal eraan denken.'

Het schudden nam af, alleen zijn kuitspieren trilden nog, en hij begon te ontspannen. Het meisje stond er nog, alsof ze zich ervan wilde verzekeren dat het echt goed met hem ging.

‘Ik voel me een stuk beter,’ zei hij.

‘Oké.’ Ze stopte haar duim weer in haar mond, draaide zich om en rende naar haar moeder, die een stukje verderop achter een kinderwagen stond en in haar telefoon praatte.

‘Mama, hij heeft geen pleister nodig,’ hoorde hij het meisje tegen haar moeder zeggen.

Lukas glimlachte. Hij zou Olivia bellen om het uit te leggen. Het zou allemaal goed komen.

Deze avond had hij geen moeite met het slot van de salon. Stilton was volkomen nuchter. Toen hij het licht aandeed zag hij iets wat hem de vorige avond niet was opgevallen. In een hoek lag wat aarde en een paar kleine, gedroogde plantenscheuten lagen op de vloer. Het waren sporen van Minken en zijn vriendin Bettan, die in de aak hadden gewoond en hier planten hadden geteeld. Ze hadden hun relatie een tijdje geleden verbroken. ‘Ze keek recht door me heen. Het was verdomme net een laservrouw,’ had Minken verteld. Bettan had hem gedumpt, de aak was schoongemaakt en Minken was naar zijn oude wijk Kärrtorp teruggegaan en gebruikte weer drugs.

Dat was zo ongeveer wat Stilton wist.

Het voelde niet goed.

Hij had echter andere dingen om over na te denken, zoals de ijskoude vrouw die Spaans praatte en Olivia had neergeschoten.

Dat was zijn focus.

Plotseling, toen hij bij de reling stond en zijn urinestraal naar het water volgde, schoot hem iets te binnen. Een ringvinger? Een afgehakte ringvinger? Hij keek op zijn horloge. Het was net na tweeën. Hij nam aan dat Mette sliep, maar belde haar toch. ‘Hallo, met Tom. Je sliep waarschijnlijk?’

‘Nee, ik deed net een paar balletpassen met mijn hielspoor om Mårtens libido te verhogen. Weet je hoe laat het is?’

‘Het lijk in de bergen miste een stuk van zijn ringvinger. Ik weet dat er lang geleden een afgehakte ringvinger in een van onze onderzoeken voorkwam. Kun je je dat nog herinneren?’

‘Nee. Welterusten.’ Mette verbrak de verbinding en Stilton plaste verder.

Hij wist dat hij gelijk had.

Mårten was in de stad om verder te gaan met zijn genealogische onderzoek. Dat was een van de dingen waarin hij zich verdiepte sinds hij gepensioneerd was. Het tweede was muziek en het derde zijn vrouw, die op dit moment bij het fornuis stond om warme melk te kloppen zodat haar ochtendkoffie die zachte, perfecte smaak kreeg. Daar had Stilton absoluut geen belangstelling voor. Hij zat bij de keukentafel en trommelde met zijn handen op zijn knieën. Hij had niet goed geslapen en had een slecht geweten omdat hij Mette midden in de nacht had gewekt. Aan de andere kant was ze gepensioneerd. Ze had nauwelijks een woord tegen hem gezegd sinds hij was binnengekomen.

Nu draaide ze zich om met de koffie in haar hand en zei: 'Je hebt gelijk.'

'Over de vinger?'

'Herinner je je de details van het onderzoek niet?'

'Nee.'

'Jij en Arne en ik. 1999. We deden onderzoek naar de verdwijning van een directeur.'

'Fredrik Kaldma...' Plotseling was Stiltons geheugen kristalhelder. 'Hij miste het bovenste vingerkootje van zijn ringvinger,' zei hij.

'De linker, volgens mij.'

'Maar hij is toch in Stockholm verdwenen? Hoe kan hij dan in vredesnaam in een sneeuwbekken in de bergen boven Arjeplog terechtgekomen zijn?'

'Dat moeten we uitzoeken.'

'Had hij rood haar?' vroeg Stilton.

'Dat herinner ik me niet. Had het slachtoffer dat?'

'Volgens Olivia wel.'

'Dan controleren we dat. Wil je koffie?'

'Graag, maar dan zonder opgeklopte melk.'

Mette liep naar het koffiezetapparaat.

'Wie is die Lukas in vredesnaam?' vroeg Stilton.

'Olivia's vriend? Heb je hem ontmoet?'

'Ik heb hem in het ziekenhuis gezien. Hij zat in Olivia's kamer. Wie is hij?'

'Hij is degene die onterecht veroordeeld is voor het opblazen van de auto van de Brovalls, waarvoor Frövik later opgepakt is. Olivia heeft ervoor gezorgd dat hij vrijkwam.'

'En nu heeft ze een relatie met hem?'

'Ja.'

Stilton pakte het kopje aan. Om zich niet nog een keer te verbranden blies hij op de koffie voordat hij een slok nam. 'Is hij geschikt om een relatie met Olivia te hebben?'

'Dat moet ze zelf beslissen, vind ik.'

'Vind jíj hem geschikt?'

Mette wist niet goed wat ze daarop moest antwoorden. 'Ik hoop het,' zei ze uiteindelijk.

Op het politiebureau hangen geen olieverfportretten van buitengewone voormalige werknemers, zoals in het bedrijfsleven of bij de Zweedse Academie, maar als dat wel zo was geweest, dan had het portret van Mette een gouden lijst gehad. Ze had een lange carrière op het bureau achter de rug en had veel indruk gemaakt, zowel tijdens haar actieve tijd als de jaren erna. Nu liep ze door een lange gang met lege muren en miste haar tijd hier. Niet als olieverfportret, maar als politieagent te midden van een vulkaanuitbarsting. Ze vond het heerlijk als al haar talenten werden aangesproken.

Op alle niveaus.

Tegenwoordig draaide haar leven voornamelijk rond pottenbakken en mislukte schalen, en een man die zich voortdurend zorgen maakte om haar hart. Hij zou zich wat drukker mogen maken over mijn hielspoor, dacht ze. Misschien moet ik iets meer hinken.

'Hallo! We hebben het gevonden,' zei Bosse terwijl hij de deur voor haar openhield. Bosse was gedurende de afgelopen jaren een van haar beste medewerkers geweest, samen met Lisa Hedqvist. Hij had een doos en een aantal ordners over de verdwenen directeur Fredrik Kaldma gevonden. Mette ging bij de tafel zitten en trok een lamp naar zich toe. Ze had al vrij snel gevonden wat ze bevestigd wilde hebben: het bovenste deel van Kaldma's linkerringvinger was afgehakt en hij had rood haar. Ze las ook een deel dat nostalgische waarde voor haar had. Tom en Olivia's vader Arne hadden allerlei theorieën bedacht, maar die hadden geen resultaat opgeleverd.

Arne, dacht ze. Wat een geweldige man was je toch. Hoe je voor die kleine baby die uit de buik van haar vermoorde moeder was gesneden gezorgd hebt, haar hebt geadopteerd en haar een goed leven hebt gegeven. Jij en Maria.

Ze stond op. 'Ik ga met Hjärne praten.'

Zodra Mette Hjärnes kantoor binnenliep was het te voelen. Hij begroette haar niet helemaal natuurlijk, maar eerder alsof hij met een icoon in aanraking kwam.

Daar kon ze gebruik van maken.

'Mette Olsäter?' zei hij. 'Dat is onverwacht. We hebben elkaar geloof ik nooit ontmoet.'

'Nee. Dat zou je je herinneren.' Ze glimlachte om aan te geven dat het een grapje was, maar dat ging helemaal aan Hjärne voorbij.

'Ga zitten.' Hij maakte een gebaar naar de stoel voor het bureau. Zelf bleef hij naast het bureau staan. 'Wat leuk dat je langskomt,' zei hij met een glimlach.

Mette knikte en daarna werd het stil. Ze wilde hem een beetje onder druk zetten. Ze had wat opmerkingen van Bosse en Lisa over Hjärne gehoord die niet onverdeeld positief waren. Aan de andere kant wist ze dat iemand in zijn positie gemakkelijk commentaar kreeg.

Ze was zelf in die positie geweest.

'Ik neem aan dat je het heel druk hebt vanwege de schietpartijen in Råcksta en Nacka,' zei ze.

'Inderdaad, het is heel druk, maar zo is het hier eigenlijk altijd.'

'Dat klopt. Ga zitten.'

Hjärne vermande zich en ging tegenover Mette zitten. Hij voelde zich niet helemaal op zijn gemak omdat een icoon zoals Olsäter in zijn kantoor zat en hem uitnodigde om te gaan zitten.

'Het lijk in het Radtjagebergte is waarschijnlijk directeur Fredrik Kaldma,' begon Mette. 'De informatie die ik in het ziekenhuis van Olivia Rönning gekregen heb wijst daarop. Ik heb daarnet het verslag van het onderzoek dat ik in 1999 leidde doorgelezen en daarin staan details die die informatie ondersteunen.'

Hjärne dacht een paar seconden na voordat hij besefte wat Mette had gezegd. 'Je bedoelt dus dat het slachtoffer geïdentificeerd is? Dat is fantastisch.'

'Niet voor honderd procent, maar ik ben ervan overtuigd dat het Kaldma is.'

'Mooi. Uitstekend, dan gaan we nu...'

'Ik stel voor dat Olivia Rönning het onderzoek leidt als ze hersteld is. Dat zal niet lang duren. De moord is een cold case en heeft in de huidige situatie waarschijnlijk geen hoge prioriteit. Bovendien heeft de coldcaseafdeling het beslist heel druk.'

'Ja, dat klopt. Maar Rönning heeft nog nooit een moordonderzoek geleid. Ze is hier tenslotte nog niet zo lang.'

'Dat weet ik, maar ik geloof dat ze er rijp voor is. Bovendien is ze al betrokken bij de zaak en zal ze er veel energie in steken.'

'Dat geloof ik meteen, maar...'

'Ze was een van mijn sterwerknemers.' Vervolgens sloeg het olieverfportret met volle kracht toe. 'Ik zou het op prijs stellen als ze zo ook behandeld wordt.'

Hjärne besefte dat de discussie gesloten was en knikte. In de deuropening draaide Mette zich om, maar Hjärne was haar voor: 'Dit blijft tussen ons,' zei hij.

'Natuurlijk,' antwoordde ze.

Olivia zat rechtop in het halfzachte bed en trommelde met haar handen op haar laptop. Ze was net klaar met het verslag voor Hjärne over wat ze zich van de gebeurtenissen in Arjeplog herinnerde. Nu was ze rusteloos. Ze voelde zich goed en wilde weg. Ze wilde aan de slag met wat er met haar was gebeurd.

Ze wilde uit het ziekenhuis ontslagen worden.

Op dat moment kwam Mette de kamer in met een map onder haar arm.

'Hallo. Wat goed dat je er bent,' zei Olivia. 'Ik probeer uit te zoeken waar de kleren zijn die ik droeg toen ik werd neergeschoten en niets lijkt echt…'

'Wat is er met je kleren?'

'In één zak zat een kogel die ik in het huisje waar ik ben neergeslagen uit de muur gehaald heb en in de andere een plastic tas van een ICA-supermarkt in Jäkkvik. Waarschijnlijk hebben ze daar inkopen gedaan en misschien kunnen we een signalement krijgen of zit er DNA op de tas en…'

'Olivia.'

'Ja? Bovendien moeten er andere sporen in het huisje zijn die we…'

'Nu is het genoeg.'

'Wat bedoel je?'

'Je ligt in het ziekenhuis. Je bent net geopereerd. Je moet…'

'Maar ik voel me zo ontzettend rusteloos.'

'Dan heb ik iets om je mee bezig te houden.' Mette gaf haar de bruine map.

'Wat is dit?'

'Een samenvatting van het onderzoek waaraan Tom en je vader en ik in 1999 werkten. Het heeft betrekking op de verdwijning van Fredrik Kaldma, een directeur.'

'Waarom moet ik dat lezen?'

'Omdat Tom en ik denken dat hij degene is die in de bergen gevonden is.'

Olivia keek haar met open mond aan en liet de map op de deken vallen. 'Dat zou geweldig zijn,' zei ze.

'Ja toch?'

'Maar daar mag ik me toch niet mee bezighouden.'

'Waarom niet?'

'Ik voel geen goede vibraties bij Hjärne.'

Mette stond op. 'Ik zal Bosse en Lisa vragen om uit te zoeken waar je kleren zijn,' zei ze. 'Ontspan een beetje. Je hoort van me.'

'Oké… Bedankt voor de map.'

Mette knikte en liep de kamer uit. Toen de deur dicht was ging Olivia's telefoon. 'Rönning.'

'Hallo, met Pekka… De piloot.'

Olivia zweeg een paar seconden. Pekka? 'Wat ben ik blij om je stem te horen! Hoe is het met je?'

‘Redelijk. Ik heb het in elk geval overleefd… dankzij jou.’

‘Ik heb niet veel gedaan.’

‘Blijkbaar genoeg om me in leven te houden. Dank je wel daarvoor. Ik hoorde dat er daarna in de bergen op je geschoten is.’

‘Ja. Ik had je hulp daar goed kunnen gebruiken.’

Het bleef weer even stil.

‘Maar je bent nu aan de beterende hand,’ zei Pekka. ‘Of niet soms?’

‘Ja, dat klopt. Waarschijnlijk word ik binnenkort ontslagen. Misschien kunnen we contact met elkaar houden?’

‘Dat doen we. Laat het me weten als je weer naar Arjeplog komt.’

Olivia wist niet of hij een grapje maakte. Toen Pekka lachte besefte ze dat hij dat inderdaad deed. Toch was dat niet helemaal onmogelijk.

Ze had het gevoel dat ze niet voor het laatst in Arjeplog was geweest.

Het werd herfst in Zweden. Olivia Rönning herstelde en Greta Thunberg zeilde de wereld over als een jonge Jeanne d'Arc. Het land werd gekweld door jonge mannen die elkaar doodschoten en politici die het debat verruwden. Eenvoudige woorden zoals 'fatsoen' en 'zorgzaamheid' werden uit de dialoog gewist en werden vervangen door 'wij' en 'zij'. Het was een sombere tijd, een tijd vol ijskoude echo's uit het verleden.

Maar ook sombere tijden moeten we zien door te komen.

Er zijn niet veel opties.

Maar één ervan is je uiterste best doen.

Olivia nam een taxi naar Lukas' appartement.

Ze vond dat ze dat waard was. Ze had gezegd dat hij haar niet hoefde op te halen, dat ze zelf naar hem toe kwam, maar dat ze hoopte dat hij thuis was. 'Natuurlijk ben ik thuis,' had hij geantwoord. Hij had heel blij geklonken en had gezegd dat hij dolgelukkig was omdat ze eindelijk thuis zou komen. De gespannen en nogal vreemde ontmoeting in het ziekenhuis hadden ze een tijd geleden al uitgepraat. Ze begreep hoe hij zich had gevoeld en hij had zijn verontschuldigingen aangeboden.

Vandaag nam ze niet de trappen. Ze moest nog even wachten met aan haar conditie werken.

Terwijl de oude lift langzaam naar Lukas' verdieping schommelde hoorde ze muziek. Olivia glimlachte. Deze keer was het niet Bowie. Ze dacht dat het klonk als 'Hotel California'. Dat had ze misschien als een voorteken moeten opvatten, maar dat deed ze niet. In plaats daarvan zag ze Lukas voor zich die in zijn oude gele onderbroek aan het schilderen was.

Ze hoefde niet aan te bellen of haar sleutels te pakken. De deur was zoals gewoonlijk niet op slot. Ze moest Lukas er altijd aan herinneren om die op slot te doen. Met dat soort dingen was hij zo slordig. Ze opende de deur en hoorde nu ook stemmen. Veel stemmen van veel mensen. Daarbovenuit dreunde de muziek: '*Such a lovely place, such a lovely face*.'

Olivia bleef staan. Ze wist niet wat ze moest doen. Had hij zich in de dag vergist? Had hij het op de een of andere manier verkeerd begrepen? Op dat moment kwam Lukas de hal in met een brede glimlach op zijn gezicht en een glas wijn in zijn hand. Gelukkig was hij volledig aangekleed. 'Welkom thuis, schat!'

Hij omhelsde haar en gaf een kus op haar mond. Ze rook de geur van zure wijn, die zijn lippen bovendien blauw had gekleurd. Het was niet bepaald aantrekkelijk.

'Ik heb een "welkom thuis"-feest voor je georganiseerd,' zei hij trots.

Olivia hield haar tas met kleren met twee handen stevig vast en beantwoordde zijn omhelzing en de druk van zijn blauwgekleurde lippen niet. 'Een feest?'

'Ja, kom iedereen begroeten!'

Ik kom thuis uit het ziekenhuis en hij denkt dat ik een feest wil? Ze wilde weg, maar waarnaartoe? Haar eigen appartement lag vol bouwstof en er waren waarschijnlijk nog bouwvakkers. Mette en Mårten? Ze wist dat die haar met open armen zouden ontvangen, maar tegelijkertijd voelde het als een nederlaag.

'Wat is er? Ben je niet blij? Ga mee.' Lukas sloeg zijn arm rond haar middel en duwde de tegenstribbelende Olivia de zitkamer in. Een heleboel mensen, bekende en onbekende gezichten, draaiden zich naar hen om. Iemand gaf haar een glas prosecco en Lukas keek naar haar. 'Een toost op de enige politieagent van wie ik hou!'

Er werd gegrinnikt. Alle aanwezigen hieven hun glas en brachten vrolijk een toost op haar uit. Ze hief haar glas gehoorzaam. Sommigen waren tenslotte ook vrienden van haar. Ze mocht zich niet laten kennen en moest beleefd zijn. Lukas glimlachte stralend naar haar, zag haar zwarte blik niet en merkte niet dat ze geen druppel dronk.

'Er staat eten in de keuken, ik heb chili con carne gemaakt. Dezelfde die we in dat kleine restaurant in Cuatro Ciénegas gegeten hebben.' Hij keek naar haar als een kind dat een complimentje wilde.

'Dank je, maar ik moet een tijdje gaan liggen.' Olivia maakte zich los van zijn arm en liep naar de slaapkamer.

Lukas kwam achter haar aan. 'Ik begrijp dat je moe bent. Het spijt me, maar je klonk de laatste keer dat we elkaar gesproken hebben zo opgewekt dus dacht ik…'

Ze draaide zich om en deed de deur achter hen dicht. 'Hoe kon je dat doen?' snauwde ze. 'Je begrijpt er helemaal niets van. Ik kom uit het ziekenhuis, Lukas, niet van het een of andere verdomde spaweekend.'

Haar woorden raakten Lukas als prikkende naalden. 'Dat weet ik.' Hij praatte een beetje onduidelijk, niet zozeer door de wijn maar voornamelijk van verbazing. Ze had daarnet nog gelachen en getoost. Hij keek naar haar. Deze Olivia herkende hij niet.

'En je bent ook dronken,' zei ze. 'Dat is zo verdomd gevoelloos.'

'Ik ben niet dronken, ik heb alleen een beetje gedronken terwijl ik eten…'

'Het kan me helemaal niet schelen wanneer of hoe je gedronken hebt, maar je bent dronken.'

'Jezus, Olivia. Ik ben gewoon blij. Toe nou.' Hij stak zijn armen naar haar uit. Ze beantwoordde het gebaar door hem een duw te geven. Niet hard, maar om te laten merken dat ze zijn met wijn doordrenkte ademhaling niet in haar gezicht wilde hebben. Eigenlijk wilde ze hem helemaal niet in haar buurt hebben. Ze was teleurgesteld en boos en wilde zich in haar gevoelens wentelen. Alleen.

Lukas verstijfde. 'Wat doe je?'

'Verdwijn,' zei ze. 'Verdwijn naar je verdomde feest en laat mij met rust.'

Hij deinsde achteruit, opende de deur en vertrok zonder nog een woord te zeggen. Olivia liet zich als een wanhopige tiener op haar buik op het bed vallen. Ze sloeg zelfs met haar vuisten op het kussen.

Hoe kon alles zo verkeerd gaan? Hoe kon hij? En waarom had ze… Dat was misschien stom geweest, maar ze moest toch het recht hebben om haar gevoelens te uiten? Hij snapte er blijkbaar niets van.

Ze hoorde de muziek verstommen en mensen vertrekken. Harde, lachende stemmen echoden in het trappenhuis en op straat. Oké, mooi. Hij had zijn vergissing ingezien en probeerde het goed te maken. Dat sierde hem.

Na een tijdje opende ze de deur en keek naar buiten. 'Lukas?'

De zitkamer was leeg, op de restanten van het afgebroken feest na. In de keuken was ook niemand. Ze liep naar het atelier. De schilderkamer. Toen die ook leeg bleek te zijn begreep Olivia het. Hij was ook vertrokken en had haar alleen achtergelaten tussen half leeggegeten borden en half leeggedronken glazen wijn. Verdomme! Ze liep naar de slaapkamer en liet zich weer op het bed vallen. Ze had pijn, niet alleen in haar ziel maar ook aan de schotwond. Zelfs al zou ze hier weg willen, dan ging dat niet.

Volkomen uitgeput huilde ze zichzelf in slaap.

Olivia werd wakker zoals ze in slaap was gevallen, helemaal aangekleed. Lukas lag niet naast haar. Beter. Ze wilde hem absoluut niet zien. Nu niet en misschien nooit meer. Ze keek naar de wekker naast het bed. Tien over zeven. Oké. Ze zou gaan douchen en naar haar werk gaan. Daar kon ze vragen of ze bij haar moeder mocht logeren tot haar appartement klaar was. Ze zouden elkaar beslist een tijdje kunnen verdragen. Ze voelde zich resoluut. De Lukas-bubbel was gebarsten en nu zou ze zich op haar werk concentreren, alleen op haar werk. Ze zou het secreet vinden dat op haar had geschoten en de chaos waarin ze verzeild was geraakt had veroorzaakt.

Vastberaden stapte ze uit bed, bereidde zich erop voor de chaos in de zitkamer te negeren en opende de slaapkamerdeur.

De chaos was echter verdwenen.

Helemaal.

In plaats van door de stank van sigarettenrook en wijnresten werd ze opgewacht door de geur van bloemen. Heel veel bloemen: witte lelies, violieren, rozen en een aantal andere soorten, waarvan ze de namen niet kende. Ze waren allemaal zorgvuldig in vazen, flessen en hoge glazen gezet. Tegelijkertijd baadde de kamer in het zonlicht dat door de ramen naar binnen scheen. De intense geur en de aanblik ervan zorgden ervoor dat ze midden in een stap bleef staan. Ze was volkomen van haar stuk gebracht. Het was zo mooi dat haar hersenen haar vastbeslotenheid abrupt op pauze zetten. En dat deed haar hart eveneens toen ze de onregelmatige letters zag die met verschillende kleuren krijt op de vloer waren geschreven: HET SPIJT ME!

Te midden van de bloemen lag Lukas op de oncomfortabele fluwelen bank te slapen met een groene wollen plaid over zich heen waarvan ze wist dat hij die haatte omdat hij prikte.

Lukas.

Het ene moment achteloos en het volgende moment empathisch en overdadig. Het was Olivia al duidelijk dat het leven met hem nooit eentonig zou zijn en misschien had ze zich juist daarom vanaf het begin tot hem aangetrokken gevoeld. Maar wilde ze dit op de lange termijn? Kon ze deze gevoelsmatige achtbaan aan terwijl ze tegelijkertijd moest presteren op haar werk?

Ze wist het niet.

Ze had werkelijk geen idee terwijl ze tegen de deurpost leunde en onwillig de tranen langzaam tevoorschijn voelde komen. Ze haalde diep adem en daarna nog een keer, waarna ze zich losmaakte van de pauzeknop en langzaam naar de bank liep. Ze zorgde ervoor dat ze de letters op de vloer ontweek, ging voor de slapende Lukas staan en keek naar de donkere lokken die zijn halve gezicht bedekten, de rechte neus en de perfect gevormde mond, die niet meer blauw van de wijn was. Ze aarzelde. Haar armen en benen wisten niet goed wat ze moesten doen. Zou ze? Nee. Verdomme. Waarom ben ik niet gewoon weggegaan, dacht ze op het moment dat hij haar hand vastpakte. Daar was ze niet op voorbereid. Hij leek tenslotte te slapen. Toen hij haar op de bank trok verzette ze zich niet en ging naast hem zitten in plaats van te gaan liggen. Zo ver was ze nog niet. Ze bleef op de rand zitten om afstand te houden en te kunnen vluchten als dat nodig was.

'Ga niet bij me weg,' zei hij.

Ze glimlachte, kon het gewoon niet laten, maar trok haar hand terug en legde de deken die prikte verder over hem heen.

'Heb je ingebroken in een bloemenwinkel?' vroeg ze.

'Ja.'

'Echt?'

'Misschien wel,' antwoordde hij. 'Of anders heb ik een kennis die in de bloemenhal in Årsta werkt. Je mag kiezen.'

'Hoe heet die kennis van je?'

'Louise.'

Olivia voelde een steek van jaloezie en dat was blijkbaar te zien, want Lukas lachte. Dat stoorde haar. Ze wilde het overwicht dat ze dacht te hebben niet kwijtraken en vond dat ze daar recht op had, dus maakte ze aanstalten om op te staan. Dat mislukte, omdat Lukas sneller was. Alweer. Deze keer trok hij haar helemaal op de bank en in een niet helemaal overtuigde poging om zich te verweren raakte haar elleboog zijn borstkas.

'Au!' Hij greep naar zijn hart en zijn adem stokte in zijn keel. Olivia ging rechtop zitten en keek hoe het met hem was. Op dat moment legde hij zijn handen rond haar gezicht en keek naar haar, zoog haar in zijn ogen, met de intense blik waartegen ze zich onmogelijk kon verweren. 'Ik weet dat ik soms stomme dingen doe, maar ik hou van je. Dus, lieve Olivia, vergeef me het feest.'

Ze gaf het op.

Zo eenvoudig was het. Je moest op een bepaald moment een beslissing nemen en dat deed ze nu. Waarom zou ze het zichzelf zo moeilijk maken? Ze hield tenslotte ook van hem. Bovendien besefte ze dat zij de vorige dag ook anders had kunnen reageren. Dat zei ze echter niet tegen hem. In plaats daarvan boog ze zich over hem heen en kuste hem lang en innig.

Daarna haalde ze de prikkende plaid weg en ging naast hem liggen.

Bosse zette een slanke vaas met een paar rozen op Olivia's bureau. Hij was niet bij haar in het ziekenhuis geweest en was daar een beetje onzeker over. Lisa verzekerde zich ervan dat Olivia's stoel geen halve meter zou zakken als ze ging zitten. Ze waren allebei een beetje gespannen.

'Hallo lieverds!' Olivia stond met een glimlach in de deuropening. Ze was niet helemaal uitgeslapen en wist dat het te zien was, maar Lisa en Bosse weten haar vermoeide ogen aan het feit dat ze was neergeschoten.

Ze omhelsde Bosse even en Lisa iets langer. 'Bedankt dat je naar het ziekenhuis gekomen bent,' fluisterde ze.

Zodra Olivia klaar was met haar collega's begroeten vroeg ze: 'Hoe is het met mijn kleren gegaan? Hebben jullie die gevonden?'

'Ja,' antwoordde Lisa. 'De technisch rechercheurs onderzoeken op dit moment of de kogel in je zak overeenkomt met de kogel waarmee je bent neergeschoten.'

‘Mooi. En de plastic tas?’

‘Die is naar de politie in Arjeplog gestuurd. Ze onderzoeken de tas en hun technisch rechercheurs doorzoeken het huisje waar je bent neergeslagen.’

‘Mooi, mooi, mooi. Dan kunnen we…’

‘Heb je heel even tijd?’ onderbrak Bosse haar.

‘Ja. Hoezo?’

‘Hoe voel je je?’

‘Super. Hoe voel jij je?’

Bosse keek naar Lisa. Er was iets aan Olivia’s gedrag wat hem niet helemaal aanstond.

‘Ik voel me goed,’ zei hij. ‘Maar jij bent bijna vermoord. Ik heb me zorgen gemaakt. Heb je daarover nagedacht?’

‘Sorry, het spijt me…’ Het muntje viel bij Olivia. Bosse stond dicht bij haar, niet het allerdichtst, maar toch zo dichtbij dat ze zich schaamde over haar nonchalante gedrag. Natuurlijk was hij ongerust geweest. Dat moest ze serieus nemen. Ze ging zitten en keek naar haar collega’s. De een blond, de ander donker. ‘Misschien besef ik het zelf nog niet goed,’ zei ze. ‘Het is allemaal zo snel gegaan. Wat er gebeurd is voelt als een katapult. Ik wil alleen nog verder met deze zaak. Nogmaals sorry… ik moet ontspannen. Zullen we vanavond een biertje gaan drinken?’

Op dat moment opende Hjärne de deur.

Olivia zat op dezelfde stoel waarop Mette een paar dagen geleden had gezeten, maar daar had ze geen idee van. Hjärne zat tegenover haar. Olivia schoof onrustig heen en weer tot hij naar haar glimlachte.

‘Ik heb je verslag over het drama in de bergen gelezen,’ zei hij. ‘Het is beknopt en duidelijk. Interne Zaken heeft het in bezit, maar ik voorzie geen problemen.’

‘Dat is fijn.’

‘Hoe voel je je?’

Olivia was overrompeld door de persoonlijke vraag. Dat was niets voor Hjärne. ‘Goed,’ zei ze.

‘Ik heb begrepen dat je geen belangstelling hebt voor traumatherapie, klopt dat?’

'Ja. Ik heb in het ziekenhuis met een maatschappelijk werker gepraat. Hoezo?'

'Je hebt dramatische dingen meegemaakt die sporen achter kunnen laten.'

'Ik voel me goed.'

'Fysiek ook?' vroeg Hjärne.

'Ja. Ik slik nog medicijnen, maar verder voel ik me gezond.'

'Wat voor soort medicijnen?'

Waarom wil hij dat weten? 'Pijnstillers, dat is niet iets...'

'Je bent dus in vorm?'

'Ja. Waarom vraag je dat?'

'Omdat ik overweeg je de leiding over het onderzoek naar de moord op Fredrik Kaldma te geven.'

Het werd stil. Olivia had gehoord wat hij zei, maar het duurde een paar seconden voordat zijn woorden tot haar doordrongen. 'Ik?' vroeg ze verbijsterd.

'Ja. Of denk je dat je dat nog niet aankunt?'

'Natuurlijk wel. Ik doe het graag.' Ze had moeite om zich in te houden. Het gevoel dat in haar opkwam wilde ze absoluut niet met Hjärne delen.

'Dat is mooi.'

'Mag ik mijn groep zelf samenstellen?'

'Over wie hebben we het dan?'

'In eerste instantie Lisa Hedqvist en Bosse Thyrén.'

'Geen probleem, die twee zijn goed.'

'En ik wil gebruikmaken van de externe hulp van Mette Olsäter.'

'Uiteraard. Als zij je helpt is de zaak al half opgelost.'

Hjärnes eigenaardige glimlachje was moeilijk te interpreteren. Was hij ironisch of bewonderde hij Mette?

'En ik wil Stilton erbij hebben,' zei ze.

Hjärnes glimlach verdween. 'Tom Stilton?'

'Ja. Ik neem aan dat je hem kent?' Olivia's antwoord volgde razendsnel, waardoor Hjärne eraan werd herinnerd dat ze Mettes stermedewerkster was.

'Waarom juist hij?' vroeg hij moeizaam.

'Hij doet wat hij moet doen. Bovendien was hij in 1999 betrokken bij het onderzoek.'

Hjärne trok een paar haartjes uit zijn rechterneusgat en vermande zich. Er was weinig dat hij ertegen kon doen.

Nu begon er een lange dag voor Olivia. De eersten met wie ze praatte waren Lisa en Bosse natuurlijk. Haar onmiskenbare enthousiasme toen ze hun vroeg of ze betrokken wilden zijn bij het onderzoek was de enige kleine donkere wolk voor Bosse. Hij zei natuurlijk meteen ja, maar voelde dat het een zware reis kon worden. Hij mocht Olivia graag, maar hij wist ook dat ze vanaf het moment dat ze op hun afdeling was gekomen een plek voor zichzelf had opgeëist. Bovendien deinsde ze nergens voor terug als ze aan het werk was.

Lisa stemde ook in. 'Wie wil je er nog meer bij hebben?' vroeg ze.

'Mette en Tom, maar dan extern.'

'Is Tom in Zweden?'

'Ja.'

'Maar hij woont toch in...'

'Hij is voor mij teruggekomen. En nu moet ik verder!'

Lisa en Bosse beseften beiden dat ze het biertje dat ze vanavond zouden gaan drinken konden vergeten.

De volgende halte was Kummelnäs. Ze was er 's middags, maar weigerde om bij de tafel te gaan zitten. Daar was ze te opgewonden voor.

'Weet je wat Hjärne zei?' vroeg ze aan Mette, die het antwoord natuurlijk al wist.

'Geen idee.'

'Hij vroeg me om de leiding van het onderzoek naar het lijk in de bergen op me te nemen!'

'Wat leuk. Geweldig. Gefeliciteerd.' Mette omhelsde Olivia.

Mårten bekeek het tafereel vanaf de tafel. Theater Dramaten is een geweldige actrice misgelopen, dacht hij.

'Daarna heb ik voorgesteld om Lisa en Bosse intern bij het onderzoek te betrekken, en jou en Tom extern.'

'Wat zei Hjärne over Tom?' vroeg Mette.

'Hij zag eruit als een citroen, maar ik kreeg mijn zin. Vreemd genoeg was hij ongelofelijk inschikkelijk.'

Mårten ving Mettes blik op en besefte dat hij moest meespelen.

'Heb je met Tom gepraat?' vroeg Mette.

Dat had ze voor het laatst bewaard.

Of liever gezegd het op één na laatst. Lukas was het laatst. Hij had haar een sms gestuurd toen ze uit Kummelnäs vertrok en ze had geantwoord dat het niet lang meer duurde voordat ze thuis zou zijn en dat ze hoopte dat hij dan nog wakker was. Dat had hij beloofd.

Terwijl ze de slecht verlichte aak naderde probeerde ze een beetje te ontspannen. Tom was een ander verhaal. Ze wist dat ze niet naar binnen kon stormen om hem met het onderzoek te overvallen, dus overwoog ze hoe ze het zou brengen. Hij heeft Luna in Thailand, hij heeft het daar naar zijn zin, hij is naar huis gekomen omdat ik neergeschoten ben, nu ben ik beter. Waarom zou hij dan niet teruggaan naar de plek waar hij zich goed voelt?

Omdat hij net zoals ik is, gaf Olivia zichzelf antwoord.

Hij wil mensen die anderen neerschieten, vooral als die tot zijn vriendenkring behoren, oppakken. Ze moest zich concentreren op de Spaanssprekende vrouw die op haar had geschoten. Met haar kon ze Tom aan haar kant krijgen. Dat zou haar met het lijk in de bergen niet lukken.

Toen ze de verlichte salon in liep had ze haar plan klaar.

'Ik denk erover om morgen terug te gaan,' was een van Stiltons eerste opmerkingen toen ze binnenkwam.

'Dan al?'

'Wil je een whisky?'

'Nee. Heb je cola?'

'Ja.'

Stilton kwam terug met een ijskoude cola en zette die voor Olivia neer. Dit gaat niet gemakkelijk worden, dacht ze.

'Waarom morgen al?' vroeg ze.

'Waarom niet?'

'Omdat ik degene die op me heeft geschoten te pakken wil krijgen en daar heb ik jouw hulp voor nodig.'

'Ik werk niet meer bij de politie.'

Dat klopt, maar wat doe je dan wel? dacht Olivia. Rondhangen in een zweverige yogaretraite in Thailand? Dat hield ze echter voor zich.

'Ik weet het,' zei ze. 'Heb je het daar naar je zin?'

Ze klinkt net als Abbas, dacht Stilton. 'Ja, uitstekend. Het is vreemd dat iedereen daar zoveel moeite mee heeft. Hoe leuk is het om hier te wonen?'

'Volgens de bevolking van de bergwereld is het triest. Maar wij wonen hier, of ik in elk geval, en ik ben politieagent en dat ben jij evengoed, ook al ga je ervandoor.'

'Wat bedoel je daarmee?'

Olivia nam een slok cola en Stilton dronk zijn glas whisky leeg. Ze voelden allebei dat er een soort hanengevecht plaatsvond. Wat trouwens een praktijk was waaraan Stilton niet herinnerd wilde worden.

'Kan Luna niet terugkomen?' vroeg Olivia.

'Nog niet. Ze is nog niet waar ze wil zijn. Ze moet datgene waarnaar ze op zoek is vinden voordat ze terug wil komen.'

'En wat is dat?'

Stilton gaf geen antwoord omdat hij geen idee had waarnaar Luna op zoek was. Hij had trouwens het sterke vermoeden dat ze dat zelf ook niet wist.

Dat was echter iets tussen hen.

Olivia zette haar glas neer. 'Het is als volgt, Tom,' zei ze. 'Ik ben gevraagd om het onderzoek naar het lijk in de bergen te leiden. Dit is mijn eerste moordonderzoek. Ik ben ervan overtuigd dat de vrouw die me neergeschoten heeft iets met de zaak te maken heeft en daarom ben jij er ook bij betrokken.'

'Waarom dat?'

'Omdat jij en mijn vader en Mette de verdwijning van Fredrik Kaldma destijds onderzocht hebben. Jullie hebben informatie die ik nodig heb.'

'Als het lijk inderdaad Kaldma is.'

'Dat is het. En als we ontdekken wie hem vermoord heeft, dan vinden we de vrouw die mij heeft neergeschoten ook. Wil je haar niet vinden?'

Stilton vulde zijn glas bij. Hij had Singleton gekocht omdat die whisky precies de juiste zachtheid en ambitie had. De ontwikkeling van het gesprek stond hem niet aan. 'Wat leuk dat je een moordonderzoek mag leiden,' zei hij, waarna hij een slok nam.

'Dank je. Verander niet van onderwerp.'

Afleiden was echter precies wat Stilton van plan was. Hij was decennialang ondervrager geweest en een restant daarvan zat nog steeds in zijn mishandelde DNA. Hij stond op en dimde het licht in de salon. Bettan en Minken hadden een dimmer geïnstalleerd en op dit moment kwam die van pas. Hij ging weer op de vaste bank zitten en keek naar Olivia. 'De eerste keer dat ik op iemand schoot was ik negenentwintig,' zei hij. Het was een suicide-by-copsituatie. Een man kwam met een pistool in zijn hand uit een rijtjeshuis en schoot op de agenten die het huis omsingeld hadden. Ik schoot hem neer. Het was een gerichte actie en alles gebeurde volgens de regels. Ik had echter een vader van twee kinderen die zwaar aan de drugs was en zijn leven niet aankon doodgeschoten. Daar heb ik het achteraf moeilijk mee gehad.'

'Op welke manier?'

'Slaapproblemen, ik zag de kinderen de hele tijd voor me, maar het was voornamelijk het gevoel dat ik iemand had gedood, van het leven had beroofd. Ik heb een tijdlang moeite gehad om daarmee om te gaan.'

Stilton zweeg en Olivia begreep waar hij naartoe wilde. 'Heb je het over de man die ik in de bergen doodgeschoten heb?'

'Ja. Heb je moeite met slapen?'

'Helemaal niet.'

Stilton keek naar Olivia. Ze kenden elkaar heel goed en toch ook niet.

Zoals dat altijd gaat.

Heeft ze het verdrongen of heeft ze een ander karakter dan ik? dacht hij.

Olivia dacht aan de man die ze had neergeschoten. 'Hij was van plan me te vermoorden. Hij schoot om me te doden. Dat is een verschil. Ik schoot niet om hem te doden.'

'Maar je hebt hem wel gedood.'

'Ja. Wat had ik anders moeten doen?'

Stilton wist niet of hij verder moest gaan. Daarnet voelde hij al dat dit een kant op ging waartegen hij zich had verzet sinds het gebeurd was.

De moord die hij had gepleegd.

Misschien was het de Singleton, of misschien was het iets heel anders, maar uiteindelijk begon hij te vertellen. 'Niemand anders weet dit... maar ik heb iemand vermoord.'

'Gedood.'

'Vermoord. Doden en vermoorden zijn niet altijd hetzelfde. Een moord is een min of meer opzettelijke handeling, misschien kun je het doodslag noemen, maar het doel is toch om iemand te doden.'

'Wie heb je vermoord?'

'Cosmina Basecu, de vrouw die in organen handelde. Ik vond haar bij een hanengevecht in Puerto Galera, een dorp op de Filipijnen. We zijn wat gaan drinken en daarna wilde ze bungeejumpen van een brug. Toen ze sprong trok ik de pin uit de veiligheidslijn, waarna ze te pletter sloeg op de rotsen.'

Hij had verteld wat niemand anders wist, zelfs Luna niet. Mette had een vermoeden gehad, maar niet meer dan dat. Nu had hij het aan Olivia verteld.

Ze dronk haar glas cola leeg. 'Cosmina was een secreet.'

'Dat klopt, maar je kunt alle secreten en klootzakken die op je weg komen niet vermoorden. Ook niet als je een politieagent bent.'

Olivia knikte. Ze begreep de draagwijdte van wat Tom had verteld en de moeite die hem dat had gekost. Ze was er op een bepaalde manier een beetje trots op dat hij dit alleen aan haar had verteld, maar ze was ook politieagent. Het gaf haar een dubbel gevoel. Het was haar bovendien niet duidelijk wat dit te maken had met het drama dat zich in de bergen had afgespeeld. 'Heb je daar nog steeds slaapproblemen door?' vroeg ze.

'Nee. Ik heb het bij Aditi in Thailand verwerkt.'

'Dat is fijn, neem ik aan.' Ze stond op. Het was bijna middernacht en het was een lange dag geweest. Ze had gezegd wat ze wilde zeggen en ze had zijn hulp gevraagd. Meer kon ze niet doen.

In de deuropening draaide ze zich om naar Stilton. 'Ik wil dat je weet dat ik heel veel om je geef.'

Het regende.

Een zachte, koude regen, eerder een motregen die alleen in het licht van de straatlantaarns zichtbaar was. Ze liep door verlaten straten met natte trottoirs en passeerde de Högalidskerk. Het was een flinke wandeling naar Lukas, maar ze had er behoefte aan om te lopen, na te denken, alleen te zijn. Haar opwinding was op de aak verminderd. Tom had iemand vermoord. Zij had iemand doodgeschoten. Waarom heb ik geen problemen met slapen en pieker ik er niet over? Ze schopte tegen een geplet bierblikje; de echo verspreidde zich door de Varvsgatan. Het is bijna andersom, dacht ze. Ik ben voornamelijk gefrustreerd omdat ik heb toegelaten dat ik werd neergeschoten.

In de Hornsgatan zag ze een paar dronken jongeren die voor een pub voetballiedjes zongen.

Zou ik ook niet wakker moeten liggen omdat ik pieker? Spijt hebben? Zou dat niet natuurlijk zijn? Vervolgens dacht ze aan de escalerende schietpartijen tussen de diverse bendes in het centrum van Malmö en de voorsteden van Stockholm. Hadden die moordenaars problemen met slapen? Waarschijnlijk niet. Ben ik dan net zoals zij? Kan het me niet schelen dat ik iemand doodgeschoten heb?

Toen ze de kruising met de Ringvägen had bereikt besloot ze een biertje te gaan drinken. Ze wilde niet met een hoofd vol chaotische gedachten bij Lukas aankomen.

Ze wilde haar situatie analyseren.

Dat lukte na het tweede biertje in de pub Southside. Ze zat in een afgescheiden gedeelte met een theelichtje in een rode bolvormige houder voor zich. Tijdens het eerste biertje staarde ze naar het vlammetje en herkauwde waar ze sinds ze bij de aak was vertrokken al over nadacht. Dat leidde nergens toe. Toen het tweede biertje de randen had verzacht en het mogelijk maakte zich open te stellen lukte het haar om orde in de chaos te scheppen. Ik ben anders dan hij is. Ik ben anders dan Tom. Misschien lijk ik op Arne, was haar volgende gedachte. Niet mijn biologische vader, maar mijn echte vader. De politieagent. Misschien had hij geen slaapproblemen als hij iemand had doodgeschoten wanneer daar een reden voor was.

Omdat Arne lang geleden overleden was kon ze het hem niet vragen, dus besloot ze heel gewoon dat ze de dochter van haar vader was. Ze voerde hem als reden op voor haar reactie na de schietpartij.

Op dat moment stuurde Lukas weer een sms: *Waar ben je?*

*Dichterbij dan je denkt*, antwoordde ze.

Olivia had een paar dagen besteed aan zaken die volgens haar overbodig waren. Een gesprek met Interne Zaken, een controle in het ziekenhuis, een kort gesprek met een administratief ambtenaar met betrekking tot de plekken waar het onderzoek zou plaatsvinden en nog een gesprek met Hjärne. Hij wilde een schema hebben voor de feedback met betrekking tot het resultaat van het onderzoek. Dat kreeg hij. Toen dat allemaal geregeld was belde ze Mette. Het was tijd om te beginnen en er waren een paar praktische problemen. Mette wilde niet in de buurt van Hjärne op het politiebureau zitten, dus voerde ze haar hielspoor als excuus aan. Olivia wilde de onderzoeksgroep aan het begin van de werkzaamheden niet opsplitsen. De oplossing werd de Afrika-kamer in Kummelnäs, een kamer die was ingericht en gedecoreerd met sculpturen, stoffen en allerlei mooie en bizarre voorwerpen van de reizen die Mårten en Mette door het enorme continent gemaakt hadden. De kamer was groot, er waren muren die ze konden gebruiken en ze waren afgeschermd van de buitenwereld.

'Bovendien hebben we een loopjongen die de praktische zaken kan regelen,' zei Mette.

Gelukkig was Mårten niet in de buurt toen ze dat zei. Hoewel hij er niets op tegen had om de gasten met van alles te helpen, beschouwde hij zichzelf waarschijnlijk niet als een 'loopjongen' in zijn eigen huis.

'Ik haal Lisa en Bosse op en dan zijn we hier rond lunchtijd,' zei Olivia. 'We nemen al het oude materiaal en onze eigen gegevens mee.'

Mette maakte ruimte in de Afrika-kamer, haalde blocnotes en pennen, zorgde ervoor dat er iets te drinken was en ventileerde de kamer. Het haardvuur in de kleine salon verspreidde ook hier een enigszins zure brandlucht. Toen er werd aangebeld was ze van mening dat ze een onderzoeksruimte hadden die minstens zo functioneel was als de kamers op het politiebureau waar ze al die jaren had gezeten. Hier hadden de muren bovendien kleur en hadden ze aparte voorwerpen om naar te kijken in plaats van een kopieerapparaat.

Mårten deed open. Hij keek er niet met maximaal enthousiasme naar uit, maar wist wat het voor Mette betekende. Hij had gemerkt dat haar vitaliteit begon te verminderen en wilde die graag een beetje oppeppen, ook al betekende dat politiewerk. Aan de andere kant vonden de besprekingen thuis plaats, zodat hij haar hart in de gaten kon houden. Bovendien vond hij het heerlijk als het huis vol mensen was die hij graag mocht. Hij had Lisa en Bosse al heel vaak gezien en wist hoeveel waardering Mette voor die twee had.

Dat was voldoende voor hem.

'Kom binnen!' Hij deed een stap opzij en liet de drie moordonderzoekers, die hun armen vol zakken, mappen en dozen hadden, binnen. 'We gaan in de Afrika-kamer aan het werk,' zei hij. 'Olivia weet waar het is.'

Het viel Olivia op dat Mårten 'we' zei en ze glimlachte even. Hij was waarschijnlijk niet op de hoogte gesteld van zijn rol als loopjongen.

Ze legden het materiaal op de tafel en de vloer terwijl Mårten in de deuropening bleef staan. Olivia stelde voor dat zij aan het korte eind van de tafel zou gaan zitten. Het was tenslotte haar onderzoek.

'Wanneer komt Tom?' vroeg Bosse, die naast Mette was gaan zitten.

'Eerlijk gezegd weet ik niet of hij komt,' zei Olivia. 'Daar heeft hij geen duidelijk antwoord op gegeven.'

'Hij komt,' zei Mette resoluut.

'Hoe weet je dat?'

'Omdat jij neergeschoten bent en daar bijna aan bent overleden. Denk je dat hij naar Thailand teruggaat, op een zonnestoel gaat liggen en zijn voeten laat verzorgen zonder te weten wie er op jou geschoten heeft?'

Op dat moment werd er aangebeld. Mårten stond op en liep de kamer uit.

Mette glimlachte even. 'Zie je wel dat hij komt?'

'Het is de pizza die ik besteld heb!' riep Mårten vanuit de hal.

Een tafel vol pizza etende medewerkers was niet bepaald de manier waarop Olivia haar onderzoek had willen beginnen. Bovendien had ze geen honger. Ze trommelde wat op de tafelrand terwijl ze wachtte tot Mette de laatste hap van haar calzone had genomen.

'Denken jullie dat we nu kunnen beginnen?'

Mette veegde haar mond af en glimlachte. Olivia was vol daadkracht en dat was goed. Ze wist uit ervaring hoeveel energie dat kon geven.

'Waar wil je beginnen?' vroeg ze.

'Om te beginnen wil ik zeggen dat de gebeurtenissen die ertoe leidden dat ik neergeschoten ben en het lijk dat is gevonden zeer waarschijnlijk met elkaar te maken hebben. Ik weet niet op welke manier, maar daarvan ben ik overtuigd.'

'Dus… waar beginnen we?' herhaalde Mette haar vraag.

'Bij het begin. Fredrik Kaldma. Vertel.'

'Sorry…' Bosse stak zijn vinger op.

'Ja?'

'We zijn er toch niet voor honderd procent zeker van dat het lijk Kaldma is?'

'Dat klopt,' antwoordde Olivia. 'We weten nog niet of het DNA van het lijk overeenkomt met het DNA dat in verband met Kaldma's verdwijning afgenomen is, maar het duurt verdomd lang om de uitslag van Linköping te krijgen. Probeer jij ze op te laten schieten, Lisa?'

Lisa knikte, voornamelijk om Olivia tevreden te stellen. Ze wist, en dat wist iedereen aan de tafel, dat het geen zin had om de forensisch onderzoekers onder druk te zetten als het niet om een extreme moordzaak ging. En vanuit hun perspectief gezien was dit niet zo'n zaak.

'Hoewel we het nog niet bevestigd gekregen hebben, is het lijk volgens mij Fredrik Kaldma,' zei Olivia. 'Mette?'

'En de gebitsgegevens?' onderbrak Bosse haar opnieuw.

Olivia verbeet haar irritatie. 'Die worden op dit moment gecontroleerd. Kunnen we nu beginnen?'

Mette schoof haar stoel een stukje naar achteren en verstrengelde haar handen. Ze hield van een situatie zoals deze, waarin ze informatie kon overdragen. 'Fredrik Kaldma werd in 1963 geboren,' begon ze. 'Zijn vader was een zakenman die afkomstig was uit Estland, wat een verklaring voor zijn achternaam is. Zijn moeder was personeelschef. Beide ouders zijn omgekomen tijdens de ramp met de Estonia. Dat staat allemaal in het onderzoek. Je kunt...'

'Ik wil het van jou horen,' onderbrak Olivia haar.

'Oké... Kaldma heeft de Handelshogeschool gevolgd en werd in het begin van de jaren negentig aangenomen bij het Bergh-concern, een groot internationaal conglomeraat waar zijn moeder ook werkte voordat ze omkwam tijdens de veerbootramp. Hij maakte promotie en werd na een paar jaar benoemd tot directeur van een van de dochterbedrijven, GER oftewel Global Environment Rescue.'

Olivia haalde een foto van Fredrik Kaldma uit het oude onderzoeksmateriaal. Ze zag een dertiger met rood haar, bruine ogen, hoge jukbeenderen en brede lippen. Hij had een innemende uitstraling.

'Hij was ook actief op de aandelenmarkt,' ging Mette verder. 'In een paar jaar bouwde hij via de beurs een aanzienlijk vermogen op. In 1996 trouwde hij met Anette Bostam, een succesvolle Zweedse actrice. Misschien ken je haar, ze staat nog steeds op het toneel.'

'Ik weet wie het is. Ga verder.'

'Fredrik en Anette hadden een druk sociaal leven,' vertelde Mette. 'Ze gingen zowel in Zweden als op het continent om met leden van de high society, gaven spraakmakende feesten en verschenen vaak in de roddelbladen. Een tijdlang waren er geruchten over drugsgebruik. Op 17 november 1999 verdween Kaldma. Hij was toen zesendertig. Zijn verdwijning werd vier dagen later door zijn vrouw Anette gemeld.'

'Waarom duurde dat vier dagen?'

'Ze was op tournee met het Rijkstheater en ontdekte het pas toen ze thuiskwam.'

'Heeft ze gedurende die vier dagen geen contact met hem gehad?'

'Blijkbaar niet.'

'Vreemd. Wat gebeurde er daarna?'

'Er dook een anonieme brief op waarin stond dat Kaldma ontvoerd was. Hij was in het Spaans geschreven en er werd vijf miljoen kronen losgeld geëist. De brief leek niet helemaal serieus.'

'Waarom niet?' vroeg Olivia terwijl ze aan het Spaanse stel in de bergen dacht.

'De tekst was bijzonder onhandig geformuleerd en bevatte geen details over de manier waarop contact opgenomen moest worden. Daar staat tegenover dat er werd gewaarschuwd om de politie er niet bij te betrekken.'

'Naar wie was de brief gestuurd?'

'Hij was geadresseerd aan Kaldma's bedrijf in de Styrmansgatan. De technisch rechercheurs hebben hem gecontroleerd maar vonden geen sporen en daarna zijn er geen brieven meer gekomen.'

'Oké. Heb je meer?'

'We hebben een paar donkere haren in de slaapkamer van het echtpaar gevonden. Kaldma had rood haar en Bostam was blond, maar we waren van mening dat die haren niets hoefden te betekenen.'

Mette zweeg en Mårten maakte gebruik van de gelegenheid. 'Willen jullie koffie?'

Hij had ze niet afgeluisterd, maar was in de keuken bezig geweest met zijn genealogisch onderzoek en had intussen naar het gesprek in de Afrika-kamer geluisterd.

'Graag,' zeiden drie van de moordonderzoekers eensgezind.

Olivia ging intussen verder. 'Hebben jullie het DNA van de haren in de slaapkamer?'

'Nee.'

'Waarom niet?'

'Deels was het in die tijd lastig en verschrikkelijk duur om aan DNA te komen, deels onderzochten we een verdwijning in plaats van een moord.'

'Slordig.'

Lisa en Bosse hoorden de opmerking allebei. Het was een oordeel over Mette waaraan ze niet gewend was. Ze keken beiden naar hun blocnotes.

'Achteraf gezien was het inderdaad slordig,' antwoordde Mette kalm.

'Dan zorgen we ervoor dat het nu gebeurt,' zei Olivia. 'Ik hoop dat de haren bewaard zijn.'

'Dat hoop ik ook.'

'Hebben jullie trouwens gesprekslijsten van zijn mobiel?' ging Olivia verder.

'Ja. Voor zover ik me kan herinneren hadden de meeste telefoontjes met zijn werk te maken. We hebben geen afwijkende of verdachte telefoontjes gevonden. Het materiaal zit in een map als jullie daar nog een keer naar willen kijken, maar ik denk niet dat...' Mette werd onderbroken doordat de bel weer ging.

Olivia schrok op en keek naar Mårten, die binnenkwam met een blad met koffie. 'Meer calzone?' vroeg ze.

De calzone droeg een dun suède jack, was bruingebrand en had baardstoppels op zijn gezicht. Aan zijn ogen was te zien dat hij slecht geslapen had. Toen hij binnenkwam stroomde er een warm gevoel door Olivia heen. Ze stond op, liep naar hem toe en liet haar leidersrol helemaal varen door een hand op Stiltons borstkas te leggen. 'Dank je wel dat je gekomen bent,' zei ze.

Stilton knikte naar de tafel, trok de stoel naast Lisa naar achteren en ging zitten. Mårten deelde kopjes uit en schonk koffie uit een zwarte thermoskan in. Olivia ging weer aan het korte eind van de tafel zitten.

'Mette heeft Fredrik Kaldma's achtergrond toegelicht,' zei ze tegen Stilton. 'Tot aan zijn verdwijning. Wat hadden jullie voor hypothesen?'

'Doe jij het of ik?' zei Stilton tegen Mette.

'Begin jij maar, ik heb een droge mond.'

'Oké,' zei Stilton terwijl hij het bovenste knoopje van zijn overhemd losmaakte. 'Ontvoering was één van de mogelijkheden. De brief die was verstuurd kon daarop wijzen, maar er kwamen niet meer brieven, dus namen we aan dat die door een gelukszoeker was gestuurd. Daarna onderzochten we het drugsspoor. We wisten dat het echtpaar Kaldma drugs gebruikte, maar we hebben nooit verbanden gevonden die een reden voor de verdwijning konden zijn.'

'Zelfmoord?' opperde Olivia.

'Dat was een van de hypothesen.'

'Een vrijwillige verdwijning?'

'Ja, daar hebben we ook aan gedacht, maar daar hebben we geen redenen voor gevonden. Er waren geen schulden of psychische problemen.'

Mette mengde zich in de dialoog. 'Daarentegen waren er wel meldingen over ontrouw. We kregen anonieme tips dat Anette een relatie met een andere man had, maar dat is nooit bevestigd en Anette ontkende het.' Mette nam een slok koffie alsof ze duidelijk wilde maken dat er niet veel meer te vertellen was.

Stilton boog zich over de tafel en keek in Olivia's ogen. 'Het enige interessante was de informatie die we van Kaldma's superieur Sven Bergh kregen. Hij vond Kaldma tijdens de dagen voordat hij verdween gestrest en had het gevoel dat hij onder druk stond.'

'Op wat voor manier?' vroeg Olivia.

'We probeerden te achterhalen waarom dat was, maar hebben niets gevonden.'

Olivia knikte en tekende een nul op de blocnote die voor haar lag. 'Eigenlijk hebben jullie dus niet veel bereikt.'

Het was een onnodige opmerking en dat voelde Olivia ook. Het werd stil rond de tafel en Mette had moeite om haar niet te vertellen wie degene was die ervoor had gezorgd dat ze dit onderzoek leidde. Ze hield zich echter in. 'Er is geen verklaring voor de verdwijning gevonden. In 2009 is Fredrik Kaldma doodverklaard en zijn vrouw Anette erfde een flink vermogen. Dat is alles wat we weten tot het moment dat zijn lijk gevonden is.'

Stilton hoorde een enigszins starre ondertoon bij Mette. Hij zag Olivia's ogen en lichaamshouding en vermoedde waarom dat was. Ze was niet tevreden.

'Goed,' zei Olivia. 'Bedankt. Dan gaan we nu verder met het heden. Lisa?'

Lisa had zich voorbereid en had een vel papier als geheugensteuntje voor zich liggen. Toch voelde ze zich een beetje onder druk staan door de blik in Olivia's ogen.

'Fredrik Kaldma is op 17 augustus dit jaar doodgeschoten in de bergen boven Arjeplog aangetroffen,' zei ze. 'Twee schoten in de rug en een van dichtbij in het hoofd. Een zuivere executie dus. De technisch rechercheurs hebben een paar kogels in de buurt van de vindplaats aangetroffen die overeenkomen met de wonden. Het gebruikte kaliber is 9 millimeter parabellum en de kogels zijn afkomstig van een luger P08.'

'Een luger 08?' zei Stilton.

'Ja.'

'Merkwaardig... Dat is een oud wapen voor verzamelaars.'

'Zo'n pistool is toch ook gebruikt toen dat Engelse gezin een paar jaar geleden in de Alpen doodgeschoten is?' zei Mette.

'Ja, en dat was toen net zo merkwaardig.'

'Kan ik verdergaan?' vroeg Lisa. 'Het slachtoffer had geen identiteitsbewijs bij zich. Het enige wat gevonden is waren een paar dingen die in de voering van zijn sneeuwscooterpak zaten.' Ze hield het plastic zakje omhoog dat Olivia van Cathy had gekregen. 'Dat zijn een munt, een paperclip en een papiertje met een paar getallen erop. Er staat "13 11 48" en "17 41 55" op het briefje.'

'Kunnen dat telefoonnummers zijn?' opperde Stilton. 'Of een soort coördinaten?'

'Misschien wel.'

'Ik controleer dat wel.' Stilton stak zijn hand uit en pakte het zakje aan.

'Wat voor munt is het?' vroeg Mette.

'Een Noorse munt van één kroon,' zei Lisa. 'Uit 1942.'

'Oké...' Mette maakte een notitie op haar blocnote.

Lisa keek op het vel papier en ging verder. 'De vindplaats was een smeltend sneeuwbekken in het Radtjagebergte boven Arjeplog. Dat gebied hoort bij het Samendorp Luokta-Mávas. Het tijdstip van de moord is onzeker.'

'Weten we of de plaats delict en de vindplaats identiek zijn?' informeerde Stilton.

'Nog niet,' antwoordde Olivia.

'De moord kan dus lang nadat het slachtoffer op 17 november 1999 uit zijn appartement verdwenen is plaatsgevonden hebben,' constateerde Mette.

'Wat bedoel je?'

'We weten wanneer hij verdwenen is, maar niet wanneer hij vermoord is. Theoretisch kan hij nog jaren na zijn verdwijning geleefd hebben. We weten ook niet of hij tegen zijn wil verdwenen is. Er zijn bijvoorbeeld geen sporen van geweld in het appartement aangetroffen. Hij kan meegenomen zijn en een hele tijd ergens opgesloten gezeten hebben voordat hij doodgeschoten is.'

'Dat kan… In elk geval is de dader tot nu toe onbekend, maar volgens de patholoog-anatoom in Umeå zaten er huidresten onder de nagels van het slachtoffer waarvan misschien DNA afgenomen kan worden. Als we dat hebben kunnen we controleren of het register een match bevat.'

'En we kunnen het vergelijken met de haren die in Kaldma's appartement gevonden zijn,' zei Mette.

'Waarvan jullie nooit DNA afgenomen hebben.'

Mette negeerde de opmerking. 'Als we geluk hebben vinden we een match,' zei ze.

Inmiddels merkte Mette dat ze niet meer degene was die ze was geweest toen ze in topvorm was. Ze was moe en haar hersenen werkten trager. Ze zou graag een pauze willen. 'Misschien kunnen we verdergaan over…'

'Ik wil jullie hypothesen uit 1999 testen om te zien of ze nu nog steeds aan de orde zijn,' onderbrak Olivia haar. De gedachte aan een pauze kwam niet in haar hoofd op. 'Tenslotte weten we nu dat het om moord in plaats van een verdwijning gaat.'

Stilton knikte en Mette schonk nog een keer koffie in.

'Ontvoering?' zei Olivia. 'Dat kan nog steeds relevant zijn.'

'Maar waarom zou je iemand in Stockholm ontvoeren om hem daarna in een ontoegankelijk berggebied in het noorden te vermoorden?'

'Bovendien was hij gekleed voor de bergen toen hij doodgeschoten werd,' merkte Lisa op.

'Dat klopt. Hij droeg een sneeuwscooterpak en wandelschoenen,' beaamde Olivia.

'Wat waarschijnlijk niet het geval zou zijn als hij in Stockholm was ontvoerd,' voegde Stilton eraan toe.

'Inderdaad, maar hij kan naar de bergen gebracht zijn, waar ze hem opgesloten hebben en op een later tijdstip vermoord hebben, zoals Mette daarnet zei.'

'Waarom zijn er dan niet meer brieven over het losgeld gekomen?' vroeg Lisa.

Het bleef een paar seconden stil voordat Olivia weer op dreef kwam. 'De hypothese dat het met drugs te maken kan hebben is nog steeds relevant. Het kan om een onbetaalde drugsschuld gaan. Zelfmoord kunnen we afstrepen, net als een vrijwillige verdwijning. Daarentegen is de informatie over ontrouw nog steeds interessant. Anette Bostam heeft een vermogen van haar man geërfd en had misschien een minnaar rond het tijdstip van zijn verdwijning.'

'Ze was op tournee met het Rijkstheater toen hij verdween,' zei Mette.

'Ze kan geregeld hebben dat iemand anders hem vermoord heeft.'

Op dat moment zoemde Olivia's telefoon. Ze had iedereen gevraagd om hun telefoons uit te zetten toen ze gingen zitten, maar was haar eigen telefoon vergeten. Ze maakte een verontschuldigend gebaar, nam op en verbrak de verbinding even later. 'Dat was Arjeplog. De technisch rechercheurs hebben vingerafdrukken op een beker in het huisje aan het Miekakmeer gevonden en hebben die naar Umeå gestuurd. Ze waren in elk geval niet van de doodgeschoten man.'

'Ze kunnen dus van de vrouw zijn,' merkte Stilton op.

'Als we geluk hebben wel.'

Bosse stak zijn wijsvinger weer op. 'Nu we meer weten moeten we misschien nagaan hoe Kaldma naar de bergen gegaan is. Had hij een auto?'

'Ja, een nieuwe donkergroene Chevrolet Tahoe,' zei Mette. 'Die is tegelijkertijd met zijn verdwijning verdwenen en is nooit teruggevonden.'

'Als we de ontvoering even vergeten kan hij dus in zijn eigen auto naar de bergen gereden zijn.'

'Hij had geen autosleutels bij zich toen hij gevonden werd,' zei Olivia.

'Die kan de moordenaar meegenomen hebben.'

'Kunnen we controleren of hij getankt heeft?' zei Lisa. 'Misschien heeft hij dat met zijn creditcard gedaan. Hij moet tenslotte getankt hebben als hij met de auto naar het noorden gereden is.'

'Die gegevens zijn er niet,' zei Mette. 'Zijn creditcard is voor het laatst op de dag dat hij verdween in Stockholm gebruikt. Dat was bij Pressbyrån als ik het me goed herinner. Daarna zijn er geen aankopen meer mee gedaan.'

Stilton stond op, deels om zijn benen te strekken maar voornamelijk omdat hij van onderwerp wilde veranderen. Hij keek de keuken in en zag dat Mårten snel op zijn papieren keek. Bij één muur stond een lange, smalle houten buis. Stilton liep ernaartoe en draaide de buis ondersteboven. Hij wist dat de buis gevuld was met grof gemalen skeletdeeltjes die een ritselend, eentonig geluid maakten als ze van de ene naar de andere kant van de buis gleden, als een tropische regenbui. Door dat geluid keken ze allemaal naar hem.

'We hebben het inmiddels al een tijdje over Kaldma,' zei hij. 'Misschien moeten we nu verdergaan met het stel dat Spaans praatte. Wie waren ze? Wat deden ze in de buurt van de vindplaats?'

'Is de identiteit van de dode man al bekend?' vroeg Mette.

'Nee, nog niet,' antwoordde Olivia.

'En we hebben geen signalement van de vrouw?'

'Nee. Ik heb haar alleen van achteren gezien terwijl ze een jack met een opgezette capuchon droeg en daarna een fractie van een seconde toen ze schoot. Misschien kunnen we meer informatie van de ICA-supermarkt in Jäkkvik krijgen.'

'Áls ze daar geweest zijn,' zei Stilton.

'De tas kwam daarvandaan.'

'Die kunnen ze overal vandaan hebben.'

'In de bergen?'

Mette merkte dat het gesprek geen resultaat meer opleverde. Zij was inmiddels niet meer de enige die moe was. 'Olivia,' zei ze.

'Ja?'

'We stoppen voor vandaag.'

Ze zei het op een toon die Olivia van vroeger kende. Toen was Mette degene die het onderzoek leidde en zij degene die gehoorzaamde. Dat deed ze nu ook.

'Ja, natuurlijk,' zei ze. 'Maar als ik een korte samenvatting mag geven, dan denk ik dat we ons op twee sporen moeten concentreren, namelijk de eventuele ontrouw van Kaldma's vrouw Anette en het drugsspoor. Ik regel Anette en Tom doet het drugsspoor.'

Stilton zei niets. Hij constateerde alleen dat Luna gelijk had gehad. Hij zou hier nog een tijdje blijven.

'En ik?' vroeg Mette. 'Wat ga ik doen?'

'Jij denkt en analyseert. Daarin ben je het beste van ons allemaal.'

Met dat compliment lukte het Olivia om een deel van haar stommiteiten van vandaag glad te strijken.

In de hal haalde ze een sms van Lukas op: *Je komt toch naar de vernissage?*

*Natuurlijk, ik ben onderweg*, antwoordde ze.

De kleine galerie aan de Sturegatan was vol mensen en Olivia had moeite om Lukas te vinden. Uiteindelijk zag ze hem in een hoek van de achterkamer met een glas wijn in zijn hand en een groep mensen om zich heen. Ze constateerde snel dat het voornamelijk jonge vrouwen waren, die hard lachten om iets wat hij zei. Een beetje te hard. Ineens zag hij haar, begon te stralen en baande zich een weg naar haar toe.

'Sorry dat ik laat ben,' zei ze een beetje gestrest. 'De bus was te laat en...'

'Je bent hier nu, dat is het belangrijkste.' Lukas legde zijn handen kalmerend op haar schouders en omhelsde haar vervolgens.

'Wat zijn er veel mensen,' zei ze met haar wang tegen zijn schouder.

'Ja, het is ongelofelijk.' Hij liet haar los en keek om zich heen. 'Wacht, dan haal ik iets te drinken voor je.'

Voordat ze iets had kunnen zeggen drong hij zich tussen de aanwezigen door naar een tafel waarop wijn en hapjes stonden. Toen hij bij de tafel was zag Olivia dat een van de jonge vrouwen die daarnet hard hadden gelachen om wat hij zei zogenaamd toevallig naast hem opdook. Ze was mooi, met kortgeknipt blond haar, een rode baret en een roze-rode broek met een dessin van Marimekko-bloemen. Olivia keek naar haar antracietkleurige spijkerbroek en witte overhemd waarin ze de hele dag had gezweet. Normaal gesproken kon het haar niet schelen, maar nu voelde ze zich ongelofelijk saai en niet op haar plaats, tussen al deze kleurrijke mensen die elkaar bovendien allemaal leken te kennen.

Een politieagent tussen de hermelijnen.

De Marimekko-broek boog zich naar Lukas' oor en zei iets tegen hem terwijl ze haar hand op zijn schouder legde. Voor zover Olivia kon zien zei Lukas niets terug. Hij pakte een glas wijn van de tafel, draaide zich om naar Olivia en glimlachte naar haar. Ze glimlachte terug. Op dat moment kwam er nog een vrouw naar hem toe. Ze had donker haar, was iets ouder en had knalrode lippenstift op. Olivia herkende haar, het was de galeriehoudster. Lukas begon vrolijk met haar te praten, knikte lachend en bleef staan. Olivia ging op haar andere voet staan en keek om zich heen. De muziek stond hard en er was bijna geen zuurstof meer over. Zoveel mensen en behalve Lukas kende ze niemand. Waarom had ze Lisa niet gevraagd om mee te gaan? Dan had ze er niet net zo verlaten uitgezien als ze zich voelde.

Ze liep naar een paar schilderijen en deed alsof ze ze bewonderde, wat ze natuurlijk ook deed. Ze vond ze prachtig, maar ze had ze gezien en had ermee geleefd, dus wat aan de wanden hing was niet nieuw voor haar. Ze was van slag en verbaasd over haar acute gevoel van buitensluiting en de jaloezie die ze ineens voelde. Daar had ze tenslotte geen enkele reden voor.

'Hier.' Hij was eindelijk terug en hield haar een glas wijn voor.

'Dank je.'

'Proost.'

Ze tikten hun glazen tegen elkaar. Olivia zag dat sommige aanwezigen zich omdraaiden en naar hen keken. Ze beoordelen me, dacht ze en ze rechtte haar rug. Hij was het vanzelfsprekende middelpunt en zij was zijn vriendin. Weliswaar zonder kleurige broek, maar toch. Daarna glimlachte ze zo stralend mogelijk om te tonen dat kleding niet belangrijk was.

'We gaan straks uit eten,' zei Lukas.

'O ja?'

'Je gaat toch mee?'

'Ik moet morgenochtend heel vroeg op.'

Zijn schouders zakten teleurgesteld, waardoor Olivia zich bedacht. Dit was zijn avond en die wilde hij met haar delen.

'Maar ik ga natuurlijk mee,' corrigeerde ze zichzelf.

Ze voelde hoe uitgeput zowel haar lichaam als haar hoofd door de bespreking bij Mette was. Het liefst van alles wilde ze thuis op de bank kruipen.

Het diner in Sturehof werd zoals ze had gevreesd.

Ze waren met een grote groep en iedereen wilde praten met Lukas, die in het midden van de gereserveerde tafel belandde. Zelf zat ze aan het eind met een tamelijk dronken regisseur die probeerde haar iets uit zijn rijke leven te vertellen. Ze luisterde beleefd, maar het geluidsniveau in het lokaal en het feit dat hij met een dubbele tong praatte zorgden ervoor dat Olivia alleen brokstukken hoorde van wat hij vertelde. In elk geval ging het verhaal voornamelijk over hemzelf en deed hij voortdurend aan namedropping.

Lukas was in topvorm.

En dat moest hij ook zijn. De vernissage was een succes geweest en hij had al een aantal schilderijen verkocht, dus hield hij hof. Olivia was blij voor hem, maar hoe langer de avond duurde en naarmate iedereen in het gezelschap, behalve Olivia, langzaam dronken werd, hoe meer ze haar glas water ronddraaide en op de klok keek. Ze vond dat ze haar tijd zo'n beetje had uitgezeten. De regisseur praatte inmiddels met de vrouw die tegenover hem zat en hield een lange uiteenzetting over de betekenis van de kunst in de moderne samenleving, waarbij hij alles voor alle zekerheid drie keer herhaalde.

Olivia stond op en ging naar het toilet. Ze had rust nodig om te bedenken hoe ze kon vertrekken zonder Lukas te kwetsen. Toen ze terugkwam had het probleem zich tot haar opluchting vanzelf opgelost. De wanordelijke groep was opgestaan en Lukas kwam een beetje wankel, maar met een stralende glimlach naar haar toe. 'We gaan nu naar Claes voor een afterparty.'

Ze zou moeten weten dat problemen zich niet vanzelf oplossen, maar dat er in plaats daarvan nieuwe ontstaan.

'Ik moet nu echt naar huis,' zei Olivia zonder een poging te doen haar woorden te verzachten. Ze had geen idee wie van de aanwezigen in het bonte gezelschap Claes was.

'Ga alsjeblieft nog heel even mee.' Lukas sloeg zijn armen om haar heen. 'Doe het voor mij.'

'Het spijt me, maar dat gaat niet. Ik moet morgen heel vroeg op, maar jij moet vooral gaan.'

'Lukas!' riep de galeriehoudster bij de buitendeur. De rest van het gezelschap stond voor het restaurant te wachten tot het middelpunt zich bij hen zou aansluiten.

'Weet je dat zeker?' vroeg Lukas. 'Word je niet boos als ik wel ga?'

'Natuurlijk niet.'

'Ik hou van je,' zei hij terwijl ze naar de uitgang liepen.

'Dat weet ik,' antwoordde ze met een glimlach.

De galeriehoudster hield de deur voor hen open en ze liepen het Stureplan op. Het was aanzienlijk kouder geworden en er viel een lichte motregen uit de donkere herfsthemel. Olivia trok haar jack om zich heen, nam afscheid van Lukas en degenen in de luidruchtige groep die zich voor haar interesseerden: de galeriehoudster en twee anderen.

Daarna vertrokken ze in verschillende richtingen, Olivia naar de metro en de anderen naar de beloofde afterparty.

Na een tijdje bleef ze staan, draaide zich om en keek naar de groep die als een vormeloze massa door de Birger Jarlsgatan bewoog. Uitgeblazen sigarettenrook vormde wolken boven hun hoofden die eruitzagen als tekstballonnen. Iemand stapte mis en er werd hard gelachen. Ze glimlachte toen ze zag dat Lukas en zijn bewonderaars een zijstraat in liepen. Ze gunde hem al zijn fans.

Wat ze niet zag was dat zich nog een paar mensen bij het gezelschap hadden aangesloten en dat een daarvan een lachende blonde vrouw met een rode baret was die hardnekkig probeerde om bij Lukas in de buurt te komen.

Dat zou ze hem niet gegund hebben.

Stilton was midden in de jacht op een moordenaar beland. Dat was iets wat hij niet had verwacht maar wat hem aan de andere kant niet stoorde. Het was avond en hij liep langzaam langs de portieken in de achterafstraten en stegen van Södermalm, waar hij ooit had rondgezworven en waar hij al heel lang niet meer was geweest. Het was hem niet helemaal duidelijk wat hem hiernaartoe dreef. Zijn benen bewogen bijna als vanzelf. Het was alsof zijn voeten de voetstappen uit het verleden volgden, toen hij op straat leefde.

Wie was ik?

Dankzij zijn vrienden was het de afgelopen jaren steeds beter met hem gegaan. Nu liep hij met degene die hij was geweest naast zich. Het was een merkwaardige belevenis, bijna alsof hij zijn hoofd kon omdraaien en zichzelf naast zich kon zien. De man die niets had.

Hij glipte tussen een paar eikenbomen door en ging op de grond zitten. De plek was in hem verankerd; een fysieke herinnering waardoor zijn benen begonnen te trillen. Hoe vaak had hij op deze manier gezeten, precies op deze plek? Hij keek naar de kruising. Af en toe passeerde er een auto, lachende groepjes jonge mensen liepen langs en verdwenen.

Hij zat een hele tijd zwijgend op de grond met zijn blik op een achtergelaten bierblikje gericht.

Uiteindelijk stond hij op en merkte hoe soepel hij was. Dat was niet zo geweest toen hij hier de laatste keer had gezeten. De soepelheid zorgde ervoor dat een zweem werkelijkheid in zijn melancholie doordrong en hem aan het doel van deze wandeling herinnerde.

Die was niet alleen nostalgisch, maar had een reden.

Hij was op zoek naar Minken, die hem misschien informatie over het drugsspoor kon geven en het zou kunnen dat hij in deze wijk rondliep.

Stilton liep de Götgatan in.

Olivia's telefoon wekte haar om halfzeven. De plek naast haar was leeg. Was Lukas op de bank gaan slapen? Wanneer was hij eigenlijk thuisgekomen?

Ze sloop de slaapkamer uit. De kamer was leeg en het was stil, op de harde regen na die hardnekkig tegen de ramen sloeg. Was hij nog steeds niet thuis? Ze voelde zich misselijk worden van ongerustheid. Zou er iets gebeurd zijn? Ze pakte haar telefoon om te zien of hij haar vannacht had ge-sms't. Niets. Nu bekroop de jaloezie haar.

Op dat moment hoorde ze een klik bij de voordeur en kwam Lukas de hal in vallen. Hij was doornat en niet helemaal nuchter. Of liever gezegd helemaal niet.

'Hallo, ben je wakker?' vroeg hij met dubbele tong.

'Het is halfzeven,' antwoordde Olivia droog. 'Heb je het leuk gehad?'

Lukas liep moeizaam naar de bank en liet zich erop vallen. 'Ik ben een beetje dronken.'

'"Een beetje" is zacht uitgedrukt.'

'Hart... stikke leuk... heb ik het gehad. Hoe heb... jij het gehad?'

De woorden kwamen een voor een uit zijn mond, langzaam en zorgvuldig gearticuleerd, zoals alleen stomdronken mensen praten die nuchter proberen te lijken. Tegelijkertijd keek hij naar haar en probeerde hij zijn blik zo goed mogelijk te focussen tot hij het opgaf, het zekere voor het onzekere nam en zijn ogen dichtdeed.

Olivia gaf geen antwoord. Ze keek met haar armen over elkaar geslagen naar haar vriend en worstelde met zichzelf. Waar was hij geweest? Het feest kon toch niet zo lang geduurd hebben? Of wel soms? Tegelijkertijd wist ze dat ze volkomen zeker van zijn liefde kon zijn. Bovendien moest ze naar haar werk, waar ze scherp moest zijn. Ze had geen tijd voor een slopende scène en hij was blijkbaar in slaap gevallen zodra zijn ogen dicht waren, want er liep een beetje speeksel uit zijn halfopen mond.

Ze liep zachtjes naar de bank en legde de prikkende oude plaid over hem heen.

Hij mocht best een beetje lijden omdat hij het 'hart… stikke leuk' had gehad zonder haar.

Toen Olivia het kantoor binnenkwam zat Lisa al achter haar bureau, maar Bosse was er nog niet. Olivia deed de deur dicht en liep naar Lisa toe. Het was haar gelukt om de gedachten aan Lukas en zijn nachtelijke avontuur van zich af te zetten en ze was volledig geconcentreerd op haar werk.

'Is er nieuws?' vroeg ze terwijl ze haar jack uittrok en Lisa omhelsde.

'Ja. Je had helemaal gelijk. Het lijk is Fredrik Kaldma.'

'Yes!' Olivia spreidde haar armen. 'Hoe heb je ze in vredesnaam zover gekregen dat ze het DNA zo snel…'

'Gebitsgegevens.'

'Ja? Geweldig. Dan weten we het nu zeker.'

'Ja.'

'Nog meer?'

'De technisch rechercheurs hebben het kaliber van de kogel die op je afgevuurd is achterhaald. Dat kwam overeen met de kogel die je bij het Miekakmeer uit de muur van het huisje gehaald hebt.'

'Dat was inderdaad te verwachten. En het pistool?'

'Opnieuw een luger 08.'

'Net zo'n wapen als waarmee Kaldma doodgeschoten is?'

'Ja.'

'Zijn de kogels afkomstig uit hetzelfde wapen?'

'Dat zijn ze nu aan het controleren.'

Olivia reageerde op ongeveer dezelfde manier als Lisa had gedaan toen ze de informatie had gekregen. 'Zou het puur toeval zijn dat hij en ik allebei zijn beschoten met een oud pistool voor verzamelaars, zoals Tom het noemde?' zei ze. 'Met een tussenruimte van twintig jaar?'

'Niet als de vrouw die heeft geschoten betrokken was bij de moord op Kaldma.'

Het woord 'puinhoop' heeft veel synoniemen, zoals fragment, ruïne, bouwval, overblijfsel. In principe konden die allemaal gebruikt worden voor het wrak dat vlak voor lunchtijd op de bank in het Blecktornspark bij de Ringvägen lag.

Het restant van een mens.

In dit geval van Leif 'Minken' Minqvist. Vroeger had hij zichzelf een eersteklas evenwichtskunstenaar genoemd. Nu was hij een bleke, vermagerde verschijning met trillende handen, plukken grijze baardharen en rode puisten op zijn gezicht.

'Wat doe je hier?'

Minken gebruikte een groot deel van zijn overgebleven energie om zijn hoofd te heffen en naar de man te kijken die de vraag had gesteld. Toen hij zag wie het was zakte hij in elkaar als een doorboorde long.

'Lig je hier te slapen?'

Het was een onnodige vraag.

Stilton ging op de rand van de bank zitten en trok Minken in zittende houding. Het was alsof hij een lappenpop omhoogtrok. Minken had ongeveer hetzelfde gewicht.

'Ben je stoned?'

Minken wiegde met zijn hoofd en zag Stiltons gezicht op een bepaald moment tijdens het wiegen. '… jezus, wat ben je bruin, heb je in een koekenpan geslapen?'

Hij viel opzij en Stilton trok hem weer overeind. 'Ga mee,' zei hij.

De parkeerwachter die op Söder Mälarstrand was blijven staan keek naar het stel aan de overkant van het water. Twee alcoholisten die elkaar ondersteunden terwijl ze naar de reling van een grote aak liepen. Wat ze niet zag, omdat ze veel te ver weg stond, was dat een van de alcoholisten volkomen nuchter was en de ander huilde.

Dat was Minken.

Hij huilde nog steeds toen Stilton hem de salon in had gesleept en hem op een van de vaste banken had neergezet. Hij huilde omdat zijn leven een puinhoop was, maar vooral omdat Tom hem in deze staat had gevonden. Te midden van zijn ellende had hij nog een greintje trots en dat had Tom nu van hem afgenomen.

Minken veegde zijn tranen weg en ging op de bank liggen. Dat was niet zo geslaagd. Vanuit die positie zag hij de gedroogde plantenstekjes in een hoek op de vloer liggen, waarna hij weer begon te huilen.

'Verman je, Minken. Ga rechtop zitten. Ik heb tomatensoep voor je.'

Stilton zette een bord op de ovale tafel neer. Hij wist precies in wat voor staat Minken was. Hij had het tenslotte zelf meegemaakt. Niet vanwege drugs, maar andere dingen.

'Eet wat.'

Minken kwam overeind en keek naar Stilton. 'Thailand,' zei hij.

'Ja? Dat ligt in Azië. Eet.'

Minken boog zich naar voren, pakte de lepel die naast het bord lag en legde hem weer neer. 'Wanneer ben je teruggekomen?'

'Pasgeleden. Wanneer heb je voor het laatst gegeten?'

'Eten wordt overschat.' Minken begon weer weg te glijden op de bank.

'Minken!' Door de klank in Toms stem hield Minken zijn lichaam tegen en ging weer rechtop zitten.

Stilton wees naar de lepel. Minken pakte hem en stak hem in de soep. 'Is het warm? Ik vind koude soep niet lekker.'

'Het kan me geen donder schelen wat je lekker vindt. Je eet nu wat soep, je bent helemaal kapot.'

Minken had niets in te brengen tegen die omschrijving en nam een hap soep. 'Heb je geen bier?' vroeg hij.

Stilton dacht even na. Hij had inderdaad heerlijk koud bier in de koelkast. Was dat goed voor Minken in zijn situatie? Waarschijnlijk wel. Hij haalde een biertje en Minken dronk het halve flesje leeg voordat hij ademhaalde. 'Verdomd lekker biertje. Thais?'

'Hoe erg is het met je?'

'Op een schaal?'

'Nee. Gebruik je dag en nacht drugs?'

Minken dronk het flesje bier leeg, boerde en keek naar Stilton. 'Dat gaat je niets aan.'

Stilton stond op en haalde een biertje voor zichzelf. Hij moest zich beheersen. Hij gaf om Minken, als mens, ze hadden een verleden samen. Minken had hem een keer uit een levensgevaarlijke situatie gered. Dat vergat hij niet. Bovendien had hij hem nodig, dus moest hij zijn reptielenfuncties aan banden leggen.

'Het zit zo,' zei hij nadat hij met zijn biertje was gaan zitten. 'Ik ben naar je op zoek geweest om je iets te vragen.'

'En je hebt een kadaver gevonden.'

'Dat klopt, maar jij weet dat ik weet wie we zijn. We hebben allebei onze reizen gemaakt. Nu ben jij op reis en ben ik hier.'

'En je hebt iets van me nodig. Als dat niet zo was, had ik wat jou betreft sneller kunnen verrotten dan de maden in mijn lijk met hun ogen kunnen knipperen.'

Stilton dronk het halve flesje eveneens in één keer leeg. Hij wist dat Minken gelijk had. Minken was in de eerste plaats een informatiebron voor hem. Dat was altijd zo geweest. Langzamerhand was er een andere band tussen hen gegroeid, maar de essentie was precies zoals Minken zei. Hij nam contact op met Minken als hij iets van hem nodig had.

'Heb je nog een biertje voor me?' Minken gebaarde met het lege flesje en Stilton haalde nog een biertje en meteen een voor zichzelf. Toen hij terugkwam was de tomatensoep uit Minkens bord verdwenen. Stilton nam aan dat hij het opgegeten had. Dat was mooi.

'Proost,' zei Minken en hij vertrok zijn verstijfde gezicht in een glimlach.

'Proost.'

Minken dronk opnieuw het grootste deel van het flesje in één keer op. Het had een onmiddellijk en duidelijk effect op de uitgemergelde verschijning. Hij leunde naar achteren tegen de wand, streek over zijn gezicht en spreidde zijn armen alsof hij er weer helemaal was. 'Tom Stilton, net terug uit Azië, bruin als een ochtendjoint, waarmee kan ik je van dienst zijn?'

Stilton maakte van de gelegenheid gebruik. Daarom was hij tenslotte op zoek geweest naar hem. 'In 1999 zat je midden in de drugsscene, nietwaar?'

'Dat klopt,' zei Minken, waarna hij nog een slok nam. 'Wat wil je weten?'

'Wie voorzag Fredrik Kaldma en Anette Bostam in die tijd van drugs? Je weet wie dat zijn?'

'Ja.'

'Wie was hun dealer?'

'Drugs.'
'Ja, drugs. Wie was het?'
'Drugs,' herhaalde Minken.
'Denk even na.'
'Drugs. Zo noemden we hem. Roger Hansson was de dealer voor de sterren. Hij was volkomen gebiologeerd door celebrity's, liep rond met getinte brillen en had een telefoonlijst met daarop zo'n beetje alle musici en acteurs uit die tijd.'
'Vertel verder,' zei Stilton. Hij wist dat hij zijn kans moest grijpen. Morgen kon Minken verdwenen zijn.
'Je bedoelt over Drugs?'
'Ja. Wie is hij?'
'Dat weet ik niet. Niemand wist waar hij vandaan kwam. Ineens was hij er en verzamelde hij een heleboel mensen om zich heen, maar hij was ook zo verdomd... hoe moet ik dat zeggen... die vent was net een magneet, de mensen werden naar hem toe gezogen.'
'Waarom dat?'
'Zijn uitstraling, snap je. Hij was net een uraniumstaaf. De vrouwen waren stapelgek op hem. Als je ze allemaal in het water zou leggen, zou hij van hier naar Möja kunnen lopen zonder natte voeten te krijgen.'
'Weet je waar hij tegenwoordig uithangt?' vroeg Stilton.
'Nee, maar jezus, dat kan ik natuurlijk voor je uitzoeken,' zei Minken terwijl hij weer weggleed op de bank en in het niets verdween. Stilton schudde zijn hoofd. Hij had een naam gekregen, op meer hoefde hij waarschijnlijk niet te rekenen. Hij stond op, haalde een deken en spreidde die over de magere verklikker uit. Of informant, zoals de verklikker zichzelf altijd noemde.

Olivia wist natuurlijk het een en ander over Anette Bostam, de vrouw van Fredrik Kaldma. Ze was een actrice die gedurende de jaren een enorm aantal grote en minder grote rollen in film- en televisieproducties had gespeeld. Ze was niet de grootste ster, maar werd gerespecteerd in het culturele leven. Tegenwoordig verscheen ze zelden in de roddelbladen, omdat ze een teruggetrokken leven leidde. Anette had twee kinderen en was getrouwd met een iets jongere boomchirurg uit Dalarna. Ze speelde echter nog steeds toneel.

Olivia had verschillende keren geprobeerd met haar in contact te komen, maar was daar niet in geslaagd en besloot om naar theater Dramaten te gaan, waar ze aan het werk was.

Vanavond werd er een surrealistisch Duits toneelstuk opgevoerd dat veel lof had gekregen maar waar weinig publiek naar kwam kijken. Een van de toeschouwers in de vrij lege zaal was Olivia. Ze zat helemaal achterin bij een van de uitgangen zodat ze kon wegsluipen als het stuk te saai was.

Dat was het.

Na de eerste akte besloot Olivia om met een fles citroenwater en wat zoute nootjes in de aangrenzende bar te wachten. Ze vroeg zich af waarom ze hiernaartoe was gegaan. Was dat omdat ze wilde kijken naar de vrouw die haar man misschien had geëxecuteerd? Of ervoor had gezorgd dat het gebeurde? Voordat ze haar verhoorde?

Waarschijnlijk wel.

Olivia klopte op de deur van de kleedkamer.

'Wie is daar?'

'Olivia Rönning. Ik ben van de politie.'

Dat was vermoedelijk niet wat de actrice had verwacht. Het bleef vrij lang stil voordat de deur werd geopend en Anette Bostam naar het politielegitimatiebewijs in Olivia's hand keek.

'De politie?'

'Mag ik binnenkomen?'

De actrice draaide zich om naar haar make-uptafel en Olivia liep naar binnen.

'Is er iets gebeurd?' vroeg Bostam met een duidelijk angstige klank in haar stem.

Waarschijnlijk dacht ze aan haar kinderen, of misschien aan haar huidige man.

'We hebben Fredrik Kaldma gevonden.'

Theater Dramaten had een personeelsrestaurant met ramen die uitkeken op de Nybrogatan. Vanavond brandde het licht in de zaal niet, alleen het zwakke licht van de straatlantaarns viel naar binnen. Het geluid van de auto's bij de kruising drong door de ramen en de verkeerslichten gaven de tafels afwisselend een rode en een groene glans. Anette Bostam zat bij een van de raamtafeltjes en Olivia zat tegenover haar. Hun schaduwen strekten zich ver over de stenen vloer uit.

Olivia had haar de tijd gegeven om zich af te schminken en om te kleden voordat ze hiernaartoe waren gegaan. Dat was het voorstel van de actrice geweest. De eerste minuten had Olivia besteed aan vertellen waar haar voormalige man was gevonden en hoe hij was gestorven.

'Neergeschoten?'

'Ja. In zijn rug en zijn hoofd.'

Anette zag er oprecht geschokt uit.

'In het gebergte boven Arjeplog?'

'Ja.'

'Hoe is hij daar terechtgekomen?'

'Dat weten we niet. Hebt u daar een idee over?'

'Nee.'

Olivia zag dat Anette Bostams ene hand de andere hand op een ongecontroleerde manier streelde. Ze begreep het.

'Kunt u vertellen wat er gebeurd is toen hij verdween?' ging Olivia verder.

Anette slikte en keek naar buiten. Mensen slenterden over het Nybroplan, een man tilde een klein meisje op. Ze had een groene ballon in haar hand en lachte. Anette streek met een hand over haar ogen en keek naar de tafel. Haar stem was veel minder krachtig dan in de theaterzaal. 'Dat is zo lang geleden...'

'Het was op 17 november 1999.' Olivia wilde zo concreet mogelijk zijn om geconcentreerd te blijven. Ze wilde niet dat Bostam op de verkeerde manier in het verleden zou verdwijnen.

'Ik was op tournee met het Rijkstheater. Toen ik thuiskwam was hij weg.'

'U wist voordat u thuiskwam dus niet dat hij verdwenen was?'

'Inderdaad.'

'Hoe kan dat? Hebben jullie geen contact met elkaar gehad terwijl u op...'

'Vlak voordat ik vertrok hadden we ruzie gehad en we hadden besloten om geen contact met elkaar te hebben terwijl ik op tournee was.'

'Waarover hadden jullie ruzie?'

'Dat weet ik niet meer. We hadden vrij vaak ruzie, ik ben nogal melodramatisch. Of dat was ik… destijds.'

Olivia knikte. Zij had een relatie met een man die ook melodramatisch kon zijn, dus begreep ze het. 'Fredrik is vermoord,' zei ze. 'Nu we dat weten, kunt u daar dan een reden voor bedenken? Een motief?'

Anette Bostam keek weer naar buiten en schudde haar hoofd langzaam. 'Nee,' zei ze uiteindelijk terwijl ze weer naar Olivia keek. 'Ik weet niet goed hoe ik het onder woorden moet brengen, maar op een bepaalde manier is het een opluchting.'

'Wat bedoelt u?'

'Dat hij vermoord is.'

'Hoezo?'

'Omdat hij dan geen zelfmoord gepleegd heeft.'

'Had u een reden om dat te denken?'

'Ik heb van alles bedacht. Hoe langer het duurde zonder dat hij iets van zich liet horen, des te meer haalde ik me in mijn hoofd. Had het met mij te maken? Omdat we ruzie hadden gehad? Om ons seksleven? Omdat hij onder druk stond?'

'Was dat zo?'

'Dat heeft hij een paar dagen voordat ik vertrok gezegd. Ik nam aan dat het met zijn werk te maken had, dat was bijzonder stressvol en hij moest vaak razendsnel moeilijke beslissingen nemen. Zo gaat dat nu eenmaal in die wereld.'

'Heeft hij niet meer verteld over de reden waarom hij onder druk stond?'

'Ik had er niet veel belangstelling voor. Ik ging op tournee en moest me op een heleboel andere dingen concentreren.'

'Hoe was jullie relatie?'

De actrice keek naar haar geaderde maar mooie handen. Aan haar pink droeg ze een ring met een discrete jade steen. 'Eerst hadden we seks, vervolgens hadden we het leuk samen, daarna kwam alles een beetje tot stilstand… zoals dat gaat.'

*Zoals dat gaat.*

Olivia wilde daar niet over nadenken.

'Hebben jullie geen kinderen gekregen?' vroeg ze.

'Een halfjaar voordat Fredrik verdween heb ik een miskraam gehad.' Anette Bostam keek weer uit het raam. Ze werd duidelijk gekweld door de herinneringen die ze uit haar geheugen opdiepte.

'Hij droeg een gouden halsketting toen hij gevonden werd,' zei Olivia.

'O ja? Misschien was het de ketting die ik hem als huwelijkscadeau gegeven heb.'

'Die kunt u nu waarschijnlijk terugkrijgen.'

Bostam knikte, de ketting leek niet belangrijk.

'Kunt u zich herinneren of Fredrik in de periode voordat hij verdween in Noorwegen geweest is?'

'Noorwegen? Nee, hij had voornamelijk met de mediterrane landen op het continent te maken. Waarom vraag je dat?'

'Hij had een oude Noorse munt bij zich toen hij gevonden werd.'

'O...'

Olivia zag dat Anette in gedachten verzonk. Ze zwegen beiden een tijdje.

'Vreemd...' zei de actrice uiteindelijk en ze schudde haar hoofd.

'Wat bedoelt u?'

'Dat hij in het noorden vermoord is...'

'Ja, misschien wel. Denkt u aan iets speciaals?'

'Nee, maar zijn opa en oma kwamen daarvandaan.'

'Uit Arjeplog?'

'Nee, iets hoger in de bergen. Ik weet het niet precies. Het waren Samen...'

'Had Fredrik een Samische achtergrond?'

'Ja, zijn moeder en grootouders... Zijn opa en oma zijn lang voordat wij elkaar ontmoetten overleden.'

Een Samische achtergrond? Dat gegeven was nog niet eerder naar voren gekomen. Misschien moesten ze dat onderzoeken. Aan de andere kant was dat deel van Fredriks familie lang geleden al overleden, bedacht Olivia.

'Heb je het toneelstuk gezien?'

'De helft.'

Anette glimlachte en Olivia vroeg zich af wie de vrouw die tegenover haar zat was.

Het was een lange dag geweest die was begonnen met een dronken Lukas en was geëindigd met een bezoek aan Dramaten. Nu was Olivia moe. Lukas had haar 's middags een sms'je gestuurd toen hij wakker was. Hij was bang dat ze woedend zou zijn omdat hij niet wist wanneer of hoe hij was thuisgekomen. Olivia had hem gebeld, had hem gerustgesteld en had verteld dat ze laat thuis zou zijn. Toen ze de hal in kwam verwachtte ze dus dat Lukas met een kater op de bank naar een Netflix-serie zat te kijken.

Zoals gewoonlijk verraste hij haar echter. Hij had de tafel mooi gedekt en had brandende kaarsen neergezet.

'Ik heb vissoep gemaakt,' zei hij terwijl hij een schaal gepelde garnalen door de soep in de pan roerde.

Olivia liep naar hem toe, sloeg haar armen om zijn middel en leunde met haar hoofd tegen zijn rug. 'Hoe voel je je?'

'Zoals ik verdien. Maar ik kan absoluut geen wol verdragen. Kijk eens wat een uitslag ik heb van die vreselijke plaid.' Hij draaide zich om en wees naar een paar rode vlekken in zijn hals.

'Arme ziel,' zei Olivia. 'Jeukt het?'

'Verschrikkelijk.'

Ze boog haar hoofd een stukje om haar glimlach te verbergen.

Na de late avondmaaltijd gingen ze allebei aan een kant van de bank hangen met hun benen verstrengeld; Lukas met een glas cola en Olivia met een kop thee en haar telefoon.

Lukas duwde met zijn voet tegen haar been. Hij wilde aandacht. 'Olivia...'

'Mmm.'

'Kun je je telefoon niet wegleggen?'

'Ik moet mijn moeder even antwoord geven.'

Op dat moment zoemde zijn eigen telefoon. Hij pakte hem, keek op het scherm en legde hem snel weer neer. Olivia had echter een lichte reactie op zijn gezicht gezien.

'Wie was dat?' vroeg ze.

'Niemand.'

'Natuurlijk wel.'

'Niemand die belangrijker is dan jij.'

'Stop daarmee.'

Hij schoof zijn telefoon nog een stukje verder weg. 'Wat wil je moeder?'

Daarmee veranderde hij van gespreksonderwerp en zij liet dat toe. Ze was te moe om zich er druk om te maken. 'Ze wil dat we dit weekend naar Tinningö komen.'

'Leuk.'

Olivia keek hem wantrouwig aan. 'Vind je?'

'Ja, natuurlijk. Ik ben daar nog nooit geweest.'

'Maar het is herfst en dan is het daar saai, omdat het altijd regent.'

Hij duwde weer met zijn voet tegen haar aan. 'Hoe zit het eigenlijk tussen jou en je moeder?'

'Hoezo? Wat heeft dat ermee te maken?'

'Zodra het met haar te maken heeft vind je het altijd lastig.'

'Dat is niet zo.'

'Jawel, ik voel altijd weerstand bij je als ze je iets vraagt of je wil zien.'

'Misschien is daar een reden voor.'

'Welke dan?'

'Ze is niet bepaald een droommoeder geweest.'

'Waarom niet?' vroeg Lukas.

Olivia voelde zich niet helemaal op haar gemak door de richting die het gesprek nam. 'Je doet vervelend,' zei ze.

'Nee, ik wil alleen dat je het onder woorden brengt. Waarom is ze geen droommoeder geweest?'

'Omdat mijn vader altijd degene was die... tja...'

'Die wat?'

'Die er was als ik hem nodig had. Dat was mijn moeder nooit.'

'Nooit?'

'Niet nooit misschien, maar mijn vader was...' Ze aarzelde.

'Sneller?'

'Nee, niet alleen dat, hij was aandachtiger, liefdevoller en zo.'

Lukas keek haar onderzoekend aan.

'Mijn moeder was... hoe moet ik dat zeggen... gereserveerder,' ging ze verder. 'Onbereikbaar. Heb ik het nu voldoende onder woorden gebracht?'

'Heb je er nooit over nagedacht waarom dat is?'

'Wat bedoel je? Zo is ze nu eenmaal. Je hebt haar ontmoet. Ze is niet bepaald warm en innemend.'

'Of misschien heeft ze haar gevoelens nooit volledig aan je durven tonen.'

'Omdat?'

'Omdat ze niet wist of er ooit een onbekende vader zou opduiken die je terug wilde hebben.'

Dat was nog nooit in Olivia's hoofd opgekomen. Ze was verbijsterd. 'Maar mijn vader kon daar wel mee omgaan.'

'Misschien kon hij het gemakkelijker naast zich neerleggen. Iedereen is tenslotte anders.'

Olivia keek naar Lukas en hij pakte haar hand vast. 'Ze heeft bij je gewaakt in het ziekenhuis,' zei hij. 'Ze zoekt voortdurend contact en is ongerust over je. Ik zeg alleen dat je een moeder hebt die leeft en van je houdt. Misschien moet je haar nemen zoals ze is en haar tekortkomingen accepteren.'

'Ben je nu ineens een amateurpsycholoog?'

'Geen amateur, liefje, ik heb mijn halve leven met therapeuten te maken gehad, dus ik ben volleerd.'

Ze lachte. Het was zo bevrijdend om er grapjes over te kunnen maken. Dat hij op een bepaald niveau zo onbeschadigd kon zijn, terwijl hij op een ander niveau zo beschadigd was.

'Dus we gaan naar Tynningö?'

'Dat weet ik nog niet. Ik moet dit weekend vermoedelijk werken.'

Lukas antwoordde met een hard snurkgeluid.

'Dat weet ik nog niet, zei ik.' Olivia gaf hem een duwtje met haar voet.

Hij kwam overeind en ging zitten. 'Weet je waarvan ik hou bij jou?'

'Het meeste,' antwoordde ze.

'Dat ook, maar het meest hou ik ervan dat je een beetje scheel begint te kijken als je moe wordt. Dan ben je zo ongelofelijk mooi.'

Ze glimlachte. Zelfs haar complex veranderde hij in iets positiefs. Ze kwam ook overeind, zodat ze tegenover elkaar zaten en in elkaars ogen keken. Hij pakte haar hand en streelde zachtjes haar wang. Ze leunde met haar hoofd tegen zijn hand. Op dat moment vibreerde zijn telefoon weer en ze verstijfde.

'Negeer het,' zei hij en hij kuste haar terwijl hij de telefoon onder de plaid schoof.

Ze bekeek zichzelf in de spiegel. Het donkere haar viel golvend over haar schouders, haar wenkbrauwen vormden een mooie boog onder haar pony. Ze was altijd blij geweest met haar uiterlijk. Dat was natuurlijk verwaand, maar het was ook een onderdeel van haar drijfkracht. Die had haar gevormd tot wie ze nu was, een vrouw die niet gewend was aan tegenslagen. Daarom voelde ze zich op dit moment ellendig. Toen ze nog heel klein was haatte ze het al om tekort te schieten. Deze keer was dat wel gebeurd, volkomen, en dat zat haar dwars. Daardoor was een loyale vriend overleden. Nu moest ze zich een tijdlang gedeisd houden, hoewel dat niet ten koste van haar werk mocht gaan. Ze zou haar fout op de een of andere manier rechtzetten. Ze wist wat er van haar werd verwacht.

Ze wist wie ze te pakken wilde nemen.

En waar ze woonde.

Olivia werd om halfzes al wakker en besefte na een paar minuten dat ze niet meer in slaap zou vallen. Haar hersenen kwamen onmiddellijk op gang en de gedachten schoten door haar hoofd. Ze pakte haar kleren, sloop de slaapkamer uit, douchte, pakte een appel en besloot om naar het politiebureau te lopen.

De zon kwam op, waardoor het lichter werd in de binnenstad, en het ochtendverkeer begon langzaam op gang te komen. Ze liep in een rustig tempo naar Slussen en moest vanwege het renovatieproject via een aantal omwegen Skeppsbron zien te bereiken, wat uiteindelijk lukte, waarna ze over de kade verder kon lopen. Dat deed ze zelden, maar nu ze hier liep besefte ze weer hoe prachtig de binnenstad was.

Ze bereikte het Koninklijk Paleis en liep naar de Norrbrug. Ze was van plan om na de brug via de Tegelbacken en de Hantverkargatan naar het politiebureau te lopen. Toen ze op de brug was merkte ze dat ze helemaal alleen was, in elk geval aan haar kant. Ze bleef in het midden staan en keek uit over het water. Een paar vroege vissers stonden voor restaurant Operakällaren op de kade om zeeforel te vangen. Olivia volgde hun bewegingen en dacht aan het visserskamp in de bergen boven Arjeplog. Het leek een eeuwigheid geleden dat ze daar was geweest. Toen ze weer begon te lopen zag ze vanuit haar ooghoeken dat er aan de andere kant van de brug iemand een stuk achter haar liep. Even later zag ze dat de persoon, een vrouw, bleef staan. Waarom deed ze dat? Olivia ging aan het eind van de brug langzamer lopen en draaide zich om. De vrouw was inmiddels dichterbij gekomen, maar liep nog steeds aan de andere kant. Ze bleef staan als Olivia dat ook deed. Olivia stak de brug over en overwoog of ze op de vrouw zou wachten. Na een paar seconden besloot ze echter verder te lopen. Ze had belangrijkere dingen aan haar hoofd.

Olivia kocht een beker koffie en een paar broodjes en was de eerste die aanwezig was. Bosse kwam vlak na haar binnen. Het was ongewoon dat Olivia eerder in hun kantoor was dan hij, meestal was ze iets later. Nu zat ze klaarwakker en met een nieuwsgierige uitdrukking op haar gezicht achter haar bureau. Hij vroeg zich af of het vandaag opnieuw een geforceerde dag zou worden.

'Hoe is het met je?' vroeg Olivia.

'Goed, en met jou?'

'Is er nieuws uit Arjeplog?' vroeg ze meteen daarna.

Bosse hing zijn jack bijna provocerend langzaam op en ging zitten. Hij was niet van plan om Olivia vandaag opnieuw het tempo te laten bepalen. 'Ja. Ik heb gisteravond een verslag gekregen.'

'Was je nog hier?'

'Ja. We zijn toch dag en nacht aan het werk?'

Hij zag dat Olivia niet goed wist hoe ze zijn opmerking moest interpreteren en besefte dat hij een kleine voorsprong had.

'Wil je het nu horen?' vroeg hij. 'Of zullen we wachten tot Lisa er is? Als je tenminste van mening bent dat we daarmee geen tijd verliezen.'

Nu twijfelde Olivia er niet meer aan wat Bosse met zijn opmerkingen bedoelde. 'Ben ik te ongeduldig?' vroeg ze.

'Wat denk je zelf?'

'Ik weet het niet. Ik heb geen ervaring met het leiden van een moordonderzoek. Jullie moeten het zeggen als het niet goed voelt.'

'Oké. Op dit moment voelt het goed.' Bosse glimlachte en pakte het verslag van de vorige dag. 'De politie van Arjeplog heeft met de caissière in de ICA-supermarkt in Jäkkvik gepraat. De tas komt daarvandaan. Ze heeft bevestigd dat er een Spaanssprekend stel in de winkel geweest is om inkopen te doen. Ze beweerden dat ze de Kungsleden volgden.'

'Kon ze een signalement geven?'

'Ja, maar je weet hoe dat gaat. De man had donker haar en de vrouw ook, ze hadden een normale lengte, geen van beiden droeg een bril, waarna ze onzeker werd en dacht dat een van hen misschien toch een bril ophad, enzovoort.'

'Maar nu hebben we toch een ooggetuige die de vrouw misschien kan identificeren als we haar vinden. Hebben ze met een creditcard betaald?'

'Nee, met contant geld,' antwoordde Bosse.

'Jammer. Herinnert ze zich nog wanneer ze daar geweest zijn?'

'Ze heeft de kassabonnen nagekeken. Het was de dag voordat jij met de helikopter naar de vindplaats gevlogen bent.'

'Dat was dus de dag nadat het nieuws over de vondst van het lijk gepubliceerd is.'

'Ja.'

'Toeval?' zei Olivia.

'Volgens mij niet, als je bedenkt waar ze naartoe gingen.'

Olivia knikte en stond op. Ze wilde rondjes door het kantoor lopen, maar dacht aan Bosses opmerking van daarnet. Ze wilde niet gejaagd lijken en ging weer zitten. 'Maar wat gingen ze daar in vredesnaam doen?' zei ze. 'Het moet érgens om gegaan zijn. Je gaat niet zonder reden met een kaart waarop de vindplaats omcirkeld is en een pistool de bergen in.'

'Er stond toch ook een kruis op de kaart?'

'Ja, dat was bij de vervallen rendierherdershut. Hebben we daar meer informatie over?'

'We krijgen een verslag van de technisch rechercheurs die daar geweest zijn,' zei Bosse.

'Oké.'

Ze stond weer op en begon rondjes te lopen, ongeacht wat Bosse daarvan zou denken. Toen Lisa het kantoor binnenkwam botste Olivia tegen de deur en deed een stap opzij. Lisa verontschuldigde zich.

'Het hindert niet,' zei Olivia. 'Willen jullie koffie?'

'Graag,' antwoordde Lisa.

Olivia verdween en Lisa keek naar Bosse.

'Het gaat vandaag iets beter,' zei hij.

Stilton had van zijn tijd bij de politie nog een paar contacten bij de afdeling Drugszaken. Dat waren rechercheurs met wie hij af en toe had samengewerkt. Nu zat hij met een van hen, Niklas Forsman, op een terras in de Dalagatan. De zon was ondergegaan, maar de infrarode lampen zorgden ervoor dat de temperatuur aangenaam bleef.

'Roger Hansson?' zei Niklas.

'Ja. Gaat er een belletje rinkelen?'

'Onmiddellijk. In de stad noemden ze hem Drugs.'

'Dat heb ik gehoord. Hielden jullie hem in de gaten?'

'Jazeker. We wisten waar hij zich mee bezighield, maar hebben hem nooit kunnen betrappen. Hij was heel gehaaid. Waarom heb je belangstelling voor hem?'

'Hij verkocht blijkbaar drugs aan Fredrik Kaldma en Anette Bostam.'

'Dat klopt waarschijnlijk.'

'Kaldma is doodgeschoten in de bergen aangetroffen.'

'Jezus. Hij is jaren geleden toch verdwenen?'

'In 1999. Nu is hij weer opgedoken. Vermoord.'

'En jij denkt dat die zaak met drugs te maken kan hebben?'

'Geen idee. Het is een van de sporen die we volgen.'

Niklas nam een slok bier en keek met half dichtgeknepen ogen naar Stilton. 'Werk je weer als smeris?'

'Nee, ik word geraadpleegd als adviseur.'

Niklas begon zo hard en zo lang te lachen dat Stilton vanzelf meedeed. Dat was voor de tweede keer in korte tijd. 'Wat vind je daar zo leuk aan?' vroeg hij toen Niklas klaar was met lachen.

'Niets. Van inspecteur naar dakloze naar adviseur. En daarna?'

'Dat weet je nooit,' antwoordde Stilton met een glimlach. 'Premier?'

'Dat is geen slecht idee.'

'Maar serieus, weet jij waar Hansson zich tegenwoordig mee bezighoudt? Zit hij nog steeds in de drugsscene?'

'Dat is waarschijnlijk een kwestie van de manier waarop je het definieert. Hij stopte ermee, verdween uit de stad en heeft zich een tijdlang in Marbella in Spanje opgehouden. Een paar jaar geleden dook hij hier weer op, maar dan in de sportschoolbranche. Hij werkt als personal trainer en ik heb gehoord dat hij inmiddels mede-eigenaar van de een of andere obscure nachtclub is.'

'Welke nachtclub is dat?'

'Night Light in de Västmannagatan.'

'Worden daar drugs verhandeld?' vroeg Stilton.

'Voor zover ik weet niet, maar ik kom tegenwoordig niet meer op straat.'

'Wat doe je dan?'

'Ik verslijt mijn kont. Proost. Is je honorarium als adviseur hoog genoeg voor nog een rondje?'

Stilton knikte en terwijl Niklas naar de serveerster gebaarde dacht Stilton een paar seconden na over wat Niklas daarnet had gezegd. Aan een honorarium had hij niet gedacht.

Dat moest hij met Mette bespreken.

Mårten zat in de kleine salon bij de open haard en wreef in zijn ogen. Hij had tijdens de laatste bespreking met een half oor naar de onderzoeksgroep in de Afrika-kamer geluisterd en had de naam Fredrik Kaldma een aantal keren opgevangen. Mårten vond het een ongewone naam en had hem opgeschreven.

Zoals gewoonlijk was hij nu verdiept in zijn genealogische register. Hij moest proberen te ontspannen.

De vorige avond had hij een paar uur in zijn muziekkamer in de kelder doorgebracht. Hij had een extreem hoge hartslag gehad. De oorzaak was de duisternis die volgens hem boven het land neerdaalde. De Christendemocraat Ebba Busch Thor had zich verbroederd met Jimmy Åkesson. Volgens de berichten hadden ze samen geluncht. De Zweden-democraten waren op weg om net zo groot als de Sociaaldemocraten te worden en van alle partijleiders was het vertrouwen in Åkesson het grootst.

Duisternis.

Hij had een fles ontkurkt en een nummer van Gram Parsons opgezet terwijl hij probeerde te begrijpen wat er aan de hand was. Zou het onmogelijke mogelijk en zelfs normaal worden in dit land? Was het verleden gewist? Werden racisten nu geaccepteerd? Waren ze zelfs gesprekspartners geworden? Hij vond het zowel onbegrijpelijk als angstaanjagend.

Hij had de weg naar zijn hersenen met rode wijn geëffend en had zijn laptop gepakt. Hij wilde een brief naar DN inzenden. Dat had hij al een keer eerder gedaan toen de gemeente de financiële bijdrage aan het kinderdorp in Skå-Edeby wilde verminderen om in plaats daarvan te investeren in een bingohal. Hij had met nadruk uitgelegd hoe noodzakelijk het was om zorgvuldig om te gaan met de levens van psychisch beschadigde jonge mensen en dat het een investering in de toekomst was. De ingezonden brief had effect gehad en Skå-Edeby had zijn subsidie mogen houden.

Nu ging het om het land.

Hij begon zo fanatiek te schrijven dat hij bijna op de toetsen hamerde. Hij schreef en herschreef, en verloor zichzelf in de tekst.

'Wat doe je?'

Mårten schrok. Mette ging op de stoel naast hem zitten, las de tekst op het scherm van de laptop op zijn schoot en begreep het. Ze kende haar man en wist hoe de wereld waarover hij droomde eruitzag. Ze besefte wat hij voor zijn ogen ineen zag storten, stukje bij beetje, dag na dag, en begreep zijn woede.

'Ben je van plan dat in te sturen?' vroeg ze.

'Ja. Hoezo?'

'Het is vanuit emotie geschreven.'

'Ik bén emotioneel.'

'Veel mensen in dit land sympathiseren met de Zweden-democraten.'

'En weet je waarom dat is? Omdat de partij een gepolijste leider met baardstoppels en een leuke vrouw heeft. Maar wie steunen hem als je iets verder kijkt dan je neus lang is? Dat zijn vrouwen van een jaar of zestig met zaagsel in hun hoofd, een neiging tot corpulentie, krullend haar en een grote bril, die achter glas zitten en formulieren naar het gepeupel toe schuiven, en de grijze dakduiven met wie ze getrouwd zijn en die zich op vrijdagavond bij wat gezellige haatsites op internet aftrekken. Åkesson is levensgevaarlijk. Binnenkort gaat hij waarschijnlijk zelfs met Kristersson lunchen.'

Mette merkte dat haar man op dit moment geen ster in nuanceren was en zelfs nogal bevooroordeeld was. Zij had vertrouwen in Fredrik Reinfeldt van de Middenpartij, hij was direct en duidelijk, maar op dit moment vond ze dat zijn partij met alle winden meewaaide.

Ze wilde Mårtens emoties echter niet ondermijnen, dus gaf ze een kus op zijn wang en herinnerde hem eraan dat hij de vuilnisbakken buiten moest zetten, omdat ze de volgende ochtend geleegd zouden worden.

Toen Mette vertrokken was klapte Mårten de laptop dicht en sloot zijn ogen een tijdlang. Langzaam veranderde de emotie in wanhoop en uiteindelijk wiste hij de tekst.

Dat was gisteravond geweest.

Nu zat hij met vermoeide ogen bij de open haard en probeerde zich op de afkomst van Fredrik Kaldma te richten. Hij was al een paar generaties terug in de tijd toen hij iets ontdekte wat bijzonder interessant en onverwacht was.

Ik vraag me af of ze dit weten, dacht hij.

Olivia kwam met twee volle boodschappentassen uit de ICA-supermarkt op de hoek van de Skånegatan en de Östgötagatan. Het was vandaag haar beurt om te koken. Daar had ze nooit veel belangstelling voor gehad, maar ze had op Google een recept voor pasta met asperges gevonden dat niet ingewikkeld was en niet veel tijd kostte, dus was ze tevreden. Terwijl ze de Skånegatan overstak keek ze naar het gele appartementencomplex tegenover de winkel. Daar had ze de eerste jaren nadat ze uit huis was gegaan gewoond. Soms miste ze het appartement, voornamelijk om nostalgische redenen die er waarschijnlijk mee te maken hadden dat het haar eerste eigen plekje was, maar ook omdat de ligging perfect was. Ze voelde zich thuis te midden van de drukke straten, de restaurants en de winkels. Het Nytorget was vol leven en beweging. Het had een tijd geduurd voordat ze hetzelfde voelde voor Hornstull, ook al was dat een wijk die de laatste jaren in opkomst was. Van ouderwets tot hip. Van mes tot kreeftenmes.

In voor- en tegenspoed.

Ze liep de Katarina Bangata in naar Nackas hörna. Op het trottoir zat een kraai die zich tegoed deed aan oud brood en Olivia geen blik waardig keurde terwijl ze voor hem uitweek. Toen ze Ronny Redlös' antiquariaat had bereikt zette ze haar tassen neer en keek door de etalage naar binnen, maar het licht brandde niet en een met de hand geschreven bordje aan de binnenkant van de deur informeerde haar dat de winkel vandaag gesloten was. Ze was een beetje teleurgesteld. Het zou leuk geweest zijn om Ronny en Benseman weer eens te spreken. Dat was een hele tijd geleden. Slordig, dacht ze. Waarom ben ik hier nog niet met Lukas geweest, terwijl het zo dichtbij is?

Het antiquariaat was een ontmoetingsplek van het soort dat je tegenwoordig zelden nog aantreft in de binnenstad, en waarschijnlijk helemaal niet meer. Het soort onderneming waarvoor geen plaats was omdat de rentabiliteit ervan niet in geld gemeten kon worden. Op het menselijke en culturele vlak was het echter een goudmijn. Een smeltkroes waar literatuurliefhebbers en beschadigde daklozen zich verzamelden. Ronny's hart van goud was wijd en zijd bekend. Zijn leesavonden voor de sociaal uitgestotenen vormden een permanente activiteit die veel publiek trok, wat ook te maken had met het eten en drinken dat werd geserveerd, maar toch. Hij kreeg de daklozen zover dat ze luisterden en discussieerden over bepaalde zaken terwijl ze niet hadden geweten dat ze daartoe in staat waren. Hoe het hem lukte om zijn antiquariaat ondanks de hoge huren in de wijk aan te houden was een raadsel waarop weinigen het antwoord wisten. Olivia wist het niet zeker, maar Tom had een keer iets gemompeld over een steenrijke familie. Misschien was het pand eigendom van zijn familie?

Ronny hield zijn mond erover.

Ze pakte de tassen weer op. Ze zou een andere keer naar hem toe moeten gaan.

Bladeren dwarrelden in het park aan de overkant van de straat terwijl ze ernaartoe liep. De kraai, die klaar was met het oude brood, amuseerde zich nu met het aanvallen van een grote hond. Het zelfbeeld van de vogel klopte niet helemaal met de realiteit, maar hij had het voordeel dat hij kon vliegen en zo aan de kaken van de hond kon ontsnappen. Olivia stak schuin de straat over naar het portiek van Lukas.

'Hallo?'

De niet afgesloten deur en de telefoon op het tafeltje in de hal vertelden haar dat Lukas thuis was. Ze trok haar jas uit en wilde de boodschappentassen net oppakken toen de telefoon plingde en het scherm oplichtte. Ze keek er even op en zag een nummer, maar geen naam. Het toegevoegde rode hartje brandde op haar netvlies alsof het een laserstraal was. Even later doofde het scherm.

'Lukas?'

'Ja, ik ben hier.'

Zijn stem kwam uit de schilderkamer. Hij kwam naar buiten met een doek in zijn hand, zijn haar in de war, verf op zijn grijze joggingbroek en een glimlach rond zijn lippen. Normaal gesproken vond ze hem onweerstaanbaar als hij er zo uitzag. Normaal gesproken.

'Je telefoon,' zei ze. Ze maakte geen aanstalten om hem te omhelzen en hield de telefoon met twee vingers vast alsof het een slijmerige vis was. Hij legde de doek weg en pakte zijn telefoon een beetje verward aan.

'Je hebt een sms gekregen,' zei ze.

Lukas haalde het bericht op en drukte het net zo snel weer weg. Olivia, die er volkomen op geconcentreerd was om de kleinste reactie van zijn gezicht af te lezen, zag niets aan hem. Voordat ze haar schoenen uit had liep hij al met de boodschappentassen naar de keuken.

'Van wie was die sms?'

Ze voelde dat ze het hartje niet zomaar kon negeren. Hij had degene die dat had gestuurd niet in zijn contactenlijst staan, want dan had ze een naam gezien. Een onbekende die een hartje naar haar vriend stuurde. En wat dan nog? Hartjes in sms'jes waren duidelijk aan inflatie onderhevig. Het had niet veel te betekenen.

Of wel soms?

Kreeg hij de laatste tijd niet extreem veel sms'jes?

Ze liep de keuken in. Lukas pakte de levensmiddelen uit en hield de asperges omhoog. 'Doe je dit in de pasta?' vroeg hij.

'Ja. Waarom geef je geen antwoord?'

'Waarop?'

Waar was hij mee bezig? Deed hij alsof of had hij haar echt niet gehoord? Misschien moest ze het er niet meer over hebben, het laten gaan, niet aan de korst pulken.

'Waarop?' herhaalde Lukas terwijl hij de asperges op het aanrecht legde. 'Hallo?' Hij knipte met zijn vingers en keek in haar ogen. 'Ik heb niet gehoord wat je vroeg.'

Ze kon het niet negeren; ze moest het weten, moest het uit haar systeem zien te krijgen. 'Van wie was die sms?' vroeg ze.

'Iemand die jij niet kent.'

'En die je een hartje stuurt.'

'Hoe weet jij dat?' Hij stopte midden in een beweging. Zijn hand bevond zich nog in de tas terwijl hij zich naar haar omdraaide en haar met een vragende blik in zijn intens helderblauwe ogen aankeek. Hij vroeg zich duidelijk af of ze hem controleerde. Olivia liep nonchalant naar het aanrecht, pakte de asperges op en wist niet goed waarom ze dat deed. Om een reden voor die handeling te hebben pakte ze een snijplank en legde de asperges daarop. Dat leek tenminste enigszins logisch. 'Je telefoon licht op als je een sms krijgt en dat zag ik toevallig.'

'Toevallig?'

'Inderdaad, toevallig.'

Hij pakte het pak pasta en hield het haar voor. Glimlachte hij een beetje? Vond hij dit soms grappig? 'Oké,' zei hij.

Ze pakte het pak pasta aan en legde het naast de asperges, haalde een pan uit de kast en vulde die met water terwijl ze op een verklaring wachtte. Hoewel ze met haar rug naar Lukas toe stond, voelde ze dat hij nog steeds naar haar keek.

'De sms was van een stalker,' zei hij uiteindelijk toen de pan vol was.

Olivia pakte een mes om de onderkant van de asperges af te snijden.

'Nee, dat moet je zo niet doen,' zei Lukas. Hij ging naast haar staan, pakte een asperge en boog hem tot de onderkant er met een *plop*-geluid vanaf brak. 'Zo weet je precies hoeveel er weggehaald moet worden.'

'Echt? Een stalker?'

*Plop.*

'Nee, misschien niet echt. Gewoon een vrouw.'

*Plop.*

'Wat voor vrouw?'

*Plop.*

'Ben je jaloers?'

'Heb ik daar een reden voor?'

*Plop. Plop. Plop.* Ze had zich inmiddels naar hem omgedraaid.

'Nee, helemaal niet,' antwoordde hij. 'We hebben een paar jaar geleden iets met elkaar gehad en ineens was ze op de afterparty. Gaat er geraspte citroenschil in?'

'Inderdaad. Welke afterparty? Na de expositie?' De politieagent in haar had het overgenomen.

Lukas pakte een citroen van de schaal op de tafel. 'Ja.' Hij liet de citroen van zijn hand naar de binnenkant van zijn elleboog rollen en boog zijn arm, waardoor hij omhoogschoot, en hij ving hem op.

'En?' zei ze.

'Wat bedoel je?'

‘Waarom stuurt ze je nu hartjes?’

‘Misschien vindt ze me leuk.’

Olivia ergerde zich aan zijn ongedwongen en spottende manier van antwoord geven. Het was irritant en frustrerend. Het was alsof hij met spikes over haar zenuwen liep.

Inmiddels besefte Lukas ook hoe ze zich voelde. ‘Toe nou, Olivia, ze betekent niets voor me. Dat begrijp je toch wel?’ Hij spreidde zijn armen om zich met haar te verzoenen, maar ze ging niet naar hem toe. In plaats daarvan deed ze een stap naar achteren, waarna ze iets in zijn ogen zag doven. Hij draaide zich om, opende een lade zo hard dat de inhoud rammelde en pakte een zesteur.

‘Zeg niet dat het die vrouw met die rode baret is,’ zei Olivia.

‘Inderdaad, ze droeg een rode baret. Hoezo?’ vroeg hij vijandig terwijl hij de citroenschil fanatiek begon te raspen. Ze observeerde zijn bewegingen. Zij was degene die het recht had om boos te zijn, niet hij. Het water in de pan kookte bijna, zo meteen kon de spaghetti erin.

‘Ben je van plan haar te antwoorden?’

‘Misschien. Ik zie nog wel.’

De nonchalante manier waarop hij antwoord gaf was de laatste druppel. Olivia draaide zich om en liep de keuken uit.

Het appartement uit.

De trap af.

De straat op.

Daar bleef ze staan en keek naar het portiek. Zou hij haar achternakomen? Dat deed hij niet. Het kon hem dus niet schelen? Ook goed.

Ze begon doelloos te lopen om haar gedachten te ordenen.

Was ze te controlerend? Te opvliegend? Zowel op haar werk als thuis? Uit balans? Bosses steek onder water van vanochtend had haar geraakt en Lukas’ manier om met haar jaloezie om te gaan… Tja, wat moest ze daarover zeggen? Hij nam het niet serieus. *Waarom niet?* Omdat er geen reden voor is, zei een milde stem binnen in haar. Om je af te leiden, zei een verbitterde stem. Jezus, ik denk als een politieagent. Waar ben ik mee bezig? Wanneer ben ik zo’n dramaqueen geworden? Ik ben gewoon naar buiten gestormd.

Ze zette de capuchon van haar jack op. Het stormde niet alleen binnen in haar, maar de bomen in het park dat aan de Katarina Bangata grensde zwaaiden bedenkelijk heen en weer. De laatste bladeren die zich koppig aan de takken hadden vastgeklemd gaven het op, lieten los en dansten door de lucht.

Een dodendans.

Ze ging niet ver van het antiquariaat op een bankje in het park zitten en voelde in haar zak. Ze had haar telefoon niet bij zich. Ze leunde naar achteren en probeerde bepaalde dingen te begrijpen. Over zichzelf. Over Lukas. Over hun relatie. Ze had meerdere korte en één langere relatie gehad, die allemaal om verschillende redenen waren geëindigd, maar geen daarvan was jaloezie geweest. Ze beschouwde zichzelf niet als jaloers en had dat ook nooit gedaan. Tot nu. Het was een nieuwe en onaangename ontdekking. Hoe moest ze hiermee omgaan? Kon ze haar eerste eigen onderzoek bolwerken als ze tegelijkertijd moest omgaan met een stormachtig privéleven vol jaloezie?

Op dat moment verscheen de kraai met het onjuiste zelfbeeld weer. Hij vloog naar een tak die bedenkelijk heen en weer zwaaide, zowel door het gewicht van de vogel als door de wind, en kraste naar Olivia. Olivia kraste terug. Dat had ze niet moeten doen, want de kraai dook recht op haar hoofd af. Ze voelde dat hij haar capuchon met zijn klauwen en vleugels raakte.

'Jezus!'

De vogel kraste opnieuw. Ze stond op en keek de kraai verbaasd na. Hij ging op een steviger tak zitten en observeerde haar. Waarschijnlijk bereidde hij een nieuwe aanval voor. Ze keek om zich heen. Het park was verlaten. Bij een van de restaurants in de verte stonden een paar mensen, verder was ze alleen met de kraai. Dit is belachelijk, dacht ze, maar ze begon toch snel en met gebogen hoofd naar het portiek van Lukas te lopen.

De kraai bleef zitten. Hij was tevreden.

Toen ze voorzichtig de hal in liep rook het naar citroen en licht gebakken asperges. Ze pakte haar mobiel uit haar tas en zag dat ze meerdere gemiste oproepen en sms'jes met hartjes van Lukas had. Ze kon er niets aan doen dat de tranen in haar ogen sprongen. Lukas zat in de keuken te eten. Hij had ook voor haar gedekt en had kaarsen aangestoken. Hij zag er zo eenzaam en verdrietig uit dat ze een steek in haar hart voelde. Ze liep naar hem toe, omhelsde hem van achteren en begroef haar gezicht in zijn haar. 'Het spijt me,' zei ze.

Night Light lag in de Västmannagatan. Boven de zwarte entree hing een sober rood neon naambord en een stukje verderop lagen een paar gebruikte condooms in de goot. Stilton ging naar binnen en bleef een paar seconden staan om zijn ogen aan de duisternis te laten wennen. Het was nog vroeg op de avond voor een nachtclub en de tafels voor de gebogen bar waren leeg. Achter de bar stond een vrouw met een mooi figuur en zwart haar dat ze in een lange paardenstaart droeg. Ze klemde een telefoon tussen haar oor en haar schouder en droogde tegelijkertijd een bierglas met een blauwe theedoek af. Er vielen Stilton twee dingen op: ten eerste dat de vrouw haar rug naar hem toe draaide toen hij naderde en ten tweede dat ze Spaans in haar telefoon praatte. Toen hij bij de bar was klopte hij op de toog. De vrouw beëindigde haar telefoongesprek zonder zich om te draaien. 'We zijn eigenlijk nog niet open,' zei ze terwijl ze over haar schouder naar Stilton keek.

'Dat hindert niet. Ik ben op zoek naar Roger Hansson, is hij hier?'

'Dat geloof ik niet.'

'Is er iemand die het weet en niet alleen gelooft?'

Nu draaide de vrouw zich om en keek een paar seconden naar Stilton, waarna ze besefte dat hij het meende. 'Vraag het aan Leopold.'

'En waar kan ik Leopold vinden?'

De vrouw gebaarde met haar hoofd naar links. Stilton volgde de richting die ze had aangewezen en kwam bij een kleine alkoof. Aan een lage, ovale tafel zaten vijf mannen. Een van hen, de man in het midden, at iets onbekends van een bord dat voor hem stond. De andere mannen zaten tegen de rug van de rode banken geleund. Een wonderlijke scheve lamp hing boven de tafel en verlichtte het bord. De rest bevond zich in het donker. Stilton bleef een stukje bij de tafel vandaan staan en observeerde de groep. Zijn oude smerisinstinct reageerde onmiddellijk. Dit waren geen mannen die op een crèche werkten.

'Leopold?' vroeg hij, hoewel hij al wist dat het de man met het bord was.

Dat was ook een gevolg van zijn instinct.

De man in het midden keek op. Hij had een keurig verzorgd, donker ringbaardje en helderblauwe ogen. Stilton zag dat zijn nagels blank gelakt waren.

'Ja?' zei hij.

'Ik ben op zoek naar Roger Hansson.'

'Ik zit te eten.'

'Wat eet je?'

Leopold liet zijn vork zakken en keek naar een van de mannen naast zich voordat hij antwoord gaf: 'Ingewanden. Heb je honger?'

'Weet je wie Roger Hansson is?'

'Ja. Dat is mijn oudere broer. En dit is zijn zusje.' Leopold wees met de vork naar een brede man met een dikke, donkere baard en ogen die zich in het donker bevonden. Stilton deed een stap naar de tafel toe. 'Weet je waar Roger is?' vroeg hij aan Leopold.

'Waarom vraag je dat?'

'Ik wil met hem praten.'

'Waarover?'

'Dat bespreek ik met hem.'

'Ben je een smeris?'

'Dat ben ik geweest.'

'Ben je ontslagen?' Leopold nam een hap terwijl de mannen in het donker zachtjes lachten.

'Nee,' antwoordde Stilton. 'Ik ben gestopt, waarna het een tijdlang niet goed met me ging. Daarna heb ik iemand vermoord en ben ik ondergedoken, en nu ben ik terug en wil ik met Roger praten.'

Een compacte stilte is onmogelijk tijdens de opening van een nachtclub, maar toch was het lichte gerammel van de bar het enige wat op dit moment te horen was. In de alkoof klonk geen geluid voordat Leopold zijn vork op het bord neerlegde.

Op dat moment boog Stilton zich naar voren en legde een briefje op de tafel. 'Vraag hem om me te bellen als je hem ziet.'

Hij draaide zich om en liep naar de bar.

'Hoe heet je?' hoorde hij achter zich vragen.

'Tom Stilton,' antwoordde hij zonder zich om te draaien.

Toen hij de bar passeerde droogde de vrouw een nieuw bierglas af. 'Ik wens je een fijne dag, Tom,' zei ze zonder op te kijken.

Veel villa's in het idyllische Kummelnäs hebben een hoge marktwaarde, vooral die met uitzicht op de vaargeul naar Stockholm. De straten zijn wandelvriendelijk, de meeste tuinen zijn groot en goed verzorgd. Mette en Mårten woonden hier al ruim dertig jaar. 'Het huis is ons hart en de tuin onze longen,' zei Mårten soms als ze bij de open haard zaten. Ze hadden het hier na al die jaren nog steeds naar hun zin, ook al naderden er wolken van financiële aard.

Voorlopig veegden ze die onder het tapijt.

Vandaag regende het in Kummelnäs, een milde herfstregen die van de rode eikenbladeren en de haagbeuk druppelde. Olivia had een afgeslankte groep in Kummelnäs bijeengeroepen. Die bestond uit Mette, Tom en haarzelf. Uit respect voor Lisa en Bosse wilde ze het niet de kerngroep noemen, maar zo voelde het wel een beetje. Bij Mette en Tom voelde ze zich veilig. Ze had gemerkt dat als Lisa en Bosse erbij waren, ze een rol aannam waarbij ze zich niet helemaal op haar gemak voelde. Bovendien hadden ze een werkverdeling gemaakt: Lisa en Bosse concentreerden zich op de schietpartij in de bergen – de man die Olivia had doodgeschoten was nog niet geïdentificeerd – terwijl Tom, Mette en zij aan de moord op Kaldma werkten.

Ze hadden om tien uur afgesproken. Stilton was er al om negen uur, deels omdat hij geen ontbijt op de aak had en deels omdat hij voordat Olivia arriveerde met Mette over het honorarium wilde praten.

Mårten had gebakken eieren met bacon en geroosterd brood gemaakt. Bovendien had hij een avocado in plakjes gesneden en sneetjes brood met blauwschimmelkaas belegd. Stilton at alles wat er op tafel kwam. Mette hield het bij een plakje avocado en een glas water.

'Verlang je nooit naar huis?' vroeg ze, waarna ze de avocado op haar tong legde.

‘Nee,’ loog Stilton. ‘Het bevalt me prima in Thailand.’

‘In een hangmat? Met een hagedis tussen je tenen?’

Stilton schoof zijn bord een stukje van zich af. Inmiddels was hij gewend aan dit soort opmerkingen en wist hij hoe hij ermee moest omgaan. Het probleem was dat Mette een teer punt had geraakt. Hij verlangde niet naar huis, zo zat hij niet in elkaar, maar hij miste dingen van thuis. Voornamelijk de omgang met zijn vrienden – die had hij in Thailand nauwelijks – maar ook andere dingen, die lastiger te definiëren waren. Cultureel bepaald, zou Mårten gezegd hebben. De plek op aarde waar je vandaan komt. In Stiltons geval was dat vooral Rödlöga, het eiland waar hij bij zijn opa en oma was opgegroeid en waar hij een aanzienlijk deel van had geërfd. Hij leefde van het eiland, of liever gezegd van de delen ervan die hij had verkocht. Hij was er nog niet geweest nadat hij was teruggekomen, maar het stond op zijn lijst.

‘Ik kom terug als ik terugkom,’ zei hij.

Dat wisten Mette en Mårten. Tom was niet iemand die zich liet overhalen om terug te komen. Daar was een neergeschoten Olivia voor nodig geweest.

‘Iets heel anders,’ ging Stilton verder. ‘Het honorarium.’

‘Het honorarium?’ herhaalde Mette.

‘Is het de bedoeling dat ik op een vrijwillige basis aan het onderzoek werk?’

‘Ja. Heb je geld nodig?’

‘Nee. Word jij ervoor betaald?’

‘Ja. Maar niet in de vorm van geld.’

‘Op welke manier dan?’

Mette keek naar Stilton en hij las het antwoord in haar ogen. Die waren kalm en enigszins neerbuigend op hetzelfde moment.

‘Jouw vergoeding is dat je Olivia helpt?’ vroeg hij.

‘Inderdaad.’

Mårten hoestte en deed alsof er een stukje bacon in zijn verkeerde keelgat was geschoten. Mette keek hem even boos aan. Mårten legde zijn vork neer en keek naar zijn vrouw. ‘Je mag best toegeven dat het er ook om gaat dat je weer politieagent mag spelen.’

‘Weer politieagent spelen’ was niet de meest diplomatieke opmerking die hij had kunnen maken, maar hij ergerde zich aan Mette.

Haar nobele motief was gegarneerd met een grote hoeveelheid egoïsme en hij vond dat ze dat moest toegeven.

Stilton, die tussen zijn twee oudste vrienden in zat, schonk wat water in en was nieuwsgierig hoe dit zou aflopen.

Helaas belde Olivia op dat moment aan en Stilton besefte dat het vervolg van dit kleine familiedrama zich buiten zijn aanwezigheid zou afspelen.

Ze zaten met zijn drieën rond de grote tafel. Mette was in een stralend humeur. Ze had het incident aan de keukentafel tijdelijk uit haar gedachten gebannen. Nu mocht ze 'weer politieagent spelen'. 'Jij eerst, Olivia.'

Olivia vertelde de anderen over haar gesprek met Anette Bostam en het verslag dat Bosse van de politie in Arjeplog had gekregen zonder erover na te denken dat Mette de dirigentenstok vandaag vasthield. Ze was niet anders gewend.

'En jij, Tom?' zei Mette.

Stiltons informatie was kort. Roger Hansson, de dealer van Kaldma en Bostam, was tegenwoordig personal trainer en mede-eigenaar van de nachtclub Night Light. Het was hem niet gelukt om met Roger Hansson in contact te komen.

'Ik heb een paar contacten gevraagd om naar hem uit te kijken. Als hij opduikt krijg ik een seintje.'

'Mooi.'

Hij vertelde niet over de vrouwelijke bartender die Spaans praatte.

'Vervolgens heb ik het briefje uit Kaldma's sneeuwscooterpak onderzocht,' ging hij verder. 'De getallen leken niet overeen te komen met telefoonnummers, maar als het geografische coördinaten zijn, dan markeren ze een plek in de Atlantische Oceaan, voor de kust van Gambia.'

'De Atlantische Oceaan?'

'Ja.'

'Vreemd, waarom had hij een briefje met die coördinaten bij zich terwijl hij in de bergen was?'

Het was een retorische vraag, die Stilton beantwoordde door zijn schouders op te halen. 'Het briefje kan heel lang in de voering gezeten hebben.'

Olivia maakte een aantekening over Stiltons informatie en richtte zich tot Mette. 'En hoe is het met jou gegaan?'

'Het DNA van de huidresten onder de nagels van het lijk komt niet in onze registers voor. Ik heb Europol ingeschakeld. Het komt ook niet overeen met het DNA van de doodgeschoten man.'

'Dan kunnen we hem schrappen als moordenaar,' zei Stilton.

'Als ze niet met zijn tweeën waren,' zei Olivia. 'De vrouw kan Kaldma samen met de man vermoord hebben. Het kunnen haar huidresten zijn.'

'Dat is volkomen correct,' zei Mette.

'Weten we nog steeds niet wie de man is?' vroeg Stilton.

'Nee.'

Op dat moment werd er aangebeld. Het was Lisa. Ze werd binnengelaten door Mårten en bleef in de deuropening van de Afrika-kamer staan. 'Hallo. Sorry dat ik stoor, maar ik heb daarnet een nogal vreemde mail van de ballistische afdeling gekregen.'

'Wat is er vreemd aan?' vroeg Olivia.

'De kogel waarmee jij neergeschoten bent was afkomstig uit het wapen waarmee Kaldma geëxecuteerd is. Dat gold ook voor de kogel in het huisje. Ze vertoonden identieke afvuursporen.'

Het was aan iedereen te merken dat het verbazingwekkende informatie was.

'De vrouw die mij heeft neergeschoten is dus de moordenaar?' vroeg Olivia.

'Dat hoeft niet,' zei Mette. 'Twee moordenaars kunnen hetzelfde wapen gebruikt hebben.'

'Met een tussenruimte van twintig jaar?'

Het werd stil.

'Er staat iemand bij het hek,' zei Mårten vanuit de keuken. Hij liep naar de hal en degenen die aan de tafel zaten wachtten op het vervolg.

'Tom!' riep Mårten vanuit de hal.

Stilton stond op.

Mårten wees naar de voordeur. 'Hij roept dat hij met de Thailander wil praten. Ik neem aan dat jij dat bent?'

Stilton keek naar het hek en zag het kadaver van de vorige dag staan. Minken had een kleurige pet op zijn hoofd en droeg een langharige, donkere jas. Weliswaar hield hij zich stevig vast aan het hek, maar hij stond rechtop.

'Hallo Tom. Hoe is het? Ik heb *news*!'

Stilton dacht na. Binnen of buiten? Binnen, besloot hij. 'Kom maar binnen!'

Minken opende het hek en liep op enigszins stramme benen naar de voordeur. Stilton besefte dat hij stoned was.

'Hoe weet je in vredesnaam dat ik hier ben?' vroeg Stilton.

'*Magic!*'

Stilton deed een stap opzij en Minken liep de hal in. Mårten gaf hem een hand en Minken schudde die overdreven lang. 'Je hebt een verdomd mooi huis. Twintig miljoen! Ik kan het morgen voor je verkopen! *No holdbacks!* Wordt dit functionalisme genoemd?'

'Nee, het is waarschijnlijk meer in de richting van de nationaalromantische stijl.'

'Anaalromantiek verkoopt, *believe me*! Jij en ik moeten...'

'Minken!' Stilton trok hem mee naar de werkkamer.

'Hallo meisje!'

Het meisje was de vrouw die het moordonderzoek leidde en haar ogen op dit moment niet geloofde. Ze kende Minken al meerdere jaren en had zowel positieve als negatieve ervaringen met hem. Op dit moment overheerste de negatieve kant. Ze keek naar Stilton, die zijn schouders ophaalde. Hij voelde zich zelden ongemakkelijk en wist dat Minken hier niet naartoe was gekomen als hij niets voor hem had. Stilton was nieuwsgierig wat het was.

Mette was verrukt. Ze was gek op zonderlinge mensen en genoot terwijl Minken uitweidde over van alles en nog wat, maar toen hij bij de tafel ging zitten en wilde vertellen welke overeenkomsten vastgoedmagnaat Petter Stordalen en hij hadden, zag hij aan Stiltons gezichtsuitdrukking dat het genoeg was.

'Alsjeblieft.' Mårten zette een kop sterke koffie voor Minken neer en Stilton ging zitten.

Hij had genoten van Minkens voorstelling. Het was net als vroeger geweest, maar nu was het klaar. 'Roger Hansson,' zei hij. 'Ik neem aan dat je daarom hier bent.'

'Precies.' Minken dronk bijna de hele kop koffie leeg, veegde zijn mond af en legde zijn kleurige pet op de tafel. Toen hij naar Stilton keek was hij er klaar voor om hem zijn informatie te geven. 'Ik geloof, of eigenlijk ben ik er vrij zeker van, dat Drugs en die Anette met andere dingen dan alleen drugs rommelden.'

In de stilte die rond de tafel viel was Mårtens knorrende maag te horen.

'Wat bedoel je met "rommelden"?' vroeg Stilton.

'Ze neukten. De dames moeten me de woordkeus maar vergeven, maar op dit moment lijkt het gepast. Ze genoten van elkaar. Je weet wel, coke en pik is een heftige combinatie.'

'Hoe weet je dat?' vroeg Olivia.

'Ach, weten, ik heb het niet met mijn eigen ogen gezien, dat is niets voor mij, maar ik heb gepraat met spelers die het weten... of dat in elk geval beweren. Drugs ging na feestjes vaak met haar mee naar huis als haar vent in het buitenland was. En ik denk niet dat ze dia's keken! Of wel soms? Ik heb je verteld hoe hij was. Zo geil als boter.'

Stilton knikte.

'Tja, dames en heren, meer heeft Minken vandaag niet te vertellen. Ik hoop dat jullie er iets aan hebben. We leven tenslotte maar twee keer!'

Minken stond op en Mårten liep met hem mee naar de hal. Minken bleef bij de voordeur staan. 'Denk na over dit huis,' zei hij.

'We hebben op dit moment geen plannen om het te verkopen.'

'Dat denk je maar...' Minken glimlachte en liep naar het tuinhek. Mårten keek hem na. Om de een of andere reden leken zijn laatste woorden een slecht voorteken.

De personen rond de langwerpige tafel hadden een tijdje gegrinnikt terwijl ze wachtten tot Minken vertrokken was. Toen de voordeur achter hem dichtging nam Olivia het woord. 'Oké, dan ziet het er als volgt uit. Aangenomen dat...'

'Olivia...' Mette haatte de uitdrukking 'aangenomen dat', een term die veel door politici werd gebruikt en die zich als een plaag verspreidde. 'Kun je iets anders bedenken voor de term "aangenomen dat"?'

'Als we ervan uitgaan dat wat Minken vertelde waar is, dan komen het drugsspoor en het ontrouwspoor met elkaar overeen. Roger

Hansson was niet alleen de dealer van Kaldma en Bostam, maar misschien ook Anette Bostams minnaar. Jullie hebben gezegd dat het oude onderzoek anonieme tips bevatte over Bostams ontrouw en een van jullie hypothesen was dat Kaldma's verdwijning daarmee te maken kon hebben.'

'Dat klopt,' bevestigde Stilton. Hij was zichtbaar tevreden dat Minken inderdaad informatie had gehad.

'Ik heb een vervolgvraag,' zei Olivia. 'Kan Anette Bostam Drugs ingehuurd hebben om haar echtgenoot te vermoorden? We weten dat ze een enorm bedrag geërfd heeft. Heeft Hansson Kaldma doodgeschoten op voorwaarde dat hij een deel van dat vermogen kreeg?'

'Vraag het haar,' zei Stilton. 'Kijk in haar ogen. Daarin is het antwoord vaak te vinden.'

Deze keer ging Olivia niet naar Dramaten. Het was vlak na lunchtijd en Anette Bostam was thuis. Haar echtgenoot was ergens bomen aan het snoeien. De mooie gele villa lag midden in Bromma en had ramen met spijlen in de keuken, de plek waar ze zaten. Buiten verdween de zon achter een wolk.

'Helaas heb ik geen koffie meer, vanochtend hebben we de laatste gebruikt,' zei Anette. 'Wil je een glas vruchtensap? Of iets anders?'

'Nee, dank u.' Olivia droeg een grijs colbert dat ze van Lisa had geleend. Het was niet helemaal haar stijl, maar het was comfortabel. Bostam droeg een rode ochtendjas van het soort dat in de juiste kringen dag en nacht gedragen kon worden.

'Ik wil u een vraag stellen over iets wat u tijdens ons vorige gesprek gezegd hebt,' zei Olivia. 'Over de laatste keer dat u uw toenmalige man Fredrik gesproken hebt, de avond voordat u op tournee ging.'

'Ja?'

'Jullie hadden ruzie gehad?'

'Ach, ruzie… We hadden gekibbeld.'

'Ging dat over een man?'

'Een man?'

'Roger Hansson, de man die jullie in die tijd van drugs voorzag.'

Anette Bostams beroep hield in dat ze zich voordeed als iemand anders en haar eigen persoonlijkheid verborg. Daarin was ze getraind. Toch zag Olivia een microscopisch kleine trilling bij één oog.

‘Wie beweert dat?’ vroeg Anette.

‘Ik heb geen belangstelling voor jullie drugsgebruik in die tijd, maar ben op zoek naar een motief voor de moord op uw toenmalige man. Hadden jullie schulden bij Roger?’

‘Voor zover ik weet niet... maar ik weet niet precies of Fredrik dat wel had.’

‘Had u een seksuele relatie met Roger?’

Opnieuw een microscopisch kleine trilling. Anette ging nog rechter zitten en trok de ochtendjas dichter om zich heen. ‘Vind je dat geen onfatsoenlijke vraag?’ protesteerde ze zachtjes.

‘Misschien wel, moordonderzoeken zijn vaak niet bijzonder respectvol.’

‘Ik had geen seksuele relatie met Roger.’

‘Hebt u tegenwoordig nog contact met hem?’

‘Nee. Zoals je al zei heeft hij een paar keer cocaïne aan Fredrik en mij verkocht. Dat was alles. Ik heb tegenwoordig helemaal geen contact meer met hem.’

‘Komt u weleens in Night Light?’

‘Nee. Ik heb twee kinderen en leef een... Wie denk je dat ik ben?’

Een bijzonder goede actrice, dacht Olivia.

Olivia was vanaf Bromma naar het politiebureau onderweg toen Lisa belde met informatie. ‘Ik heb Roger Hansson zo goed mogelijk nagetrokken,’ zei ze. ‘Volgens het registratiebureau heeft hij zich in 2009 ingekocht in Night Light, het jaar waarin Kaldma doodverklaard is.’

‘Waarna Anette Bostam haar erfenis kreeg.’

‘Inderdaad.’

‘Goed gedaan, Lisa. En bedankt voor het colbert. Ik breng morgen verslag uit over Bostam. Doe de groeten aan Bosse.’ Ze verbrak de verbinding en keek naar het grijze weer. Ik vind dit geweldig, dacht ze. Een onderzoek leiden. Resultaat behalen. Wat zou papa trots zijn geweest als hij me nu had kunnen zien.

Zolang Arne leefde was ze niet van plan geweest om politieagent te worden, eerder het tegendeel, maar nu hield ze van haar werk.

Ze kreeg een brok in haar keel toen de herinnering aan Arne haar te veel in beslag nam.

Stilton had het licht in de salon gedimd. Hij had gemerkt dat hij dat prettig vond. Binnenkort ga ik ook nog bloemen kopen, dacht hij. Luna, wat heb je met me gedaan?

'Hallo!' Olivia kwam de salon in met een Thaise afhaalmaaltijd in kartonnen doosjes. Ze vermoedde dat Tom dat lekker zou vinden. Samen dekten ze de tafel die voor de vaste bank stond.

'Heb je theelichtjes?'

Dat ging Stilton te ver. 'Nee, maar ik heb de verlichting gedimd.'

'Fijn. Ik hou echt van deze aak.'

'Ik ook.'

Ze gingen zitten en begonnen te eten.

'Lekker,' zei Stilton.

'Mooi. Jij kunt het vergelijken.'

Als ze maar niet weer begint, dacht Stilton. 'Als dit moordonderzoek voorbij is kun je misschien naar Thailand komen,' zei hij. 'Luna mist je.'

'Graag.'

'Als je wilt kun je die Lukas ook meenemen.'

Olivia wilde net een hap nemen en ging daarmee door, maar ze dacht: *Die Lukas*? Ze vond het een beetje neerbuigend klinken. 'Ik hou van Lukas,' zei ze.

'Prachtig. Dan kan hij toch meekomen?'

Olivia hoorde een geforceerde opgewektheid in Toms stem. Hij wilde informatie en dat begreep ze. 'Ik weet niet hoeveel je weet over Lukas' achtergrond, zijn verleden en wat er tijdens de rechtszaak gebeurd is, maar voor mij is het een gepasseerd station. Ik leef nu. We houden van elkaar. Hij is een kunstenaar.'

Ze wist niet waarom ze dat laatste zei. Bij wijze van provocatie? Maar op welk niveau dan? Het was kinderachtig.

Stilton knikte en nam de laatste hap uit het kartonnen doosje. 'Ik heb hem in het ziekenhuis gezien. Hij leek me aardig,' zei hij.

'Dat is hij ook.'

'Is hij zorgzaam?'

'Op meerdere manieren.' Olivia voelde dat Tom en zij zich op dit moment op een niveau bevonden waarop ze volkomen open tegen elkaar waren. Dat kwam niet vaak voor. Het was een paar keer gebeurd, zoals in Boekarest en als ze zich op andere plekken in kwetsbare situaties hadden bevonden.

'Wat bedoel je?' vroeg Stilton.

'Hij is zorgzaam als we ons op dezelfde golflengte bevinden, als er niets anders bestaat, maar ook als de situatie gecompliceerder is. We hebben tenslotte allebei onze emotionele bagage.'

Stilton knikte. Hij wist alles over een relatie tussen twee mensen die beiden emotionele bagage hadden. 'Neem hem mee,' zei hij.

Olivia glimlachte en at het kartonnen doosje leeg.

'Ik wil graag een biertje, als je dat hebt,' zei ze.

Stilton haalde twee biertjes. Vanavond was dat niet voor een kadaver, maar voor de vrouw die bijna als een dochter voor hem was.

'Heb je Bostam gesproken?' vroeg hij terwijl hij zijn biertje opende.

'Ja.'

'En?'

'Ik heb gevraagd of ze een seksuele relatie met Roger had. Haar ene oog trilde licht en daarna ontkende ze het.'

'Ze had dus een seksuele relatie met Roger.'

'Waarschijnlijk wel.'

'Wat betekent dat we hem dringend moeten spreken,' ging Stilton verder.

'Misschien is hij ondergedoken nadat het lijk gevonden is.'

'Dat zou kunnen.'

'Ik laat zijn woning in de gaten houden... En die van Anette Bostam ook, voor het geval dat hij contact met haar opneemt.'

Dat is misschien een beetje overdreven, dacht Stilton. Aan de andere kant stond het hem aan dat Olivia zo gedreven was. Ze concentreerden zich allebei op Hansson.

'Wat vond je vandaag van Minken?' vroeg hij, waarna hij een slok bier nam.

'Bij wijze van amusement?'

'Hij had informatie voor ons.'

'Absoluut. Heb je hem daarvoor betaald?'

'Nee. In dit onderzoek worden geen honoraria betaald. We werken alleen ter wille van jou.'

Olivia keek naar Toms ogen, zoals ze had geleerd. De blik erin was volkomen ondoorgrondelijk.

Toen Olivia van de aak naar huis liep, stond Lukas bij het Mariatorget op haar te wachten. Hij had een biertje gedronken met een paar vrienden. Samen liepen ze hand in hand via de Götgatsbacken naar de Medborgarplatsen. Ze praatten een beetje over hun dag en keken in de etalages die ze passeerden. Olivia zag een mooi winterjack. Ze had dringend een nieuw jack nodig, want haar oude begon letterlijk uit elkaar te vallen.

'Dan gaan we dat morgen kopen,' zei Lukas.

'Het is vast verschrikkelijk duur.'

'Ik betaal. Ik ben rijk.'

Olivia lachte. Ze wist dat hij lichtelijk overdreef. Het geld dat hij had gekregen als compensatie voor de tijd die hij onschuldig veroordeeld was geweest was bijna op, onder meer door hun vakantie in Mexico. Lukas was niet bepaald zuinig. Ik leef nu, was zijn motto. Daarin verschilden ze.

'Maar het is waar,' zei hij. 'Bijna al mijn schilderijen zijn verkocht.'

Olivia bleef abrupt staan en dwong Lukas daardoor hetzelfde te doen. Een oude man achter hen week mopperend uit.

'Waarom heb je me dat niet eerder verteld?'

'Ik heb het vanavond pas gehoord.'

'Dat is fantastisch. Gefeliciteerd. Ik ben zo trots op je!'

'Dank je.'

Hij keek enigszins verlegen en ze sloeg haar armen om hem heen.

Op dat moment zag ze blond haar en een rode baret. De vrouw liep aan dezelfde kant van de straat in hun richting. Vandaag droeg ze geen gebloemde Marimekko, maar een wijde zwarte broek. Olivia voelde zich verstijven terwijl ze Lukas bleef vasthouden en de rode stip die onverbiddelijk naderde observeerde. Wat moest ze doen? Ze wilde in geen geval gedwongen worden om de vrouw te ontmoeten en vriendelijk tegen haar te doen. Lukas wist van niets omdat hij de andere kant op keek. Op dat moment bleef de vrouw voor een restaurant staan en ging naar binnen. Olivia haalde opgelucht adem, de vrouw had hen blijkbaar niet gezien. Ze liet Lukas los en keek naar hem op. 'Ik vind dat we het moeten vieren,' zei ze.

'Nu?'

'Ja.'

'Maar je moet morgenochtend toch vroeg op?'

'Dat klopt, maar het is nog niet zo laat en ik vind dat we een glas champagne moeten drinken.'

Ze liepen verder en Olivia stelde voor om naar bar La Vecchia Signora in de Åsögatan te gaan. Lukas vond het een omweg, maar protesteerde niet. Voor Olivia was het een strategische keus. De bar lag zo ver bij de Götgatsbacken vandaan dat ze niet het risico liepen om de vrouw met de baret tegen te komen.

Toen ze de bar verlieten nadat zij één glas prosecco had gedronken en hij er drie had gehad, wilde Lukas door het Vitabergspark naar huis lopen.

De mooi verlichte Sofiakerk tekende zich tegen de donkere herfstavond af. De vollemaan hielp mee de sfeer met haar geleende licht te verhogen. Ze wandelden dicht omstrengeld over de smalle paden en bleven af en toe staan om naar iets of naar elkaar te kijken. Lukas was dolgelukkig en in een fantastisch humeur. Het leven kon niet beter worden dan op dit moment. Hij praatte en lachte, maakte toekomstplannen en zoog Olivia in zijn geluksbubbel.

Hun geluksbubbel.

'Kom,' zei hij en hij trok haar met zich mee.

Hij liet haar middel los en pakte haar hand. Samen slenterden ze verder tot ze voor een grote boom bleven staan, waarvoor een beeld van Elsa Borg stond, de eerste echte maatschappelijk werkster. Lukas liet haar los, klom in de boom, ging op een tak zitten en keek naar haar. 'Ik hou van je, Olivia Rönning!' riep hij.

Ze lachte en keek even om zich heen. Was er iemand die dit als aanstootgevend gedrag beschouwde? Het park was echter verlaten, op een man na die zijn hond uitliet en zich niet eens omdraaide.

'Klim ook naar boven!'

Hij kwam een stukje naar beneden en stak zijn hand uit. Ze hees zichzelf naar boven en even later zaten ze naast elkaar in het donker met hun armen om elkaar heen geslagen op de tak.

'We moeten hier in het voorjaar naartoe gaan als de boom in bloei staat,' zei Lukas.

'In bloei?' Olivia had geen idee wat voor boom het was.

Hij lachte. 'Het is een magnolia. Die bloeit prachtig in het voorjaar. Op naakte takken, net als jij.'

'Ik bloei niet alleen in het voorjaar.'

‘Dat weet ik. Weet je wat?’

‘Nee?’

‘Laten we gaan trouwen.’ Zijn glimlach reikte tot diep in haar binnenste en overtuigde haar ervan dat ze dat inderdaad konden doen. Het moment werd niet verstoord door de kraai met het verkeerde zelfbeeld.

Mette zat in haar pottenbakkerij en bestudeerde de klomp klei op de draaiende schijf terwijl ze op Mårten wachtte. Ze wist dat hij naar beneden zou komen. Wat eerder vandaag niet was uitgepraat moest nu besproken worden. Mårten kon niet slapen als er spanningen tussen hen waren.

Zij had daar minder moeite mee.

Ze had haar handen net op de zachte, lauwe klei gelegd toen hij in de deuropening verscheen. Dat voelde ze zonder op te kijken. ‘Politieagent spelen,’ zei ze terwijl ze het toerental van de schijf iets hoger zette.

‘Dat was slordig uitgedrukt.’

‘Het klonk alsof het recht uit je hart kwam.’

‘Het werd veroorzaakt door een zekere irritatie,’ zei Mårten.

Ze zette de draaischijf langzamer, maar hield een hand op de klei. ‘Je vindt dus dat ik Olivia niet moet helpen?’

‘Integendeel, ik vind het prima dat je dat doet. Ik reageerde op de manier waarop je het bracht.’

‘Hoezo?’

‘Alsof het een onzelfzuchtige goede daad is zonder dat je er een grote hoeveelheid persoonlijke bevrediging voor terugkrijgt.’

Mette legde haar andere hand ook op de klei en begon er vorm aan te geven. Ze wist dat hij gelijk had en hij wist dat zij dat wist.

Ze waren tenslotte al een eeuwigheid getrouwd.

‘Is het niet zo dat alle goede daden een mate van persoonlijke bevrediging bevatten?’ vroeg ze.

‘Absoluut, maar dat mag je toegeven, in elk geval tegenover een van je beste vrienden.’

‘Tom?’

‘Je gaf hem het gevoel dat hij inhalig is,’ zei Mårten.

‘Dat was de bedoeling niet.’ Meer wilde Mette er niet over zeggen. Ze voerde de snelheid van de draaischijf op en keek niet naar hem.

Mårten bleef staan. 'Die Minken wil het huis verkopen,' zei hij na een tijdje.

'Ons huis?'

'Ja.'

'Hij is waarschijnlijk niet de eerste makelaar tot wie ik me zou wenden.'

Ze glimlachten en Mårten voelde dat de onenigheid tussen hen uitgepraat was. Hij wilde net naar de muziekkamer gaan om in contact te komen met de spin Kerouac toen Mette weer begon te praten. 'Je zegt dus dat het goed is dat ik betrokken ben bij het onderzoek?'

'Ik denk dat je het nodig hebt.'

'Waarom?'

'Om ons gepensioneerde leven in balans te houden. De vonk binnen in je moet blijven branden.'

Mette stopte de schijf en keek naar haar man. 'Ik hou van je,' zei ze.

'Dat weet ik, maar de liefde bevredigt niet alle behoeften. Dat geldt zowel voor jou als voor mij. Ik heb mijn genealogie.'

'Is dat jouw manier om je vonk in leven te houden?'

'Eén van mijn manieren. Mijn zuurdesem is er ook een.'

Ze had haar telefoon op het houten krukje aan haar kant van het bed gelegd en had het geluid uitgezet. Ze wilde hem bij zich hebben, maar wilde Lukas niet wakker maken. Het tegendeel gebeurde.

'Olivia...' Lukas moest haar bijna helemaal omdraaien voordat ze reageerde. 'Je telefoon,' zei hij.

Ze ging zitten, draaide zich naar het krukje en keek op het scherm van de vibrerende telefoon. Ze herkende het nummer niet.

'Neem je niet op?'

Ze pakte haar telefoon. 'Met Rönning, midden in de nacht,' zei ze.

'Met Marja Verkkonen van de politie in Arjeplog.'

'Hallo.'

'Sorry dat ik...'

'Wacht even, Marja.' Olivia stapte uit bed, liep naakt naar de zitkamer, deed de deur naar de slaapkamer dicht en begon zachtjes te praten. ‘Ja, sorry, nee, het hindert niet dat je belt. Ik neem aan dat het belangrijk is.’

‘Dat denk ik wel. We… of eigenlijk ik… heb de man geïdentificeerd die je bij de rendierherdershut doodgeschoten hebt.’

‘De Spanjaard? Wat goed!’

‘Hij heet Roger Hansson.’

Olivia had drie van de teamleden midden in de nacht een sms gestuurd om Marja's informatie mee te delen en te melden dat ze de volgende ochtend om 8.00 uur in Kummelnäs zouden vergaderen, waarna ze Stilton belde.

'Hansson?' zei hij. 'Serieus?'

'Blijkbaar.'

Veel langer duurde het gesprek niet. De volgende ochtend zouden ze de rest bespreken.

Nadat Stilton zijn telefoon had laten zakken dook het beeld van de alkoof in Night Light in zijn hoofd op. Olivia had Roger Hansson doodgeschoten. Dat zou zijn jongere broer Leopold en het crèchepersoneel in de alkoof niet aanstaan. Stilton dacht daarbij vooral aan het zusje, de man wiens ogen in de schaduw verborgen waren geweest.

'Ga zitten.' Olivia gebaarde naar de grote tafel. Ze waren allemaal aanwezig. Zelf ging ze aan het korte eind van de tafel achter haar stoel staan en legde haar handen op de rugleuning. 'Vlak na twaalf uur vannacht ben ik dus gebeld door Marja Verkkonen van de politie in Arjeplog. Ze heeft de man die ik in de bergen heb doodgeschoten geïdentificeerd. Het is Roger Hansson.'

'Hoe?' vroeg Bosse.

'Hoe ik hem heb doodgeschoten?'

'Nee. Hoe heeft ze...'

'Van een foto. Ze heeft de foto's van de technisch rechercheurs van de plaats delict gezien en herkende Hansson uit haar tijd bij de afdeling Drugsdelicten in Stockholm.'

'Waarom heeft ze dat niet eerder verteld?'

'Ze was er in de bergen niet bij en het lijk is meteen naar het Forensisch Centrum in Umeå gevlogen. Gisteravond bekeek ze het verslag van de technische recherche, met inbegrip van de foto's die gemaakt zijn, en herkende ze hem.'

'Roger Hansson...' zei Stilton, meer tegen zichzelf dan tegen de anderen.

'Ja,' zei Olivia, waarna ze begon te vertellen. 'Het scenario is als volgt: drugsdealer Roger Hansson en een onbekende vrouw gaan naar de plek in de bergen waar Fredrik Kaldma twintig jaar geleden vermoord is, slechts een paar dagen nadat de media hebben gemeld dat daar een dode man gevonden is. Omdat Hansson vermoedelijk een relatie met Kaldma's vrouw gehad heeft voordat Kaldma vermoord werd en hij het paar gedurende een bepaalde periode bovendien drugs leverde, is het natuurlijk geen toeval dat hij zich een paar dagen nadat het lijk gevonden was hoog in de bergen op onbegaanbaar terrein in de buurt van de vindplaats bevond. Hij was daar beslist niet om te vliegvissen.'

'Of om cocaïne aan de Samen te verkopen,' merkte Stilton op.

'Waarom was hij daar verdomme dan?'

Bosse en Olivia keken Lisa verbaasd aan. Ze vloekte zelden, in elk geval niet tijdens haar werk.

'En wie was de vrouw die hij bij zich had?' ging Lisa verder. 'De Spaanse.'

'Ze hoeft geen Spaanse te zijn,' zei Olivia. 'Hansson praatte Spaans en was een Zweed. Misschien praatten ze Spaans om te verbergen wie ze waren. Zij ook. *Usted baila como una llave inglesa*.'

'En dat betekent?'

'U danst als een bahcosleutel.'

'Heel bruikbaar,' merkte Stilton op.

'Maar wie had hij dan bij zich?' zei Bosse. 'Kan het Anette Bostam geweest zijn?'

'Geen idee,' antwoordde Olivia.

'Zou je haar stem dan niet herkend hebben? Jullie hebben tenslotte een paar keer met elkaar gepraat.'

'Misschien wel, maar ze is een actrice. Ze kan haar stem vast veranderen als ze dat wil. Bovendien heb ik de vrouw in het huisje maar een paar woorden horen zeggen en had ik ook nog een plastic tas over mijn hoofd.'

Lisa stond op en liep met haar telefoon in haar hand naar de keuken terwijl Mette het woord nam. 'De centrale vraag is waarom Hansson en de vrouw naar de bergen zijn gegaan,' zei ze. 'Misschien wilden ze eventuele sporen van de moord op Kaldma wissen als die plaatsgevonden heeft bij de rendierherdershut. Ze dachten waarschijnlijk dat het lijk nooit gevonden zou worden en toen dat wel gebeurde werden ze bang. Waren er nog sporen van de moord in de hut? Bloed? DNA? Vingerafdrukken? Was dat wat ze wilden verwijderen? Ze hadden de hut tenslotte met een kruis gemarkeerd. Misschien dachten ze dat...'

'De technisch rechercheurs hebben de hut doorzocht,' zei Bosse. 'Ze hebben niets gevonden, behalve de sporen die gekoppeld konden worden aan de schietpartij waarbij Olivia betrokken was.'

'Oké, het was maar een idee,' zei Mette. 'Ze moeten toch een reden gehad hebben om...'

'Het was Anette Bostam niet,' onderbrak Lisa haar. Ze stond in de deuropening met haar telefoon in haar hand. 'Ze had voorstellingen in Dramaten toen jij in de bergen was.'

Ze keek naar Olivia, die knikte en voor het eerst tijdens de bespreking ging zitten. 'Hij had dus een andere vrouw bij zich,' zei ze.

'Die op jou geschoten heeft,' voegde Stilton eraan toe.

Olivia beëindigde de bespreking met een samenvatting van de situatie. Iedereen was het erover eens dat ze zich op Roger Hansson en zijn merkwaardige opduiken in het gebergte moesten concentreren. Daarnaast moesten ze achterhalen wie de vrouw was die hij bij zich had gehad, degene die tegen hem had gezegd dat hij Olivia, die met een plastic tas over haar hoofd op de vloer lag, moest doodschieten.

Daarna vertrokken ze allemaal, behalve Olivia. Stilton verliet de villa zonder haar over zijn ontmoeting met de mannen in de alkoof te vertellen.

Olivia stuurde Lukas een sms dat ze iets later zou zijn.

Ze kreeg geen antwoord.

De vrouw met de zwarte paardenstaart, die Luciana heette, had een glas drank met een rietje onder de bar staan. Omdat het glas niet zichtbaar was ging ze ervan uit dat niemand zag wat ze dronk.

Misschien kon het haar ook niet schelen.

Er was trouwens toch niemand. Het was lunchtijd en ze was alleen met Leopold, die in de alkoof zat. Hij had al een tijdlang een verschrikkelijk slecht humeur, snauwde tegen iedereen en begroette de stamgasten niet meer. Ze vermoedde dat hij zich zorgen om Roger maakte, omdat hij geen contact opnam en niet bereikbaar was. Hij was als van de aardbodem verdwenen. Dat was echter Leopolds probleem, zij was geen familie van de broers. Ze pakte haar iPad om de tips van de experts voor de drafwedstrijd van zaterdag te lezen. Ze vertrouwde voor honderd procent op de experts, maar had nog nooit iets gewonnen. Seconden voordat ze bij de juiste site was zag ze twee mannen binnenkomen. Het waren zonder enige twijfel smerissen. Ze ging rechtop staan en glimlachte. Het kon een privébezoek zijn.

'Welkom,' zei ze. Het volgende moment hielden ze haar hun politie-ID voor.

Dit was geen privébezoek.

'Is Leopold Hansson aanwezig?' vroeg een van de agenten.

'Waar gaat het over?'

'Doe niet zo moeilijk. Is hij aanwezig?'

Leopold zat op zijn plek in de alkoof en probeerde zijn zenuwen in bedwang te houden. Hij had net geconstateerd dat de nachtclub zich diep in de rode cijfers bevond en dat het eventueel tijd voor uitbreiding was. Misschien in Söder? De Timmermansgatan? Toen hij opkeek zag hij Luciana, geflankeerd door twee mannen met onbekende gezichten, naar hem toe komen. Het duurde niet lang voordat hij dezelfde conclusie als Luciana trok. Wat wilden die smerissen?

'Leopold Hansson?' vroeg een van hen.

'Ja?'

'We moeten je helaas meedelen dat je broer Roger dood is.'

Het duurde een paar uitdrukkingsloze seconden voordat Leopold reageerde. 'Hoe is hij gestorven?' vroeg hij zachtjes.

'In een vuurgevecht met een politieagent.'

Leopold vertrok geen spier. Tom Stilton, was het enige wat in zijn hoofd opkwam.

'Wanneer is dat gebeurd?' vroeg hij.

'Op 22 augustus.'

Ver voordat Stilton hier was geweest om naar hem te vragen, constateerde Leopold. 'Waar is het gebeurd?'

'In de bergen boven Arjeplog. Het lichaam bevindt zich in het Forensisch Centrum in Umeå.'

Luciana liep langzaam achteruit de alkoof uit.

De man en de vrouw hadden een lange wandeling gemaakt. Ze waren warm aangekleed, want het was koud. Nu stonden ze vlak naast elkaar naar de open plek in het bos te kijken. Ze wist dat hij haar nooit zou bekritiseren, maar toch voelde ze datgene wat niet uitgesproken was tussen hen. Wat gebeurt er als alles bekend wordt? Dat zou een ramp zijn. Op dit moment kon ze er echter niet veel aan doen. Ze had het geprobeerd en had gefaald. Nu hoopte ze een nieuwe kans te krijgen als het gevaar geweken was. Intussen maakte ze zich de meeste zorgen over de vrouw die het had overleefd. Hoeveel had ze gezien? Zou ze haar herkennen als ze elkaar tegenkwamen?

Dat moest ze uitzoeken.

Ze gaf de man een arm en ze verdwenen langzaam tussen de bomen.

Olivia zat alleen aan de grote tafel. Mårten stond in de deuropening van de keuken naar haar te kijken. Ze had Lukas voor de derde keer een sms gestuurd zonder antwoord te krijgen. Nu sloeg ze een map open en begon aantekeningen te maken. Mårten liep naar haar toe. 'Wil je blijven eten?' vroeg hij.

'Dank je, maar ik heb geen trek,' antwoordde ze zonder op te kijken.

Hij keek naar haar lichaamshouding, haar ogen, de hand die zich rond de pen klemde. 'Zullen we een tijdje naar de muziekkamer gaan?'

De muziekkamer in de kelder was Mårtens schuilplaats in het grote huis. Hier ging hij naartoe om in contact te komen met de dingen uit het verleden die hij achter zich had gelaten. Het was een ruimte voor nostalgie en herinneringen. Hier kwam hij in contact met degene die hij diep vanbinnen altijd was geweest. Degene die geen grijs haar en een buik had, en die geen chemische hulp nodig had om een erectie te krijgen. Hier was hij degene die hij koesterde. Degene die een innerlijk kompas had dat niet uitsloeg door alles wat er tegenwoordig aan menselijke waardigheid ontbrak.

Op dit moment dacht hij aan Olivia. Ze zat op een van de twee bijzonder comfortabele bruine stoelen die voor een grote muziekinstallatie stonden. De kamer had witgekalkte muren en een laag plafond. In een smalle kier in een van de muren woonde de spin Kerouac.

'Hoe voel je je?' vroeg hij.

'Goed wel... Een beetje moe, maar dat is...'

'Misschien loop je een beetje te hard van stapel,' zei Mårten terwijl hij op de stoel naast haar ging zitten.

'Wat bedoel je?'

'Dat je na een extreem traumatische belevenis – je hebt een mens doodgeschoten en bent zelf ook bijna gedood – meteen aan een moordonderzoek begonnen bent, dat je in een bijna manisch tempo leidt.'

Olivia zweeg. Liep ze inderdaad te hard van stapel? Misschien wel, maar daar was een reden voor, dacht ze. Of meerdere eigenlijk.

'Je moet voorzichtig zijn, zodat je geen burn-out krijgt,' zei hij na een tijdje.

'Je weet dat ik al heel vaak onder een enorme druk heb gestaan, zowel hier als in het buitenland. Ik denk dat ik weet hoe ver ik kan gaan.'

'Maar je hebt nog nooit iemand gedood.'

'Nee. Is dat waar de schoen wringt?'

'Heb je er met iemand over gepraat?'

'Nee. Jawel, met Interne Zaken en met Tom. En in het ziekenhuis voordat ik ontslagen ben.'

'Wat zei Tom?'

'Hij vroeg of ik problemen met slapen had.'

'Heb je dat?'

'Nee, helemaal niet. Niet om die reden in elk geval.'

Mårten stond op en liep naar de muziekinstallatie. Even later stroomde er een instrumentale versie van Claptons 'Layla' uit de speakers. Nostalgie. Toen hij weer zat legde hij een hand op Olivia's arm. Dat ontroerde haar.

'Wat moet ik...' begon ze, waarna ze stopte.

'Ja?'

'Wat zou ik moeten voelen? Wat willen jullie dat ik voel?'

'Daar kan ik geen antwoord op geven. Alle mensen verschillen. Een van mijn belangrijkste ervaringen als psycholoog is dat mensen een enorm talent hebben om bepaalde zaken te verdringen en dat kan heel veel problemen opleveren.'

'Sublimatie.'

'Dat weet je dus.'

'Ik heb het onlangs opgezocht omdat ik samenwoon met een man die heel veel verdrongen heeft.'

'Dat kan ik me voorstellen.'

'Ik vond dat het op mij niet van toepassing was.'

'Dat is zelden zo als je daaraan lijdt.'

'Maar ik lijd niet. Ik functioneer net zoals altijd. Misschien loop ik inderdaad een beetje te hard van stapel zoals je zei, maar dat heeft andere oorzaken.'

'Zoals?'

'Zoals wat er in de bergen met me gebeurd is en dat het mijn eerste eigen onderzoek is. Dat heeft niets met verdringing te maken. Ik wil mijn werk gewoon goed doen.'

Hij knikte. Misschien had ze gelijk. Misschien had de belevenis in de bergen geen diepe sporen achtergelaten. Dat was absoluut mogelijk. 'Ja. Ik neem aan dat je Hjärne en Mette wilt laten zien dat je het kunt.'

'Absoluut. Is daar iets mis mee?'

'Nee. Neem alleen niet te veel hooi op je vork.'

'Dat beloof ik.'

'Goed dan,' zei Mårten. Hij was echter niet overtuigd.

'Nu we het er toch over hebben dat mensen op verschillende manieren reageren,' zei Olivia. 'Hoe reageerde Arne? Jij kende hem en hij heeft vast weleens iemand moeten doodschieten tijdens zijn werk.'

'Ja, één keer.'

'En? Hoe was hij daaronder?'

'Hij is met ziekteverlof gegaan. De rest moet je met Maria bespreken.'

Mårten stond op, zette het geluid harder en vervolgens weer zachter, waarna hij met ingezakte schouders voor een van de speakers bleef staan.
Olivia keek naar hem. Had ze iets verkeerds gezegd?

Op weg naar de bus spookte het gesprek met Mårten door haar hoofd. Hij had gesuggereerd dat ze de schietpartij had verdrongen en dat ze die zou moeten verwerken. Zo interpreteerde ze het tenminste. Tom had dat op zijn manier ook gesuggereerd. Maar ik functioneer toch op mijn eigen manier? dacht ze. Dat was blijkbaar ook niet Arnes manier. Was hij met ziekteverlof geweest? Ze zou het de volgende keer aan haar moeder vragen.
Olivia stapte in de bus en ging helemaal achterin bij het raam zitten. Het regende. Ze keek naar het grijze asfalt en vroeg zich af of ze Lukas nog een keer een sms zou sturen.
Op dat moment plingde haar telefoon.
Het was een sms'je van Lisa: *Hallo! Ik heb een oud zomerpraatprogramma uit 1998 met Fredrik Kaldma gevonden. Knuffel.* Ze had een link naar het programma bijgesloten.
Olivia zette haar koptelefoon op, klikte op de link en luisterde tot ze bijna in Stockholm was naar Kaldma's aangename stem. Hij was geëngageerd en helder. Vlak voor Slussen was het programma afgelopen.

*'Hiermee is mijn programma bijna afgelopen. Ik heb veel gepraat over ons milieu, onze natuur, onze aarde en wat we daarmee doen. Veel mensen, niet alleen ik, zijn ernstig verontrust over de ontwikkelingen, om niet te zeggen bang. Vorig jaar werd het Verdrag van Kyoto aangenomen, waarin de rijke industrielanden verplicht worden hun uitstoot van broeikasgassen in 2012 met 5% verminderd te hebben. Voldoen ze daar niet aan, dan staan we aan de vooravond van een catastrofe. Ik wil geen onheilsprofeet lijken, maar als we onze uitstoot niet onder controle krijgen, dan zal onze aarde voor altijd veranderen, dat is helaas onvermijdelijk. We zullen te maken krijgen met een stijging van het zeeniveau vanwege de smeltende ijsbergen, laaglanden zoals de Malediven kunnen onder water komen te staan en verdwijnen, klimaatverandering*

*zal enorme weersveranderingen veroorzaken, extreme hitte in sommige gebieden met als gevolg daarvan hevige branden, overstromingen in andere gebieden. Daardoor zullen grote volksverhuizingen plaatsvinden. Het spijt me dat ik met dit sombere perspectief moet eindigen, maar helaas kan het realiteit worden. Bedankt dat jullie geluisterd hebben.'*

Olivia zette haar koptelefoon af. Kaldma's programma was twintig jaar geleden uitgezonden. Wat was er sindsdien gebeurd? Was hij een onheilsprofeet geweest? Ze dacht aan de smeltende gletsjers in de bergen in het noorden. Was dat een teken dat waarover hij praatte waar was? Natuurlijk was dat zo, dat en alle andere ellende op aarde. Hoe zou hij zich gevoeld hebben als hij nog had geleefd? Wanhopig waarschijnlijk. Of zou hij tot het laatst doorgevochten hebben om veranderingen te bewerkstelligen?

Ze was getroffen en overrompeld dat Kaldma zo geëngageerd overkwam. Ze had een heel ander beeld van hem. Drugs, sterrenfeestjes, aandelen verhandelen. Ze had echter ook gelezen over zijn achtergrond bij het Bergh-concern. Aan het begin van de jaren negentig stichtte het concern een dochterbedrijf met de bedoeling bij te dragen aan een beter milieu: Global Environment Rescue oftewel GER. Het bedrijf werd al vrij snel bekend en gerespecteerd vanwege het milieubeleid, vooral met betrekking tot het toezicht op internationale bedrijven en hun vaak illegale emissies. In 1995 werd Kaldma benoemd tot operationeel directeur van de Europese tak van GER.

Hij had blijkbaar een complex karakter gehad. En hij was vermoord. Waarom? Wat was het motief? Ze was ervan overtuigd dat daar de oplossing te vinden was. Als ze het motief vonden, zouden ze de moordenaar ook vinden.

Olivia keek naar de grijze mist buiten. De brug bij Danvikstull was open en de bus stond stil. Ze bukte zich, haalde de map met Mettes samenvatting van het oude onderzoek over Kaldma's verdwijning uit haar tas en bekeek de tekst vluchtig. Aan het eind van een pagina bleef haar blik bij een zin hangen: *Kaldma's superieur Sven Bergh vond hem de dagen voordat hij verdween gestrest en had het idee dat hij onder druk stond. Het is nooit duidelijk geworden waarom dat was.* Olivia liet de map zakken. Bostam had in Dramaten ook gezegd dat haar man onder druk leek te staan.

Maar waardoor?

Olivia liep haastig de trappen op. Ze was geïrriteerd omdat Lukas zijn mobiel niet opnam en haar sms'jes niet beantwoordde. Toen ze bij de voordeur was hoorde ze klassieke muziek in het appartement. Dat was ongewoon, maar blijkbaar was hij thuis. Ze wilde de deur opendoen, maar die was op slot. Dat was goed, maar eveneens ongewoon. Ze zocht in haar zak naar haar sleutels en vond ze.

'Hallo?'

Ze trok haar jas en schoenen uit en liep naar de muziek en de schilderkamer. Hij was bezig aan een nieuw schilderij terwijl Wagner hard aanstond.

'Hallo,' zei ze, 'waarom neem je je telefoon niet op?'

Lukas draaide zich langzaam om en observeerde haar met een merkwaardig neutrale blik. 'Heb je de sleutels van mijn appartement?'

Olivia lachte. Het kwam er verkeerd uit. Zenuwachtig. 'Natuurlijk heb ik die, dat weet je toch.' Ze liep naar hem toe, maar stopte toen hij zijn rug naar haar toe draaide en verderging met schilderen. 'Lukas?'

Geen reactie. Ze voelde zich vanbinnen ijskoud worden. Volledig bevroren. Er was iets heel erg mis, maar ze wilde niet accepteren dat het kon zijn waarvoor ze bang was geweest.

Uiteindelijk draaide hij zich weer naar haar om. 'Ben je er nog? Wat wil je?'

Ze keek naar het schilderij. De kleuren waren donker, drukkend en somber. Het motief was een schreeuw uit de afgrond. Op zijn rechterarm had hij een snijwond. Kleine druppels bloed vielen op de vloer. Dat bracht haar naar de realiteit terug. Ze besefte dat dit echt was. Beelden van zijn tijd in Karsudden, gedrogeerd en afgestompt, doken in haar hoofd op. Haar gedachten draaiden rond als in een deeltjesversneller. Ze dacht dat ze zou exploderen. Niet hier. Niet nu. Ze besloot hem met rust te laten en liep langzaam achterwaarts de kamer uit. Hij richtte zijn aandacht weer op het schilderij alsof hij in trance was, alsof hij niets te zeggen had over zijn eigen lichaam.

Toen ze in de keuken buiten gehoorsafstand was belde ze Mårten en legde de situatie uit. Haar stem trilde bedenkelijk. Ze had dit eerder met Lukas meegemaakt, maar toen hadden ze geen relatie gehad. Nu hield ze van hem en was het veel emotioneler voor haar.

Dat begreep Mårten.

'Heeft hij een aanval gehad?' vroeg hij.

'Dat denk ik wel.'

'Ik kom eraan.'

Mårten stapte ruim een halfuur later al uit een taxi. Olivia stond voor het portiek ongerust op hem te wachten. 'Wat moeten we doen?' vroeg ze.

'Ik ga met hem praten,' zei Mårten. 'Weet je of er iets speciaals gebeurd is wat dit veroorzaakt kan hebben?'

Olivia dacht na, maar kon niets bedenken. 'Nee, integendeel eigenlijk. Hij was de laatste tijd heel blij omdat hij schilderijen verkocht heeft. En we hebben het heel fijn samen.'

'Is hij naar zijn therapeut geweest?'

'Ja.'

'En hij neemt zijn medicijnen?'

'Ja. Hoewel ik dat de laatste tijd niet echt in de gaten gehouden heb. Zoals je weet heb ik veel andere dingen aan mijn hoofd.'

Hij legde een hand op haar schouder. 'Ja, Olivia, dat weet ik. En je moet beseffen dat het jouw taak ook niet is om daarop te letten. Dat moet hij zelf regelen.'

Ze begon te huilen. 'Dit is jouw schuld niet,' zei Mårten. 'Begrijp je dat?'

Olivia knikte en Mårten omhelsde haar. 'Het komt goed.'

Toen ze in het appartement kwamen ging Olivia naar de badkamer om haar gezicht te wassen terwijl Mårten naar Lukas ging. Ze hoorde dat de muziek zachter werd gezet terwijl ze naar zijn medicijnen in het kastje onder de wastafel zocht. Had hij die niet regelmatig ingenomen? Uiteindelijk vond ze een paar doosjes met pillen, maar ze kon daar niets uit afleiden omdat de dagen van de week er niet op stonden. Waardoor kon de aanval anders veroorzaakt zijn? Zijn telefoon, dacht ze. Had hij een sms gekregen? Was er iets gebeurd wat ze niet had gemerkt of wat hij haar niet had willen vertellen? Kon ze in zijn telefoon kijken? Was dat geen inbreuk op zijn persoonlijke levenssfeer? Ze was in deze situatie tenslotte zijn vriendin in plaats van een politieagent.

Olivia vond zijn telefoon in de keuken, keek ernaar en woog de voor- en nadelen tegen elkaar af. Ze kende de pincode omdat ze hem die meerdere keren had zien intoetsen en kon dus in zijn telefoon kijken. Olivia raakte het scherm aan, dat oplichtte, maar het enige wat ze zag zonder in te loggen waren een paar pushberichten.

Op dat moment kwam Mårten de keuken in. 'Hij is kalm, maar ik ben van mening dat hij hulp nodig heeft en hij stemt daarmee in.'

'Is hij nog steeds in…'

'Zijn andere persoonlijkheid? Ja. Maar hij is bereid om mee te werken. Ik heb Danderyd gebeld en ze kunnen hem opnemen.'

'Moet hij daarnaartoe? Hij haat ziekenhuizen. Daar heeft hij een enorme fobie voor. Toen hij bij mij op bezoek was kreeg hij een paniekaanval.'

'Dat geldt voor Lukas, maar ik communiceer op dit moment niet met Lukas. Ik weet dat het moeilijk is, Olivia, maar het moet. Voor zijn eigen bestwil. Heb je het telefoonnummer van zijn therapeut?'

'Nee, maar dat staat in zijn telefoon.' Olivia pakte Lukas' telefoon van de tafel.

'Kun je het voor me opzoeken?'

'Ja.'

'Mooi. Kun je het aan om haar te bellen of wil je dat ik het doe?'

'Ik bel haar wel.'

Olivia logde in op Lukas' telefoon, vond het nummer en belde naar Sanna, zijn therapeut, die beloofde om naar Danderyd te komen. Toen ze de verbinding had verbroken overlegde ze nog een tijdje met zichzelf voordat ze zijn sms'jes ophaalde. Die waren er niet, behalve de laatste die ze vandaag zelf had gestuurd. Alle andere waren gewist.

Lukas wiste zijn sms'jes nooit.

Stilton stond voor Casino Cosmopol op Abbas te wachten tot hij klaar was met werken. Hij had tegen Abbas gezegd dat hij met hem wilde afspreken. Ze liepen door de Vasagatan nadat ze langs de Burger King waren geweest toen Stilton begon over datgene wat hij met Abbas wilde bespreken. 'Ik denk dat Olivia problemen kan krijgen.'

Abbas zweeg. Deels omdat hij zijn mond vol hamburger had, een gerecht dat hij normaal gesproken meed als de pest maar dat zijn honger op dit moment stilde, en deels omdat hij wist dat er meer zou volgen.

'Ze heeft die man in de bergen doodgeschoten,' ging Stilton verder.

'Was dat die Hansson over wie je het gehad hebt?'

'Ja. Hij heeft een aantal vrienden die ik ervan verdenk dat ze erop zullen reageren. Een jongere broer van wie ik niet weet of het echt een broer is en een vent met een gezicht als een frontale botsing, het prototype van een huurmoordenaar. Het zijn zonder enige twijfel misdadigers die flink wat op hun kerfstok hebben.'

'Weten ze dat Olivia hem doodgeschoten heeft?'

'Op dit moment misschien nog niet, maar jij weet ook dat het een kleinigheid is om dat uit te zoeken.'

Ze liepen in de richting van het centraal station. Het was druk op straat, in beide richtingen, en veel mensen hadden rolkoffers bij zich.

'Denk je dat ze Olivia iets aan zullen doen?' zei Abbas. 'Ze is tenslotte een politieagente.'

'Aan de breedte van het voorhoofd van die kerels te zien houden ze er waarschijnlijk geen rekening mee wat ze is. Je kent dat infantiele geklets, oog om oog. Ja, ik denk dat ze inderdaad op het idee kunnen komen om Olivia iets aan te doen.'

'En wat gaan wij daaraan doen? Weet Olivia het?'

'Nog niet. Ze is veel te opgewonden over het onderzoek.'

'Hoe gaat het daarmee?'

'Dat vordert. De anderen concentreren zich op de bergen en Roger Hansson, de drugs en de ontrouw… maar ik heb het gevoel dat het om iets heel anders gaat.'

Omdat er op dat moment een rolkoffer over Abbas' voet reed, had hij geen tijd om te vragen waarom dat was voordat Stilton al verderging: 'Iets veel groters.'

'Waarom denk je dat?'

'Instinct. Er is te veel dat niet klopt.'

Het was moeilijk geweest, maar Lukas was inmiddels opgenomen en kreeg hulp. Zijn therapeut was nog bij hem en daar was Olivia oneindig dankbaar voor. Zelf moest ze proberen te ontspannen. Ze kon op dit moment niets meer voor hem doen. Ze leunde tegen Mårten aan terwijl ze naar de uitgang liepen. Hij was in alle opzichten een rots in de branding, zowel fysiek als psychisch.

'Wil je vannacht bij ons slapen?' vroeg hij.

'Dank je, maar ik denk dat ik naar huis ga.'

Het was verleidelijk om zijn aanbod in deze situatie aan te nemen. Om gezelschap te hebben, verzorgd te worden, maar Olivia voelde dat er grenzen waren aan hoeveel ze van Mårten en Mette kon vragen. Ze wist dat Jolene, de jongste dochter van het gezin Olsäter, op bezoek was en dat Mårten zijn avondeten voor Lukas en haar had laten staan.

Op dat moment zag ze een vertrouwde gestalte naar binnen komen.

Maria. Haar moeder.

Ze had gebeld terwijl ze in de taxi naar Danderyd zaten en had opnieuw gevraagd of ze naar Tynningö kwamen. Olivia had in eerste instantie tegen haar gesnauwd, maar had daarna verteld dat Lukas ziek was en dat ze op weg naar het ziekenhuis waren. Ze had echter niet gezegd naar welk ziekenhuis en wat er met Lukas aan de hand was. Olivia keek vragend naar Mårten, die zijn schouders ophaalde. 'Ze heeft Mette waarschijnlijk gebeld.'

Maria bracht Mårten in haar auto naar Kummelnäs en reed vervolgens met Olivia naar Lukas' appartement. Ze had gevraagd of Olivia bij haar wilde logeren, maar haar dochter had volgehouden dat ze in het appartement wilde slapen.

Toen Maria echter vroeg of ze een tijdje gezelschap wilde hebben, had Olivia tot haar eigen verbazing ja gezegd. Dat antwoord was veroorzaakt door Maria's gedrag tijdens de autorit. Ze had zich niet opgedrongen, had niet de leiding genomen en had niet geprobeerd Olivia te vertellen wat in deze situatie het beste voor haar was, maar had alleen geluisterd. Voorzichtig. Met respect. En ze had relevante vragen gesteld. Ze had haar niet behandeld als een kind, het kind in wie Olivia veel te vaak veranderde als ze bij elkaar waren. Vanavond hadden ze hun vertrouwde rollen niet aangenomen maar hadden ze elkaar als volwassenen benaderd, en daar was Olivia dankbaar voor. Misschien was dat ook de verdienste van Mårten.

Maria had niets over Lukas' problematiek geweten. Olivia had haar dat niet verteld omdat ze bang was voor vooroordelen van Maria's kant. Nu hadden Olivia en Mårten Lukas' ziekte aan haar uitgelegd. Lukas leed aan een dissociatieve identiteitsstoornis en wie daaraan lijdt heeft het gevoel dat iemand anders de controle over zijn of haar lichaam overneemt, dat hij of zij wordt losgekoppeld van het lichaam of de omgeving. De oorzaak is meestal een trauma. In Lukas' geval was de ziekte ontstaan doordat hij in zijn jeugd seksueel was misbruikt door zijn therapeut. Bepaalde gebeurtenissen kunnen een aanval van de ziekte veroorzaken, maar waarom dat juist nu het geval was, terwijl hij zo lang geen symptomen had gehad, wisten Olivia en Mårten niet.

Ze zette een grote pot thee terwijl Maria rondkeek in het appartement. Olivia vond haar moeder in de schilderkamer en gaf haar een beker thee.

'Hij heeft ongelofelijk veel talent,' zei Maria terwijl ze naar een van de schilderijen aan de muur keek. 'Hij schildert bijzonder suggestief.'

'Ja, hij is fantastisch,' antwoordde Olivia terwijl ze even naar het schilderij op de ezel keek. Daar had Lukas vandaag aan gewerkt. De dissociatieve schreeuw uit de afgrond. Ze wilde er niet naar kijken. Dat was te moeilijk. 'Laten we naar de zitkamer gaan,' zei ze.

Ze gingen op de bank zitten. Olivia leunde naar achteren, deed haar ogen dicht en voelde nu pas hoe verschrikkelijk moe ze was.

'Als je naar bed wilt moet je dat doen,' zei Maria. 'Ik ga op de bank liggen voor als er iets is.'

'Dank je wel,' zei Olivia en ze stak haar hand uit naar haar moeder, die hem met twee handen vastpakte. 'Ik hoef mijn ogen alleen een tijdje dicht te doen.'

'Heb je geen honger? Ik kan iets voor je maken als je wilt.'

'Nee, dank je, Mårten heeft me in Danderyd gedwongen een broodje te eten. Ik zit nog steeds propvol.'

Maria streelde haar hand en Olivia liet het toe. Achter haar gesloten ogen draaiden de gebeurtenissen van vandaag als in een caleidoscoop rond. Ze zag Lukas' lege blik telkens weer voor zich en moest haar ogen opendoen om het beeld niet meer te zien. Ze besefte dat ze moest proberen ervoor te zorgen dat haar hersenen ermee stopten haar te martelen met die beelden. Lukas was ziek en werd uitstekend verzorgd. Het was goed geweest om Mårten te bellen. De aanval van Lukas' ziekte was haar schuld niet. Ze moest sterk blijven, voor Lukas en voor zichzelf.

'Kun je morgen vrij nemen?' vroeg Maria.

'Nee,' antwoordde Olivia snel.

'Je moet aan jezelf denken.'

'Dat is juist wat ik doe.' Olivia trok haar hand abrupt terug, wat niet helemaal de bedoeling was, maar op dit moment reageerde de tiener binnen in haar. Het 'vertel me niet wat ik moet doen'-kind was plotseling weer verschenen. Ze had er meteen spijt van.

Maria deed alsof ze het niet had gemerkt. Ze gebruikte de daaropvolgende stilte om de haarklem opnieuw in haar haar te doen en deed dat op een manier waardoor Olivia tegen wil en dank glimlachte. Het gebaar had net zo goed van haar kunnen zijn en het resultaat ook. Zelfs bij de keurige Maria staken er een paar pieken naar buiten.

'Waar denk je aan?' vroeg Maria.

'Aan jou,' antwoordde Olivia. 'Ik ben blij dat je hier bent.'

Maria's ogen begonnen te stralen. 'En ik ben blij om hier te zijn, ook al zijn de omstandigheden treurig.'

Daarna werd het weer stil. Ze aarzelden, zoals ze altijd deden als ze over iets belangrijks wilden praten maar niet wisten waar ze moesten beginnen. Nu wachtten ze op elkaar.

'Mama,' zei Olivia uiteindelijk. 'Ik beloof dat we naar Tynningö komen als hij weer beter is. Lukas wil er heel graag naartoe.'

'Maar natuurlijk, die uitnodiging staat, maar wil jij dat wel?'

'Natuurlijk wil ik dat.'

'Is dat zo?' Nu was Maria degene die spijt had van haar snelle vraag. 'Het was niet zo bedoeld als het klonk,' zei ze, 'maar soms heb ik het gevoel dat je daar niet wilt zijn en dat ik altijd degene ben die erover zeurt dat je naar Tynningö moet komen.'

'Ik wil wel, maar...' Olivia zweeg en dacht na. Ze hield van Tynningö. Wat hield haar eigenlijk tegen? Ze had een vermoeden, maar had dat zelfs tegenover zichzelf nooit helemaal uitgesproken. Dat had ze niet gedurfd.

‘Maar wat?’ vroeg Maria.

Olivia dacht nog even na. ‘Ik vind het nog steeds lastig om op Tinningö te zijn omdat daar zoveel herinneringen aan papa naar boven komen. En ik vind het moeilijk om Thomas en jou daar samen te zien. Ik weet dat het belachelijk en kinderachtig is, maar zo is het nu eenmaal.’

Eindelijk was het hoge woord eruit. Thomas, de nieuwe echtgenoot van Maria, kreeg de schuld. Dat was onrechtvaardig, maar waar. Maria nam een slok thee om te verbergen dat Olivia’s woorden haar recht in haar hart hadden geraakt, maar ze bleef kalm. In elk geval aan de buitenkant. ‘Het is jouw vakantiehuis,’ zei ze. ‘Ik heb het alleen te leen, dat weet je.’

Dat wist Olivia heel goed. Tynningö was het eigendom van haar vader geweest en toen hij stierf had Maria het eigendomsrecht gekregen, maar Olivia zou de vakantiewoning erven.

‘Wat ik daarmee bedoel is dat je het kunt verkopen als je dat wilt.’

Tynningö verkopen? De vakantiewoning was al honderd jaar in de familie van haar vader. Dat zou niet bij Olivia opkomen.

‘Nooit van mijn leven,’ zei ze. ‘Dat wil ik helemaal niet.’

‘Wat wil je dan?’

Ja, wat wilde ze? Dat Lukas beter zou worden, dat haar vader nog leefde en dat ze de moordenaar van Kaldma vonden, het liefst morgen al. Dat zou echter allemaal niet gebeuren.

Olivia begon te huilen en Maria besefte haar vergissing. ‘Het spijt me,’ zei ze, ‘het was niet mijn bedoeling je onder druk te zetten. Vooral nu niet.’

Ze streelde Olivia’s rug, waardoor ze nog harder begon te huilen. Maar het was fijn om zich te laten gaan en zich te laten omhelzen en troosten door haar moeder, want dat was wat Maria op dit moment deed. Ze hield haar dochter in haar armen.

Zo bleven ze een hele tijd zitten.

Maria voelde Olivia’s lichaam steeds meer ontspannen naarmate ze langer huilde en begreep dat ze veel had opgekropt.

Dat was logisch. Ze had de afgelopen tijd blootgestaan aan dingen waaraan ieder ander onderdoor was gegaan. Ze was bijna gestorven, had iemand doodgeschoten en moest omgaan met de aanval van Lukas’ ziekte. Maria liet haar huilen en probeerde haar niet met woorden te troosten. Ze hield haar alleen vast en was er voor haar. Ze deed wat haar niet was gelukt toen Arne stierf, omdat ze toen veel te veel in beslag was genomen door haar eigen verdriet. Dat had jarenlang een kloof tussen hen veroorzaakt, maar nu kon ze Olivia steunen en de moeder zijn die ze wilde zijn.

Het wordt onderschat om te mogen huilen, dacht Olivia toen haar tranen eindelijk opdroogden en ze zich op de karakteristieke Olivia-manier vermande. Voor alles was een tijd. Als je was ingestort, ging je gewoon verder. Ze hief haar hoofd van Maria's schouder, veegde haar tranen weg en keek met roodomrande ogen naar haar. 'Hoe reageerde papa erop toen hij iemand doodgeschoten had?'

Maria had die vraag niet verwacht en voelde zich overrompeld. 'Waarom vraag je dat? Of liever gezegd, hoe weet je dat hij iemand doodgeschoten heeft?'

'Dat heeft Mårten verteld.'

Maria knikte en haalde diep adem. 'Ik neem aan dat je in therapie gaat voor wat er gebeurd is,' zei ze.

'Dat is me aangeboden, maar daar is niets van gekomen.'

'Olivia, je moet...'

'Misschien doe ik dat later, als ik er tijd voor heb. Ik heb er tot nu toe geen behoefte aan. Daarom vraag ik hoe papa daarop gereageerd heeft.'

Maria keek bezorgd naar Olivia.

'Niet die blik,' zei Olivia. 'Die maakt me stapelgek.'

Maria keek naar de tafel. Ze was niet van plan zich te laten provoceren door Olivia's stemmingswisselingen.

'Het was niet mijn bedoeling om prikkelbaar te zijn, mama. Ik ben gewoon nieuwsgierig.'

'En dat begrijp ik, maar jíj moet begrijpen dat ik me zorgen om je maak. Ik heb het gevoel dat je probeert weg te lopen voor alles wat er gebeurd is.'

'Het vreemde is dat het niet voelt alsof ik daarvoor wegloop. Ik voel niets.'

'Je hebt daarnet gehuild.'

'Dat was vanwege Lukas en niet omdat ik iemand doodgeschoten heb. Hoe reageerde papa?' Olivia liet zich niet afleiden en Maria besefte dat het zinloos was om te proberen over Olivia's ervaringen te praten. 'Hij heeft zich ziek gemeld.'

'Dat heeft Mårten al verteld, maar hoe voelde hij zich?'

'Vreselijk. Hij werd heel gedeprimeerd.'

'Hoe oud was ik toen?'

'Vier of vijf.'

'Ik kan me daar niets van herinneren.'

'Dat is waarschijnlijk maar goed ook. We probeerden het zo goed mogelijk voor je te verbergen.' Maria probeerde te glimlachen, maar dat lukte niet. Haar herinneringen aan die tijd waren aanzienlijk moeilijker. 'Het was een zware tijd,' zei ze, waarna ze een slok van de inmiddels koude thee nam. 'Het is moeilijk om tegen een schuldgevoel te vechten, zoals Arne deed.'

'Dat is vreemd. Ik heb geen schuldgevoel. Ik ben voornamelijk boos omdat ze mij probeerden dood te schieten.'

Maria streelde haar arm. Ze wist niet wat ze moest zeggen. Ze wilde Olivia niet vertellen dat ze veel later alsnog een reactie kon krijgen en ook niet hoe ellendig Olivia's vader zich had gevoeld. Dat hoefde ze niet te weten.

'Lukas wist zijn sms'jes nooit,' zei Olivia plotseling.

'Nee?' antwoordde Maria enigszins verward.

Ze vond het moeilijk om Olivia's gedachtegang te volgen, maar was dankbaar dat ze niet meer vragen over Arne stelde.

'Vandaag heeft hij dat wel gedaan,' ging Olivia verder. Daarna stond ze op en ging naar de badkamer. Maria bleef zitten en probeerde alles wat wel en niet was gezegd een plekje te geven. Ze had het gevoel dat Olivia op dit moment op een slap koord balanceerde. Er gebeurde veel te veel in haar leven. Hoeveel zou ze nog kunnen verdragen? Moest ze ervoor zorgen dat Olivia een tijdje vrij kreeg of bemoeide ze zich dan te veel met haar? Het was moeilijk om als ouder van een volwassen kind een grens te trekken tussen wat je wel en niet mocht zeggen en doen. Maria wist uit ervaring dat Olivia hypergevoelig was. Maria had talloze malen de verkeerde dingen op het verkeerde tijdstip gezegd en had op de verkeerde momenten gebruikgemaakt van haar gezag als ouder, met als resultaat dat ze wekenlang geen contact met elkaar hadden. Dat risico wilde Maria nu niet lopen.

Olivia kwam met haar tandenborstel in haar mond in de deuropening staan. ‘Wil je op de bank slapen?’

‘Wil jíj dat?’

‘Graag, als dat kan tenminste. Ik moet morgenochtend vroeg op, maar dat geldt voor jou toch ook?’ Ze liep weer naar de badkamer.

Maria hoorde dat ze haar mond spoelde. ‘Weet je zeker dat het verstandig is om morgen te gaan werken?’ probeerde ze opnieuw.

‘Ja. Ik moet wel en bovendien wil ik het. Ik heb afleiding nodig.’ Ze ging naar de slaapkamer en kwam terug met een kussen, een dekbed en een laken. ‘Ik ben blij dat je hier bent, mama, maar laat me nou maar.’

Dat deed Maria, ook al wist ze niet zeker of dat het beste was om te doen.

Värmdö is een miniatuurklassenmaatschappij. In Gustavsberg wonen de sociaal minder bedeelden in huurappartementen, de eigenaren van eengezinswoningen van verschillende niveaus – van rijtjeshuizen tot grote houten villa's – bevinden zich op een redelijke afstand van het centrum en de hogere kringen – met een rijkdom die afkomstig is van erfenissen, aandelen of succesvol ondernemerschap – hebben een woning aan de kuststrook.

Het machtscentrum van het Bergh-concern bij Fågelbro stond symbool voor de laatste categorie. De nestor van de familie, Aron Bergh, had in het midden van de vorige eeuw een kleine papierfabriek overgenomen. Hij had het bedrijf door middel van hard werken, onverschrokken investeringen, bekwame werknemers en de juiste nakomelingen opgebouwd. Tegenwoordig was het een wereldwijd succesvol conglomeraat, dat werd geleid door Arons oudste zoon Sven Bergh en dat zich op verschillende vormen van de energiesector richtte. Een deel van het bedrijf hield zich bezig met het exploiteren van lithiumproducten, wat niet altijd werd gewaardeerd door de milieubeweging, terwijl andere delen zich volledig concentreerden op energie-investeringen met een klimaatpositief karakter.

Die tegenstelling was geen probleem; aan alles werd geld verdiend.

Olivia had vanochtend haar huiswerk gedaan en wist dat dus allemaal toen ze op de oprit van Berghs landgoed uit de dienstauto stapte. Wat ze niet wist was dat ze midden in een familiefeest terechtkwam. Het was een ongewoon warme herfstdag en terwijl ze langzaam over de geplaveide laan naar het landhuis liep vielen de ballonnen en wimpels aan de bomen haar op. Die heeft Sven Bergh beslist niet zelf opgehangen, dacht ze. Het volgende wat haar opviel waren alle mensen die zich op de gazons, die tot aan het water liepen, bevonden en die waren omringd door in het wit geklede serveersters die bladen met glazen champagne droegen. Aan de zijkant van de grote villa stond een helikopter.

'Welkom. Wie kan ik aankondigen?' De man die haar vlak voor de grote fontein opwachtte droeg een informeel donker kostuum. Hij had een beetje zalm in één mondhoek. Waarschijnlijk is hij verantwoordelijk voor de hapjes en heeft hij geproefd, dacht Olivia. Of hij heeft er al van gegeten.

'Olivia Rönning, politie. Ik heb een afspraak met Sven Bergh.'

De man veegde het stukje zalm uit zijn mondhoek. 'Verwacht hij je?'

'Ja.'

De man knikte en liep naar de mensenmassa op de gazons. Olivia knoopte haar blauwe jack open en keek om zich heen naar de kleine beelden die nat glansden van het water in de fontein en naar het grote landhuis met zijn lange rijen zwijgende ramen. Het deed haar denken aan de zwijgende ramen in het psychiatrische ziekenhuis waar Lukas was verpleegd toen hij heel ziek was. Nu was hij weer ziek. Olivia voelde hoe moe ze was, nadat ze de afgelopen nacht nauwelijks had geslapen. Ze zou zich moeten vermannen. Ze liep naar de fontein, bukte zich en spetterde voorzichtig wat koud water in haar gezicht. Voor het eerst in een heel lange tijd had ze zich opgemaakt, voornamelijk om haar vermoeide ogen en de wallen te camoufleren.

'Olivia Rönning?'

Ze draaide zich om terwijl ze het water van haar wangen veegde. De man die met een uitgestoken hand naar haar toe liep was gebruind, wat hem goed stond, en had zijn overhemd opengeknoopt. Rond zijn hals droeg hij een smal groen leren bandje dat heel veel leek op het bandje dat Olivia een keer in Mexico had gekocht. De man had een paar grijze lokken in zijn haar, een rechte houding, een slank lichaam en een innemende glimlach.

'Sven Bergh?' zei Olivia terwijl ze hem een hand gaf.

'Zeg maar Sven. Wil je iets drinken of eten? We hebben...'

'Dat hoeft niet. Ik ben niet zo gek op hapjes.'

'Ik ook niet. Dat is alleen maagvulling. Zullen we...' Sven maakte een gebaar naar een herfstkleurig prieel dat iets verderop stond. Blijkbaar wilde hij niet dat de gasten hun gesprek konden horen. Ze liepen naar het prieel en Olivia zag vanuit haar ooghoeken dat de man met de zalm in zijn mondhoek hen nakeek.

'Fredrik Kaldma,' begon Sven toen ze in het halfdonkere prieel stonden. Ze stonden vrij dicht bij elkaar vanwege de planten en Olivia rook zijn aftershave. Lukas gebruikte nooit aftershave. Hij rook naar terpentine.

'Een vreselijke tragedie,' zei Sven. 'Schokkend. Ik heb er in de media over gelezen en ik ben... we zijn... de hele familie is er kapot van.'

Als iemand anders dit had gezegd had Olivia het als een holle frase beschouwd, maar dat was nu niet zo. Hij leek volkomen oprecht. Sven Bergh was geraakt door wat er met Kaldma was gebeurd. 'Ik heb begrepen dat jullie een nauwe band hadden,' zei ze.

'Dat klopt, zowel privé als beroepsmatig. We kenden Fredrik al sinds zijn kinderjaren en ik heb hem in de jaren negentig in het bedrijf gehaald. Hij was een toegewijde werknemer en uitermate capabel.'

Olivia haalde een opgevouwen stukje papier uit haar binnenzak. 'De tekst op dit briefje houdt verband met de verdwijning van Fredrik. Het maakt deel uit van het politieonderzoek dat in 1999 plaatsgevonden heeft: "Kaldma's superieur Sven Bergh vond hem de dagen voordat hij verdween gestrest en had het idee dat hij onder druk stond. Het is nooit duidelijk geworden waarom dat was." Was dat zo?'

'Dat hij onder druk stond voordat hij verdween?' Sven deed een stap naar achteren, waardoor hij tegen de planten aan kwam, terwijl hij tegelijkertijd naar de ingang van het prieel keek. 'Dat is nogal verouderde informatie.'

'Niet voor ons. Wij doen onderzoek naar een moord en zijn op zoek naar de moordenaar. Waarom stond hij onder druk?'

Sven hief zijn hand en trok even aan zijn kalkoenhals, waardoor de dunne huid een paar centimeter uitrekte. 'Hij had informatie gekregen en wist niet hoe hij daarmee moest omgaan.'

'Waarover?'

'Dat heeft hij niet gezegd.'

'Waar was hij bang voor?'

'Dat er mensen waren die wisten dat hij die informatie gekregen had.'

‘Had het met het bedrijf te maken?’ vroeg Olivia. ‘Met jouw bedrijf?’ Ze zag vanuit haar ooghoeken dat de zalmman met een zilveren blad in zijn hand in hun richting liep.

Sven zag het ook en ging zachter praten. ‘Kunnen we morgen met elkaar afspreken in de Operabar?’

‘Hoe laat?’

‘Lunchtijd. Eén uur?’

Olivia knikte en stopte het briefje weer weg. Terwijl ze het prieel uit liepen vroeg ze: ‘Wat vieren jullie?’

‘Mijn vaders verjaardag. Eigenlijk haat hij dit, maar tradities zijn belangrijk in deze familie.’ Sven was opnieuw zachter gaan praten, misschien omdat er een oude man met een slank kristallen glas in zijn hand naar hen toe kwam. Nog voordat hij zich voorstelde besefte Olivia wie het was. Zijn zoon had de scherpe contouren van zijn gezicht en het kuiltje in zijn kin van hem geërfd.

‘Aron Bergh,’ zei de man terwijl hij zijn hand uitstak.

Olivia schudde hem en voelde hoe stevig zijn greep was. ‘Olivia Rönning.’

‘Ik zal je tijd niet in beslag nemen,’ zei Aron met een donkere, melodieuze stem. ‘Ik hoorde dat je hiernaartoe zou komen en wil je veel succes wensen met de jacht op Fredriks moordenaar. Ik hoop vurig dat jullie hem te pakken krijgen. Fredrik betekende veel voor me. Ik was zijn peetvader.’ Bergh senior maakte een lichte buiging en liep verder naar de fontein.

Stilton liep met een plastic tas in zijn hand over de kade. Hij was naar de bouwmarkt geweest en had spullen gekocht om de aak op te knappen. Hij wilde de onheilspellende roestplekken op de reling aanpakken en de afbladderende verf op het voordek wegkrabben, wat steeds terugkerende klussen waren. Hij had met Luna besproken wat ze met de aak zouden doen. De boot was van Luna en er rustte geen hypotheek op, dat was het niet, maar een boot van deze omvang moest onderhouden worden. Ze hadden overlegd of ze hem zouden verhuren aan iemand die het onderhoud op zich zou nemen, maar hadden daar nog geen beslissing over genomen. Op een bepaald moment had Luna voorgesteld om de aak te verkopen, maar daar had Stilton zich tegen verzet. Als ze de aak verkocht, dan knipte ze de laatste band met Zweden door en zouden ze in Thailand blijven. Zelf had hij zijn onroerend goed op Rödlöga nog, maar dat trok Luna niet aan. De aak was een gemeenschappelijk punt voor beiden.

Hij wilde dat punt houden.

Stilton haalde een krabber uit de tas en begon de afbladderende verf op het dek weg te krabben. Het was een vermoeiende klus en hij kreeg al snel last van zijn rug en knieën. Toen zijn telefoon overging was hij dankbaar voor de onderbreking. 'Stilton.'

'Je hebt bezoek,' zei een mannenstem.

De verbinding werd verbroken. Stilton keek eerst op zijn telefoon en vervolgens naar de lege kade. Toen hij zijn telefoon in zijn zak stopte zag hij iets wat hem niet was opgevallen toen hij de ladder op was geklommen: de deur naar de salon stond op een kier. Hij stond op, liep naar de deur, duwde die open en zag dat het licht in de salon brandde. Vervolgens liep hij de trap met twee treden tegelijk af.

'Tom Stilton,' zei Leopold Hansson. Hij droeg een donkere pet en zat in het midden van de vaste bank in de salon. Op de tafel voor hem lagen een paar speelkaarten. De rest van het spel had hij in zijn hand. 'Ik heb dit spel in een doosje gevonden,' zei hij. 'Ik ben gek op patience.'

Stilton nam de situatie in zich op. De man met de baard die door Leopold 'zusje' werd genoemd stond bij een van de schotten en zijn op een huurmoordenaar lijkende kameraad stond bij de deur naar de kombuis. Drie mannen die vermoedelijk allemaal bewapend waren.

Hij was in het nadeel.

'Wat doe je hier?' zei hij tegen de man op de bank.

Leopold legde het spel kaarten op de tafel. 'Mijn broer Roger is onlangs doodgeschoten. Weet je dat?'

'Ja.'

'Door een politieagent. Weet je wie dat geweest is?'

'Nee. Waarom wil je dat weten?'

'Omdat Roger alle klappen voor me opgevangen heeft terwijl we opgroeiden.' Leopold pakte het spel weer en legde een kaart op tafel. 'Hij was mijn schild en nu is hij doodgeschoten. Door wie? Een schaduw? Dat is niet voldoende. Ik wil de naam en het gezicht van degene die mijn broer vermoord heeft weten. Dat is toch niet zo vreemd?'

Stilton gaf geen antwoord. Hij probeerde alle drie de mannen in de gaten te houden.

'Je bent bij me langsgekomen omdat je met Roger wilde praten,' zei Leopold zonder van de kaarten op te kijken. 'Toen was hij al dood. Waarom wilde je hem spreken?'

'Hij verkocht in de jaren negentig drugs aan een aantal personen die betrokken zijn bij een moordonderzoek.'

'Ik dacht dat je niet meer bij de politie werkte.' Leopold legde het spel kaarten neer en stond op. Het viel Stilton nu pas op dat hij minstens een hoofd kleiner was dan zijn handlangers. Leopold deed een paar stappen in de richting van de trap en keek naar Stilton: 'Ik weet dat jij weet wie mijn broer doodgeschoten heeft. Je weet ook dat ik erachter kom wie dat is, met of zonder jouw hulp.' Hij maakte een gebaar naar zijn handlangers dat ze naar het dek moesten gaan. Zelf bleef hij na een paar traptreden staan, draaide zich om en keek in de salon rond. 'Woon je hier?' vroeg hij aan Stilton.

'Ja.'

'Heb je brandmelders?'

Stilton glimlachte en keek Leopold na. Daarna ging hij op de vaste bank zitten en keek naar het patiencespel. Ik had gelijk, dacht hij.

Olivia kan een probleem hebben.

Toen Olivia Lukas' kamer in kwam zat hij met zijn hoofd gebogen op het bed. Toen hij naar haar keek constateerde Olivia dat hij zichzelf weer was, ongelukkig en beslist volgestopt met medicijnen, maar hij was terug. 'Hoe is het met je?' vroeg ze voorzichtig.

'Slecht.'

Ze had het gevoel dat haar hart zou exploderen. Nog maar een paar dagen geleden was hij zo gelukkig geweest en had hij vanaf een magnoliaboom naar haar geroepen dat hij van haar hield. Hij had zoveel kracht gehad en nu zat hij als een gebroken scherf in een veel te grote ziekenhuispyjama op het bed. Ze liep naar hem toe, ging naast hem zitten en legde haar hand op de zijne.

'Het spijt me,' zei hij.

'Wat spijt je?'

Hij speelde met haar vingers. 'Wat ik je aandoe.'

'Daar kun je niets aan doen.'

'Ik dacht dat het over was. Dat jouw... onze liefde ervoor had gezorgd dat het verdwenen was, maar ik ben gewoon verloren.'

'Dat ben je absoluut niet.'

Lukas keek naar haar op. Olivia wilde hem zoveel vragen. Of er iets bijzonders was gebeurd, waarom het juist nu had plaatsgevonden, of hij was vergeten zijn medicijnen in te nemen, waarom hij zijn sms'jes had gewist.

Dat durfde ze echter niet.

Ze voelde dat het te vroeg was en was bang dat ze een nieuwe identiteitswisseling zou veroorzaken als hij zich in het nauw gedreven voelde. In plaats daarvan kuste ze een traan van zijn wang en glimlachte naar hem. 'Je begrijpt er niets van,' zei ze. 'Je bent de meest fantastische mens op aarde en vecht tegen een ziekte.'

Lukas keek naar zijn handen en verstrengelde ze in die van haar. 'Weet je wat "dissociatief" betekent?' vroeg hij.

'Niet precies.'

'Dat wil zeggen dat je los van jezelf komt te staan.' Lukas trok zijn hand terug. 'Dat is wat mijn ziekte doet,' ging hij verder. 'Die maakt kapot wat belangrijk is en dat is verdomd onrechtvaardig.'

Olivia haalde diep adem. Wat kon ze zeggen? Ze moest proberen hem kracht te geven zonder iets verkeerds te zeggen. Ze moest ervoor zorgen dat hij vocht. 'Ja, dat is onrechtvaardig, maar tussen ons is niets veranderd.'

Ze pakte zijn hand en schoof haar vingers tussen die van hem. Lukas draaide zijn hoofd weg, maar Olivia duwde zijn hoofd met haar andere hand terug en keek recht in zijn ogen. 'Lukas, je moet begrijpen dat ik er voor je ben. Je ziekte is niet dodelijk, ook al is die verschrikkelijk. Je moet me helpen ertegen te vechten... en dat doe je niet door medelijden met jezelf te hebben.'

Er ging een schok door Olivia heen toen ze het laatste zei. Ze wist niet of ze te ver was gegaan, wist niet wat hielp en wat averechts werkte. Ze wist niet wat er in Lukas' hoofd omging en kon zich er ook geen voorstelling van maken, omdat ze zoiets zelf nooit had meegemaakt.

'Ik wil gewoon dat je beter wordt,' zei ze. Ze pakte zijn hand, legde die voorzichtig tegen haar wang en leunde met haar hoofd tegen zijn handpalm. Misschien zou fysiek contact hem helpen om zich alle mooie momenten tussen hen te herinneren.

Hij verplaatste zijn hand niet, maar ze zag de wanhoop in zijn blik, en vlak daarna werden zijn ogen zwart. 'Ik word hier niet beter. Dat weet je.'

Lukas maakte zich abrupt van haar los en stond op. 'Waarom hebben jullie me hiernaartoe gebracht?' snauwde hij tegen haar. 'Waarom kon ik niet thuisblijven?'

Olivia was geschokt door de snelle stemmingswisseling. 'Je was het ermee eens,' zei ze. 'Je hebt met Mårten gepraat en begreep het.'

'Je weet dat ik dat niet was. Ik haat deze omgeving. Die vermoordt me, ik rot vanbinnen weg, snap je dat niet?' Hij sloeg zo hard met zijn hand tegen de muur dat Olivia schrok, waarna hij zich naar haar omdraaide. Ze zag dat zijn ogen nog steeds zwart waren en las de paniek erin. 'Ik moet weg van deze verdomde plek!'

Hij hief zijn hand weer en zocht iets nieuws om tegenaan te slaan, bij wijze van uitlaatklep voor de pijn die hij voelde.

Op dat moment schakelden Olivia's hersenen om van vriendin naar politieagent. Een professional die een situatie die uit de hand kon lopen moest kalmeren. Ze was bliksemsnel bij Lukas, pakte hem stevig vast, duwde hem weer op het bed en hield hem met haar gewicht naar beneden.

'Wat doe je?' zei hij. 'Laat me los.'

'Als je weer kalm bent.'

Ze bleef hem stevig vasthouden. Ze was niet van plan om hem zichzelf te laten verwonden en hield hem vast tot hij uit de klauwen van de paniek was bevrijd. Uiteindelijk ontspande zijn lichaam en hoefde ze hem niet meer zo stevig vast te houden. Zijn hoofd lag tegen haar borstkas en ze voelde dat haar shirt nat werd van zijn tranen.

'Ik hou van je,' zei ze. 'Het is belangrijk dat je dat weet. Ik zal er alles aan doen om ervoor te zorgen dat je zo snel mogelijk weer naar huis kunt, maar dan moet je me helpen.'

Op dat moment zoemde haar telefoon. Ze maakte geen aanstalten om hem te pakken, hield haar armen om Lukas heen geslagen en leunde met haar hoofd tegen dat van hem.

'Neem maar op,' zei hij. 'Ik ben weer kalm.'

Ze haalde één arm terug en pakte haar telefoon uit haar zak. Ze zag dat het Tom was en nam op. 'Ja?'

'Stoor ik?'

'Eigenlijk wel. Kan ik je over een minuut terugbellen?'

'Jazeker, maar je moet weten dat het belangrijk is.'

'Wat is er dan?'

'Ik denk dat je een probleem kunt krijgen,' zei Stilton.

*Kunt krijgen*? dacht Olivia. Ze zag dat Lukas langzaam op het bed ging liggen en ging bij de deur staan zodat hij Stiltons stem niet zou horen. 'Wat voor probleem?' vroeg ze.

'Met de mensen rond Roger Hansson. Wil je me nog steeds over een minuut bellen?'

Olivia keek weer naar Lukas. Hij pakte een plastic bekertje van het nachtkastje naast het bed en slikte de pil die erin zat met een slok water door.

'Nee, maar wacht even,' zei ze tegen Stilton. Ze hield haar hand voor de microfoon terwijl ze naar Lukas keek. 'Wat heb je geslikt?'

'Gewoon een kalmeringsmiddel. Het is weer goed met me.'

'Ik maak het gesprek af en dan kom ik terug.'

'Doe dat, ik beloof dat ik niet zal verdwijnen.'

Ze glimlachte naar hem en glipte de deur uit. 'Wat bedoel je met de mensen rond Hansson?' vroeg ze toen ze in de gang stond en de telefoon weer bij haar oor hield. 'Waarom denk je dat?'

'Ik heb ze gesproken. Een van hen, Leopold, is de jongere broer van Roger. Ik denk dat hij en zijn handlangers op dit moment woedend zijn.'

'Denk je dat of weet je dat?'

'Ze waren daarnet op de aak en wilden weten wie Roger doodgeschoten heeft. Ze weten dat ik het niet was, maar het zal niet bijzonder moeilijk voor ze zijn om uit te zoeken wie het wel was.'

Een verpleegkundige liep met een blad waarop een bord eten stond door de gang. De geur van aardappelpuree en gebraden gehakt bereikte Olivia's neus en ze zag een paar doperwten over het bord rollen. De verpleegkundige bleef voor Lukas' deur staan, klopte aan en ging naar binnen.

'En dan? Wat gebeurt er dan?' vroeg ze.

'Dat kan problemen veroorzaken.'
'Beschouwde je het als een bedreiging?'
'Ja.'
'Oké,' constateerde Olivia droog.
Ze hoorde dat Stilton diep ademhaalde. 'Oké?' zei hij uiteindelijk. 'Is dat het enige? Je klinkt merkwaardig kalm.'
'Ik ben eerder bedreigd.'
'Dat weet ik, dat zijn we allemaal, maar deze kerels schrikken niet terug voor geweld, dat is duidelijk. Als ze op het idee komen om Roger te wreken is dat heel ernstig.'
'Dus? Wat wil je dat ik doe? Over mijn schouder kijken als ik naar huis ga?'
'Je woont toch niet thuis?'
'Ik logeer bij Lukas.'
'Mooi. Blijf dat een tijdje doen. Later.' Hij verbrak de verbinding voordat Olivia nog iets kon zeggen.

Stilton zat met zijn telefoon in zijn hand in de salon en dacht na. Hij maakte zich zorgen, ook al leek Olivia dat niet te doen. Hij zou haar graag een beetje beter in de gaten willen houden, maar wist dat ze daar niet mee zou instemmen.

Toen Olivia het donkere, lege appartement in liep voelde ze zich plotseling verschrikkelijk alleen, hoewel ze wist dat ze heel veel mensen om zich heen had die om haar gaven. Stilton, die zich zorgen maakte. Mette en Mårten, die haar allebei hadden ge-sms't om te vragen hoe het met Lukas ging. En Maria, die had aangeboden om nog een nacht bij haar te slapen; ze had tegen haar gezegd dat ze alleen wilde zijn.
Ze zette haar tas op de vloer, deed de plafondlamp aan en bukte zich om de veters van haar Dr. Martens-schoenen los te maken. Op dat moment zag ze het papiertje dat enigszins verkreukeld schuin onder de brievenbus lag. Het zag eruit alsof het van een blocnote was gescheurd en er was iets op geschreven.
Zoals haar bij de politie was geleerd, trok ze eerst een handschoen aan voordat ze het voorzichtig aan de rand oppakte. Het kon tenslotte een bedreiging van iemand uit Roger Hanssons vriendenkring zijn.

Dat was het niet. Het was veel erger, vond Olivia nadat ze het had gelezen.

*Je kunt jezelf onbereikbaar voor me houden, maar je kunt nooit ontsnappen aan onze liefde. Ik vind je altijd als je verdwaalt. En dat weet je. S.*

Olivia ging op de vloer zitten. Dit was precies wat ze op dit moment niet nodig had. Ze was er volkomen van overtuigd dat S de vrouw met de baret was en het was heel duidelijk dat ze geïnteresseerd was in Lukas, maar wat was Lukas' aandeel hierin? Was hij onschuldig? Dat had hij tegen Olivia beweerd, maar was er tijdens de afterparty na zijn expositie iets tussen hen gebeurd? Hij was tenslotte de volgende ochtend pas thuisgekomen. Misschien ontmoetten ze elkaar in het geheim? Kon ze Lukas vertrouwen? Een stemmetje binnen in haar schreeuwde *Ja* en daar wilde ze naar luisteren, maar er was heel veel waardoor dat moeilijk was. Alle keren dat zijn telefoon plingde. De sms met het hartje. De sms'jes die hij had gewist. Haar eigen smeulende jaloezie.

Olivia leunde met haar hoofd tegen de muur. Het ergste was nog dat ze Lukas er niet naar kon vragen, in elk geval niet in de huidige situatie. Dus wat kon ze doen? Ze probeerde haar gedachten te ordenen om niet in te storten. Wat kon ze heel concreet aan haar situatie doen? Doorgaan natuurlijk. Rationeel nadenken. Er niet tot vervelens toe over blijven piekeren. Geen medelijden met zichzelf hebben. Dat leidde nergens toe. De volledige naam van S achterhalen en uitzoeken wie ze was. Dat kon ze doen en dat zou ze ook doen, maar vanavond niet. Vanavond was ze alleen in staat om voor zichzelf te zorgen en ze had honger, dus strikte ze de veter die ze net had losgemaakt weer, stond op en ging naar buiten.

Ze belandde bij Shanti, een Indisch restaurant in de Katarina Bangata, waar het zoals gewoonlijk tjokvol was, maar waar nog een plekje vrij was voor de eenzame Olivia. Ze bestelde een *palak paneer* en een Kingfisher. Ze vond dat ze het had verdiend om in elk geval één biertje te drinken.

Het was warm en lawaaiig in het restaurant. Vreemd genoeg voelde ze zich minder eenzaam door alle mensen om haar heen die het gezellig met elkaar hadden. Ze luisterde het gesprek naast haar af terwijl ze at. Het was een goede manier om haar gedachten naar de achtergrond te verdringen. Ze probeerde erachter te komen wat het stel voor relatie met elkaar had en vermoedde al snel dat het een eerste date was, omdat het gesprek een beetje aarzelend verliep en ze elkaar van alles vroegen. Toen ze het over Tinder hadden besefte ze dat ze helemaal gelijk had. Olivia had het gevoel dat ze niet bij elkaar pasten. Ze hoorde dat het gesprek stokte en leed met het stel mee toen ze beiden krampachtig hun telefoon pakten alsof het een reddingslijn was om niet meer te hoeven praten. Wat was het heerlijk dat zij niet meer hoefde te daten. Ondanks alle ellende had ze Lukas. Zo voelde het in elk geval nu het bier haar een beetje doezelig had gemaakt en ze dat ellendige briefje uit haar hoofd probeerde te zetten.

'Hallo meisje!'

Olivia keek op. Minken stond voor haar met een plastic tas in zijn hand. Hij had geen pet op, droeg geen jas, en zijn armen trilden een beetje. Ze zag dat de serveersters naar hem keken.

'Jezus, wat is er met je aan de hand?' vroeg hij. 'Waarom zie je er zo verslagen uit?'

Is dat zo? dacht ze. Is het zo duidelijk aan me te zien? 'Hallo. Wil je een biertje?'

'Nee, maar misschien kunnen we een stukje gaan lopen.'

'Waarom dat?'

'Om ongestoord te kunnen praten.' Minken gebaarde met zijn hand naar de mensen om hen heen. Olivia dronk haar flesje bier leeg en stond op terwijl ze tegelijkertijd nadacht over zijn merkwaardige vermogen om altijd te weten waar iemand was als hij diegene wilde spreken. Als ze het hem zou vragen, kreeg ze beslist een lange verklaring over hoe sommige mensen met een zesde zintuig werden geboren, hoewel hij 'zevende' zou zeggen.

Ze liepen de Katarina Bangata op. Het was donker en er waren niet veel mensen op straat. Minken knikte naar links en begon te lopen. Olivia haalde hem in en ging naast hem lopen. Op het moment dat ze wilde vragen wat hij wilde, zei hij zachtjes: 'Ik heb gehoord dat jij Drugs neergeknald hebt.'

Ze ging langzamer lopen. 'Van wie heb je dat gehoord?'

'Een vogeltje heeft dat in mijn oor gepist.'

'Serieus, Minken, wie heeft dat verteld?'

'Sorry… je hebt toch weleens gehoord van tipgeverbescherming?'

Hij zwaaide met de tas langs zijn dijbeen. Olivia begon boos te worden, tot ze bedacht dat hij zichzelf beschouwde als de man die alles kon regelen, hoewel dat absoluut niet zo was. Ze slikte en liep achter hem aan. 'Waar wil je over praten?' vroeg ze toen ze hem had ingehaald.

'Laten we op die bank gaan zitten.'

De bank stond midden op het Nytorget en was leeg. Minken ging zitten en legde de plastic tas op zijn schoot. Olivia aarzelde voordat ze naast hem ging zitten. De duisternis omringde hen en een stukje verderop knerpte het grind onder de schoenen van een gespierde bewaker. Toen het geluid was weggestorven, werd het stil. Minken probeerde het moment te rekken, hij had absoluut theatraal talent. Uiteindelijk zag hij aan Olivia dat ze er genoeg van begon te krijgen.

'Jij bent degene die het onderzoek leidt,' zei hij terwijl hij zich een stukje naar haar toe boog.

'Dat klopt.'

'Het is als volgt, ik was onlangs naar Valla gegaan, je weet dat ik een geboren winnaar ben. Ik had een paar kronen ingezet op een paard in de derde race en…'

'Minken, kom ter zake.'

'Oké, sorry, maar vind je het echt nodig om zo'n toon tegen me aan te slaan?'

'Wat wil je?'

'Ik kan weggaan als je iets beters te doen hebt.'

Olivia kreunde, maar besefte al snel dat ze was vergeten dat Leif Minqvist behandeld moest worden met het respect waarvan hij zelf vond dat hij dat verdiende, als evenwichtskunstenaar en tipgever. Dus vroeg ze zo onderdanig als ze kon opbrengen: 'Heeft het met het onderzoek te maken?'

'Het is aan jou om dat te bepalen.'

'Dat is moeilijk zolang ik niet weet waarover het gaat.'

'Het gaat over Roger Hansson… de vent die je neergeknald hebt.'

Olivia schoof een stukje opzij, voornamelijk vanwege Minkens adem maar ook als reactie op wat hij had gezegd. 'Oké. Vertel.'

Hij ging rechtop zitten, waardoor de tas op zijn schoot ritselde.

Olivia vroeg zich af wat hij erin had zitten. Het stoffelijk overschot van Roger Hansson?

'Goed, zoals ik al vertelde voordat ik onderbroken werd, was ik in Valla. Ik dronk een biertje met Skånska Lasse en het gesprek kwam op Roger. Roger wedde graag op paarden en kwam daar vrij vaak, en tijdens het tweede biertje vertelde Lasse dat hij Roger een paar dagen voordat jullie in de bergen op elkaar schoten bij een raamtafeltje in het restaurant had gezien. Lasse had een paar tafeltjes verderop gezeten en wilde net naar hem toe gaan om een praatje met hem te maken toen er een vrouw binnenkwam die aan Rogers tafeltje ging zitten.'

'Hoe zag ze eruit? Heeft hij dat verteld?' vroeg ze meteen.

'Ze droeg een leren jack, had donker haar en had een grote zonnebril op. Het was avond, dus die bril leek een beetje… je weet wel… interessantdoenerij.'

'Hoorde hij welke taal ze spraken?'

'Taal? Geen idee, hij zat zoals ik al vertelde een stukje verderop. Waarom vraag je wat voor taal ze spraken?'

Olivia dacht na. Ze wilde niet te veel loslaten, vooral niet aan een man die zijn moeder nog zou verkopen. 'Denk je dat die Skånska Lasse haar zou herkennen?'

'Ik weet het niet, Lasse is soms heel verstrooid, als je begrijpt wat ik bedoel, maar hij was volkomen zeker over die vrouw.'

Olivia keek naar het grind. Hansson praat op Solvalla met een donkerharige vrouw die een zonnebril draagt en duikt een paar dagen later in de bergen boven Arjeplog op. Met een vrouw. Zou het dezelfde geweest zijn?

'Hallo Leffe! Heb je nog iets over?'

Olivia keek op. Een spichtige man in een spijkerjack en met een dunne snor slenterde langs de bank.

'Nee,' antwoordde Minken.

'Leffe?' vroeg ze.

'Een inside joke. Wat denk je?'

'Waarover?'

'De info van Lasse. Kan dat iets zijn?'

'Dat weet ik nog niet. Wil je geld hebben?'

'Altijd.'

Ze knikte. Waarom zou Minken gratis werken? Hoewel, werken,

het was eerder informatie verstrekken. 'Ik heb geen contant geld bij me,' zei ze.
'Ik stuur je wel een betaalverzoek.'
Olivia begon te lachen en Minken deed mee.
'Ik maak maar een grapje,' zei hij. 'Ik doe dit voor jou. Tom heeft me verteld wat je in de bergen meegemaakt hebt. Jezus, dat was echt kantje boord.'
'Ja.'
Ze keken elkaar aan en Olivia moest aan de andere kant van Minken denken. De kant die voor gewonde vrienden zorgde en opkwam voor mishandelde vrouwen, dus toen hij een hand op haar arm legde vond ze dat niet erg.
Zolang die daar bleef.
'Hangen er camera's in dat restaurant?' vroeg ze om hem af te leiden van het intieme gebaar.
'Ik denk het wel. Wil je dat ik dat uitzoek? Ik kan het googelen.' Hij haalde zijn telefoon tevoorschijn.
'Dat hoeft niet. Dat regelen wij wel.'
'Wat wil je van die vrouw?'
'Ik wil weten wie het is. Had Hansson trouwens een partner? Ik weet dat hij niet getrouwd was, maar woonde hij samen met iemand?'
'Vroeger kreeg hij een relatie met iedere vrouw die op zijn pad kwam, maar ik weet niet hoe dat later was. Ik denk eigenlijk dat hij heel veel avonden alleen sliep.'
'Misschien kun je een beetje navraag doen. Ken je zijn jongere broer?'
'Leopold? Ik weet wie dat is, een onaangename kerel.'
'Op welke manier?'
'Ach, je weet wel... te dikke wapens, te dikke auto's, te dikke alles, een type dat een levend konijn op de barbecue gooit. Ben je met hem in contact geweest?'
'Nee.'
'Mooi. Hij is blijkbaar pisnijdig.'
Olivia knikte en keek naar de Renstiernas gata. Auto's gingen aan de kant en een ambulance scheurde langs in de duisternis. Lukas, dacht ze en ze zakte een stukje in elkaar.
'Nu kijk je weer zo verslagen,' zei Minken.

De Operabar ligt bij het park Kungsträdgården, op een steenworp afstand van het beeld van Karl XII. Het is een bekende plek voor mensen die gezien willen worden. Sven Bergh had een afgescheiden tafeltje tegenover de bar gereserveerd. Hij zat al toen Olivia binnenkwam. Ze was hier nog nooit geweest en bleef in de deuropening staan om de bar in zich op te nemen. Die was klein, heel mooi en bomvol. Sven zag haar en stond op. Hij droeg een informeel, soepel, lichtgeel kostuum dat op de juiste plekken strak zat. Waarschijnlijk was het op maat gemaakt.

'Hallo,' zei hij.

Olivia knikte en liep naar hem toe. Het geluidsniveau was hoog, aan een paar tafels hadden de gasten flink gedronken en ze wedijverden met elkaar wie het hardst kon praten.

'Het spijt me,' zei Sven. 'Het is hier nogal lawaaiig, daar had ik aan moeten denken. Misschien moeten we een rustiger plek zoeken?'

'Ik denk dat dat inderdaad beter is.'

'Mijn auto? Die staat voor de deur.'

'Dat is prima.' Olivia draaide zich om.

'Vind je omelet met champignons lekker?' vroeg Sven.

'Jazeker.'

Sven liep naar de bar en Olivia ging naar buiten.

Recht voor de deur, op het Jakobs torg, stond een grote zwarte BMW met getinte ramen geparkeerd. Achter het stuur zat een man die donkere kleding droeg. Olivia wist niet zeker of dit Svens auto was en bleef staan wachten. Het motregende.

'Ga mee,' zei Sven. Hij liep naar de auto, opende het voorportier en boog zich naar binnen. Olivia hoorde niet wat hij zei, maar ze zag dat de in het donker geklede chauffeur aan de andere kant van de auto uitstapte en een paraplu opende.

‘Ga je gang.’ Sven hield het achterportier open en Olivia stapte in, waarna Sven om de auto heen liep en aan de andere kant instapte. De zwartleren achterbank was breed en comfortabel, en er was voldoende beenruimte.

‘Heb jij een auto?’ vroeg Sven terwijl hij het portier dichttrok.

‘Ik had een Mustang, die ik afgelopen voorjaar verkocht heb.’

‘Mooie auto’s.’

‘Ja, maar duur in gebruik.’

‘Vooral in deze tijd van elektrische auto’s,’ zei Sven. Hij vertrok zijn mond even, trok zijn stropdas iets losser en opende een paar knoopjes van zijn grijze overhemd.

Olivia zag het groene leren bandje rond zijn hals. ‘Mag ik iets vragen?’ zei ze. ‘Waar heb je dat leren halsbandje gekocht?’

‘Hoort dat bij het onderzoek?’

‘Nee, ik wil alleen...’

‘Ik maak een grapje. Dat heb ik lang geleden in Mexico gekocht. Waarom vraag je dat?’

‘Ik heb er een die daarop lijkt.’

‘Heb je dat ook in Mexico gekocht?’

‘Ja.’

‘Dat toont maar weer eens aan hoe klein de wereld is. Wat deed je in Mexico?’

Ze hadden een afspraak gemaakt om over Fredrik Kaldma te praten in plaats van Mexico en toch voelde Olivia zich niet gehaast. ‘Mijn moeder komt daarvandaan,’ zei ze.

‘O ja? Dat is aan je ogen te zien. Die zijn heel mooi,’ zei Sven met een glimlach.

Ze zaten achter getinte ramen op de achterbank van zijn auto, maar Olivia beschouwde het uitsluitend als een compliment. ‘Bedankt,’ zei ze. ‘Wat heb jij in Mexico gedaan?’

‘Ik ben bij vrienden op bezoek geweest en ben met ze omgegaan op een manier zoals je dat in Zweden in die tijd niet openlijk kon doen.’

Olivia knikte. Op dat moment werd er naast Sven op het raam geklopt en hij opende het. Een ober had twee borden met zilveren stolpen in zijn handen. Sven pakte ze aan. ‘Dank je wel. Het spijt me dat we zo lastig zijn.’

De ober maakte een lichte buiging en verdween. Sven gaf Olivia een van de borden en ze tilde de stolp op. Het was een omelet met champignons. Naast de omelet lag bestek.

'Het ruikt heerlijk,' zei Olivia.

'De geur is de halve belevenis,' zei Sven terwijl hij het aroma met gesloten ogen opsnoof.

Toen hij ze weer opendeed had Olivia de eerste hap al genomen.

'Fredrik had bijzonder gevoelige informatie gekregen,' zei Sven plotseling zonder naar Olivia te kijken.

Ze had graag nog een tijdje op een persoonlijk niveau met hem gepraat, maar daarom zaten ze hier niet, dus ging ze erin mee. 'Waarover?'

'Dat zei hij niet omdat hij mij er niet bij wilde betrekken, maar hij stond duidelijk onder druk.'

'Hoe had hij die informatie gekregen?'

'Hij had een Spanjaard ontmoet die dingen aan hem had verteld die blijkbaar schokkend waren.'

'Maar je weet niet waarover het ging?'

'Nee, helaas niet.'

'Waar kwam die Spanjaard vandaan?' vroeg Olivia.

'Hij werkte bij ETG. Weet je wat dat is?'

'Een Spaans bedrijf. Ik heb de naam weleens gehoord.'

'Dat is een bescheiden omschrijving. España Transporte Global is een concern dat op gelijke voet staat met ons bedrijf. Hun rederij is een van de grootste ter wereld binnen het containervervoer.'

'Waarom heeft die Spanjaard juist contact met Fredrik opgenomen?'

'Hij was de Europese directeur van GER en had eerder dat jaar gevoelige informatie over ETG gekregen.'

'Wat behelsde die informatie?'

'Ze hadden op een illegale manier afval verwerkt,' zei Sven. 'Helaas was hij een beetje te enthousiast en dat veroorzaakte problemen.'

'Op welke manier?'

'Hij kon niet bewijzen wat hij beweerde en wij moesten een heel kostbare schikking treffen om niet voor de rechter gedaagd te worden. Dat was geen goed gevoel.'

Olivia verbaasde zich erover dat die informatie niet in het oude onderzoek stond. 'Was dit algemeen bekend?' vroeg ze.

'Nee. Het treffen van de schikking vond achter gesloten deuren plaats… Hoe is je omelet?'

'Lekker. Die Spanjaard kan dus een soort klokkenluider geweest zijn?'

'Dat is mogelijk.'

'En hij had informatie die betrekking had op ETG?'

'Dat lijkt aannemelijk.'

'En je hebt nooit ontdekt waarover het ging?'

'Nee, Fredrik verdween immers.'

'Hij is vermoord. En je weet de naam van de Spanjaard ook niet?'

'Nee,' antwoordde Sven.

'Wanneer vertelde Fredrik dit aan je?'

'Twee dagen voordat hij verdween.'

'Weet je of hij documenten van deze klokkenluider gekregen heeft?'

'Dat denk ik niet. Daar heeft hij in elk geval niets over gezegd.'

Olivia slikte een hap omelet door en keek door de voorruit. De chauffeur stond onder zijn paraplu voor de auto te roken. De blauwe rook kringelde omhoog. 'Kan hij het aan zijn vrouw verteld hebben?' vroeg ze. 'Aan Anette?'

'Dat zul je haar moeten vragen.'

Olivia knikte en keek naar Sven. 'Waarom heb je dit in 1999 niet verteld?'

'Omdat Fredrik verdween en misschien ontvoerd was. Als ik het me goed herinner kregen we een losgeldbrief en ik wilde het risico niet lopen dat hij vermoord zou worden. Ik wist tenslotte niet waar hij was en met wie. Dat was natuurlijk dom, maar op dat moment voelde het als het juiste om te doen.' Hij draaide zijn hoofd naar het zijraam en keek naar buiten. 'Het is zo verdrietig… zo'n verspilling…' zei hij zachtjes.

Olivia legde haar bestek neer en zweeg. Ze voelde dat hij meer zou vertellen.

'Fredrik had een ongelofelijke, oprechte betrokkenheid bij milieukwesties. Hij zette zich daarvoor in en leed onder de globale ontwikkelingen. Zijn inzet voor GER was innovatief, gewaagd en op veel manieren baanbrekend. Hij had zoveel kunnen bereiken en ineens was hij verdwenen. Dat is tragisch.'

Olivia knikte. 'Ik heb naar zijn zomerprogramma geluisterd,' vertelde ze. 'Hij was heel overtuigend. Ik kan me voorstellen dat je hem mist.'

'Niet alleen ik, maar de hele familie. Hij was min of meer een lid van onze familie.'

'Hij was van Samische afkomst, nietwaar?'

'Ja, van moederskant. Het was een familie die achtervolgd werd door rampspoed. Zijn opa Juhan Ruong is door een lawine om het leven gekomen en zijn moeder kwam samen met zijn vader om tijdens het drama met de Estonia… en vervolgens werd hij vermoord.'

'Hoe komt het dat je vader de peetvader van Fredrik is?'

'Hij was ooit goed bevriend met Fredriks opa. Toen Juhan verongelukt was, heeft hij de familie jarenlang op financieel gebied geholpen. Fredriks moeder was kind aan huis bij ons voordat ze trouwde. Ze heeft Aron gevraagd of hij Fredriks peetvader wilde worden.' Sven keek door het zijraam naar de Operabar. De regen was afgenomen.

'Wat vind je van Anette?' vroeg Olivia. De vraag was ineens in haar hoofd opgekomen en ze stelde hem zonder dat er een diepere betekenis achter zat.

'Ze is een goede actrice.'

Het was een bijzonder diplomatiek antwoord. Sven schoof zijn smalle, elegante, gouden horloge, dat bij zijn zegelring paste, over zijn pols naar beneden en streek afwezig met een vinger over het glas.

Olivia keek naar haar bord, dat leeg was. 'Wat vond jij van de omelet?' vroeg ze.

Hij had zijn eten nauwelijks aangeraakt. Nu prikte hij er voorzichtig met zijn vork in. 'Waarschijnlijk is hij lekker,' zei hij zonder op te kijken. Hij had duidelijk moeite met het verlies van Fredrik Kaldma.

Olivia opende het portier.

'Ik zou het op prijs stellen als je me op de hoogte houdt als er tijdens het onderzoek iets bekend wordt over die klokkenluider,' zei Sven toen ze aanstalten maakte om uit te stappen.

'Dat beloof ik. Bedankt voor de omelet.'

'Jij bedankt. Ik heb trouwens nog iets voor je.' Sven bukte zich en pakte een plastic tas van de vloer van de auto. Die bevatte een groot, kleurig boek. 'Dit is een boek over de geschiedenis van het Bergh-concern, van de jaren vijftig tot nu. Misschien vind je het interessant.'

'Absoluut. Dank je wel.'

## Nerja, Málaga, 13 november 1999

*De zijstraat in Nerja was verlaten. Vanaf de zee waaide een koele bries, waardoor een uitgescheurde krantenpagina omdraaide. Een hond lag roerloos naast een grijze stenen muur. Het was doodstil. De okergele gevel van het hotel kleurde rood door het neonlicht van de nacht. Een jong stel liep dicht omstrengeld langzaam over het hobbelige trottoir. Een stukje voorbij het hotel kusten ze elkaar. Ze bleven staan en kusten elkaar opnieuw. Het meisje duwde haar hoofd tegen de hals van de jongen. Hij keek naar boven en zag een donker lichaam van een van de bovenste verdiepingen van het hotel vallen. De tijd stond stil. De jongen duwde het hoofd van het meisje tegen zich aan. Het lichaam leek een eeuwigheid te vallen. Toen het op straat belandde probeerde het meisje haar hoofd te draaien, maar de jongen hield het vast. Hij keek naar het bloed dat over het bruine zand stroomde. De hond kwam overeind en drentelde naar het lichaam toe.*

*Het was vlak na middernacht.*

Olivia liep in de regen van de Operabar naar theater Dramaten. Ze had gebeld, had naar Anette Bostam gevraagd en had gehoord dat ze rond drie uur zou arriveren voor de repetitie. Terwijl Olivia naar het Nybroplan liep dacht ze na over wat Sven Bergh had verteld over Kaldma's conflict met het Spaanse concern ETG vanwege zijn beschuldigingen dat het bedrijf zich op een illegale manier van afval had ontdaan. Was er een verband met het mysterieuze briefje in de voering van het sneeuwscooterpak? Zouden het inderdaad de coördinaten van een plek in de Atlantische Oceaan kunnen zijn? Ze bereikte het theater en ging bij de artiesteningang in de Nybrogatan staan.

Anette Bostam was laat.

Olivia liep naar de hoek en keek naar het bronzen beeld van Margaretha Krook. Ze had gehoord dat het verwarmd was en legde haar hand op Krooks colbert. Dat was koud.

Een klokkenluider, dacht ze. Ging deze zaak om iets heel anders dan Roger Hansson, drugs en ontrouw? Aan de andere kant was Roger in gezelschap van een vrouw die misschien een Spaanse was naar de vindplaats in de bergen gekomen. Was er een verband tussen het Spaanse concern en de Spaanse vrouw? Maar wat kon Hanssons rol dan zijn? Hij kon de klokkenluider nauwelijks zijn.

'Hallo.' Anette Bostam keek lichtelijk verbaasd toen ze vanaf het Nybroplan naar de artiesteningang liep en Olivia zag staan. Waarschijnlijk was ze niet enthousiast, maar dat liet ze niet merken.

'Hallo,' zei Olivia. 'Ik wil u graag een paar vragen...'

'Ik begin over een kwartier met de repetitie.'

'Het duurt niet lang. Kunt u zich herinneren of Fredrik vlak voordat hij verdween contact had met een Spaanse man?'

'Nee.'

'Herinnert u zich dat niet of heeft hij dat niet gehad?'

'Ik herinner het me niet,' antwoordde Anette.

'Sprak Fredrik Spaans?'

'Ja, redelijk, hij had tenslotte veel met bedrijven op het continent te maken.'

'Spreekt u Spaans?'

'Nee. Waarom vraag je dat?'

Tja, waarom, dacht Olivia. Anette Bostam had tenslotte een alibi voor de schietpartij.

'Hadden jullie twintig jaar geleden contact met de familie Bergh?' vroeg Olivia verder.

De actrice streek haar haar naar achteren en liet duidelijk merken hoe oninteressant die vraag was. 'Dat gebeurde vrij vaak. Fredrik vond het fijn om met de familie Bergh om te gaan. En nu moet ik helaas...'

'Ik heb daarnet gepraat met een familielid, Sven. Hij heeft hetzelfde gezegd als u de eerste keer dat we elkaar spraken, namelijk dat Fredrik gestrest was en onder druk stond voordat hij verdween. Ik probeer uit te zoeken waarom dat was.'

'Bedoel je dat het met de moord te maken kan hebben?'

'Misschien wel.'

Anette keek naar het Nybroplan en Olivia probeerde haar gezichtsuitdrukking te interpreteren. Dat was moeilijk.

'Het is allemaal zo lang geleden,' zei Anette, waarna ze de deur naar de artiestengang openduwde.

De onderzoeksgroep kwam bij de Olsäters bij elkaar. Olivia had iedereen gevraagd om zo snel mogelijk naar Kummelnäs te komen. Ze had een paar minuten met Mårten en Mette in de keuken gepraat over Lukas en had verteld dat ze hoopte dat hij morgen ontslagen zou worden.

Toen iedereen net na vijven rond de tafel zat, met inbegrip van de vermoeide Stilton, vertelde ze wat ze in Svens auto met getinte ramen van hem had gehoord.

'Een Spaanse klokkenluider?' zei Bosse.

'Dat is mogelijk.'

Lisa schudde haar hoofd even. 'Bedoel je dat Kaldma misschien vermoord is omdat hij gevoelige informatie over het ETG-concern had?' vroeg ze.

'Misschien wel. Het zou in elk geval een motief kunnen zijn.'

'Maar wat heeft dat met Roger Hansson te maken?' vroeg Mette.

'Ik heb geen idee. Ik vertel alleen wat ik gehoord heb.'

Wat Olivia vertelde bevestigde wat Stilton een paar dagen eerder al had gevoeld. Dit ging om iets anders. Iets groters. 'Misschien moeten we contact opnemen met die klokkenluider,' zei hij.

'Sven Bergh wist geen naam,' zei Olivia. 'En Anette Bostam ook niet.'

Het werd stil. Een anonieme Spaanse klokkenluider van twintig jaar geleden zou niet gemakkelijk te vinden zijn.

'Wat vond je van Sven?' vroeg Mette. Ze had Sven Bergh ontmoet toen ze in 1999 onderzoek deden naar de verdwijning van Kaldma en was onder de indruk geweest van zijn charmante persoonlijkheid. Toen hun gesprek afgelopen was, had ze een zweem van gemis gevoeld. Zo konden mannen dus ook zijn.

'Hij was heel toegankelijk en open,' antwoordde Olivia. 'En hij was bedroefd over wat er met Fredrik was gebeurd.'

'Zijn grote verdriet toen ik hem sprak was dat de Bergh-dynastie bij hem zou stoppen,' vertelde Mette. '"Dat moet ik aan mijn zussen overlaten," zei hij. Hoe oud is hij nu? Zeventig?'

'Negenenzestig,' antwoordde Olivia. 'Maar goed geconserveerd.'

Mette glimlachte en keek naar Mårten, die binnenkwam met een blad met koffiekopjes.

Ze wist niet of de politieagente die ze had neergeschoten haar gezicht had gezien. Dat risico bestond. Wat ze wel wist was dat de agente het had overleefd. Dat was een vergissing. Ze pakte de luger van de handdoek. Ze had hem uit elkaar gehaald en had de onderdelen grondig gereinigd. Ze wilde het pistool teruggeven in de staat waarin ze het had gekregen.

Uiteindelijk.

Ze stopte het doosje met munitie in haar zak. Het magazijn was gevuld.

Op weg naar buiten overwoog ze om een taxi te nemen, maar ze besloot om met het openbaar vervoer te gaan zodat ze zou versmelten met de omgeving.

De bijeenkomst duurde tot 's avonds laat. Verschillende thesen en hypothesen waren grondig besproken en ze waren allemaal alert geweest. Hanssons contactennetwerk was een prioriteit in de jacht op de onbekende vrouw. De naam van de klokkenluider was eveneens bijzonder interessant, maar het was moeilijk te bepalen waar ze moesten beginnen. Mette had een aantal ideeën waarover ze een nachtje wilde slapen. Olivia had de bespreking afgerond met een detail dat ze was vergeten, namelijk dat Aron Bergh de peetvader van Kaldma was geweest.

Nu lagen Mette en Mårten in bed. Mette was moe na de intensieve bespreking en wilde zo snel mogelijk slapen. Dat merkte Mårten niet. 'Ik ben met een genealogisch onderzoek bezig geweest,' zei hij.

'Dat is ongewoon.'

'Over Fredrik Kaldma.'

'Hmm...'

'Wist je dat hij van Samische afkomst is? Aan moederskant?'

'Ja. Lieverd, ik moet...'

'Het is bijzonder interessant om te lezen over het conflict tussen het Samendorp Girjas en de Zweedse staat over de rechten op...'

Mette snurkte, waarmee zijn uiteenzetting over het conflict voorbij was. Hij boog zich over haar heen en deed de lamp aan haar kant van het bed uit. Nadat hij zijn eigen lamp had uitgedaan en was gaan liggen, dacht hij: toch is het vreemd dat Kaldma op de rendierweiden van zijn eigen familie is gevonden.

Olivia was onderweg naar haar appartement in de Högalidsgatan. Het was inmiddels na middernacht, maar ze wilde de post bekijken en zien hoe de bouw van het balkon verliep. Toen ze de kleine hal binnenkwam vielen haar twee dingen op. Achter de deur lagen een paar enveloppen en een flinke stapel reclamefolders, en het papier waarmee de nieuwe balkondeuren afgedekt waren geweest was weggehaald. Mooi! De verbouwing was dus bijna achter de rug. Olivia pakte de stapel van de vloer en deed het licht in de keuken aan. Ze hield van haar keuken, met de zwart-witte geglazuurde tegels boven het aanrecht, de open planken van donker hout, de mooie koelkast en de kleurige posters aan de witte muren. Lukas zou die willen vervangen. Ze hadden absoluut niet dezelfde smaak als het om wanddecoraties ging. Ze gooide de reclamefolders weg en legde de enveloppen op de keukentafel. Er stond een flesje cola in de koelkast. Ze pakte het, liep naar de zitkamer en ging op de lange grijze bank zitten. Na een paar slokken voelde ze dat ze hier vannacht wilde slapen. Thuis. Ze ging languit liggen en duwde een zacht kussen onder haar wang.

Toen haar hoofd eindelijk leeg was en ze er klaar voor was om te slapen, verscheen er een auto in haar gedachten. Fredrik Kaldma's auto, die tegelijkertijd met hem was verdwenen. Dat was voldoende om zo intens over een aantal andere dingen na te denken dat ze rechtop ging zitten, haar telefoon pakte en naar Google Maps ging.

Vervolgens belde ze Tom. 'Sliep je?'

'Dan had ik niet opgenomen.'

'Mooi. Of sorry natuurlijk, maar ik moet iets met je bespreken.'

'Over het onderzoek?'

'Ja.'

Ze hoorde dat hij kreunde, maar hij had opgenomen, dus was het zijn eigen schuld.

'Fredrik Kaldma's auto is nooit aangetroffen,' begon ze.

'Dat klopt.'

'En hij had geen autosleutels bij zich toen hij gevonden werd. Ik heb het volgende bedacht: als hij in zijn auto naar de bergen gereden is, misschien in gezelschap van de dader, met de sneeuwscooter de bergen in is gegaan en daarna neergeschoten is, wat is er dan met zijn auto gebeurd? Misschien heeft de moordenaar ervoor gezorgd dat die verdween om eventuele sporen te wissen.'

'Dat kan.'

'En omdat we nu weten waar hij vermoord is, kunnen we kijken hoe lang hij met de auto kon rijden voordat hij met de sneeuwscooter verder moest.'

'Wat je al gedaan hebt.'

'Ja. Volgens de kaart is Tjärnberg de dichtstbijzijnde plek om de auto achter te laten als je het Radtjagebergte in trekt. Dat ligt zo'n honderd kilometer boven Arjeplog.'

'Is dat een dorp?'

'Ik weet het niet, het is in elk geval heel klein.'

'Denk je dat de auto daar nog staat?'

‘Nee, klets geen onzin. Ik bedoel dat het misschien de moeite waard is om in het omringende gebied te zoeken nu we weten dat zijn auto daar gestaan kán hebben. Dat wisten we twintig jaar geleden niet. Misschien heeft de moordenaar de auto in het een of andere meer laten verdwijnen.’

‘Hij is in de winter vermoord en dan zijn de meren in de bergen bevroren.’

‘Oké, blijf vooral zeuren. Misschien heeft hij de auto in een onbegaanbaar gebied achtergelaten. Het is daar niet bepaald dichtbevolkt, eerder volkomen verlaten.’

Stilton zweeg.

‘Ben je in slaap gevallen?’ vroeg Olivia.

‘Nee, ik... Oké, het is absoluut een poging waard.’

‘Mooi. Fijn dat je achter me staat,’ zei ze enigszins gereserveerd. ‘Morgen bel ik naar het politiebureau in Arjeplog.’

‘Doe dat. Ben je bij Lukas?’

‘Nee, ik slaap vannacht in mijn eigen appartement.’

‘Dat zou je niet doen. Je zei dat je...’

‘Luister, als iemand besluit om me neer te schieten, wanneer en waar dan ook, kan ik dat niet voorkomen. Ik kan me niet dag en nacht verstoppen. Slaap lekker.’ Olivia verbrak de verbinding voordat Tom kon gaan mopperen. Ze liep met het lege colaflesje naar de keuken en ging aan de tafel zitten. De stapel enveloppen lag voor haar. Ze opende er twee die van de eigenarenvereniging waren, de derde bevatte een elektriciteitsrekening en de vierde een kogel.

Dat was echter niet het meest onaangename.

'Marja Verkkonen, politie Arjeplog.'

'Hallo Marja, met Olivia Rönning.'

Het duurde niet lang voordat Olivia had uitgelegd dat ze hulp wilde hebben bij het zoeken in Tjärnberg en omgeving naar een Chevrolet Tahoe uit 1999. Ze gaf Marja het kenteken.

'Maar dat is twintig jaar geleden,' zei Marja.

'Dat klopt. Het is een gok, maar áls zijn auto daar achtergelaten is, dan moet hij ondanks de staat waarin hij verkeert toch ergens zijn.'

'Natuurlijk, dat is waar. Wat voor kleur heeft hij?'

Wat een vreemde vraag, dacht Olivia. Hoeveel Tahoes uit 1999 denkt ze te vinden? 'Donkergroen. Destijds.'

'Dan weten we dat.'

'Hoe is het met Pekka?'

'Goed, hij mag weer vliegen.'

'Wat geweldig. Zeg maar tegen hem dat ik contact met hem opneem.'

'Dat doe ik. Pas goed op jezelf.'

Olivia verbrak de verbinding en belde Tom. Het was een gesprek dat ze voor zich uit had geschoven sinds ze de envelop met de kogel aan de keukentafel had geopend.

Stilton liep door de Katarina Bangata. Hij was op weg naar Ronny Redlös' antiquariaat, 'een grot vol gelach,' zoals Ronny het bij voorkeur noemde. Toen hij er was zag hij een briefje op de deur hangen: *Ben naar buiten voor wat frisse lucht. Zo meteen terug.* Stilton glimlachte en leunde tegen de gevel. Hij keek ernaar uit om Ronny en Benseman te zien. Hij had al heel lang geen contact met ze gehad, omdat er allerlei andere dingen tussen waren gekomen. Ronny en

Benseman waren twee redenen waarom hij Stockholm miste. Ze hoorden bij zijn verleden.

Op dat moment belde Olivia. 'Hallo, waar ben je?' vroeg ze.

'Op weg naar Thailand.'

'Tom...'

'Ik ben bij Ronny, hoewel hij er niet is. Hij schijnt zo meteen terug te zijn. Wat is er?'

'Ik heb een envelop met een kogel erin gekregen... Hij lag in mijn appartement toen ik gisteravond binnenkwam.'

'Alleen een kogel?'

'Ja, maar dat was niet het meest onaangename.'

Stilton wachtte af. Hij hoorde Olivia's ademhaling enigszins versnellen.

'De kogel zat in een witte envelop,' ging ze verder. 'Ongefrankeerd en zonder naam en adres.'

Stilton besefte meteen wat er zo onaangenaam was. Iemand had voor haar deur gestaan en had de envelop in haar brievenbus gestopt.

'Stel dat ik thuis was geweest,' zei ze. 'Die man heeft misschien eerst aangebeld en heeft een groet achtergelaten toen er niet opengedaan werd. Of het was natuurlijk een vrouw. Wat zou er gebeurd zijn als ik opengedaan had?'

Stilton had geen zin om daarover te speculeren, dus zei hij: 'Heb je hem op het politiebureau afgegeven?'

'Ja. Denk je dat het Rogers broer of die andere...'

'Wie zouden het anders moeten zijn? Waarom heb je dat vannacht niet gezegd?'

'Toen had ik de brief nog niet geopend. Het is...'

Stilton liet zijn mobiel zakken. Hij zag dat Ronny en Benseman het beeld van Nacka Skoglund passeerden – een zilverkleurige sculptuur met een bal op de voet – en in de richting van het antiquariaat liepen. 'We kunnen over een paar uur afspreken,' zei hij.

'Oké. Ik heb Arjeplog gevraagd om naar de verdwenen auto te zoeken.'

'Mooi, dan kunnen we alleen duimen dat ze hem vinden. Later.'

Stilton ging rechtop staan. De twee mannen die in zijn richting liepen hadden hem gezien. Een van hen begon duidelijk sneller te lopen. Dat was Benseman, een voormalige bibliothecaris uit Boden die aan lagerwal was geraakt en nog steeds met de gevolgen daarvan kampte. Toen hij bij Stilton was aarzelden ze een seconde voordat ze elkaar omhelsden. Normaal gesproken voelden ze zich daar ongemakkelijk bij, maar nu was het blijk van genegenheid op zijn plaats. Ze lieten elkaar los voordat Ronny bij hen was en Stilton stak zijn hand naar hem uit. 'Hallo,' zei hij.

'Hetzelfde. Je bent dus weer thuis?'

'Ja.'

Ronny knikte en opende de deur. Benseman gebaarde dat Stilton eerst naar binnen moest gaan. Hij was tenslotte hoog bezoek. Hij was weliswaar een ex-dakloze, maar hij was overeind gekrabbeld en stond weer op zijn benen. Bovendien zag hij er fit uit.

'Wil je een glas wijn?' vroeg Ronny terwijl hij zijn jas ophing.

'Nee, dank je,' zei Stilton. 'Hoe is het met jullie?'

'Met de boeken gaat het goed, de mensen hunkeren naar datgene wat niet meer te krijgen is, hoewel mensen... Ik bedoel het verdwijnende deel van de mensheid dat nog steeds belangstelling heeft voor het begrip menselijkheid.'

Stilton knikte. Hij wist het een en ander over Ronny's gevecht om mensen te laten begrijpen wat ze lazen en zichzelf te ontwikkelen, wat tegenwoordig schaars was.

'En afgezien van de boeken?'

'Dan ziet het er treurig uit,' zei Benseman. Hij was op een van de twee versleten fauteuils gaan zitten die tussen kasten en stapels boeken stonden.

'Waarom dat?'

'Iedereen gaat dood. Pasgeleden liepen we langs Gösta Ekmans grafsteen op Katarina. Die is zo mooi, met een kleine bronzen vogel in een raam... Hij kwam hier vaak, soms kocht hij twee exemplaren van hetzelfde boek om er één weg te kunnen geven... Iedereen die geïnteresseerd is in het leven gaat dood.'

'Maar hoe voel jij je?' Stilton wilde van onderwerp veranderen. Iedereen ging dood en het deed pijn om de anderen te overleven, maar daar moest je mee leren omgaan. Toen een goede vriendin van Benseman en hem – de gehavende en misbruikte Muriel – doodgeschoten werd, was er een stukje van Stiltons hart gestorven en dat gold ook voor Benseman.

Hij wist dus hoe het voelde.

'Ik voel me op dit moment goed,' antwoordde Benseman. 'Maar dan ga jij dood en is het hetzelfde liedje en daarna komt er een virus en gaan we allemaal dood.'

Ronny lachte. Hij had een paar stapels boeken opzijgeschoven en was op de tafel gaan zitten. 'Wanneer ben je naar Zweden gekomen?' vroeg hij.

'Een tijdje geleden. Ik ben teruggekomen omdat Olivia neergeschoten was.'

Ronny en Benseman schrokken. Ze kenden Olivia allebei.

'Hoe is het met haar?' vroeg Benseman.

'Prima. Ze heeft geluk gehad. Ze is weer op de been en het gaat goed met haar.'

'Willen jullie misschien toch een glas wijn?' vroeg Ronny.

Stilton aarzelde. Hij bedacht dat het net na de lunch was en dat hij over een paar uur met Olivia had afgesproken. 'Eén glas kan nooit kwaad,' zei hij.

Eindelijk fleurde Benseman op. Zijn gebit, dat vroeger heel gehavend was geweest, had een flinke opknapbeurt gehad, waarschijnlijk op kosten van Ronny. Benseman hielp zo nu en dan in het antiquariaat, kreeg daar wat geld voor en las alles wat hij te pakken kon krijgen. Dat was zijn redding geweest.

'Blijf je nu hier?' vroeg hij.

'Voorlopig wel. Ik help Olivia om de vrouw te vinden die op haar geschoten heeft.'

'Was het een vrouw?'

'Ja, dat klopt.'

'Is dat niet bijzonder ongewoon?'

Stilton had daar niet over nagedacht. Een vrouw die schoot op een andere vrouw die bovendien politieagente was, hoewel de vrouw die had geschoten dat misschien niet wist. Maar toch. 'Ja, dat is het inderdaad,' zei hij, waarna hij zijn plastic beker met rode wijn aanpakte.

Toen hij een uur later vertrok besefte hij hoe erg hij het miste om langs te gaan bij vrienden, over het verleden te praten en grapjes te maken over de dood. Dat kon hij bij Luna en Aditi niet doen. Daar lag de focus op andere dingen.

Hij haalde zijn telefoon tevoorschijn en belde Abbas. 'Hallo. Ben je al op je werk?'

'Nee. Is er iets gebeurd?'

'Olivia heeft gisteren een envelop met een kogel erin gekregen.'

Het bleef een paar seconden stil.

'Moeten we haar in de gaten houden?'

'Ja. Ik weet alleen niet hoe. Je weet hoe ze is.'

'Dat weet ik inderdaad.' Abbas verbrak de verbinding en Stilton stopte zijn telefoon weg. Hij was van plan geweest om de volgende dag naar Rödlöga te gaan, maar dat zou moeten wachten.

Olivia's verzoek om naar een auto die in 1999 was verdwenen te zoeken, was niet enthousiast ontvangen op het politiebureau van Arjeplog. De opdracht was echter afkomstig van de NOA en ze zouden er natuurlijk gehoor aan geven.

'In de omgeving van Tjärnberg?' zei Ragnar Klarfors.

'Ze denken dat hij zijn auto daar misschien achtergelaten heeft voordat hij naar Radtja ging,' legde Marja uit.

'Als hij in Tjärnberg zou staan, dan hadden we hem langgeleden al gevonden.'

'Misschien zijn ze het een of andere smalle pad op gereden.'

'Dan zouden we hem inmiddels ook ontdekt hebben. Vooral in de zomer komen daar vrij veel mensen.'

'Misschien kunnen we het met de helikopter proberen.'

'Zinloos... maar goed, we moeten tenslotte rapporteren dat we iets gedaan hebben.'

'Zal ik het Pekka vragen?' stelde Marja voor.

'Doe dat maar. Het is goed voor hem om te vliegen.'

Een uur later vertrok Pekka in een nieuwe helikopter voor een opdracht die verband hield met zijn vorige vlucht. Toen hij opsteeg dacht hij eraan dat Olivia zijn leven had gered.

De vrouw die Pekka's leven had gered zat in de metro en was op weg naar het ziekenhuis in Danderyd. Lukas had haar gebeld en had vrolijk verteld dat hij na de middagronde naar huis mocht. Olivia was natuurlijk blij voor hem, voor hen. Toch ging ze met gemengde gevoelens naar hem toe. Het was niet erg dat ze een paar uur vrij nam.

Ze wist dat Lisa en Bosse het werk zonder haar ook aankonden. Ze maakte zich ook geen zorgen over de kogel, ook al zou ze dat misschien wel moeten doen.

Het kwam door iets waaraan ze nog niets had gedaan.

Dat was S.

De S van Sofia, Stina, Siri, Sara of een heel andere naam. Olivia had geen idee. Ze wist heel gewoon niet of Lukas en zij nog een relatie hadden of niet.

Dat was het probleem.

Ze had een labiele vriend van wie ze niet wist of ze hem kon vertrouwen of ze had een gezond verklaarde vriend die van haar hield. Ze leunde met haar hoofd tegen het raam van het metrostel en zag mensen de universiteit in en uit lopen. Ze was er bijna. Het was uiteindelijk haar keus, nam ze aan.

Toen ze Lukas' kamer in kwam zat hij aangekleed op het bed. Hij glimlachte voorzichtig naar haar toen ze naar hem toe liep. Als je in aanmerking nam wat hij had meegemaakt, was hij fantastisch vooruitgegaan.

'Ben je al klaar?' vroeg ze, waarna ze hem omhelsde.

Hij hield haar heel lang vast, duwde zijn neus in haar haar en snoof de geur op. Olivia voelde dat ze opnieuw langzaam in zijn magnetische veld werd gezogen en dat de keus eenvoudig zou zijn. Als ze ooit een keus had gehad. Ze twijfelde. Hoewel ze zichzelf als een rationeel denkend mens beschouwde, besefte ze dat ze dat in sommige situaties helemaal niet was. Ze was verschrikkelijk en hopeloos verliefd op deze man. Dat was gewoon zo. Ze moest hem geloven en vechten voor hem en hun relatie.

'Ik wil dolgraag zeggen dat het allemaal goed komt, maar dat kan ik niet,' fluisterde hij in haar oor. 'Het enige wat ik kan zeggen is dat ik me een stuk beter voel en nu nog heel veel beter omdat jij er bent. Ik begrijp dat het moeilijk voor je geweest is, dat ik het moeilijk voor je gemaakt heb.'

Ze omhelsden elkaar een tijdlang, alsof ze op die manier nog iets meer konden genezen. Olivia speelde met zijn mooie, donkere krullen. 'Ik hou van je,' zei ze.

'En ik hou van jou,' antwoordde hij.

'Wat gaat er nu gebeuren?'
'We gaan naar huis en leven nog lang en gelukkig.'
Olivia lachte en liet hem los. 'Uiteraard, maar ik neem aan dat we nog een gesprek met je arts krijgen.'
'Dat klopt, ze is hier over een minuut of vijf.'
Olivia deed haar sjaal af, opende haar jas en ging naast hem op het bed zitten. Op dat moment zag ze het boeket bloemen op het tafeltje naast het bed. Mooie, ragfijne stengels van paarse clematis kronkelden omhoog tussen rozen en limoengroene vrouwenmantel.
'Wat een mooie bloemen. Van wie heb je die gekregen?'
Lukas keek naar de vaas bloemen. 'Van jou.'
Ze gaf hem een duw. 'Klets niet.'
'Hoezo?'
'Ik heb je geen bloemen gegeven.'
Dat had ik misschien wel moeten doen, schoot het door haar hoofd. Waarom heb ik daar niet aan gedacht?
Lukas keek haar vragend aan. 'Ik ging ervan uit dat ze van jou waren.'
*Ik vind je altijd als je verdwaalt*, dacht Olivia terwijl er een huivering door haar heen ging.
'De verpleegkundige zei dat ze van mijn vriendin waren,' ging Lukas verder.
Er werd op de deur geklopt en Lukas' psychiater kwam de kamer in.

Pekka liep in zijn vliegoverall het politiebureau van Arjeplog in. Zijn zoektocht met de helikopter had geen resultaat opgeleverd. Er stond geen donkergroene Chevrolet Tahoe uit 1999 in de omgeving van Tjärnberg, maar dat hadden ze al verwacht.
'Wat doen we nu?' vroeg Marja.
Ze wist dat Olivia Rönning erop hoopte dat ze de auto zouden vinden en wilde niet graag degene zijn die haar teleurstelde. Op dat moment kwam Klarfors met een aantal rollen papier de kamer in.
'Wat heb je daar?' vroeg Pekka.
'Ik herinnerde me dat er een aantal gesloten en verlaten militaire constructies in het gebied rond Tjärnberg zijn, oude verdedigings-

werken en tunnels en andere rotzooi van de Tweede Wereldoorlog. Ik heb de tekeningen bij Defensie opgevraagd.' Hij legde de rollen neer en spreidde de eerste op een van de bureaus uit. Marja bekeek de tekening en Pekka ging naar buiten om zijn hond uit te laten.

'We kunnen bij de Jutisdam beginnen,' zei Marja terwijl ze de plek aanwees.

Olivia werd wakker doordat haar telefoon overging en besefte meteen dat ze veel te lang had geslapen. Erg noodzakelijk, maar volkomen verkeerd. Ze zou op haar werk moeten zijn en Lukas, die naast haar lag, moest over drie kwartier bij zijn therapeut zijn. Ze gaf hem een duw terwijl ze tegelijkertijd haar telefoon opnam en naar Lukas gebaarde dat hij uit bed moest komen.

'Met Olivia.' Ze probeerde zo wakker mogelijk te klinken.

'Met Bosse. Stoor ik?'

'Helemaal niet, ik ben nog thuis om wat onderzoeksmateriaal door te nemen.'

Lukas lachte. Olivia stak haar hand uit en legde die op zijn mond zodat hij stil was. Hij antwoordde door in haar vingers te bijten.

'De kogel die je in een envelop gekregen hebt is geïdentificeerd.'

'Wacht even, ik moet eerst iets op mijn computer saven.'

Olivia kwam uit bed en liep naar de zitkamer, niet alleen omdat ze geen ongepaste geluiden van Lukas wilde riskeren, maar ook omdat ze niet wilde dat hij het gesprek zou horen. Hij wist niets over de kogel en dat wilde ze zo houden.

'Zo,' zei ze. 'Dat is klaar. Waar komt de kogel vandaan?'

Ze keek in de slaapkamer en zag dat Lukas uit bed kwam.

'Het is hetzelfde soort munitie als waarmee Kaldma beschoten is,' zei Bosse. 'En jij.'

'Echt waar?' Olivia schermde de telefoon met haar hand af zodat ze niet zo hard hoefde te praten. 'Maar omdat de kogel niet afgevuurd is, kunnen we hem niet aan het moordwapen koppelen,' ging ze verder. 'Dat is toch zo?'

'Inderdaad.'

Olivia haalde diep adem. Ze wist instinctief dat de kogel was gestuurd door iemand die in contact met de moordenaar stond. Of door degene die het moordwapen in bezit had. Wie moest het anders zijn?

'Dat is inderdaad het meest waarschijnlijke scenario,' zei Bosse. 'Ik denk dat we over je veiligheid moeten praten.'

Olivia liep naar het raam en keek naar de straat. De moordenaar wist haar identiteit en haar adres, maar niet dat van Lukas. Hier was ze veilig. 'Oké,' zei ze, 'laten we over een uur bij Mette afspreken.' Ze verbrak de verbinding en bleef met de telefoon in haar hand staan.

Lukas kwam naar haar toe en sloeg zijn armen van achteren om haar heen. 'Waarom sluip je weg?'

'Dat was Bosse, dus ik moest wel zodat hij je niet op de achtergrond hoorde lachen. We hebben ons behoorlijk verslapen.'

'Dat is niet erg.'

'Het is wel erg. Je moet over veertig minuten bij Sanna zijn en je weet dat je die afspraak niet mag missen.' Ze draaide zich naar hem om. Zijn haar stond alle kanten op en zijn badjas hing open, zodat zijn naakte lichaam zichtbaar was.

'We hebben voldoende tijd,' zei hij.

'Dat hebben we niet,' antwoordde ze terwijl ze zijn badjas dichtdeed om hem te kunnen weerstaan.

Toen ze onder de douche stond en het water over haar heen stroomde dacht ze aan de Spaanssprekende vrouw in de bergen. Had ze een band met Leopold en de mannen rond Roger Hansson voor wie Stilton haar had gewaarschuwd? En als dat zo was, wat voor band was het dan? Waren zij degenen die haar dreigement moesten uitvoeren? Olivia was ervan overtuigd dat Hansson de leiding niet had gehad. Het was eerder andersom. De vrouw had het commando gevoerd en Hansson was haar handlanger geweest. Bovendien had Stilton niets over een vrouw gezegd.

Toen ze onder de douche uit stapte en een handdoek pakte hoorde ze haar telefoon weer overgaan. Ze liep met de handdoek om zich heen gewikkeld met natte voeten naar de zitkamer en pakte hem op. Ze was net op tijd voordat het gesprek naar haar voicemail werd doorgeschakeld. Het was Marja uit Arjeplog.

'Hallo. We hebben de auto gevonden.'

Olivia arriveerde als laatste bij de Olsäters. Ze liep naar haar stoel en zat nauwelijks toen Mette het woord al nam. 'Hebben ze Kaldma's auto gevonden?'

'Ja,' antwoordde Olivia.

'Waar?' vroeg Stilton. 'Hoe?'

'Ze hebben het gebied rond Tjärnberg met een helikopter afgezocht, maar dat leverde niets op. Een van de oudere mannen op het bureau, ik geloof dat hij Klarfors heet, bedacht dat...'

'Ragnar,' zei Mette. 'Ik ken hem. Een bekwame man.'

'In elk geval herinnerde hij zich blijkbaar dat er een aantal gesloten militaire constructies in de omgeving zijn, oude verdedigingswerken uit de Tweede Wereldoorlog, onderaardse netwerken, tunnels en dergelijke, dus heeft hij de kaarten opgevraagd bij de genie en zijn ze met behulp daarvan gaan zoeken. Ze hebben de auto in een legeropslagplaats gevonden. Hij stond in een korte tunnel boven de Jutisdam. Het schijnt een plek te zijn die al decennialang afgesloten was.'

'In welke staat is de auto?' vroeg Bosse.

'Dat weet ik niet goed, hij is waarschijnlijk verroest en aangetast, maar ze hebben hem naar Arjeplog vervoerd. Ik ben van plan ernaartoe te vliegen.'

'Waarom dat?' vroeg Mette.

'Omdat ik erbij wil zijn als ze hem doorzoeken.' Olivia keek naar Lisa. 'Kun jij met me meegaan?'

Lisa was overrompeld. Waarom juist zij? Waarom Stilton niet? Die twee werkten tenslotte perfect samen. 'Graag. Wanneer vertrekken we?'

'Morgenochtend vroeg. Lukt dat?'

'Jazeker.'

'Het is eigenlijk ongelofelijk dat Kaldma's verdwenen auto gevonden is,' zei Mette. 'Na twintig jaar!'

'Ik vraag me af wat we erin aantreffen,' zei Bosse, die het fijn had gevonden als hem ook was gevraagd om mee te gaan. Het ging hem er voornamelijk om gevraagd te worden.

'Geen idee,' zei Olivia. 'Dat hangt waarschijnlijk van de staat af. Misschien treffen we oud DNA aan, of iets anders. Ik denk trouwens dat Kaldma zijn auto niet zelf die tunnel in gereden heeft, het is logischer dat zijn moordenaar dat gedaan heeft.'

Daarmee was de bespreking afgelopen. Mette bedacht dat ze Ragnar moest bellen om hem te bedanken.

Terwijl de anderen aanstalten maakten om te vertrekken, trok Olivia Stilton terzijde. Ze pakte de ritselende buis en draaide die net zo lang tot de anderen de kamer uit waren. 'De kogel die ik heb gekregen is van een luger 08,' zei ze zachtjes. 'Hij heeft in elk geval hetzelfde kaliber... 9 millimeter parabellum.'

Stilton keek over Olivia's schouder naar de keuken. Deze keer zat Mårten niet aan de keukentafel. Een oude luger? Dat paste absoluut niet bij de mannen in Night Light. Daarna trok hij dezelfde conclusie als Olivia en Bosse 's ochtends al hadden gedaan. 'Heeft de moordenaar de kogel in de brievenbus gestopt?' zei hij voornamelijk tegen zichzelf.

Olivia haalde haar schouders op.

'Waarom heeft hij dat in vredesnaam gedaan?' ging Stilton verder. 'Of zij natuurlijk. Die kerels in Night Light hebben een motief. Jij hebt Leopolds broer doodgeschoten, maar die lopen niet rond met dat soort oeroude wapens.'

'Dat is inderdaad niet waarschijnlijk. Iemand probeert me blijkbaar bang te maken.'

Stilton keek naar Olivia en sloeg een arm om haar heen. Hij voelde dat ze dat nodig had.

Nu kwam het moeilijkste deel. Ze moest Lukas vertellen dat ze weer naar Arjeplog zou gaan. De vorige keer had het maar heel weinig gescheeld of ze was in een lijkzak teruggekomen. Ze besefte dat hij het moeilijk zou vinden, maar dat was het voor haar ook. Hij was net uit het ziekenhuis ontslagen, dus was de timing niet optimaal.

Terwijl ze in de keuken op hem zat te wachten voelde ze zich onrustig. Ze schrok op toen hij de deur opende en de hal in liep. 'Hallo,' zei ze.

'Hé, ben je al thuis?' vroeg hij vanuit de hal.

'Ik heb een lift van Lisa gekregen.' Ze vertelde er niet bij dat Lisa van Stilton de opdracht had gekregen om tot de voordeur met haar mee te lopen.

'Oké, en ik was nog wel van plan je te verrassen met pasta vongole.' Lukas kwam de keuken in met twee volle boodschappentassen, zette ze op de tafel en haalde een papieren zak uit een van de tassen. Daarna pakte hij een blauw net met mosselen. 'Kijk eens wat heerlijk. Ze zijn kersvers, ze hebben ze vandaag binnengekregen,' zei hij zonder haar aan te kijken.

Hij legde de mosselen op het aanrecht, pakte een schaal en vulde die met water en een beetje zout. Olivia stond op en begon de andere boodschappen in de koelkast te stoppen. Geen omhelzing en geen oogcontact. Dat was onheilspellend.

'Is het goed gegaan bij de therapeut?' vroeg ze aarzelend.

'Jawel.' Lukas knipte het net stuk en liet de mosselen in het water vallen. Vervolgens bleef hij met zijn handen op het aanrecht en zijn rug naar Olivia toe staan. Het was alsof hij zich ergens op voorbereidde.

'Probeer je ze te hypnotiseren?' vroeg ze.

'Wat?'

'Je staart naar de mosselen.'

'O ja? Nee.'

'Wat is er?'

'Niets, er is niets... niets aan de hand.'

Te vaag. Het was geen antwoord dat Olivia wilde hebben. Ze zag tenslotte dat er iets was. 'Voel je je niet goed?'

'Jawel, waarom denk je dat?'

Ze liep naar hem toe en sloeg haar armen om hem heen. Verstijfde hij een beetje of verbeeldde ze zich dat? 'Omdat je me niet hartstochtelijk kust als je thuiskomt, zoals je anders doet,' probeerde ze een grapje te maken.

Het viel niet in goede aarde. Lukas draaide zich om en keek haar met een verdrietig glimlachje aan. 'Ga zitten,' zei hij. 'Ik moet je iets vertellen.'

Het bloed trok uit haar hoofd weg. Nu komt het. Dit is het moment waarop hij onze relatie beëindigt. Hij gaat vertellen dat hij iemand anders heeft ontmoet – en ze wist al wie dat was. Ze werd duizelig en viel bijna op de stoel.

'Ik...' begon Lukas terwijl hij tegenover haar ging zitten. Hij ging niet verder maar begon zijn handen te wringen. Het irriteerde Olivia dat hij niet gewoon vertelde wat hij te zeggen had. Ze wilde schreeuwen, maar deed het niet. Ze zou een beetje waardigheid tonen.

'Ja?'

'Het is lastig,' zei hij.

'Heeft het iets met de vrouw met de rode baret te maken? Degene met wie je iets gehad hebt?'

'Ja. Je hebt het door.'

'Ik ben niet gek, Lukas.'

'Het is een beetje ingewikkeld.'

'Hoezo? Waarom is het ingewikkeld?' Olivia pakte het briefje dat al dagenlang in haar broekzak brandde en gooide het voor hem op de tafel. 'Alsjeblieft. Ze is niet bepaald discreet. Weet ze niet dat ik hier woon?'

Hij pakte het verkreukte papiertje en las het. 'Ze is toch niet hier geweest? Jullie hebben toch niet...'

'En ze heeft bloemen voor je naar het ziekenhuis gebracht,' onderbrak ze hem. 'Ze heeft gezegd dat ze van je vriendin waren, maar dan blijkbaar je andere vriendin.'

Lukas keek haar verward aan. 'Ik wist niet dat ze van haar waren,' zei hij.

'Nee?'

'Ik zweer het. Kalmeer een beetje.'

Olivia boog zich naar hem toe. 'Ik ben volkomen kalm. Hoe heet ze?'

'Sara.'

'Hoe lang spreken jullie al met elkaar af?'

'Wat bedoel je? Ik heb geprobeerd haar te ontwijken. Dat is het probleem. Kun je niet gewoon luisteren naar wat ik te vertellen heb voordat je conclusies trekt?'

Olivia leunde naar achteren op haar stoel en sloeg haar armen over elkaar. 'Goed, ik luister. Vertel. Jullie hebben een paar jaar geleden iets met elkaar gehad, dat weet ik al.'

'Ja, en ik heb al snel een eind aan de relatie gemaakt omdat ze... tja... een beetje gek was.'

'"Gek" is een nogal ruim begrip.'

'Psychisch instabiel dan? Misschien voelde ze daarom een bepaalde verbondenheid met me, hoewel het eerder een obsessie was.'

'Oké. En daarna?'

'Ze verdween uit mijn leven. Ik weet niet wat ze heeft gedaan tot ze naar de vernissage kwam. Daarna was ze er ineens toen we naar de afterparty gingen. Ze had voor Sturehof staan wachten.'

'Wat gebeurde er op het feest?'

'Niets, als je tussen ons bedoelt.'

Olivia keek met een sceptische blik naar Lukas. 'Echt niet?'

'Ik heb even met haar gepraat om niet onaardig te zijn. Ze werd dronken en was zo lastig dat Claes haar in een taxi naar huis gezet heeft. Daarna begon ze me te terroriseren.' Hij keek ongelukkig naar Olivia. 'Ik kom niet van haar af, ze is net kauwgom die in je haar blijft plakken.'

'Koop een schaar,' zei Olivia droog. Ze was niet overtuigd door zijn verdrietige, onschuldige ogen. Absoluut niet.

'Soms kun je heel hard zijn. Maar ja, achteraf gezien heb ik het verkeerd aangepakt. Ik was laf. Ik dacht dat ze het zou begrijpen als ik haar sms'jes en telefoontjes negeerde, dat ze er genoeg van zou krijgen. Maar een tijdje geleden stond ze voor het portiek toen ik naar buiten kwam, en een andere keer zat ze op de trap toen ik thuiskwam. En...'

'Wacht even,' onderbrak Olivia hem. 'Als je de waarheid spreekt, waarom heb je het dan niet eerder verteld? Een paar weken geleden heb je zelfs geprobeerd het weg te lachen.'

'Dat was struisvogelgedrag. En ik wilde jou er niet bij betrekken omdat je al zoveel aan je hoofd had. Tijdens de therapie vandaag zei Sanna tegen me dat ik het je moest vertellen omdat het zo ver ging dat ik er niet meer mee om kon gaan. Daarom ben ik weer ziek geworden.'

Hij stak zijn handen naar haar uit, probeerde haar op alle niveaus te bereiken. Olivia hield haar armen over elkaar geslagen. Ze deed haar best om op geen enkel niveau bereikbaar te zijn. 'Wat gebeurde er? Heb je seks met haar gehad om niet onaardig te zijn?'

Lukas schudde zijn hoofd en trok zijn handen terug. 'Geloof je nog steeds dat ik vreemdgegaan ben?'

'Eerlijk gezegd weet ik niet wat ik moet geloven.'

'Nee, we hebben geen seks gehad, maar ze stond plotseling in de keuken toen ik aan het koken was. Je weet dat ik altijd vergeet de deur op slot te doen.'

Dat wist Olivia maar al te goed. Ze herinnerde zich ook dat de deur op slot was geweest op de dag dat hij ziek was geworden. Was dat omdat Sara in het appartement was geweest?

'Wat? Stond ze hier in de keuken?'

'Ja. Ik probeerde haar naar buiten te krijgen, probeerde haar het te laten begrijpen. Ze draaide door en bedreigde me met een mes.'

Olivia herinnerde zich de snijwond op zijn arm en het bloed dat op de vloer druppelde toen hij aan het schilderen was. Ze had gedacht dat hij zichzelf had verwond. 'Was zij degene die... Die wond op je arm, heeft zij dat gedaan?'

Lukas knikte.

'Maar waarom heb je me dat niet verteld?'

'Omdat de situatie ermee eindigde dat ik een aanval kreeg. Mijn lichaam en hoofd reageren zo. Ik sluit me af als de situatie me te veel wordt en dan neemt een ander het over. Ik herinner me niets van wat er gebeurd is. Ik weet niet hoe ik haar uit het appartement gekregen heb. Ik kan me niet herinneren dat jij thuiskwam of dat we naar het ziekenhuis zijn gegaan. Ik ben in het ziekenhuis pas in mijn lichaam teruggekeerd.' Hij zweeg en keek haar aan. 'Je moet me geloven, Olivia. Ik snap dat je veel te verwerken hebt, maar je moet me geloven.'

Zijn ogen glansden en ze merkte dat ze begon te zwichten en hem geloofde.

'Heeft ze na de bloemen nog contact met je opgenomen?'

'Ja, ze heeft als een bezetene gebeld en ge-sms't, heeft gedreigd, is wanhopig geweest en heeft me gesmeekt om haar terug te nemen. Ze denkt echt dat we een relatie hebben, dat we die altijd gehad hebben.'

'Maar ze weet dat je een relatie met mij hebt?'

'Ja. Ze beschouwt je als een intermezzo in ons grote liefdesverhaal. Ze schrijft dat ik "in de nacht het spoor bijster ben geraakt" en dat ze daar begrip voor heeft. Ik verzin het niet. Hier, kijk maar.'

Lukas hield Olivia zijn telefoon voor en liet haar de sms'jes van de afgelopen dag zien. Het waren er minstens twintig. Deze had hij niet gewist. Olivia las ze ontsteld en besefte de omvang van de dreiging. 'Jezus, Lukas, je moet aangifte doen. Wat is haar achternaam?'

'Eriksson.'

'Weet je waar ze woont?'

'Ik denk in Årsta, als ze tenminste niet verhuisd is.'

'Je mag deze sms'jes niet wissen. Het is bewijsmateriaal. We moeten ervoor zorgen dat je een contactverbod krijgt.' Ze stak haar hand naar hem uit. 'Ik zal je ermee helpen, dat beloof ik. Zodra ik terug ben gaan we hiermee aan de slag. Misschien kan ik morgen al het een en ander controleren en dan kun je zelf aangifte doen. Of wil je dat ik erbij ben?'

'Wacht even, wat bedoel je met "zodra ik terug ben"?'

'Ik moet een dag of twee weg.'

'Wanneer?'

'Morgen.'

'Waarnaartoe?'

Ze verschoof op haar stoel. De rollen waren omgedraaid. Nu was zij degene die moeite had om te vertellen. 'Arjeplog. Ze hebben de auto van het moordslachtoffer gevonden. Ik vlieg er morgen samen met Lisa naartoe.'

'Kan iemand anders dat niet doen?'

'Het is mijn werk, Lukas, en ik wil de auto zelf zien, maar ik hoef niet in een helikopter te vliegen, als dat is waar je je zorgen over maakt.'

'Natuurlijk doe ik dat.'

Dat begreep ze, maar nu had ze het gelukkig verteld.

Olivia had eveneens moeite met het tijdstip van de reis. Zij was net zo bezorgd om hem als hij om haar was. Ze bleven nog een tijdje zitten om de situatie te bespreken. Lukas moest onmiddellijk aangifte doen en zij zou ervoor zorgen dat hij daar de volgende dag hulp bij kreeg. Bovendien moest hij haar beloven dat hij de voordeur voortaan op slot deed.

Terwijl ze spaghetti vongole aten bedacht Olivia plotseling iets: 'Hoe wist ze eigenlijk dat je in het ziekenhuis was?'

'Hoezo?'

'Ze heeft je bloemen gestuurd of heeft ze zelf gebracht. Hoe wist ze dat je daar was?'

Lukas keek haar aan. 'Daar heb ik niet over nagedacht. Ik zou het niet weten.'

Ze zag dat hij een onzekere blik in zijn ogen kreeg. 'Heb jij het haar verteld?' vroeg ze.

'Nee, dat was ik niet.' Hij peuterde de inhoud uit een mossel en legde de schaal neer.

'Wie heeft het dan gedaan?'

Lukas zag er weer heel ongelukkig uit en Olivia had er bijna spijt van dat ze de vraag had gesteld toen hij antwoord gaf. 'Misschien degene die ik geworden was. Die ander. Ik weet het niet.'

De twee vrouwen waren stram toen ze in Arjeplog uit de politieauto stapten. Langs de weg van de luchthaven in Arvidsjaur naar Arjeplog hadden veel elanden gestaan en ze hadden meer dan eens moeten stoppen om te wachten tot de een of andere rendierstier met enorme hoorns, die het in zijn kop had gehaald om over de weg te slenteren, was verdwenen. Het was echter een mooie rit geweest. De zon stond laag en verlichtte de bergen in de verte, en de vele waterlopen drongen als blauwe, zwijgende tongen het bos in. Lisa was hier nog nooit geweest, terwijl Olivia dacht dat ze het landschap kende. Ze voelde zelfs een bepaalde verbondenheid die ze niet kon verklaren.

Zo snel kan het gaan.

'Hij staat daar,' zei Marja Verkkonen terwijl ze voor hen uit liep naar een grote loods van grijs plaatstaal. De loods was zo goed als leeg, op de donkergroene Chevrolet Tahoe uit 1999 na die in het midden op de betonnen vloer stond. De auto was in een staat waardoor zelfs de meest gewetenloze verkoper van tweedehandsauto's hem niet zou aanprijzen. De krachtige plafondlampen verlichtten de roest op de carrosserie, de wielen stonden op de velgen, de ramen waren bedekt met een zwartgroene laag viezigheid en een ervan was gebarsten. Olivia kon zich voorstellen hoe hij eruitgezien zou hebben als hij niet in een tunnel had gestaan. De portieren stonden open en twee technisch rechercheurs waren met de stoelen bezig. Olivia bleef een paar meter achter de kofferbak staan en nam met haar telefoon foto's van het voertuig. Hier heeft Fredrik Kaldma dus in gereden, dacht ze. Alleen of in gezelschap van zijn moordenaar. Vervolgens is hij in een sneeuwbekken begraven en is de auto in een tunnel verstopt. Stel dat het sneeuwbekken niet was gesmolten en hij nooit was aangetroffen. Dan was de auto vermoedelijk ook niet gevonden. En als dat wel was gebeurd, dan zou niemand een vermoeden hebben gehad van het macabere verhaal dat erachter zat. Ze liep naar het portier en knikte naar een van de technisch rechercheurs. 'Hallo, ik ben Olivia Rönning van de NOA en dit is Lisa Hedqvist. We komen net van de luchthaven. Hoe gaat het?'

De technisch rechercheur kwam uit de auto. Hij droeg witte plastic handschoenen en had een kleine lamp die blauw licht verspreidde in zijn hand.

'Hebben jullie iets gevonden?' vroeg Lisa.

'Een paar dingen waarvan we nog niet weten of ze relevant zijn. Die laten we analyseren.'

'Oké.' Olivia voelde een steek van teleurstelling. Had ze Lisa helemaal hiernaartoe gesleept terwijl er misschien niets in de auto werd aangetroffen wat hen verder kon helpen met het onderzoek? Had ze te hoge verwachtingen gehad?

'Maar misschien is dit bruikbaar.' De technisch rechercheur liep naar een metalen tafel die voor de motorkap stond, pakte een doorzichtig zakje en gaf het aan Olivia.

'Wat is dit?'

'Een dicteerapparaat. Die werden destijds gebruikt. Dit exemplaar hebben we in een plastic zak in het dashboardkastje gevonden.'

Olivia pakte het zakje aan en opende het voorzichtig.

'Hier, gebruik deze.' De technisch rechercheur gaf haar een paar plastic handschoenen. Ze trok ze aan en haalde het dicteerapparaat eruit. Het was een kleine Panasonic. Er ging een rilling door haar lichaam. Ze had er zelf precies zo een van haar vader gekregen. Ze kon zich niet herinneren in welk jaar dat was, maar ze was er gek op geweest. Het kon haar niet schelen dat het apparaat tweedehands was. Ze had er lange verhalen mee opgenomen voordat ze 's avonds ging slapen en vond het fascinerend om haar eigen stem te horen. Het was alsof er iemand anders tegen haar praatte.

'Er zit een cassette in,' zei de technisch rechercheur.

Op dat moment werd het heel interessant.

'Denk je dat we die af kunnen spelen?' vroeg Lisa. 'Zou er opgenomen materiaal op staan?'

'Dat weet ik niet, maar dat kunnen jullie snel controleren. Jullie hebben in Stockholm meer mogelijkheden dan wij.'

Wij niet, dacht Lisa, maar er werken forensisch onderzoekers bij het NFC die gespecialiseerd zijn in geluidstechniek. Die kunnen het waarschijnlijk wel.

Olivia en Lisa hadden een kamer in hotel Silverhatten gereserveerd. Hun vliegtuig vertrok de volgende dag vlak voor lunchtijd. Tijdens het avondeten in het restaurant vertelde Olivia over haar eerste bezoek aan het hotel en de ontmoeting met de dronken man die helikopterpiloot Pekka bleek te zijn. Lisa had moeite om haar lachen in te houden.

Op dat moment belde Marja. 'Stoor ik?'

'Nee hoor, we zitten te eten,' antwoordde Olivia.

'We zouden het leuk vinden om samen nog wat te drinken.'

'Dat is prima.'

'Zullen we in de bar afspreken?'

'Graag... Wie zijn "we" trouwens?'

Dat waren Marja, Ragnar en Pekka.

Olivia had Pekka gebeld toen ze klaar waren in de loods, maar hij had niet opgenomen. Nu kwam hij op ongeveer dezelfde plek als de vorige keer in de bar naar haar toe. Deze keer was hij echter nuchter. Ze omhelsden elkaar een hele tijd.

'Is alles goed met je?' vroeg Pekka.

'Ja, en met jou?'

'Jazeker. Ik heb niets te klagen. Ik vlieg weer.'

'Was je erbij toen de auto gevonden werd?'

'Nee, ze hebben vanaf de grond gezocht.'

Pekka sloeg een arm om haar schouders en deze keer liet ze dat toe. Ze liepen samen naar de toog. Tijdens de paar meter daarnaartoe speelden zich een aantal dramatische scènes in Olivia's hoofd af. Ze kenden elkaar niet persoonlijk, maar hadden samen iets meegemaakt wat hun levens met elkaar verbond op een manier die ze geen van beiden zouden vergeten.

'Ik trakteer,' zei Ragnar.

Olivia maakte van de gelegenheid gebruik om hem de groeten van Mette te doen, wat Ragnar bijzonder op prijs stelde.

'Het was altijd enerverend om met haar samen te werken,' zei hij.

'Je moest voortdurend alert zijn, maar ze haalde het beste in anderen naar boven. Het zal moeilijk zijn om haar te vervangen.'

Olivia voelde een hand op haar arm. 'Weet je wie dit is?' vroeg Pekka. Hij hield haar een fotootje voor waarop een heel oude vrouw in Samenklederdracht stond.

'Nee. Is het familie van je?'

'Niet van mij, maar van Fredrik Kaldma. Dit is Nanna Ruong, de zus van zijn oma.'

'Leeft ze nog?'

'Ja. Ze is oud, bijna negentig volgens mij, maar nog heel helder. We gaan soms samen vissen. Ze woont in Harrok.'

Olivia zag aan Lisa dat het informatie was die ze misschien moesten natrekken.

Ze waren allebei uitgeslapen en tevreden toen ze ruim op tijd op de luchthaven in Arvidsjaur arriveerden. De reis was succesvol geweest. Er was een dicteerapparaat met een cassettebandje in Kaldma's auto gevonden, dat inmiddels bij het NFC lag. Dat had Lisa nagevraagd. Ze wisten niet of er iets op stond, maar hadden de belofte gekregen dat het bandje meteen onderzocht zou worden.

'Als er iets op staat, is het natuurlijk niet zeker dat het waarde voor het onderzoek heeft,' zei Lisa terwijl ze in de wachtruimte naast Olivia ging zitten.

'Ja, dat is logisch.' Olivia hield haar telefoon omhoog in een poging contact met het netwerk te krijgen. 'Ik heb hier slecht bereik. Heb jij dat wel?'

'Mijn telefoon werkt, wil je hem lenen?'

'Dat hoeft niet. Ik heb Lukas in Arvidsjaur een sms gestuurd. Nu zal hij moeten wachten tot we op Arlanda zijn.'

Lisa keek naar Olivia. Ze had nog nooit meegemaakt dat Olivia zo gebiologeerd was door een man. Ze sms'te hem voortdurend en kreeg net zoveel sms'jes terug. Lisa wist dat Lukas een paar dagen in het ziekenhuis opgenomen was voordat ze naar Arjeplog vlogen, maar ze wist niet hoe ernstig het was geweest. Waarschijnlijk was het meegevallen omdat hij inmiddels weer thuis was. 'Maak je je zorgen over hem?'

Olivia ving haar blik op. 'Nee, of eigenlijk wel, maar dat is niet om wat jij denkt.'

'Wat denk ik dan?'

'Zijn diagnose. Dat hij kwetsbaar is. Dat is het niet.'

'Wat is het dan wel?'

Olivia vertelde Lisa over Sara, zijn stalker, tegen wie Lukas inmiddels aangifte had gedaan. 'Ze komt trouwens in onze registers voor vanwege lichte mishandeling, kruimeldiefstal en nog wat andere overtredingen. Geen ernstige dingen, maar toch, we weten niet of ze plotseling weer opduikt en hoe gevaarlijk ze dan kan worden. Ik vermoed dat ze borderline heeft, ook al heb ik dat nergens kunnen vinden.'

'Mijn god, wat een toestand. Maar als jouw appartement binnenkort klaar is, kunnen jullie daar toch gaan wonen?'

'Dat is in principe klaar, maar ik denk dat Lukas niet veel zin heeft om bij mij te wonen. Zijn schilderspullen nemen een hele kamer in beslag en bovendien ben ik daar bedreigd, of wat die kogel ook te betekenen had.'

'Weet Lukas dat?'

'Nee.'

Lisa legde een hand op Olivia's schouder. 'Het is een beetje veel op alle fronten.'

'Dat klopt... Het begint inderdaad een beetje te veel te worden.'

Dat begreep Lisa. Zij zou zich na de helft van wat Olivia de afgelopen maanden had meegemaakt al ziek gemeld hebben, terwijl ze zichzelf als vrij sterk beschouwde. Ze was onder de indruk dat het Olivia lukte om zich staande te houden, maar maakte zich toch zorgen om haar. Op een bepaald moment houdt ze het niet meer vol, dacht Lisa terwijl een stem uit de luidsprekers verkondigde dat het vliegtuig naar Stockholm klaarstond om te boarden.

Olivia belde Lukas zodra ze op Arlanda waren geland. Het ging goed met hem. Hij voelde zich prima, verlangde naar haar en was aan een nieuw schilderij begonnen. Hij was bovendien tevreden omdat hij de aangifte bij de politie zelf had geregeld. Nu hoefden ze alleen het contactverbod af te wachten. Sara stuurde nog steeds sms'jes, maar iets minder frequent.

'Je moet een ander telefoonnummer nemen,' zei Olivia.

'Ik weet het. Dat doe ik morgen.'

Waarom vandaag niet? dacht ze, maar ze zei niets. In zijn plaats zou ze dat allang gedaan hebben, maar ze wist dat het geen zin had om er tegen hem over te zeuren. Hij moest dingen in zijn eigen tempo kunnen doen en dat tempo was nu eenmaal lager dan dat van haar. Hoewel ze moest toegeven dat hij de aangifte snel had geregeld.

'Wanneer kom je thuis?' vroeg hij.

Op dat moment liep Lisa naar Olivia toe. Ze gebaarde enthousiast en wees naar de telefoon.

'Wacht even, Lukas,' zei Olivia en ze liet haar telefoon zakken.

'Ze zijn goud waard bij het NFC,' zei Lisa. 'Ze zijn al bezig met de cassette en hebben opgenomen materiaal gevonden. Zodra ze ermee klaar zijn sturen ze het naar ons toe.'

'Geweldig. Kun je Mette bellen om te zeggen dat we naar haar toe komen als we het binnen hebben?'

'Dat doe ik.'

Olivia hield de telefoon weer bij haar oor. 'Sorry, dat was Lisa. Ik kom nu naar huis.'

'Ik verlang naar je.'

De geluidsspecialisten van het Forensisch Centrum hadden al snel geconstateerd dat er opgenomen materiaal stond op de cassette die in Kaldma's auto was gevonden. Bovendien kon het beluisterd worden. Het geluid was wisselvallig van kwaliteit, maar na de technische bewerking en reiniging was het absoluut acceptabel. Het was op een computer gezet en het bestand was naar Olivia Rönning gestuurd.

Die zat inmiddels in de Afrika-kamer in Mettes woning, had een laptop voor zich staan en opende het bestand.

Alleen Bosse was niet aanwezig.

'Dit is het gesprek dat op de cassette stond,' zei ze. 'Het wordt in het Spaans gevoerd tussen twee mannen, volgens de forensisch onderzoekers. Ik speel het af, vertaal het en schrijf het op, waarna we het kunnen bespreken.'

Spaans was tenslotte Olivia's domein.

Ze startte het geluidsbestand en begon haar vertaling op de laptop te typen. Als eerste klonk er een mannenstem die in het Zweeds praatte: *Donderdag 10 november. Gesprek met Pedro Suárez.*

Olivia stopte het bestand. 'Pedro Suárez?'

'Kan dat de klokkenluider zijn over wie Sven Bergh het had?' opperde Mette.

'Dat zou ongelofelijk zijn.'

Olivia startte het bestand weer, stopte, schreef de tekst op en luisterde verder. Ze zwegen allemaal gespannen. Het gesprek tussen de twee mannen creëerde een merkwaardige sfeer. De man die het meest aan het woord was had een lichte, hese stem en praatte snel. Het was duidelijk dat hij zich niet op zijn gemak voelde, ook al verstonden ze niet wat hij zei. Ze pakten om de beurt koffie en mineraalwater. Alleen Olivia dronk niets. Ze was volkomen geconcentreerd op de opname en het vertalen ervan. Uiteindelijk zette ze het geluidsbestand uit en leunde naar achteren.

'Ben je klaar?' vroeg Stilton.

'Ja.'

'Waar ging het over?' vroeg Mette.

'Jullie moesten eens weten,' zei Olivia en ze pakte een fles water.

Ze zaten allemaal op hete kolen terwijl Olivia de fles bijna leegdronk. Daarna boog ze zich naar het scherm. 'Ik lees het voor zoals het in het geluidsbestand staat en daarna kunnen we erover praten. Het begint zoals jullie gehoord hebben met een Zweedse stem, waarvan ik aanneem dat het Fredrik Kaldma is. Hij vraagt Pedro Suárez om zijn verhaal te vertellen en dat doet hij.' Ze schraapte haar keel en begon van het scherm te lezen:

*'Je weet niet wie ik ben, maar ik werkte als eerste stuurman op de Midas. Volgens mij ken je dat schip. We vertrokken op 20 april uit San Sebastián met als bestemming Zuid-Afrika. De lading bestond uit tweeëndertig containers die kernafval bevatten en die in Kaapstad gelost moesten worden.* ETG *heeft een overeenkomst met de autoriteiten daar, die kernafval accepteren. Dat weet jij beslist ook.'*

*'Wat was het voor afval? Hoogactief?'*

*'Nee, middelactief.'*

*'Geen radium of plutonium?'*

*'Nee, voornamelijk harde componenten die afkomstig zijn van Zorita, de kerncentrale in Guadalajara. Het kernafval zou verder getransporteerd worden naar de opslaginstallatie in Vaalputs, in de woestijn boven Kaapstad. Voor de kust van Gambia kwamen we in een zware storm terecht, het schip had moeite met de golven en een deel van de containers begon te glijden. We maakten slagzij en uiteindelijk besloot de kapitein om zestien containers overboord te zetten zodat het schip bestuurd kon worden. Dat was voor Banjul, ten westen van St. Joseph Island. Toen we in Kaapstad arriveerden werd iedereen aan boord gesommeerd om te zwijgen over het dumpen.'*

*'Waarom dat?'*

*'Ik neem aan dat het bedrijf het risico niet wilde lopen om de con-*

*tainers te moeten bergen, want dat zou verschrikkelijk duur zijn. Ik kan het echter niet meer verdragen om mijn mond te houden, omdat ik weet dat het een enorme milieuramp kan worden. Het gedumpte afval blijft honderden jaren actief, de naden van de containers eroderen langzaam en over vijftien tot twintig jaar lekt het kernafval in de zee, wat verschrikkelijke consequenties zal hebben, zowel voor het zeemilieu als voor de mensen die aan de kust wonen.'*

*'Weet je waar die dumping plaatsgevonden heeft?'*

*'Ik heb de geografische coördinaten opgeschreven. Heb je een pen?'*

*'Ja.'*

*'13 graden, 11 minuten en 48 seconden noord, 17 graden, 41 minuten en 55 seconden west.'*

'Het briefje dat in Kaldma's sneeuwscooterpak zat,' onderbrak Stilton Olivia.

'Dat klopt.'

'Nu weten we wat het is.'

Olivia las verder van het scherm:

*'Bedankt, Pedro. Ik heb nog één vraag. Waarom heb je contact met mij opgenomen?'*

*'Ik heb gehoord dat je* ETG *in mei al beschuldigd hebt, maar dat het in de doofpot gestopt is. Je had echter gelijk. Ik durf er zelf niet mee naar buiten te komen, ik heb een vrouw en kinderen en ze houden me al in de gaten.'*

*'Wie?'*

*'*ETG*. Ik heb ontslag genomen en heb geprobeerd onder te duiken, maar ze zullen me vinden. Ze weten dat ik dit niet kan verdragen en zijn bang dat ik mijn mond opendoe. Dat is wat ik je wilde vertellen. Alles wat ik gezegd heb is waar.* Dios sea contigo.'

Olivia klapte de laptop dicht. Het bleef stil rond de tafel.

'Wat betekent dat laatste?' vroeg Lisa uiteindelijk.

'God zij met je.' Olivia dronk het laatste water uit de fles en leunde naar achteren op haar stoel. Het bleef een hele tijd stil.

'Er liggen dus zestien containers met kernafval op de zeebodem voor Banjul?' zei Stilton uiteindelijk. 'Vol met harde componenten waarover niemand iets weet?'

'Sommigen weten dat beslist,' zei Olivia.

'Diegenen hebben dus bewust een potentiële milieuramp verzwegen,' zei Lisa.

'En dat is gelukt omdat Kaldma vermoord is,' zei Olivia. 'Is dat toeval of is hij uit de weg geruimd?'

'Aan de andere kant hebben we geen idee of het klopt,' zei Mette. 'Gedumpte containers vol kernafval klinkt nogal vergezocht.'

'Hoe kunnen we dat controleren?' vroeg Lisa.

'We hebben de naam van de klokkenluider,' zei Olivia. 'We moeten proberen contact met hem op te nemen.'

'Maar hoe? Hij heeft in 1999 ontslag bij ETG genomen.'

'Ik bel naar de Spaanse politie en vraag of ze hem kunnen opsporen,' zei Mette. 'Ik heb daar een aantal contacten.'

Mette had bijna overal ter wereld contacten. Ze had een tijdlang een groot internationaal samenwerkingsverband met betrekking tot de aanpak van drugs geleid. Bovendien was ze iemand die ook contact hield als het werk achter de rug was. Dat kon op den duur de moeite waard zijn.

Zoals nu.

Olivia en Lisa gingen naar het politiebureau op Kungsholmen. Ze waren beiden aangedaan door het gesprek waarnaar ze hadden geluisterd. Gedumpte containers met kernafval. Weliswaar niet hoogactief, maar toch klonk het onwaarschijnlijk. Toen ze hun kantoor in kwamen zat Bosse met zijn hoofd vlak bij zijn computerscherm. Olivia keek naar Lisa. Ze hadden beiden al een tijdje het gevoel dat Bosses zicht niet zo goed meer was.

'Heb je weleens over een beeldschermbril nagedacht?' vroeg Olivia terwijl ze naar Bosses bureau toe liep.

Hij ging iets rechter zitten, maar bleef naar het scherm kijken. 'Jazeker,' antwoordde hij.

'Waar kijk je naar?'

Hij draaide zich naar hen om. 'Ik heb gisteravond een mail van het NFC gekregen. Het DNA van de donkere haren in Kaldma's slaapkamer matcht met Roger Hanssons DNA.'

'Dan had Minken dus gelijk,' zei Olivia. 'Hansson en Bostam hadden een verhouding.'
'Waarschijnlijk wel. Vannacht kreeg ik een idee dat ik wilde controleren, daarom ben ik niet naar de bespreking gekomen.'
'Waar ging dat over?' Olivia trok haar jack uit en ging tegenover Bosse zitten, terwijl Lisa bij de muur bleef staan. Ze zagen beiden dat Bosse opgewonden was, omdat zijn lippen dan altijd verstrakten.
'Kaldma verdween op 17 november uit zijn woning en we weten niet wat hij daarna gedaan heeft,' begon hij. 'Zijn vrouw was de vorige avond op tournee gegaan met het Rijkstheater. We hebben ze de hele tijd – dat geldt in elk geval voor mij – gezien als twee mensen op verschillende plekken. Hij is hier verdwenen, zij was ergens in het land met haar theatergroep. Maar omdat we niet weten waar Kaldma naartoe gegaan is toen hij verdween en we ook niet weten wanneer hij vermoord is, vroeg ik me af waar Anette Bostam zich bevond toen hij verdween.'
Bosse haalde diep adem en trok een vel papier naar zich toe.
'In het oude onderzoek zat haar tourneeprogramma. Daaruit blijkt dat Bostam op 18 november optrad in het Medborgarhuset-theater in Arvidsjaur. Het kost een uur om daarvandaan met de auto naar Arjeplog te rijden. De dag erna hoefde ze niet op te treden, waarna ze verder zouden reizen naar Umeå.'
'Denk je dat Kaldma naar Arvidsjaur gereden kan zijn om met haar te praten?' vroeg Olivia.
'Ja, maar in eerste instantie dacht ik aan Roger Hansson. Hij had in die periode vermoedelijk een relatie met Anette Bostam. We weten ook dat Kaldma en zij ruzie hadden op de avond voordat ze vertrok. Het kan zijn dat Kaldma achter haar relatie met Roger gekomen is en dat die ruzie daarover ging. Hij was misschien heel jaloers, dat weten we niet. Misschien dacht hij dat Roger met Anette mee was gegaan op tournee en is hij daarnaartoe gereden om ze te betrappen.'
'In Arvidsjaur?'
'Dat was de eerste plaats die de tournee aandeed. Hypothetisch gezien kan het zo zijn dat Hansson daar inderdaad samen met Bostam was en als Kaldma daarnaartoe gegaan is, dan... tja, dan kan er van alles gebeurd zijn. Moord bijvoorbeeld. Hoe hij daarna in vredesnaam in de bergen terechtgekomen is, is een ander verhaal.'

Olivia en Lisa luisterden zwijgend.

'Ik heb achterhaald in welk hotel de theatergroep in Arvidsjaur verbleef,' ging Bosse verder. 'Maar ze hebben het oude gastenboek van 1999 helaas niet meer.'

'Waarom wilde je dat hebben?' vroeg Lisa.

'Om te controleren of Bostam een tweepersoonskamer voor haar en Roger had gereserveerd, maar dat weten we dus niet. Ik kan proberen contact op te nemen met een paar acteurs en actrices die bij de tournee waren en vragen of zij iets weten.'

'Goed gewerkt, Bosse,' zei Olivia en ze stond op. Ze was niet helemaal ontspannen. Daarnet had het motief van de moord op Kaldma te maken gehad met gedumpte containers in de Noordelijke Atlantische Oceaan en nu hielden ze zich weer met de driehoeksverhouding bezig.

Of dat deed Bosse eigenlijk, puur hypothetisch.

Dat zou kunnen verklaren waarom het lijk in het noorden gevonden was, maar waarom midden in de wildernis? Om ervoor te zorgen dat het voor altijd verborgen zou blijven?

'Hoe gaat het hier?'

Ze draaiden zich alle drie om. Klas Hjärne kwam het kantoor in lopen. Zijn colbert hing over zijn arm, hij had zijn stropdas iets losser getrokken en zijn leesbril naar zijn voorhoofd geschoven.

'Het gaat goed,' antwoordde Olivia. 'Ik neem aan dat je het onderzoek bedoelt?'

'Ja. Ik heb Mette Olsäter daarnet gebeld om ernaar te informeren, maar zij verwees me naar jou.'

Waarom belt hij Mette? dacht ze. Ik ben toch degene die dit onderzoek leidt?

'Ik kan een rapport opstellen als je dat wilt,' bood ze aan.

'Kun je het niet mondeling doen?'

Ze snapte niet wat Hjärne wilde. Hij had voortdurend schriftelijke informatie over het onderzoek gekregen, dus waarom moest het nu dan mondeling? 'Wat wil je weten?'

'Tja, ik ben voornamelijk nieuwsgierig. Hoe is het om met een oude rot als Mette te werken?'

'Productief,' was alles wat Olivia zei.

Hjärne keek van haar naar Lisa en vervolgens naar Bosse. 'Ik bedoel alleen dat het nogal onconventioneel is om in de woning van een privépersoon aan een moordonderzoek te werken. Ook al heb ik het goedgekeurd.'

'We werken ook op het politiebureau,' zei Bosse.

'Dat is mooi. Is er al zicht op resultaat?'

'Een dader?' vroeg Lisa.

'Dat is het doel van het onderzoek toch?' Hjärne glimlachte en begon zijn colbert aan te trekken.

'We hebben nog geen verdachte,' zei Olivia. 'Als dat is wat je je afvraagt... maar we komen steeds dichterbij.'

'Mooi.' Hij trok zijn stropdas strak en opende de deur. 'Zeg het gewoon als jullie meer middelen nodig hebben,' ging hij verder. 'Mijn portefeuille is gevuld. Het budget voor dit jaar ziet er goed uit en met voormalige politieagenten als goedkope onderzoekers...' Hij glimlachte en verdween naar de gang. De drie achterblijvers keken elkaar aan.

Lisa was de eerste die iets zei. 'Misschien hadden we moeten zeggen dat we zestien gedumpte containers uit de Atlantische Oceaan willen opdreggen.'

'Containers?' vroeg Bosse verbaasd.

Stilton was in Kummelnäs gebleven nadat Lisa en Olivia naar het politiebureau waren gegaan. Hij wilde met Mårten praten en had daar nog geen gelegenheid voor gehad. Mette zat in de Afrika-kamer te werken, dus stelde Mårten de kleine salon voor. Daar was Stilton het helemaal mee eens. Hij voelde zich daar prettig. Voor de open haard stonden twee fauteuils en een tafel met een schaakbord met opgestelde stukken. Hij wist dat Mårten gek was op schaken, een spel waarvoor hij niet voldoende geduld had. Backgammon ging sneller.

'Hoe denk je erover?' vroeg Mårten toen ze bij de open haard zaten, die niet brandde.

'Over het onderzoek?'

'Over de toekomst.'

Mårten was de enige met wie Stilton dit onderwerp serieus wilde bespreken. Op Luna na. Daarom was hij achtergebleven. Mårten wist dingen over hem waarvan weinig anderen op de hoogte waren en die hij zelf nauwelijks wist. 'Ik weet het niet,' zei hij. 'Ik heb een reis gemaakt. Misschien is die nu geëindigd.'

'Een reis eindigt als het doel bereikt is. Heb jij dat gedaan?'

'Ik heb geen doel, ik dwaal alleen rond.'

'Terwijl je op de dood wacht?'

'Dat doen we allemaal min of meer, dus dat is niet echt een doel.'

Mårten legde zijn handen tegen zijn achterhoofd. Stilton herkende het gebaar. Hij vermoedde wat er zou komen en zette zich schrap, maar hij had het zelf uitgelokt.

'Tussen ons gezegd is het als volgt, Tom. Je hebt niet één reis gemaakt, maar hebt meer gereisd dan de meesten en dat weet je. Je hebt je leven een paar keer ondersteboven gehaald, je bent gevlucht en bent teruggekomen, je hebt anderen in de steek gelaten en hebt vervolgens weer voor ze klaargestaan, en je bent zo diep gezonken als maar mogelijk is. Waarom is dat denk je?'

Stilton keek naar de zwarte en witte ivoren schaakstukken.

'Zo ben ik blijkbaar.'

'Dat is duidelijk. Maar waarom ben je zo?'

'Dat weet ik niet.'

Dat was niet helemaal waar, een deel ervan wist hij, maar hij had geen zin om daarover te praten. Opnieuw.

'Ik denk dat je het heel goed weet,' zei Mårten. 'Je bent veel analytischer dan je je voordoet. Je weet waar de onrust vandaan komt, je weet waardoor je basisfundament vernietigd is, je weet waarom je ronddwaalt. Dat wil je alleen niet accepteren.'

'Mijn ronddwalen?'

'Je ronddwalen is het resultaat van gebeurtenissen waarop je geen invloed meer kunt uitoefenen. Een auteur heeft ooit geschreven: *Het is nooit te laat om een gelukkige jeugd te krijgen.*'

'En wat bedoelde hij daarmee?'

'Denk daarover na. Een leidraad is verzoening.'

Stilton had in Thailand vrij veel tijd besteed aan verzoening. Dat had echter niets met zijn jeugd te maken gehad, maar met een trauma uit een recentere periode. Zijn jeugd hield hij op afstand.

Mårten pakte een witte pion en keek naar Stilton. 'Schaak je nog steeds niet?'

'Nee.'

'Mårten!' riep Mette vanuit de Afrika-kamer. Mårten hoorde de deurbel en keek op van de schaakstukken.

Olivia, Bosse en Lisa kwamen de keuken in. Stilton was met Mårten meegelopen en was aan de keukentafel gaan zitten. Hij was nog steeds een beetje afwezig. *Een leidraad is verzoening.* Terwijl de drie jonge onderzoekers om de beurt verslag deden van Bosses hypothese over Anette Bostams eventuele ontmoeting met Kaldma in Arvidsjaur, waarbij ze deels door elkaar heen praatten, hoorde hij alleen fragmenten. Hij keek naar Mette, die in de Afrika-kamer zat. Ze praatte Engels in haar telefoon en toen ze opstond van haar stoel en bleef praten zonder van haar plaats te komen besefte hij hoe alert ze was. 'Wanneer was dat?' vroeg ze. 'Dat is toch bijzonder merkwaardig?'

Stilton keek van Mette naar Olivia toen ze een hand op zijn arm legde. 'Wat denk jij?'

'Waarover?'

'Bosses hypothese.'

Mettes stem, die een scherpe klank had, sneed door de ruimte en redde Stilton. 'Kunnen jullie hiernaartoe komen?'

Ze stonden allemaal op en liepen de werkkamer in. Toen ze op de stoelen zaten die ze altijd kozen, boog Mette zich naar voren. Ze keek een paar seconden naar haar gelakte nagels, die vandaag een groene kleur hadden die Mårten vreselijk vond, en begon vervolgens met haar verhaal.

'Nadat jullie vanochtend vertrokken waren heb ik een deel van wat Suárez op de geluidsopname vertelde nagetrokken. De informatie over Zorita, de kerncentrale in Guadalajara, klopt en dat geldt ook voor Vaalputs, de opslaginstallatie in de woestijn boven Kaapstad die laag- en middenactief kernafval uit het buitenland accepteert. Vervolgens heb ik naar mijn contact in Spanje gebeld en heb hem om informatie over Pedro Suárez gevraagd. Terwijl ik wachtte tot hij terugbelde heb ik informatie gezocht over het schip dat Suárez op de geluidsopname noemde, de Midas. Het is een containerschip dat in de jaren negentig gebruikt is door ETG, waarna het aan het begin van de eenentwintigste eeuw onder de vlag van een ander land is gaan varen. Waar het schip zich tegenwoordig bevindt is onbekend, het kan tot schroot verwerkt zijn. Ik heb ook gepraat met een werkneemster van het bedrijf. Zij bevestigde dat het schip in die tijd gebruikt werd voor diverse transporten tussen Spanje en Zuid-Afrika. Toen ik vroeg wie de kapitein was van het transport dat op 20 april 1999 uit San Sebastián vertrok beweerde ze dat ze daar geen informatie over had.'

Mette gebaarde dat Mårten, die met een blad vol broodjes in de deuropening verscheen, naar de keuken terug moest gaan. Bosse had graag gewild dat het blad op de tafel was neergezet, hij had na het ontbijt niets meer gegeten.

'Daarnet ben ik teruggebeld door Manuel Ortega, een Spaanse politieagent,' ging ze verder. 'Een buitengewoon actief contact, moet ik zeggen, ook al is zijn Engels verschrikkelijk slecht. Hij had informatie over Pedro Suárez gevonden. Dat bleek niet zo moeilijk te zijn, omdat hij in hun registers voorkwam.'

'Waarom dat?' vroeg Olivia.

'Omdat hij in 1999 dood onder een hotelbalkon in Nerja aangetroffen is.'

'Buiten Málaga?'

'Ja.'

'Zelfmoord?' vroeg Stilton.

'Nee. Hij was zwaar mishandeld. Ze hebben een tijdje aan de zaak gewerkt, maar kwamen niet verder.'

'Op welke datum is hij gevonden?' vroeg Olivia.

'Op 13 november.'

'Dan hebben we een tijdlijn.' Olivia liep naar het schrijfblok op het houten statief dat Mårten had neergezet. Ze pakte een pen, schreef een paar data op en trok daar een streep tussen.

'Op 10 november praat Pedro Suárez met Kaldma, wat opgenomen is op de cassette. Drie dagen later, op 13 november, wordt hij dood aangetroffen in Nerja. Op 15 november vertelt Kaldma aan Sven Bergh dat hij dramatische informatie van een Spanjaard gekregen heeft en zich onder druk voelt staan. Het is mogelijk dat Kaldma op dat moment al gehoord heeft wat er twee dagen eerder in Nerja met Suárez gebeurd is en dat hij daardoor bang geworden is. Twee dagen later, op 17 november, verdwijnt Kaldma.'

'En wat is de gemeenschappelijke noemer in deze tijdlijn?' vroeg Stilton.

'Volgens mij is dat ETG.'

'Zolang we niet weten of Suárez' informatie over het dumpen van de containers klopt, is het niet meer dan een hypothese,' zei Mette. 'Klopt de informatie niet, dan stort onze theorie in.'

'Hoe gaan we nu verder?' vroeg Bosse.

Om begrijpelijke redenen gaf niemand meteen antwoord. Stilton krabde aan zijn onderarm en was een stapje verder met zijn gedachten, maar wachtte op de anderen.

'Dat is niet zo eenvoudig,' zei Olivia uiteindelijk. 'Kaldma heeft het geprobeerd en is vermorzeld door de advocaten van ETG. Volgens Sven Bergh had hij niet voldoende bewijs.'

'En dat hebben wij ook niet,' voegde Mette eraan toe. 'We hebben alleen een twintig jaar oud gesprek tussen twee personen die allebei dood zijn.'

'Dan moeten we uitzoeken of Suárez de waarheid sprak,' zei Stilton.

'Hoe dan?'

'We hebben de geografische coördinaten van de plek waar de containers gedumpt zijn. Op de geluidsopname en op het briefje dat Kaldma bij zich had toen hij doodgeschoten werd.'

'En?'

Ze keken allemaal naar Stilton.

De hitte op de Spaanse hoogvlakte was enigszins verminderd en er waaide een koele avondbries over het open dakterras van de wolkenkrabber. Enrico Moratín zat in zijn overhemd op het terras en keek uit over het centrum van Madrid. In de verte zag hij de bergen, de Sierra de Guadarrama. Hij hield van dit landschap. Hij haatte Catalonië. Of in elk geval hun poging om zelfstandig te worden. Idioten en separatisten, twee woorden van gelijke betekenis voor hem. Hij schudde zijn hoofd en bukte zich naar zijn pincho, een bordje met *angulas*. Hij was dol op glasaal met knoflook en een beetje citroen. De eerste aal spoelde hij weg met een slok gekoelde vermout, waaraan hij de voorkeur gaf vlak voordat de schemering inviel.

Hij was in balans.

Hij streek over zijn perfect verzorgde snor. Toen hij weer naar het mooie vergezicht keek werd zijn zicht belemmerd door een in het zwart geklede vrouw die vanaf de lift achter de bar op weg was naar zijn tafel. Het was een werkneemster. Hij veegde zijn mond snel af en ving haar blik. De meesten in het bedrijf wisten dat hij niet graag werd gestoord als hij hier was voor zijn minisiësta, maar dat gold blijkbaar niet voor deze vrouw. Hij herkende haar, maar wist niet op welke afdeling ze werkte.

'Ja?' zei hij.

'Het spijt me dat ik stoor, maar ze hebben me aangeraden om met u te praten.'

De lichte glinstering tussen het dunne, donkere haar op haar bovenlip maakte duidelijk dat ze zenuwachtig was. Moratín gebaarde naar de stoel tegenover hem en de vrouw ging zitten. Ze was niet onaantrekkelijk.

'Vind je angulas lekker?' vroeg hij.

'Nee.'

'Niet iedereen vindt dat lekker. Waarmee kan ik je helpen?'

De vrouw slikte en legde haar ene hand op de andere. Moratín merkte dat ze niet gewend was aan het dakterras. Dat was voorbehouden aan de directie, maar een paar keer per jaar werd een geselecteerd deel van de werknemers uitgenodigd op het terras om zich tussen de directieleden te mengen.

'Ik heb daarnet een telefoongesprek gevoerd,' zei de vrouw. 'Met een Zweedse vrouw, een politieagente, die wilde weten of het vrachtschip Midas in de jaren negentig transporten voor ons heeft uitgevoerd. Ik heb het schip in ons register gevonden en heb bevestigd dat dat klopte.'

Moratín pakte zijn glas vermout, zag dat het leeg was en gebaarde ermee naar de bar. 'Ja?' zei hij. 'En verder?'

'Daarna wilde ze allerlei details weten, zoals wie op een bepaalde datum de kapitein van dat schip was geweest toen het San Sebastián verliet.'

'Welke datum was dat?'

'20 april 1999.'

'Wat heb je geantwoord?'

'Dat ik die informatie niet had en erop terug moest komen.'

'Wat je niet gaat doen. Dat soort informatie geven we namelijk niet. Vooral niet aan een onbekende Zweedse die ons belt, ook al zegt ze dat ze een politieagente is.' Moratín glimlachte, waardoor de vrouw zich niet op haar gemak voelde. Had ze een fout gemaakt? Had ze te veel gezegd? Was ze naïef geweest?

'Als we aannemen dat het inderdaad een Zweedse politieagente was,' ging hij verder, 'dan heeft het waarschijnlijk met smokkel te maken. De Zweedse politie gaat blijkbaar terug in de tijd om te proberen het internationale smokkelverkeer in kaart te brengen.'

'Ja, dat is misschien zo.'

'Maar zoals ik al zei geven we in het vervolg geen antwoord op dit soort vragen, ongeacht wie die stelt. Ben je niet van mening veranderd?' Moratín schoof het bord met glasaal naar de vrouw toe. Ze schudde haar hoofd en stond op. Toen ze bijna bij de lift was pakte Moratín zijn telefoon en stuurde een sms naar een nummer in Gambia. *Seeku. Bel me. Dringend.* Daarna tilde hij zijn bord op en gebaarde dat hij nog een pincho wilde.

Zweden, dacht hij, jullie zullen nooit iets opvissen als jullie op deze manier bezig blijven.

Abbas hield niet van de kleding die hij moest dragen als hij als croupier in Casino Cosmopol werkte. Het was een soort uniforme kleding die voldoende anoniem moest zijn om niet persoonlijk te lijken. Hij moest één zijn met de speeltafel.

Hij hield echter van zijn werk.

Het was afwisselend, omdat er elke avond nieuwe gezichten aan zijn tafel verschenen, nieuwe mensen met meer of minder interessante persoonlijke lotgevallen, afhankelijk van het alcoholniveau. Of eigenlijk bijna elke avond, want aan de vaste gasten kon hij niet ontsnappen. Vanavond waren er niet veel vaste gasten, maar ook bijna geen nieuwe gezichten, op één man na. Deze man, Tom, was iemand die hij juist niet aan zijn tafel wilde zien nu hij net een paar spellen kaarten had geschud. Hij wist dat Tom hier nooit naartoe zou komen als het niet nodig was. Tom speelde niet om geld.

Abbas pakte het spel en keek naar Tom. Hij stond achter een blackjacktafel en op dit moment waren alle stoelen leeg, behalve die waarop Tom zat.

'Sorry,' zei Stilton. 'Het heeft een beetje haast.'

Abbas keek om zich heen in de zaal met gedempte verlichting en richtte zijn blik vervolgens op het plafond. Hij wist precies waar alle camera's hingen en dat ze op dit moment filmden dat er een man aan zijn tafel zat die niet speelde. Hij hoopte dat Tom de situatie begreep.

'Je mag me een kaart geven,' zei Tom en hij schoof een gele fiche naar hem toe.

Hij begreep het en had zich voorbereid.

Abbas schoof een kaart naar hem toe, een acht.

'Nog een,' zei Stilton.

'Wat wil je?' vroeg Abbas terwijl hij Stilton een vrouw gaf.

'Banjul,' zei Stilton.

'Gambia?'

'Ja. Ik pas.'

Stilton hield zijn hand boven de twee kaarten, die samen achttien punten waard waren. Abbas pakte een kaart, een drie.

'Ken je daar mensen?' vroeg Stilton.

Hij wist dat Abbas vroeger op veel plekken als verkoper van namaakproducten had gewerkt. Hij had tassen, horloges en dat soort rotzooi verkocht. Abbas had een aantal jaren deel uitgemaakt van een bende die in meerdere landen en steden op diverse continenten opereerde en had een contactennetwerk opgebouwd dat niet alleen indrukwekkend maar tevens illegaal was.

'Misschien wel,' antwoordde Abbas. 'Mensen verplaatsen zich.'

Hij pakte een kaart, een boer, die tien punten waard was. Volgens het reglement moest hij nog minstens één kaart pakken.

'Ik moet ernaartoe en wil jou mee hebben,' zei Stilton. Hij was een beetje nieuwsgierig naar Abbas' volgende kaart.

'Wanneer wil je vertrekken?' vroeg Abbas.

'Zodra je vrij kunt krijgen. Het liefst begin volgende week.'

Abbas had geen vaste aanstelling. Dat wist Stilton en daar maakte hij nu gebruik van. Abbas pakte nog een kaart, een zeven. Stilton keek ernaar. Een puntentotaal van twintig. Dat was de reden waarom hij niet om geld speelde.

'Wat is de bedoeling?' vroeg Abbas.

Toen ze een uur later op weg naar de aak waren vertelde Stilton over de informatie van de klokkenluider en hoe belangrijk het was om uit te zoeken hoeveel daarvan waar was. Een waarheid die zich in de Noord-Atlantische Oceaan voor de kust van Banjul kon bevinden.

'Het is een gok zonder weerga.'

'Ongekend en bijzonder omslachtig.'

'Dat klopt, maar daar houden we van.'

'Jij.'

'We. Een vlucht naar Banjul, een boot huren, de informatie controleren en weer naar huis. Hoe moeilijk kan dat zijn? We hoeven tenslotte niet naar de maan.'

Abbas protesteerde niet meer. Hij wist dat Tom een beslissing had genomen en van plan was om naar Banjul te gaan, met of zonder hulp.

Ze liepen langzaam over de Långholmsbrug en vervolgens over de kade naar de aak. De lantaarn bij de muur was gerepareerd en verlichtte de donkere aak en de trossen rond de bolders waarmee de boot afgemeerd was. Abbas was hier niet meer geweest sinds Minken en Bettan de aak hadden gehuurd.

'Hoe is het eigenlijk met Olivia en de dreiging tegen haar?' vroeg hij terwijl ze naar het voordek klommen.

'De kogel die ze gekregen heeft is van een luger 08.'

'Echt waar? Een heel apart pistool.'

'Ja, maar met zo'n pistool is Kaldma ook doodgeschoten,' zei Stilton.

'Die mannen van Night Light zijn dus niet langer in beeld?'

'Nee, volgens mij niet.'

'Denk je dat de dreiging daardoor minder wordt?'

'Eigenlijk niet, maar ik heb het gevoel dat het eerder met bang maken dan met een bedreiging te maken heeft.'

'Is ze bang?'

'Dat denk ik wel, maar ze verdringt het... Je weet hoe ze is.'

'Net als jij.' Abbas opende de deur naar de salon en liep naar beneden voordat Stilton kon vragen wat hij daarmee bedoelde.

Mette zat achter de draaischijf in haar keramiekkamer, de kamer die Mårten ooit per se had willen inrichten zodat Mette kon ontspannen van haar politiewerk. Hij had achter haar rug om zelfs een pottenbakkersoven gekocht en in de kamer laten installeren. Nu was ze hem daar eeuwig dankbaar voor. Achter de pottenbakkersschijf kon ze alles waaraan ze niet wilde denken van zich afzetten.

Op dit moment was dat Tom.

Ze was net verdiept in de klei toen Mårten met een vel papier in zijn hand in de deuropening verscheen.

'Gaat Tom naar Gambia?'

Mette liet de schijf langzamer draaien en besefte dat ze er niet aan kon ontsnappen. Mårten had in de keuken gezeten en had alles gehoord.

Uiteraard.

'Blijkbaar wel,' antwoordde Mette. 'Hij heeft besloten dat hij een milieuramp gaat voorkomen.'

'In Gambia?'

'In de Atlantische Oceaan... Ik heb geprobeerd, of we hebben geprobeerd... Dat heb je waarschijnlijk gehoord... We hebben geprobeerd hem te laten beseffen wat een onzinnig plan het is en hoeveel risico's eraan verbonden zijn.'

'Maar dat kon hem niet schelen?'

'Hij had zijn beslissing al genomen.'

Mårten knikte, zette een krukje naast Mette en ging erop zitten. 'Hij dwaalt op dit moment door zijn leven,' zei hij.

'Wanneer was dat niet zo?'

'Tijdens de ruim dertig jaar waarin jij van mening was dat hij een van de beste rechercheurs van Zweden was. Misschien kun je je dat nog herinneren?'

Mette knikte en zette de draaischijf sneller. Dat herinnerde ze zich heel goed. Daarna was het een aantal keren misgegaan. Ze probeerde zich te concentreren op de klomp klei.

Mårten keek naar de vrouw van wie hij hield. 'Trouwens, ik heb wat meer onderzoek naar Kaldma's Samische achtergrond gedaan. Weet je nog dat ik daar pasgeleden over begon voordat je in slaap viel?'

Mette knikte. Ze kon zich geen woord herinneren van wat Mårten had gezegd.

'Zijn opa heette Juhan Ruong,' ging Mårten verder. 'Tijdens de Tweede Wereldoorlog is hij een held geweest. Hij heeft meerdere keren Noorse vluchtelingen geholpen de grens over te steken. Tijdens een van die operaties is hij blijkbaar omgekomen.'

'O ja?' Mette begreep nog steeds niet waar Mårten naartoe wilde. Noorse verzetsstrijders? Wat had dat met Gambia te maken?

Abbas vertrok net na één uur 's nachts van de aak. Ze hadden hun tijd voornamelijk besteed aan het regelen van de praktische zaken. Tickets, de eerste overnachting in Banjul en het soort boot dat ze nodig hadden.

'Is het een rechtstreekse vlucht?' vroeg Abbas.

'Nee, we maken een tussenlanding in Brussel.'

'Wat hebben ze daar voor valuta?'

'De dalasi. Honderd Zweedse kronen is ongeveer vijfhonderd dalasi, maar dat regelen we daar.'

'Hoe zit het met een visum?'

'Dat is niet nodig zolang we niet langer dan negentig dagen blijven.'

'Mooi,' zei Abbas nonchalant. Als hij een handlezer was geweest en in de toekomst had kunnen kijken, had hij waarschijnlijk een visum aangevraagd.

Toen de praktische zaken waren geregeld en Abbas was vertrokken, ging Stilton op zijn kooi liggen en belde Luna. Hij wist niet precies hoe laat het bij haar was, maar omdat het hier midden in de nacht was, was het dat niet in Mae Phim. 'Hallo,' zei hij.

'Wat fijn dat je belt! Hallo! Hoe is het?'

'Goed.'

Hij had haar een paar dagen eerder gebeld om uit te leggen dat hij van plan was te blijven om Olivia te helpen. Wat Luna, lang voordat hij die beslissing had genomen, trouwens al had voorspeld.

'Gebeurt er iets?' vroeg ze. 'Maken jullie vorderingen?'

'Ja. Ik ben nu te moe om je alles te vertellen, maar ik vertrek morgen naar Gambia.'

'Waarom?' Het was Luna volkomen duidelijk dat het niet ging om een vakantiereisje met vissen op zee en een krokodillensafari.

'Omdat we daar iets moeten controleren.'

'We? Gaat Abbas mee?'

'Ja.'

Het bleef een tijdje stil. Luna wist ongeveer wat het kon betekenen als Tom en Abbas samen op reis gingen om een opdracht uit te voeren, zoals de keer dat ze samen naar de opiumbergen in Thailand waren gegaan. Het betekende dat ze problemen verwachtten waarvoor Abbas' speciale talent vereist was. Samengevat was het gevaarlijk en in het ergste geval zelfs levensgevaarlijk.

'Je wilt dus niet vertellen waarom het gaat?' zei ze.

'We gaan controleren of er containers met kernafval voor de kust van Banjul in zee zijn gedumpt.'

'O ja? Oké, ik dacht dat het iets gevaarlijks was.'

Stilton hoorde het sarcasme in haar stem, maar wat moest hij anders zeggen? Daar ging de reis tenslotte om. 'Het is wel degelijk gevaarlijk,' zei hij. 'Ik weet alleen nog niet in welke mate. We zijn waarschijnlijk het meest in gevaar als degenen die het afval gedumpt hebben erachter komen dat wij het proberen te vinden.'

'En dat moet je doen?'

'Ach, moeten... Iemand moet het tenslotte doen.'

'En waarom juist jij? Zijn er geen overheidsinstanties of plaatselijke agenten die dat kunnen controleren?'

'Misschien wel, maar het is allemaal heel vaag, dus kan het niet via de officiële weg. We moeten meer bewijs hebben om...'

'Je wílt dit doen, nietwaar?' onderbrak Luna hem. Het bleef een paar seconden stil voordat ze verderging. 'Ik weet het niet... Ik weet niet waar je bent. Je bent hier niet, dat weet ik, maar toen je hier was, was je hier ook niet.'

'Wat bedoel je?'

'Je was onderweg. Je was kalm, je trainde, je lachte, maar je was onderweg.'

'Niet naar Gambia in elk geval.'

'Nee, maar misschien vlucht je voor mij.'

Stilton schrok, hij kreeg het afwisselend warm en koud en moest zijn telefoon op zijn borstkas leggen.

'Tom?'

Hij hield zijn telefoon weer bij zijn oor. 'Waarom zeg je dat?'

'Is dat niet zo?'

'Nee. Als er één ding in mijn leven is dat niet mag verdwijnen, dan ben jij dat. Denk je dat ik voor je vlucht omdat ik naar Gambia ga?' Hij merkte dat hij zich opwond.

'Nee. Maar wel omdat je je blootstelt aan dingen waarvan je weet dat ze levensgevaarlijk zijn terwijl je dat niet hoeft te doen. Het is alsof je alles op het spel wilt zetten. Waarom doe je dat?'

Daar had hij geen antwoord op, net zoals hij geen antwoord had gehad toen Mårten hem had geconfronteerd. 'Ik weet het niet.'

'Ik hou van je,' zei Luna. 'Maar ik wil geen langeafstandsrelatie.' Ze verbrak de verbinding en Stilton legde zijn telefoon weer op zijn borstkas. Zou hij Luna kwijtraken?

## Banjul, Gambia

Tida stond op het voordek van de slanke witte houten boot en hield de lantaarn vast. De motor dreunde ongelijkmatig op het achterschip, maar daar was ze aan gewend. Soms stopte hij en dan moest je er met een hamer op slaan. Dat was de taak van Moses, haar broer. Ze waren een uur voordat de zon opkwam in het donker de haven van Banjul uit gevaren. Tida droeg een dun, blauw shirt en een spijkerbroek, terwijl Moses een donker gewatteerd jack aanhad. Hij had het altijd sneller koud. Hoe kan hij het in deze warmte koud hebben? dacht ze. Ondanks het vroege tijdstip was het minstens vierentwintig graden. Hij rookte echter illegaal spul, wat er beslist aan bijdroeg dat hij rilde. Ze had geprobeerd hem ermee te laten stoppen, maar dat was niet gelukt. 'Iedereen rookt,' had hij gezegd. 'Als jij dat ook zou doen, zou je misschien wat relaxter zijn.'

Ze waren op weg naar het net om te controleren of er vis in zat, zoals *sardinella* en *bonga*. Een goede vangst leverde eten voor hen en hun oma op. Een slechte vangst betekende dat Moses meer qat zou kauwen. Ze kruiste haar vingers en hoopte op een goede vangst.

De boot schommelde door de lange, zachte golven en de wind waaide over het dek. Tida maakte de haarband los en liet haar zwarte haar over haar schouders vallen. Ze was trots op haar haar, dat veel steiler en langer was dan Moses' haar. Dat van hem was kort en kroezig.

'Daar is het!' Tida wees schuin voor zich en gebaarde met de lantaarn naar de witte boei waaraan het net vastzat. Moses stuurde ernaartoe en zette de motor uit. Hij liet de boot naar de boei glijden en kreeg hem te pakken met de lange, smalle houten bootshaak. Met vertrouwde bewegingen maakte hij het net van de boei los en draaide zich naar Tida om. De zee was hier diep en het net was zwaar. 'Help eens trekken!'

Tida liep naar haar broer toe en ging naast hem staan. Samen begonnen ze het net op te trekken.

'Zwaar,' zei Moses.

'Een goede vangst dus.' Tida maakte een sprongetje van opwinding.

Een heel goede vangst in plaats van alleen goed zou meer dan alleen eten voor oma en de anderen betekenen. Misschien zou het zelfs genoeg zijn om wat spaargeld in het kleine doosje te stoppen. Daar zaten al een paar bankbiljetten in. Als het een stapeltje was, zou ze ermee naar de markt gaan.

'Trek dan!' riep Moses.

Ze trokken en kregen het net samen over de reling. Tida verlichtte de vangst met haar lantaarn.

Er zat geen sardinella of bonga in het net.

Banjul heeft ruim vijftigduizend inwoners en is een van de kleinste hoofdsteden ter wereld. Het is gebouwd op een vlak eiland met de monding van de rivier de Gambia aan één kant, Oyster Creek aan de andere kant en de Atlantische Oceaan recht voor zich. De stad bezit kenmerken van het pijnlijke verleden van Gambia, zoals de brede, met bomen omzoomde lanen en vervallen witte houten woningen in klassieke koloniale stijl waarin de slavenhouders en imperialisten ooit hadden gewoond. Tegenwoordig is het grootste deel van het land islamitisch en torenen overal hoge minaretten boven de stad uit, waarvandaan de muezzins die oproepen tot het gebed iedereen eraan herinneren welke religie hier overheerst en welke regels belangrijk zijn voor de gelovigen.

Seeku hoorde daar niet bij.

Hij keek uit het raam, of eigenlijk probeerde hij naar buiten te kijken. Het raam was bijzonder stoffig en was waarschijnlijk sinds de millenniumwisseling niet meer gelapt. Hij wist echter wat er buiten te zien was, zijn blik was voornamelijk naar binnen gericht. Hij zat in een kleine kamer met een draaiende gele plafondventilator en verjoeg een paar vervelende muggen van zijn gezicht. Aan de muur tegenover hem hing een poster van een grote bijenkast. Seeku streek over zijn mond en nam een slok lauw water uit het glas op de tafel. Enrico Moratín was heel duidelijk geweest aan de telefoon. Hij moest zijn ogen openhouden. Het risico bestond dat bepaalde personen, buitenlanders, misschien Zweden, in Banjul zouden opduiken en belangstelling zouden hebben voor iets wat hen niets aanging, met name dingen die zich in de Atlantische Oceaan bevonden. Als dat zo was, dan moest dat voorkomen worden. Hij had niet duidelijk gemaakt wat hij met 'voorkomen' bedoelde, maar Seeku had hem heel goed begrepen.

Seeku was de directeur van het filiaal van ETG in Banjul, dat was gevestigd in een klein kantoor in Ndow Street, niet ver van de haven. Het hield zich bezig met het doorsluizen van goederen uit Spanje naar het binnenland en pinda's van het binnenland naar de kust. Dat vond plaats via een aantal tussenpersonen. Seeku nam Moratíns opdracht bijzonder serieus. Het gebeurde zelden dat iemand van het hoofdkantoor in Madrid naar het filiaal in Banjul belde, en nog minder vaak dat hij met zijn voornaam werd aangesproken. Hij was dus van plan te doen wat hij kon.

Het eerste wat hij deed was het bericht naar de kringen rond het filiaal verspreiden om ervoor te zorgen dat het verder verspreid werd.

Daarmee was een groot deel van Banjul op de hoogte, niet in het minst het vliegveld en de haven.

Toen ze het vliegtuig uit kwamen en de trap af liepen sloeg de warmte hun tegemoet. Het was oktober en ze kwamen uit een kil Stockholm, waar het een graad of tien was geweest. Hier was het ruim veertig graden. De hitte viel als een plakkerige deken op hen, waardoor ze al transpireerden voordat ze de aankomsthal van Banjul Airport hadden bereikt. Abbas droeg een zonnebril en een T-shirt, Stilton droeg een grijs jack en beschermde zijn ogen tegen de brandende zon.

'Welkom in Gambia.'

Ze waren beiden enigszins geïrriteerd nadat ze elf uur onderweg waren geweest. Weliswaar was het tijdsverschil slechts een uur, maar het was een vermoeiende reis geweest. Abbas probeerde iets te drinken te vinden, maar slaagde daar niet in. Stilton nam plaats op een plastic stoel die op een paar meter afstand van hun bagageband stond.

Ze wachtten en zweetten.

Er waren een paar vliegtuigen achter elkaar geland en de logistiek wat betreft de bagage was hier blijkbaar niet feilloos. Toen de band eindelijk begon te draaien en de koffers verschenen zag hij zijn donkergroene tas en Abbas' grijze Samsonite-koffer niet.

'Heb je iets te drinken gevonden?' vroeg hij toen Abbas terugkwam.

'Nee. Heb jij mijn koffer en jouw tas gezien?'

'Nee... Jawel! Die is van jou.' Stilton wees en Abbas liep met een paar snelle passen naar de band en pakte zijn koffer. Hij trok het handvat uit en keek naar Stilton. 'We zien elkaar straks in het hotel.'

Het was een grapje, maar Stilton was er niet voor in de stemming. Hij stond op en liep naar de band. Inmiddels waren de meeste koffers door de net gearriveerde passagiers, voornamelijk Gambianen, van de band gepakt. Toen de band voor de derde keer ronddraaide en er alleen nog een eenzame gele tas op lag, gaf Stilton het op. Er zaten geen kostbaarheden in zijn tas, alles was te vervangen, maar op dit moment was het idee om alles wat er in zijn tas zat opnieuw te moeten kopen ongelofelijk irritant. Hij liep naar de informatiebalie, waar een informeel geklede man achter stond, en legde zijn probleem in het Engels uit.

'Heb je op de andere banden gekeken?' vroeg de man.

'Waarom zou ik dat doen? Onze bagage zou op band 3 verschijnen.'

'Tja, je weet maar nooit.'

Stilton stond op het punt om een aantal dingen te zeggen waarvan hij achteraf beslist spijt zou krijgen toen hij Abbas' stem hoorde: 'Hier is je tas!'

Stilton draaide zich om en zag Abbas met de donkergroene tas bij band 1 staan.

Onderweg naar de uitgang zag Stilton een geldautomaat. Hij liep ernaartoe om een stapeltje plaatselijke valuta op te nemen. Dat kostte tijd. Je kon maar tweeduizend dalasi per keer opnemen en Stilton wilde tienduizend dalasi hebben, wat ongeveer tweeduizend Zweedse kronen was. Hij wilde wat geld op zak hebben. Toen hij zijn bankpas voor de vijfde keer in de geldautomaat stopte, kwam hij niet terug. Stilton wachtte een paar minuten, wat zijn geduld flink op de proef stelde. Toen hij zich omdraaide zag hij dat Abbas broodkruimels naar een vogel in de buurt gooide, als het tenminste brood was. De vogel dook bliksemsnel naar de betonnen vloer zodra de kruimels daarop terechtkwamen.

'Hoe gaat het?' vroeg Abbas.

'De automaat heeft mijn bankpas ingeslikt.'

‘Heb je geld opgenomen?’

‘Achtduizend dalasi.’

‘Mooi.’ Abbas begon met zijn rolkoffer naar de uitgang te lopen. Stilton dacht na. Hij had het nummer van zijn bankpas in zijn telefoon opgeslagen en kon hem blokkeren, maar dan kon hij hem niet meer gebruiken, ook al kreeg hij de pas terug. Hij boog zich naar voren. Op de automaat was een kleine, bijna niet te lezen plastic strook geplakt waarop stond met wie je contact kon opnemen als er een probleem was ontstaan. Stilton belde het telefoonnummer op de plastic strook en legde uit wat er was gebeurd. Een vriendelijke vrouw lachte. ‘Is de bankpas gewoon verdwenen?’ vroeg ze.

‘Nee, hij is niet verdwenen, hij is niet meer uit de geldautomaat gekomen. Ik wil hem terug.’

‘Dat begrijp ik. Als u naar ons hoofdkantoor in Serekunda gaat, kunnen ze u daar helpen.’

‘Serekunda?’

Stilton wist dat Serekunda, de grootste stad van Gambia, vijftien kilometer bij Banjul vandaan lag. ‘Ik ben op de luchthaven van Banjul,’ zei hij terwijl hij het zweet van zijn voorhoofd veegde. ‘Mijn pas zit in een geldautomaat die een meter bij me vandaan staat. Wat moet ik in vredesnaam in Serekunda doen?’

‘Daar kunnen we u helpen.’

Stilton verbrak de verbinding, belde naar Zweden en liet de pas blokkeren. Hij wist dat Abbas een bankpas had die ze konden gebruiken.

Terwijl ze naar de uitgang liepen passeerden ze een jongeman die verwoed op kauwgom kauwde en snel naar beneden keek.

Ze namen een taxi naar het hotel voor het schappelijke bedrag van tweehonderdvijftig dalasi. De chauffeur deelde mee dat het een vaste prijs was. Ze gingen allebei op de achterbank zitten. Het was een rit over een weg zonder asfalt die twintig minuten zou duren. Stilton zweeg het eerste deel. Abbas voelde dat dit niet het juiste moment was om een gesprek te beginnen, dus wachtte hij.

Uiteindelijk begon Stilton te praten. ‘Wat gooide je naar die vogel toe?’

‘Rijstwafel. Of liever gezegd de kruimels ervan.’

'Waar had je die vandaan?'

'De Hemköp in de Odengatan.'

Stilton keek uit het raam. Ze reden langs lage bruine houten huizen zonder ramen. Vrouwen in mooie batik jurken en halfnaakte kinderen bevonden zich buiten de woningen, geiten en kippen liepen achter omheiningen van smalle latten, af en toe zag hij een ezel, langs de weg lagen stapels rotzooi. Er waren bijna geen mannen op straat.

'Had je een rijstwafel bij je?' vroeg Stilton.

'Ja. Ik heb er altijd een bij me. Hoe is het met je bankpas gegaan?'

'We moeten die van jou gebruiken.'

'Oké.'

Ze hadden geen idee over welke weg ze reden, maar met het oog op de prijs was dat ook niet belangrijk.

'Scandinavië?' vroeg de chauffeur plotseling zonder in de achteruitkijkspiegel te kijken. Hij droeg een dikke gouden ring in één oor en had een gele gebreide muts op zijn hoofd. Hij had blijkbaar geen last van de hitte.

'Zweden,' antwoordde Abbas.

Niet slim, dacht Stilton. Waarom zei hij niet dat ze uit Finland kwamen? Stilton wilde zo anoniem mogelijk blijven.

'Hebben jullie veel bijen in Zweden?' vroeg de chauffeur.

'Bijen?'

'Bijenwas?'

Abbas snapte de vraag niet en wist niet goed wat hij moest antwoorden. 'Waarom vraag je dat?' zei hij.

'Hier zijn bijen belangrijk,' legde de chauffeur uit. 'We exporteren heel veel bijenwas.'

'O ja?'

'En pinda's. Wat produceren jullie?'

'Wij... Tja, van alles wat. Is het nog ver?'

'Nee.'

Ze bereikten de buitenwijken van Banjul en sloegen af naar de kuststrook zonder het centrum te doorkruisen.

'Hier is het,' zei de chauffeur en hij remde.

Stilton betaalde en stapte zo snel mogelijk uit. Hij verlangde naar een douche. Water. Afkoelen. Uit de buurt van volstrekt overbodige gesprekken blijven. Hij pakte zijn tas aan en keek naar het hotel.

Het was geen gebouw met meerdere verdiepingen. Rainbow Beach Bar and Lodgings bestond uit witgepleisterde bungalows die een stukje bij het strand vandaan stonden. Voor de bungalows groeiden weelderige palmbomen. Hij had het hotel in de aak gereserveerd nadat hij er foto's van had gezien en had gelezen dat het hotel huisdiervriendelijk was. Het had eenvoudige, schone kamers, wifi, een goed restaurant, een biljarttafel en een kapper, voor als Abbas – de man die op rijstwafels leefde – daar behoefte aan had. Bovendien lag het hotel niet ver van de haven, wat hun primaire doel was.

'Het ziet er goed uit,' zei Abbas terwijl ze naar de receptie liepen.

'Dat klopt. En het is onopvallend. Hier vlakbij is een groter hotel, maar dit voelt goed. Trouwens...'

'Ja?'

'Ik denk dat we zo discreet mogelijk moeten zijn en beter niet kunnen vertellen waar we vandaan komen.'

Abbas wist niet veel over de achtergrond van deze operatie, behalve wat Tom had verteld en dat was niet altijd even uitvoerig, maar natuurlijk zou hij discreet zijn. 'Wat zeggen we dan bij de receptie? Daar willen ze een paspoort hebben als je incheckt.'

'Dat klopt, maar ik bedoelde meer als we in de stad zijn. Je weet wel.'

'Oké.'

Hun nationaliteit veroorzaakte geen problemen bij de incheckbalie. Zweden kwamen hier vaak als toerist. Het probleem was dat twee mannen een tweepersoonskamer hadden geboekt. De reden van die boeking was dat er alleen nog een tweepersoonskamer was toen Stilton reserveerde en die had hij genomen. Abbas en hij hadden gedurende de jaren vaker een kamer gedeeld. Dat was nooit een probleem.

Hier was het dat wel.

Homoseksualiteit is in Gambia verboden en kan leiden tot levenslange gevangenisstraffen. Daar was de vrouw achter de receptie zich van bewust. De overheid had de burgers opgeroepen om aangifte te doen als ze een vermoeden van 'onzedelijk gedrag' hadden. Dat wist de vrouw ook. Ze was heel volumineus en haar lange zwarte haar hing op haar kleurige groen-gele jurk. Naast haar zat een dikke witte kat op de balie. De vrouw keek naar Stilton en Abbas. Twee buitenlandse mannen in een tweepersoonskamer. Geen van beiden droeg een trouwring. Kon dat problemen opleveren? Een politieoptreden? Dat was eerder gebeurd. Bovendien transpireerde de man die de kamer had gereserveerd hevig.

'Hoe lang blijven jullie?' vroeg ze.

'Hoogstens een week,' antwoordde de transpirerende man.

De vrouw aarzelde.

Op dat moment boog Abbas zich over de balie en glimlachte naar haar. 'We zijn geen homo's,' zei hij. 'We gaan vissen in de Gambia en gaan met zwemkleding aan zwemmen. Je mag met ons mee als je vrij bent.' Hij glimlachte opnieuw, een glimlach waardoor de aarzeling van de vrouw verdween, en ze lachte. 'Sorry, het is... We hebben daar soms problemen mee. Welkom in ons hotel. Willen jullie dat we het tweepersoonsbed uit elkaar schuiven?'

'Graag.'

'Zien we eruit als een homostel?' vroeg Stilton terwijl hij zijn tas op een van de twee bedden gooide.

'We zien eruit als twee mannen die ze niet kon inschatten en die een tweepersoonskamer hadden geboekt. Maakte je je zorgen?'

Stilton gaf geen antwoord. Hij legde de inhoud van zijn tas op de sprei: een paar shirts, zijn tandenborstel en een stel onderbroeken, alles waarvan hij op de luchthaven had gevreesd dat het verdwenen was. Abbas opende de kledingkast en hing daar aanzienlijk meer kleren in, die bovendien gestreken waren.

'Ik ga douchen,' zei Stilton.

De ijskoude douche herstelde veel van wat er de afgelopen uren uit evenwicht was geraakt. Toen hij met een handdoek rond zijn heupen naar buiten kwam was zijn hoofd weer helder. Hij keek Abbas strak aan. 'Onze belangrijkste prioriteit is een boot regelen die in staat is om te navigeren naar de positie die we van Suárez gekregen hebben. Het liefst met sonarapparatuur zodat we de zeebodem kunnen scannen. Hoe lossen we dat op?'

'Eddie Barrow.' Abbas leunde tegen het hoofdeind van zijn bed en keek op zijn telefoon. Hij had ook een douche willen nemen, maar dat zou moeten wachten. Gelukkig had hij minder last van de warmte dan Stilton.

'Wie is dat?' vroeg Stilton.

Eddie Barrow was een Gambiaan en was een van de duizenden kleine spinnen in het web dat verkopers van namaakproducten over grote delen van de wereld hadden gesponnen. Abbas had zijn spullen een paar keer op hetzelfde plein als Eddie verkocht, in Caïro en Edinburgh. Ze hadden samen een paar politierazzia's meegemaakt en sindsdien was er een band tussen hen.

Daarvan maakte Abbas nu gebruik.

'El Fassi!'

'Eddie.'

Ze ontmoetten elkaar met een paar bijzondere handgebaren die Stilton niet kende. Hij had dat soort handcodes nooit begrepen. Zelf gaf hij andere mensen een hand en dat was het. Hij stak zijn hand dus naar Eddie uit en die schudde hem op een beschaafde manier.

'Tom.'

'Een vriend van Abbas?'

'Ja.'

'Je bent lang.'

Eddie was iets kleiner dan Abbas en aanzienlijk kleiner dan Stilton, en hij zag er uitgemergeld uit. Hij droeg een dun, zwart shirt en een blauwe korte broek, en liep op blote voeten.

Ze hadden met elkaar afgesproken aan de rand van Bakoteh, een enorme vuilnisbelt in de buurt van Banjul. Op de vuilnisbelt bevonden zich groepjes halfnaakte volwassen mannen die rond rokende afvalbergen hurkten, kleine kinderen liepen tussen het afval rond en verzamelden allerlei gevaarlijke voorwerpen. Een gele, scherpe rook waaide over de vuilnisbelt, waardoor Stilton onafgebroken hoestte. Langs de rand van de vuilnisbelt stonden lage tenten van deels kapotgewaaide lappen stof. Abbas voelde zich verward. Wat deed Eddie hier? 'Verkoop je niet meer?' vroeg hij.

Eddie schudde zijn hoofd en gebaarde naar een van de tenten. Hij schoof een gerafeld stuk stof opzij en kroop naar binnen. Stilton keek naar Abbas. 'Moeten we hier naar binnen?'

'Blijkbaar.'

Ze kropen de tent in. Het was krap, ze zaten met hun voeten tegen elkaar aan op de grond.

'De rook is hierbinnen minder erg,' zei Eddie.

'Woon je hier?' vroeg Abbas.

'Ja, op het moment wel. Ik heb een paar mensen voor me op de vuilnisbelt werken en die moet ik in de gaten houden.'

'Wat voor werk doen ze?'

'Wat je op een vuilnisbelt doet. Ze zoeken naar alles wat gebruikt kan worden tussen de troep die de rest van de wereld hier gedumpt heeft, zoals koperen draden, batterijen, auto-onderdelen, dat soort dingen.'

Abbas knikte. Hij was volkomen ontdaan door de situatie. Eddie was de *golden boy* van de verkopers van namaakartikelen geweest, een man die in een middag meer verkocht dan de anderen in een week. Hij was vrolijk, welbespraakt, charmant en gul, en droeg zwaardere gouden halskettingen dan de meeste anderen in hun kringen. Nu zat hij als een vermagerde kopie van zichzelf met zweren op zijn onderbenen en een gebogen hoofd onder de kapotgewaaide lappen stof die dienstdeden als tent.

'Hoe ben je hier terechtgekomen?' vroeg Abbas.

'Dat is een lang verhaal... Je maakt een reis en die eindigt op een bepaald moment.'

Stilton spitste zijn oren. 'Waarom is je reis geëindigd?'

'Er gebeurden dingen waarmee ik geen rekening had gehouden... Je kunt een heleboel verdringen als je op reis bent, zoals wij. We gingen overal naartoe en leefden van wat we verdienden.'

'Ja.'

'Uiteindelijk haalde het me in.'

'Wat?'

'Het verleden waarvoor ik op de vlucht was.'

Stilton voelde de rook weer in zijn keel prikken en smoorde een hoestbui in zijn hand.

'Ik moest er iets mee doen,' zei Eddie terwijl hij weer naar beneden keek.

Abbas wist niet wat hij moest zeggen. Hij wist niet wat voor bagage Eddie had ingehaald en wilde dat eigenlijk ook niet weten. Niet in een tent vol scherpe rook aan de rand van een vuilnisbelt. Dus zei hij: 'We hebben een boot nodig.'

Eddie hief zijn hoofd en liet het verleden met rust. Dat was een privéaangelegenheid.

'Wat voor boot?'

'Een boot met duikuitrustingen en navigatiehulpmiddelen. Het liefst ook met sonar.'

'Mariama,' zei Eddie onmiddellijk.

Stilton hoestte. 'Is dat de naam van de boot?' vroeg hij.

'Nee, van de eigenares.'

'Ken je haar?' vroeg Abbas.

'Ja.'

'Is ze betrouwbaar?'

'Wat zijn jullie van plan? Vissen?'

'Onder meer.'

Eddie keek naar Abbas, die terugkeek, waarna Eddie het begreep. Ze hadden vroeger veel van dat soort blikken uitgewisseld.

'Ze is betrouwbaar,' zei Eddie. 'Bovendien is ze mooi en hard.'

Stilton vond het een eigenaardig oordeel. 'Hoezo hard?' vroeg hij.

'Haar vader is doodgemarteld tijdens de ongeregeldheden die hier een paar jaar geleden plaatsgevonden hebben. Hij was een tegenstander van Yahya Jammeh. Dat heeft Mariama gevormd.'

'Waar vinden we haar? In de haven?'

'Daar of bij City Wharf. Ze werkt daar 's avonds als serveerster.'

Stilton kreeg weer een hoestbui en liep de tent uit. Abbas wilde nog even blijven zitten. Stilton hurkte achter de tent om aan de rook te ontsnappen en pakte zijn telefoon. Hij googelde 'Jammeh' en las over de voormalige president, die nadat hij de verkiezingen had verloren onder internationale druk het land had verlaten. Tijdens de gewelddadigheden waren veel mensen gevlucht en waren veel achterblijvers in de gevangenis terechtgekomen en doodgemarteld. Blijkbaar was Mariama's vader een van hen geweest.

Toen Abbas naar buiten kwam liet Stilton zijn telefoon zakken.

'Hij gaat me helpen met wat benodigdheden,' zei Abbas bij wijze van antwoord op Stiltons vragende blik.

Stilton begreep het.

Ze begonnen langs de weg te lopen in de hoop dat iemand ze naar de haven zou kunnen brengen. Dat wilde niet erg lukken. De enige die passeerde was een jongeman op een brommer, die een stuk verderop stil bleef staan.

Mariama was niet in de haven. Volgens een oude man met een hengel was ze met een aantal toeristen op zee en zou ze om zes uur terug zijn. Dat was over twee uur. Stilton wilde naar het hotel terug om de vuilnisbelt van zich af te wassen, maar Abbas wilde in de haven blijven, dus gingen ze beiden een andere kant op.

Abbas liep een pier op en keek naar alle overleden boten in de rivier. Heel veel verroeste boten maakten slagzij, waren gezonken en lagen met hun kiel op de bodem. Het was een maritiem kerkhof. Niemand heeft blijkbaar geld om ze weg te halen, dacht hij in het besef hoe verontreinigd het water moest zijn. Hij draaide zich om en liep naar de oude man met de hengel terug. Voor de kade schommelde een witte, langwerpige dobber in het water. Plotseling verdween hij onder water en de oude man trok de hengel naar achteren. De vis die in de haak had gebeten, vloog door de lucht en landde voor Abbas' voeten. Hij bukte zich om de spartelende vis vast te houden.

'Raak hem niet aan!' riep de oude man naar hem.

Abbas ging rechtop staan. Dacht die vent dat hij de vis van hem wilde afpakken?

'Het is een *frogfish*,' zei de oude man. Hij stampte de vis dood met zijn laars, haalde de haak uit zijn bek en schopte de vis in het water.

'Is hij giftig?' vroeg Abbas.

'Het slijm op de huid is giftig. Als je dat in je ogen krijgt word je blind. Je mag nooit een frogfish vastpakken.' De oude man schudde zijn hoofd even en stapte op een lange, smalle houten boot die aan de kade lag. Abbas had lang geleden geleerd dat het een prauw was. Rank en laag, maar absoluut functioneel in deze wateren. De man gleed met behulp van de vaarboom naar de rivier.

'Bedankt!' riep Abbas hem achterna.

Ze hadden net een bestand binnengekregen met de bewakingsfilm van het restaurant in Solvalla van de avond waarop Minkens kameraad Roger Hansson aan een tafeltje had zien zitten met een vrouw in een leren jack en met een donkere zonnebril op. Olivia zat voor het scherm en Lisa stond over haar schouder gebogen. Ze waren beiden geconcentreerd en vol verwachting. Olivia had daar meerdere redenen voor. De kans bestond dat ze het gezicht zou zien van de vrouw over wie ze nachtmerries had.

Helaas was de film geen grote hulp. Hansson zat ver weg aan een raamtafel en tegenover hem zat een vrouw met haar rug naar de camera toe. Ze praatten even, Hansson gebaarde een paar keer en vervolgens stond de vrouw op terwijl een paar gasten midden in het restaurant bleven staan en het raamtafeltje daardoor niet meer zichtbaar was. Toen ze zich verspreidden was Hansson alleen achtergebleven. Olivia had een glimp van de rug van de vrouw gezien terwijl ze uit beeld verdween. Dat was alles. Ze had niets aan de vrouw gezien wat ze herkende.

Olivia keek teleurgesteld naar Lisa. 'Dat heeft niet veel opgeleverd.'

'Nee.' Lisa omhelsde haar even en liep naar haar eigen bureau.

'Hebben we al iets gehoord over de vingerafdrukken op de beker uit het huisje?' vroeg Olivia.

'Ja. Die matchen niet met onze registers. Ik heb ze naar Spanje gestuurd, maar daar hadden ze ook geen match. Iets heel anders is dat we in Arjeplog hebben gehoord dat een van Fredriks familieleden nog steeds leeft. Hoe heet ze ook alweer?'

'Nanna Ruong.'

'Moeten we geen contact met haar opnemen?'

'Dat moeten we inderdaad doen. Kun jij haar telefoonnummer opzoeken?'

'Dat doe ik. Heb je trouwens nog iets van Minken gehoord?'

'Over Rogers vriendinnen?'

'Ja.'

'Ik heb hem gisteren gebeld, maar hij wist niets,' zei Olivia. 'Het klonk alsof hij er niet meer mee bezig wilde zijn. Misschien is hij bang voor die kerels van Night Light.'

'Wat denk jij van die types?'

'Ik denk dat Tom gelijk heeft. Zij zouden me geen kogel uit een oude luger sturen om me bang te maken.'

'Iemand heeft het gedaan.'

'Dat klopt.'
'Heb je nog iets van Tom en Abbas gehoord?'
'Tom heeft een paar korte sms'jes gestuurd. Er schijnt schot in te zitten.'
'Wanneer gaan ze duiken?'
'Dat weet ik niet. Ik neem aan dat hij dat soort informatie niet in een sms wil sturen.'
Olivia keerde zich naar het scherm en bekeek de bewakingsfilm van het restaurant nog een keer. Deze keer concentreerde ze zich op Roger Hansson, de man aan het tafeltje. Hij gebaarde en glimlachte. Ze stopte de film en keek naar hem. Wat deed je in de bergen? En waarom sprak je Spaans? Ze bleef een paar seconden roerloos zitten, stond daarna op en trok haar jack aan.
'Waar ga je naartoe?'
'Ik heb een afspraak met Sven Bergh.'

De grote witte kunststof boot van Mariama voer langzaam de haven in en meerde aan bij een paar versleten houten bolders. Abbas zat een stukje verderop naar de boot te kijken. Dat het haar boot was zag hij aan de romp, waarop met blauwe letters MARIAMA FISHING TOURS stond.

Mariama hing een korte ladder aan de kade en tilde met behulp van een blanke man van middelbare leeftijd een grote polystyreen doos aan land. Abbas nam aan dat het een van haar visklanten was. Ze droeg een groen shirt met lange mouwen, een zwarte broek en lage, gele laarzen. Abbas constateerde meteen dat een van Eddies opmerkingen over haar in elk geval klopte. Ze was heel mooi, zelfs in Abbas' ogen. Haar gezicht werd omringd door lange dreadlocks en vergeleken met haar visklanten was ze lang en slank.

Of ze hard was moest nog blijken.

Mariama opende de polystyreen doos en begon de vangst van vandaag uit te delen. Hij hoorde haar met een lage stem vertellen wat voor soort vissen het waren: Senegalese ombervis, zeesnoek, rode snapper, Amerikaanse botervis, tonijn en tarpon. Het was een flinke dagopbrengst en de toeristen vertrokken uitgelaten met hun vangst. Abbas constateerde dat er geen frogfish bij zat. Mariama ging aan boord en begon het voordek met een waterslang schoon te spuiten. Abbas wilde met haar in contact komen, maar vond dat hij op Tom moest wachten. Het was tenslotte zíjn opdracht.

Een halfuur later belde hij Stilton om te vragen wanneer hij kwam.

'Ze is een tijdje geleden de haven binnengevaren.'

'Ik kom eraan.'

Na een paar minuten arriveerde Stilton op een fiets. Het hotel verhuurde fietsen en hij reed op een rode met een mand aan het stuur. Abbas zou de aanblik van Stilton op een fiets voorlopig niet vergeten. Er is veel gebeurd in Thailand, dacht hij terwijl hij hem tegemoetliep.

'Het is die,' zei Abbas terwijl hij naar Mariama's boot wees.

'Hij ziet er goed uit,' zei Stilton. Hij zette de fiets op de standaard. 'Is ze nog op de boot?'

'Ja.'

'Heb je met haar gepraat?'

'Nee.'

'Mooi. Ik heb erover nagedacht hoe we het aan moeten pakken.'

'En wat is je conclusie?'

'Is dat Mariama?'

Mariama was uit de stuurhut gekomen en klom de ladder op. Ze had een zwart jack over één schouder en droeg een grote zonnebril.

'Ja,' zei Abbas. 'Dat neem ik tenminste aan.'

Stilton begon naar de boot te lopen en Abbas volgde hem. Hij was nieuwsgierig wat Stilton zou gaan zeggen.

'Hallo, ik ben Tom Stilton.' Hij stak zijn hand naar Mariama uit, maar daar reageerde ze niet op, waarna Stilton een gebaar naar Abbas maakte. 'Dit is Abbas el Fassi. We zijn een paar uur geleden in Banjul aangekomen.'

Mariama begon haar jack aan te trekken.

'We willen weten of we morgen een tocht met je boot kunnen maken, met jou als kapitein.'

'De boot is morgen gereserveerd,' zei Mariama. Ze begon langs de kade te lopen.

Stilton liep achter haar aan. 'Morgenavond ook?'

'Ik vaar 's avonds niet.'

'Oké, overmorgen dan. Is de boot dan ook gereserveerd?'

'Willen jullie vissen?'

'Nee.'

Mariama bleef staan en keek naar de zee. Abbas had de twee inmiddels ingehaald en vroeg zich af waarnaar ze keek. Hij zag alleen water. Mariama draaide haar hand en keek op haar horloge. 'Willen jullie duiken?' vroeg ze.

'Dat klopt,' antwoordde Stilton. 'De Engelsen hebben in 1944 een Duits koopvaardijschip voor de kust tot zinken gebracht en wij denken dat we het wrak gelokaliseerd hebben. Het moet echter geheim blijven. We willen niet dat het bekend wordt voordat we de plek onderzocht hebben.'

'Waar ligt het?'

'We hebben de coördinaten. Wil je ze zien?'

'Nee.' Mariama begon weer te lopen en Tom en Abbas volgden haar.

'Wat denk je ervan?' vroeg Stilton. 'Zou overmorgen lukken?'

'Alleen jullie tweeën?'

'Ja.'

'Dat is niet goedkoop.'

'Geld is geen probleem,' zei Stilton, die plotseling moest denken aan de armzalige achtduizend dalasi die hij had opgenomen, waar de fietshuur ook nog vanaf was gegaan. Daar zouden ze niet ver mee komen, maar gelukkig had Abbas ook een bankpas.

Ze kwamen bij een parkeerterrein en Mariama deed een grijze Opel Corsa die niet bepaald in topconditie was van het slot.

'Hebben jullie zelf duikuitrustingen?' vroeg ze terwijl ze het portier opende.

'Nee, maar misschien kunnen we die via jou huren?'

Mariama ging met het portier open op de chauffeursplaats zitten. Ze legde haar handen op het stuur en Abbas zag dat ze geen ringen droeg. Hij had nog steeds geen woord gezegd. Nu vond hij dat het juiste moment was aangebroken. 'Ik heb gehoord dat je sonarapparatuur aan boord hebt.'

Mariama schoof haar zonnebril een stukje naar beneden en keek in Abbas' ogen. 'Waar heb je dat gehoord?'

'Bij de vuilnisbelt. Eddie Barrow, met wie ik al heel lang bevriend ben, heeft me die tip gegeven.' Abbas had het gevoel dat deze informatie op dit moment nuttig kon zijn.

Mariama knikte en draaide de contactsleutel om. 'We vertrekken om acht uur,' zei ze. 'Vanwege het getij.'

'Fantastisch,' zei Stilton. 'Moeten we een contract...'

Mariama trok het portier dicht, waardoor Stiltons zin in de lucht bleef hangen. Ze parkeerde naar achteren uit en reed langzaam het parkeerterrein af.

'Overmorgen dus,' zei Stilton met een zekere teleurstelling in zijn stem.

'Als die containers daar al twintig jaar liggen, dan maakt één of twee dagen niet veel uit, of wel soms?'

'Dat klopt.' Stilton keek Mariama's auto na, die in de richting van het centrum verdween, en dacht eraan dat zijn fiets nog op de kade stond. 'Ik moet mijn fiets ophalen,' zei hij.

'En ik heb honger. Het is niet ver naar City Wharf, een restaurant vlak bij het strand.'

'Dat klinkt goed,' zei Stilton terwijl hij naar zijn fiets begon te lopen.

Stilton was duidelijk vergeten dat Mariama volgens Eddie als serveerster bij City Wharf werkte.

Dat was Abbas niet vergeten.

Sven Bergh had Olivia gevraagd om hem te informeren als er iets bekend werd over de klokkenluider, degene over wie hij haar had getipt. Nu was dat zo en Olivia wilde Sven daarover inlichten. Hij was heel openhartig tegenover haar geweest en ze wilde iets terugdoen.

Deze keer hadden ze niet in de Operabar afgesproken, maar op het hoofdkantoor van het Bergh-concern in de Artillerigatan. Het was drie uur 's middags toen Olivia op de parterre in de lift stapte. Nadat ze een aantal verdiepingen was gepasseerd waar het bijzonder stil was, stopte de lift op de bovenste etage. Sven Bergh stond voor de lift op haar te wachten en gaf haar een hand. In het borstzakje van zijn colbert droeg hij een enigszins slordig gevouwen blauwe pochet.

'Hallo, welkom,' zei hij.

Ze liepen een klein stukje door de gang, die van tapijt was voorzien, naar zijn kantoor. Hij zat nog steeds in het bestuur en zijn kamer was op veel manieren een klassieke directiekamer, vond Olivia toen ze naar binnen liep. De zware meubels die je in zo'n kantoor verwacht, de tapijten en de olieverfportretten verspreidden een bepaalde sfeer. Ze maakte zich wat langer en liep naar een vitrinekast die vol stond met bekers.

'Dit was vroeger het kantoor van mijn vader en dat is zijn verzameling,' zei Sven. 'Wil je iets drinken?'

'Nee, dank je.' Olivia keek naar de bekers, de meeste waren onderscheidingen die met langlaufen en skiën te maken hadden.

Aan de muur boven de kast hing een oorkonde. Sven kwam naast haar staan en wees ernaar. 'Die heeft hij gekregen nadat hij in 2005 meegedaan had aan de Vasaloppet. Hij was dat jaar de oudste langlaufer.'

'Ongelofelijk sportief.'

'Dat kun je wel zeggen. Hij heeft tot hij bijna negentig was de marathon van Stockholm gelopen, terwijl ik nauwelijks in staat ben om een rondje rond het perceel op Värmdö te joggen.'

Olivia kon het zich niet voorstellen. Sven leek haar het prototype van de fitte manager die tot ver in de zeventig aan triatlons meedeed, maar schijn bedroog blijkbaar. Ze keek naar de hoge piëdestal met een opgezette vogel, die naast de vitrinekast stond. 'Wat is dat?'

'Een *rackelhahn*. Dat is een kruising tussen een auerhoen en een korhoen. Mijn vader heeft hem jaren geleden tijdens een sneeuwhoenjacht doodgeschoten. Ze zijn onvruchtbaar.'

Sven glimlachte bijna onmerkbaar en maakte een gebaar naar een grote groene leren fauteuil. 'Ga zitten. Ik heb mijn zus gevraagd om ook te komen. Zij heeft de leiding over Global Environment Rescue op zich genomen nadat Fredrik... Tja, nadat we beseften dat hij misschien niet terug zou komen. Sindsdien leidt zij het bedrijf. Ik wil dat ze je informatie ook hoort. Zij is natuurlijk ook enorm geschokt door wat er gebeurd is.'

Olivia ging op de rand van de fauteuil zitten om niet helemaal te verdwijnen. Sven liep naar het dressoir dat bij het raam stond en opende een fles mineraalwater. 'Weet je zeker dat je...'

Hij werd onderbroken doordat de deur openging. Een vrouw van middelbare leeftijd in een elegant bruin mantelpakje van tweed kwam binnen en spreidde haar armen. Ze was buiten adem en had zwaar gestifte lippen. 'Duizendmaal excuses. Ik was bij galerie Forsblom en was diep onder de indruk van een schilderij van Karin Broos. We moeten echt proberen om het te kopen!'

Ze draaide zich naar Olivia om en stak haar hand uit. 'Hallo. Ik ben Erika Bergh.'

Olivia stond snel op om Erika's hand te schudden. 'Olivia Rönning.'

'Sven heeft het over je gehad, hij is bijzonder enthousiast over je.' Erika lachte en ging op de stoel naast die van Olivia zitten. 'Heb ik iets gemist?'

'Haar aankomst,' zei Sven met een glimlach. 'We hebben de bekers van pa bekeken.'

'Dat kost inderdaad tijd,' zei Erika met een zweem van verbittering in haar stem.

Sven nam een slok water uit de fles en keek naar Olivia. 'Je hebt dus informatie over de klokkenluider?' zei hij.

'Ja, we weten inmiddels wie het is.'

Sven en Erika waren duidelijk nieuwsgierig. Erika boog zich een stukje naar voren. 'Wie is het?' vroeg ze.

'Hij was een Spanjaard en is op 13 november 1999 gestorven. Hij is zwaar mishandeld onder een hotelbalkon buiten Málaga gevonden.'

Erika sloeg haar hand voor haar mond en keek naar Sven. 'Wanneer heb jij met Fredrik gepraat? Toen hij zo bang was bedoel ik.'

Sven frunnikte met kleine, voorzichtige bewegingen aan zijn pochet. 'Dat herinner ik me niet precies,' antwoordde hij. 'Ik weet alleen dat het een paar dagen voordat hij verdween was.'

'Misschien was hij daarom bang,' zei Erika. 'Misschien wist hij wat er gebeurd was met de man met wie hij gepraat had.'

'Dat is mogelijk.'

Erika keek naar Olivia. 'Hoe hebben jullie ontdekt dat die Spanjaard de klokkenluider was?'

'We hebben een opgenomen gesprek tussen Fredrik en hem gevonden.'

'Waar ging dat over?'

'Daar kan ik niet op ingaan. Ik kan alleen vertellen dat hij Fredrik dingen verteld heeft die bijzonder dramatisch waren.'

Erika stond op en begon in het kantoor rond te lopen. 'Een Spanjaard zei je?'

Olivia knikte.

‘Dat moet beslist te maken hebben met het containerverhaal waar Fredrik ETG van beschuldigd heeft. Of niet soms? Een Spaanse klokkenluider dus. Waar zou het anders om moeten gaan?’

Olivia wilde niet meer loslaten. Ze had verteld dat ze de klokkenluider hadden geïdentificeerd en dat hij informatie aan Kaldma had gegeven. De rest was vertrouwelijk.

Ze stond op.

‘Kun je ons vertellen wat die Spanjaard tegen Fredrik gezegd heeft?’ vroeg Erika.

‘Helaas niet.’

‘Tja, je moet me maar verontschuldigen als ik een beetje eigenwijs overkom, maar ons concern heeft vanwege die kwestie een enorm bedrag moeten betalen. Fredrik werd ervan beschuldigd dat hij zich onnodig druk maakte, maar wij wisten de hele tijd dat hij geloofde in datgene waarvan hij ETG beschuldigde, snap je?’

‘Jazeker. En ik zal jullie voor zover dat mogelijk is blijven informeren over het onderzoek.’

‘Dank je wel,’ zei Erika en ze gaf Olivia een hand. ‘Ik heb nog één vraag. Kan wat Fredrik te weten gekomen is een motief voor de moord op hem zijn?’

‘Dat weten we niet, maar het kan waarschijnlijk niet uitgesloten worden.’

Sven liep naar de deur en hield die open voor Olivia. Toen ze hem passeerde ging hij zachter praten: ‘Spreek je Mette Olsäter weleens?’

‘Ja.’

‘Doe haar de groeten van me. Ze heeft een bijzondere indruk op me gemaakt.’

City Wharf Restaurant lag niet ver van de haven aan het strand. Het was een laag, witgepleisterd gebouw dat omringd was door groene palmbomen. In het restaurant stonden een aantal houten tafels voor een gebogen bar, aan de muren hingen schilderijen van vissersboten en een heleboel kleurige borden. De enige verlichting was een sterke plafondlamp zonder kap. Langs de bar hingen rijen handgemaakte parelkettingen, het rook er kruidig en op de bar stond een zwarte speaker waaruit vrij harde inheemse muziek stroomde, met veel djembés en bassen maar bijna geen zang.

Toen Abbas en Stilton binnenkwamen zagen ze dat het een populair restaurant was. Alle tafels waren bezet.

'Buiten was een lege tafel,' zei Abbas met een knikje naar de deur.

Ze liepen naar buiten en gingen vlak voor een naderend groepje jongeren aan het enige lege tafeltje zitten.

'Fijn,' zei Stilton.

'Dat we een tafeltje hebben?'

'Dat we buiten zitten. Hier waait het een beetje.'

De zeebries verkoelde de verhitte buitenlanders. Stilton was een beetje verbaasd over zijn reactie op de warmte. Hij had bijna een jaar in het zuiden van Thailand doorgebracht, maar nam aan dat dit een ander soort warmte was. Lastiger. Hij transpireerde hier op een manier zoals hij in Mae Phim niet had gedaan. Zijn oksels waren drijfnat, hoewel hij een dun, wit, mouwloos T-shirt had gekocht, dat hij nu droeg. Abbas had een grijs, op maat gemaakt katoenen kostuum en cognackleurige loafers gekozen.

Ze verschilden op veel manieren.

'Hier is het menu.' Abbas gaf Stilton een stukje papier.

'Heb je het al bekeken?'

'Ja.'

'Wat staat erop?'

'Van alles.'

Stilton bestudeerde het menu. Dat was niet afgestemd op toeristen, maar hij kon een paar gerechten identificeren. *Chicken yassa* bijvoorbeeld, dat was natuurlijk een gerecht met kip. Gegrilde barracuda begreep hij ook, maar dat trok hem niet aan.

'Ik neem de kip,' zei hij. 'En jij?'

'Shoarma.'

'Wat is dat?'

'Kebab.'

'Waarom schrijven ze dat dan niet op?'

'Je bent in Gambia. Wil je bier?'

'Heel veel.'

Abbas maakte aanstalten om naar binnen te gaan om te bestellen, maar was nauwelijks opgestaan toen er een serveerster naar hun tafeltje kwam. Het was Mariama. Ze droeg hetzelfde als een tijdje geleden op het parkeerterrein, maar had nu een rood schort voor.

'Hallo,' zei Abbas, die probeerde verbaasd te lijken.
'Willen jullie bestellen?'
'Graag,' zei Stilton terwijl Abbas weer ging zitten. 'Een kip en een kebab.'
'Shoarma,' zei Abbas met een glimlach naar Mariama. 'Je werkt hier dus?'
'Ja.'
'Wat is het voor kip?' vroeg Stilton alsof het de normaalste zaak van de wereld was dat Mariama hier als serveerster werkte.
'De kip is gemarineerd in ui, limoen, knoflook en chili,' zei Mariama. 'Er wordt rijst bij geserveerd. Het is sterk gekruid.'
'Dat klinkt goed. En een groot glas bier graag.'
Mariama knikte en keek naar Abbas. 'Wat wil jij drinken?'
'Kun je iets aanbevelen?'
'Bier.'
'Oké… dan neem ik dat. Het is hier trouwens druk.'
Mariama glimlachte en liep het restaurant in. Abbas keek haar na, wat Stilton zag. Bijzonder ongewoon, dacht hij. Abbas geeft zich nooit op deze manier bloot. Hij is net een mossel.
Meestal.
'Wat vind je van haar?' vroeg Stilton om erachter te komen wat er in Abbas omging.
'Mariama? Ik denk dat ze weet waar ze mee bezig is. Hoezo?'
'Denk je dat ze het verhaal over het gezonken Duitse koopvaardijschip geloofde?'
'Geen seconde,' antwoordde Abbas.
'Maar Eddie zei dat ze betrouwbaar is.'
'Dan is ze dat.'
'Eddie zei ook dat ze mooi is.'
'Dat klopt.'
Ze keken elkaar aan en er verstreken een paar zwijgende seconden, waarna Stilton glimlachte. Als hij iemand gunde wat hij vermoedde, dan was het Abbas. 'Het komt helemaal goed,' zei hij.
Abbas wist niet goed wat Tom bedoelde. Hopelijk ging het over hun avontuur in de Atlantische Oceaan, want met de rest had hij niets te maken.
Ze kregen hun bier en de glazen waren bijna leeg toen Mariama de

borden op tafel zette. Abbas probeerde met haar in contact te komen, maar de andere gasten gingen voor. Het was inderdaad druk in het restaurant.

Ze aten en constateerden dat het lekker was.

'En heet,' zei Stilton. Hij voelde zijn mond en maag branden.

'Wil je nog een glas bier?'

'Nee, ik hoef niet meer. Het is een lange dag geweest... Ik ben moe.' Stilton stond op, maar Abbas bleef zitten.

'Ik betaal met mijn bankpas,' zei Abbas.

'Goed.'

'Ga jij maar vast naar het hotel. Ik neem nog een biertje.'

Stilton en Abbas keken elkaar weer aan, korter deze keer, waarna Stilton knikte. Hij schoof zijn stoel naar de tafel, keek nog even in het restaurant en begon naar het hotel te lopen. Hij had weer een douche nodig en wilde nadenken.

Vroeg of laat zouden ze Mariama moeten vertellen wat de echte bedoeling van hun boottocht was, vooral als ze vonden waarop ze hoopten, en dan was het bijzonder belangrijk dat ze net zo betrouwbaar was als Eddie had beweerd.

En misschien ook hard, als de situatie daarom vroeg.

Tijdens de korte wandeling in het donker naar het hotel werd Stilton omringd door een groep *bumsters*, jonge Gambianen die geld verdienden door de toeristen te helpen met alles waarvan ze niet wisten dat ze er hulp bij nodig hadden. Daarvoor wilden ze een schappelijke vergoeding. Stilton probeerde uit te leggen dat hij geen acute behoefte had aan hulp wat betreft de richting waarin hij moest lopen, nachtclubs, stimulerende middelen of vrouwen die er goed in waren om mannen blij te maken. Hij kon zichzelf redden. Door de manier waarop hij het zei gaven de meeste bumsters het op, maar één van hen, een jongeman met een paar littekens op zijn wang die een windjack droeg, bleef hem volgen.

'Hoe lang blijf je?' vroeg hij een halve meter achter Stilton.

Stilton bleef lopen zonder antwoord te geven.

'Het kan goed zijn om hier contacten te hebben,' ging de jongeman verder terwijl hij naast Stilton ging lopen. 'Vooral als je denkt dat je die niet nodig hebt.'

Het was een eigenaardige opmerking, waardoor Stilton langzamer ging lopen en naar de jongeman keek. 'Wat bedoel je daarmee?'

'Dit is een donkere plek.'

'Banjul?'

'Sommigen verdwijnen hier.'

Stilton liep verder. Hij was bijna bij het hotel. De jongeman liep zwijgend naast hem. Toen het licht van de receptie zichtbaar werd, raakte de jongeman Stiltons arm aan. 'Wat is er?' vroeg Stilton.

'Hier.' De jongeman gaf hem een stukje papier.

'Wat is dit?'

'Dit is voor als je verdwaalt.' De jongeman draaide zich abrupt om en verdween in de duisternis. Stilton keek op het briefje. Er stond SAYOMO op. Hij verfrommelde het papiertje en gooide het in een struik.

Abbas had nog een biertje genomen en zat alleen aan het tafeltje. Hij deed er zo lang over dat hij er nog maar één hoefde te bestellen voordat het restaurant vlak na middernacht sloot. Hij had Mariama nauwelijks gezien, omdat hij buiten zat. Toen hij zag dat de grote plafondlamp in het restaurant uitging dronk hij zijn glas leeg en keek naar de zee. De hemel was met sterren bezaaid en de compacte duisternis zorgde ervoor dat de sterren extra fonkelden. Hij zag een vallende ster die naar het glanzende water schoot en doofde. Het was mooi en eenzaam. Hij voelde zich klein.

'Ben je er nog?' Mariama had haar rode schort afgedaan en had haar dreadlocks onder een grijze gebreide muts verborgen.

'Ja,' antwoordde Abbas. 'Het is indrukwekkend om hier te zitten en naar de sterren te kijken.'

'Hoe was je shoarma?'

'Lekker.'

Mariama trok Stiltons stoel naar achteren en ging aan het tafeltje zitten. Abbas vond het volkomen natuurlijk, alsof hij hierop had gewacht. Waarom wist hij niet. Hij keek naar Mariama en zij keek naar hem. Een paar jongeren op brommers scheurden langs, daarna werd het weer stil.

'Je hebt in Venetië een man neergestoken,' zei Mariama.

'Een fascist... Hij haatte mensen zoals ik met een huid die niet licht genoeg was.'

Mariama had Eddie blijkbaar uitgehoord over Abbas en Eddie had over Abbas' verleden verteld, waarvan de moord bij de Rialtobrug deel uitmaakte.

'Heb je veel mensen gedood?' vroeg ze.

'Nee. En jij?'

'Ik ben een serveerster.'

Abbas glimlachte en draaide zijn lege glas. Mariama's handen lagen op haar schoot.

'Eddie heeft verteld dat je vader doodgemarteld is.'

'Ja. We hebben zijn lichaam nooit gezien. Ze hadden zijn hoofd verbrijzeld met zakken zand.'

'De wereld is weerzinwekkend.'

'Nee, de wereld is mooi. Wij zijn weerzinwekkend... Ben je getrouwd?'

'Nee.' Abbas keek weer naar de zee en Mariama wachtte af. Het viel haar op dat Abbas niet transpireerde, zoals de meeste buitenlanders die naar Gambia kwamen. Het viel haar ook op dat zijn handen een beetje verkrampten voordat hij begon te vertellen. 'Een aantal jaren geleden is mijn grote liefde in Marseille vermoord en in stukken gesneden door een pornoacteur. Ze heette Samira.' Abbas keek weer naar Mariama. Ze had een hand op de tafel gelegd. Haar nagels waren roodgelakt en kortgeknipt. 'Wat is er met die man gebeurd?' vroeg ze.

'Ik heb hem gevonden.' Abbas stak zijn hand uit en legde hem boven op die van Mariama. Ze liet het toe.

'Waar kom je vandaan?' vroeg ze. 'Oorspronkelijk.'

'Marseille en daarvoor Marokko. En jij?'

'De Mandinka.'

Ze bleven lang aan de tafel zitten, praatten, zwegen en keken naar de mooie sterrenhemel. Mariama was degene die de stilte verbrak. 'Zullen we naar het strand gaan?'

Ze duwden een paar palmbladeren opzij en liepen het strand op. Mariama had een deken en een fles rum uit het restaurant meegenomen. Abbas deed zijn schoenen uit en voelde hoe warm het zand nog steeds was. Mariama spreidde de deken uit en ze gingen zitten. Het felle maanlicht gaf het strand een blauwe glans en vormde schaduwen van hun lichamen. De zee rolde met zachte, kalme golven, bijna zonder schuim, het zand op. Mariama gaf Abbas een plastic glaasje en vulde dat met rum. Nadat ze dat van haar ook had gevuld keken ze elkaar aan en namen een slok van de zachte, warme rum. Mariama deed haar grijze muts af en schudde haar hoofd, zodat de dreadlocks over haar schouders vielen. Abbas keek naar haar scherpe profiel en de brede lippen zonder lippenstift. Ze keek terug.

'Jullie gaan volgens mij niet op zoek naar een oud wrak. Klopt dat?'

'Ja.'

'Wat is de bedoeling dan?'

'Dat moet Tom vertellen als hij wil. Hij is hier verantwoordelijk voor.'

'Is hij politieagent?'

'Dat is hij geweest.'

'Dat is te merken.'

'Waaraan?'

'Zijn blik, hoe hij anderen inschat... Jij hebt een heel andere blik.'

Ze dronken hun plastic glaasjes leeg. Als ze naar de zee en de hemel hadden gekeken, hadden ze opnieuw een vallende ster gezien, maar dat deden ze niet. Mariama ging met haar handen onder haar hoofd op haar rug liggen en Abbas boog zich naar haar toe.

'Kus me,' zei ze.

Hij kuste haar.

De oproep tot gebed van de moskeeën vindt in de meeste steden plaats door middel van geluidsopnamen die de moslims op bepaalde tijdstippen aansporen om te bidden. Voor niet-moslims zoals Stilton betekende het wakker worden op tijdstippen die niet zelfgekozen waren.

Het duurde een paar seconden voordat hij besefte waar hij was en dat hij wakker was geworden door de minaret die een paar honderd meter verderop stond.

Hij draaide zich om en probeerde weer in slaap te vallen, maar dat lukte niet. De oproep tot gebed stopte na drie tot vier minuten, dus dat was het niet. Hij kon niet meer slapen door andere dingen, kleine dingen, ongedierte dat in zijn gezicht beet. '*Motomoto*,' had de vrouw bij de receptie gezegd toen ze de vorige avond zag dat hij op zijn wang sloeg. Nadat hij nog een paar keer was gebeten, gooide hij de deken van zich af en keek of Abbas ook aangevallen werd.

Dat was niet zo.

Hij was er niet eens.

Zijn bed was nog net zo onbeslapen als toen Stilton de vorige avond naar bed was gegaan. Hij liet zijn hoofd weer op het kussen vallen. Was dit handig van Abbas? De seconde erna bedacht hij dat het misschien goed was. De opdracht op zee zou wellicht soepeler verlopen als Abbas een relatie met Mariama had. Hij keek op de wekker. Halfnegen. Mariama zou om acht uur vertrekken met toeristen uit diverse landen, dus zou Abbas nu hier moeten zijn. Hij pakte zijn telefoon en belde hem. 'Hallo, waar ben je?'

'Op zee.'

'Met Mariama?'

'Ja. Het leek me een goed idee om te controleren wat ze voor duikpakken en zuurstofflessen en dergelijke aan boord heeft.'

'Hoe ziet het eruit?'

'Goed. Niet het allernieuwste materiaal, maar de duikpakken zijn redelijk. Ik heb er een gepast. De technische apparatuur is perfect, dat zal geen problemen opleveren. Hoe is het met jou? Ben je net wakker?'

'Ja. Wanneer zien we elkaar?'

'Ik denk dat Mariama om zes uur terug wil zijn. Kun je naar de haven komen?'

'Dat is goed.'

Stilton liet zijn telefoon zakken en sloeg een paar motomoto op zijn wang dood. Wat moest hij in vredesnaam tot zes uur in deze hitte doen?

Mette zat alleen in de keuken. Het zweet stond op haar bovenlip. Ze had beseft dat ze een fout had gemaakt. Een grote fout. Dat kwam niet vaak voor, volgens haarzelf bijna nooit, maar nu was het wel gebeurd. Het ging om het telefoongesprek naar ETG in Madrid. Ze had geïnformeerd naar een schip, de Midas, en bovendien had ze gevraagd wie de kapitein was toen het schip op 20 april 1999 San Sebastián verliet. Dat was overhaast en ondoordacht geweest. Ze had net zo goed kunnen zeggen dat ze de gedumpte containers op het spoor waren, als die tenminste waren gedumpt. Als dat niet zo was, dan was er niets aan de hand, maar dat wist ze dus niet. Het kon net zo goed waar zijn en dan kregen Tom en Abbas misschien problemen in Banjul.

Ernstige problemen.

Ze pakte haar telefoon met een van angst bonkend hart.

Stilton zat op een terras bij Barra Ferry, de pier waar de veerboten van Barra, aan de overkant van de rivier, aanlegden. Er waaide een koele, aangename wind vanuit zee, waardoor het draaglijk was om hier te zitten. Hij had een koude cola in zijn hand en bestudeerde de mensenmassa die van de te zwaar beladen veerboot stroomde. Honderden mensen liepen de steiger op met tassen, plastic zakken, kruiwagens en balen die ze op hun hoofd droegen. Er werd geschreeuwd, gelachen en gevloekt in een taal die Stilton niet herkende. Hij legde zijn hand op zijn maag en nam een slok cola.

Op dat moment ging zijn telefoon over.

'Hallo, met Mette. Hoe gaat het?'

'Ik heb diarree.'

'Geen andere problemen?'

'Gelukkig niet. Wat is er?'

Het duurde niet lang voordat ze had uitgelegd hoe ongelofelijk stom ze was geweest. Stilton was het met haar eens. Het telefoontje naar ETG was niet handig geweest. Weliswaar had ze bevestigd gekregen dat de informatie van de klokkenluider over het containerschip Midas klopte, maar het was een enorme vergissing geweest om vragen over de kapitein te stellen en de datum te noemen.

'Het spijt me verschrikkelijk. In het ergste geval hebben ze contacten in Banjul die gewaarschuwd zijn en dat kan problemen voor jullie veroorzaken.'

'Dat klopt, maar aan de andere kant hebben ze hier misschien geen contacten. Tot nu toe is alles rustig. We varen morgen de zee op om te controleren of die containers er inderdaad zijn. We hebben een goede boot gevonden.'

'Oké. Doe voorzichtig.'

'Dat weet je wel.'

'Heb je Imodium bij je?'

'Wat is dat?'

'Tabletten tegen een toeristenmaag.'

'Doe de groeten aan Mårten en Olivia.' Stilton verbrak de verbinding en nam nog een slok cola. Een vrouw liep langs met een kruiwagen vol fruit. Ze glimlachte naar hem en wees naar een papaja. 'Wil je die kopen?'

'Nee, dank je.'

De vrouw liep verder en Stilton dacht aan het telefoongesprek met Mette en aan ETG. Zouden ze contacten in Banjul hebben? Daarna werd zijn aandacht in beslag genomen door iets anders. Hij stond snel op en verdween in de bar.

Mette was op weg naar de voordeur. Ze wilde een wandeling maken. De hielspoor was verdwenen zonder dat ze er verder over had nagedacht en ze had frisse lucht nodig. Ze had met Tom gebeld en nu was hij gewaarschuwd, meer kon ze hiervandaan niet doen. Zij was altijd degene die het minst ongerust was als Tom en Abbas ergens naartoe waren. Ze wist wat ze konden, ook al had ze geen behoefte aan gedetailleerde verslagen over hun activiteiten. Gewoonlijk kregen ze voor elkaar wat ze zich hadden voorgenomen. Deze keer was het enigszins anders. Ze had hun veiligheid op het spel gezet en dat was geen goed gevoel. Daarom wilde ze nu een wandeling maken.

Niet alleen vanwege haar fout, maar ook vanwege Mårten.

Hij zat al de halve dag bij de keukentafel om verschillende offertes te bekijken. De oude houten woning moest gedraineerd worden, de vochtschade in de kelder werd steeds erger en bovendien moest het dak vernieuwd worden.

'En binnenkort moet de buitenkant ook geschilderd worden,' had hij eraan toegevoegd.

Alles bij elkaar was het een gigantisch bedrag, waarover Mette niet wilde nadenken. Ze hield zich Oost-Indisch doof en probeerde over andere dingen te praten, maar hij ging koppig door. 'We moeten een beslissing nemen. Hebben we voldoende geld om het huis te houden?'

'Wat bedoel je? Moeten we het verkopen?'

'Vroeg of laat wel, dat weet je, het is een enorme woning voor alleen ons tweeën.'

Ze wist dat hij gelijk had. Het huis was fantastisch geweest toen het er krioelde van de kinderen en kleinkinderen, en het had met regelmatige tussenpozen als een groot familiecollectief gefunctioneerd, maar die tijd was voorbij. Toen hun dochter Jolene uiteindelijk een eigen woning had gekregen waren alleen Mårten en zij overgebleven. Bovendien kon ze niet van hem verlangen dat hij zich voortdurend met het onderhoud bezighield.

Maar toch.

Het huis verkopen?

Ze sloeg de deur dicht en liep naar het hek.

Het werd een lange middag voor Stilton, die rusteloos door Banjul wandelde. Hij laveerde tussen auto's, ezels en paarden die volgeladen karren trokken door terwijl hij wilde dat ze de benodigde informatie al hadden. Zijn hele lichaam tintelde. Het was zijn idee geweest om hiernaartoe te gaan, absoluut, maar hij wilde het achter de rug hebben en teruggaan naar Luna om het goed te maken. Hij had haar een paar keer gebeld en ge-sms't, maar ze had niet opgenomen en had zijn sms'jes niet beantwoord. Dat hoefde niets te betekenen, het bereik was vaak slecht in Mae Phim, maar toch.

Een langeafstandsrelatie?

Wat had ze daarmee bedoeld?

Zij was degene die in de yogaretraite wilde zijn. Diep vanbinnen wist hij dat hij langer in Thailand was gebleven dan hij eigenlijk had gewild. Hij had zich daar goed gevoeld en had een aantal dingen verwerkt, maar lang voordat Mette had gebeld om over Olivia te vertellen was hij al rusteloos geworden. Hij besefte nu dat Olivia alleen een excuus was geweest om te kunnen vertrekken. Zo had hij er niet over gedacht toen hij het vliegtuig naar Zweden nam. *Ik weet niet waar je bent. Je bent hier niet, dat weet ik, maar toen je hier was, was je hier ook niet.* Hij hoorde Luna's stem in zijn hoofd en dat deed pijn.

Stilton bleef staan bij de Albert Market, een uitgestrekte straatmarkt in het centrum van Banjul. Hij rook een enorme hoeveelheid verschillende geuren, massa's mensen verdrongen zich in de krappe paden met aan beide kanten kramen waar alles te koop werd aangeboden wat hij met dit continent associeerde. Houten beelden, maskers, sieraden van parels, kleurige batikstoffen, kruiden, groenten, fruit en namaakproducten. De markt was gericht op toeristen, maar was tegelijkertijd vol plaatselijke bewoners die op zoek waren naar koopjes. Hij had niet veel zin om zich tussen de drommen mensen te begeven.

'Sir.'

Stilton voelde een hand onder zijn arm en draaide zich om. De hand was van een jongeman in een politie-uniform. Vlak achter hem stonden nog twee politieagenten.

'Ja?' zei Stilton.

'We willen met u praten.'

'Waarom dat?'

De man maakte een gebaar naar de straat. Stilton overwoog of hij zich zou verzetten, maar besloot mee te werken. Hij draaide zich om en liep met de politieagenten mee de markt af. Een stuk verderop in de straat stond een grote zwarte politiebus, gedeukt en stoffig, met een klein van tralies voorzien raam in het achterportier. De agent naast hem opende het portier.

'Stap in,' zei hij.

'Waarom zou ik dat doen?'

'Omdat ik het zeg.'

Stilton keek naar de jonge politieagent. Hij was ongeveer net zo oud als Stilton was geweest toen hij tijdens zijn dienst een man voor een rijtjeshuis had doodgeschoten. Hij keek naar binnen en zag een oudere man op een vaste bank zitten. De man wenkte hem. Stilton stapte in en het portier sloeg achter hem dicht.

'Ga zitten.' De man maakte een gebaar naar de bank tegenover hem. Stilton ging zitten en keek naar de vastgesoldeerde enkelboeien op de vloer.

'Waarom zit ik hier?'

'Weet je dat niet?'

'Nee.'

De bus begon met een lichte ruk te rijden. De man tegenover Stilton haalde een zwart boekje uit de zak van zijn colbert. Hij droeg een donkergroen kostuum en zijn gepoetste leren schoenen staken onder de pijpen uit. Stilton zag dat hij enigszins voorovergebogen zat, alsof hij een kromme rug of een lichte bochel had.

De man sloeg het boekje open en begon erin te lezen. Stilton vroeg zich af waar de bus naartoe reed. Hij dacht na over een aantal scenario's, mogelijke redenen waarom hij was meegenomen, terwijl hij op de man tegenover hem wachtte.

'Tom Stilton,' zei de man uiteindelijk terwijl hij van zijn boekje opkeek.

'Ja.'

'Een Zweed.'

'Ja.'

Die informatie moet uit het hotel afkomstig zijn, dacht Stilton. Of van de luchtvaartmaatschappij, maar dat was een beetje vergezocht. Hij voelde dat zijn geduld begon op te raken. 'Kun je me vertellen waarom ik hier zit?' vroeg hij.

'We zoeken een drugsdealer die in Banjul opgedoken is,' zei de man. 'Een buitenlander.'

'En dat moet ik zijn?'

'Je bent een buitenlander.'
'Niet alle buitenlanders zijn drugsdealers.'
'Maar bijna alle drugsdealers zijn wel buitenlanders. Begrijpen we elkaar?' vroeg de man terwijl hij voor het eerst glimlachte.
'Hebben jullie geen signalement van degene naar wie jullie op zoek zijn?' vroeg Stilton.
'Jawel. Hij heeft jouw uiterlijk.'
'Blank, lang en buitenlander.'
'Zo ongeveer. Paspoort?' zei de man.
'Dat ligt in het hotel.'
'Logeer je daar alleen?'
'Nee.'
'Met je vrouw?'
'Nee.'
'Met een vriend?'
'Ja.'
De man observeerde Stilton. 'Ben je zenuwachtig?'
'Lijkt dat zo?'
'Je verschuift voortdurend.'
'Ik heb een darmprobleem.'
De man probeerde rechtop te gaan zitten, maar zijn rug zat in de weg. 'Wat deden jij en je vriend gisteren bij de vuilnisbelt?' vroeg hij.
Hoe wist hij dat verdomme? Had Eddie gekletst? Nee, dat zou hij niet doen. Stilton boog zich naar de man toe. 'Mijn vriend en ik reizen rond en proberen ons een beeld te vormen van de manieren waarop het afval van industrielanden milieuproblemen in de derde wereld kan veroorzaken. Onder andere bij Bakoteh. Het is angstaanjagend.'
Het bleef even stil. De man met de kromme rug sloeg zijn boekje langzaam dicht en keek naar Stilton. 'Banjul kan voor sommigen een gevaarlijke plek zijn. Er zijn mensen die hier verdwijnen.'
Hij is net een echo van de opdringerige bumster, dacht Stilton. Is dat hun slogan? *De stad waarin je verdwijnt*? De man boog zich opzij en klopte op het raam van de cabine, waarna de bus abrupt stopte. Een paar seconden later ging het achterportier open en de man tegenover Stilton maakte een gebaar naar de straat. 'We vinden je als we dat willen,' zei hij, waarna hij opnieuw glimlachte.

Stilton stapte uit, sloeg het portier dicht en draaide zich om. Hij inhaleerde de prikkende rook al voordat hij zag waar hij was.

Aan de rand van Bakoteh, de vuilnisbelt.

Hij kreeg een enorme hoestbui.

Pekka had een foto van Nanna Ruong in de bar in Arjeplog laten zien, wat Lisa en Olivia had verbaasd. Ze hadden niet geweten dat er aan de Samenkant van Kaldma's familie nog een familielid in leven was en nu hadden ze besloten om contact met haar op te nemen. Lisa zocht het telefoonnummer van Nanna op. Ze bleek een vaste telefoon te hebben. Er werd echter niet opgenomen. Lisa en Olivia belden een paar keer zonder resultaat. Uiteindelijk belde Olivia Pekka en legde hem de situatie uit. 'Ze neemt niet op,' zei Olivia.

'Het kan moeilijk zijn om haar te pakken te krijgen, ze heeft geen mobiel en in deze tijd van het jaar is ze vaak in de bergen. Waarom wil je haar spreken?'

'Gewoon algemene nieuwsgierigheid. Ze is de enige van Kaldma's Samische familie die nog leeft en ze woont op de plek waar hij gevonden is. Dat is het enige.'

Dat was tenslotte waar.

Olivia legde haar telefoon op het bureau en keek naar Lisa. Het was een hele tijd geleden dat ze samen een biertje hadden gedronken. Ze voelde dat er door het moordonderzoek een kloof tussen hen was ontstaan. Geen grote die niet overbrugd kon worden, maar toch. Of was die ontstaan door haar relatie met Lukas? Dan zou het misschien lastiger worden.

'Ik ga naar huis,' zei Olivia terwijl ze opstond.

'Naar huis of naar Lukas?'

Het zou beslist lastiger worden.

Olivia ging op de bank in Lukas' woonkamer zitten. Ze hadden een avond voor zichzelf en hadden dat allebei nodig. De geur van verse popcorn trok van de keuken naar de woonkamer. Lukas bereidde een filmavond voor. Olivia trok haar benen op, leunde met haar hoofd naar achteren en deed haar ogen dicht. Op dat moment plingde haar telefoon. Ze schrok. Was ze echt binnen twee seconden in slaap gevallen? Ze pakte haar telefoon en zag dat ze een sms van Stilton met zijn dagelijkse verslag had gekregen. *Klein incident met politie, verder alles rustig. Gaan morgen duiken.* Dat was alles, maar ze kende Tom. Het kleine incident was waarschijnlijk het understatement van de dag, maar het ging in elk geval goed met ze en dat was geruststellend. Ze sms'te terug: *Mooi, vermijd grote incidenten als dat lukt :-)*

Ze legde haar telefoon weg en dacht na over wat Stilton en Abbas in Gambia deden. Eigenlijk was het niet heel gevaarlijk. Ze zouden proberen de containers te lokaliseren en als dat lukte zouden ze de informatie aan de autoriteiten overhandigen. Wat kon er misgaan?

'Hallo? Waar ben je?' Lukas stond voor haar en knipte met zijn vingers.

'Ik was even in Gambia,' antwoordde ze.

Hij zette een schaal popcorn op de tafel. 'Wil je een biertje of citroenlimonade?' vroeg hij terwijl hij weer naar de keuken liep.

'Limonade,' antwoordde ze. Ze volgde hem met haar ogen. 'Ze zijn trouwens klaar met de balkons.'

Lukas kwam terug met een fles limonade in zijn hand. 'O ja?'

'Ik verhuis aan het eind van de maand naar mijn eigen appartement terug.'

Hij ging naast haar op de bank zitten. 'Waarom dat?'

'Dat hebben we afgesproken.'

'Dat is zo, maar het is toch onzin om allebei huur te betalen?'

'Wat wil je dan? Bedoel je dat ik mijn appartement moet verhuren?'

'Ja. Het gaat toch goed tussen ons nu je hier woont?'

'Dat is waar, maar dit is allemaal van jou, ik wil mijn eigen spullen om me heen hebben.'

'Dat is geen enkel probleem. Breng hiernaartoe wat je wilt hebben.'

Plotseling voelde ze zich onder druk staan. Ze vond het heerlijk om samen met Lukas te zijn, maar vond het niet vanzelfsprekend dat zij degene was die hiernaartoe zou verhuizen, ook al besefte ze dat haar appartement te klein was voor hen beiden. Bovendien begon ze er af en toe behoefte aan te krijgen om alleen te zijn. Helemaal alleen. In haar eigen appartement. Het was een bijzonder intense periode geweest.

'Ik weet het niet, Lukas,' zei ze. 'Soms moet je ongestoord kunnen werken en...'

'Dat is geen probleem voor me,' onderbrak hij haar. 'Ik wil niets liever dan dat je hier komt wonen.'

Olivia had spijt dat ze erover begonnen was. Ze was te moe om erover te praten en een beslissing te nemen. Te moe om haar behoefte aan alleen zijn uit te leggen zonder dat hij haar verkeerd zou begrijpen. Ze was heel gewoon overal te moe voor, behalve misschien op de bank naar een film kijken, wat ze van plan waren geweest. Lukas' telefoon plingde. Hij pakte hem en las de sms. Ze keek naar hem en probeerde iets van zijn gezicht af te lezen. Na Sara was ze telkens als zijn telefoon plingde bang dat er iets mis was.

'Is dat Sara? Heeft ze je nieuwe nummer?'

Hij gaf geen antwoord, maar liet zijn telefoon zakken en keek haar aan. Zijn gezicht was volkomen uitdrukkingsloos.

'Wat is er? Vertel.'

Zijn mondhoeken gingen langzaam omhoog tot zijn glimlach zijn ogen bereikte, die begonnen te stralen. 'Dat was een galerie in Kopenhagen. Ze bieden me een solo-expositie aan. Ze willen dat ik volgende week naar ze toe kom om de zaal te bekijken. Snap je hoe geweldig dat is?!'

Door dat vreugdevolle bericht was het gesprek over een eventuele verhuizing vergeten.

Voor nu.

Eindelijk.

Stilton zat al bijna een uur tegen de muur van een magazijn geleund. Ze zouden om zes uur terug zijn en nu was het bijna zeven uur. Hij zag hoe Mariama de boot naar de kade stuurde en aanmeerde. De eerste die aan land stapte was Abbas. Hij droeg zijn zonnebril. De zon was een uur geleden al ondergegaan, maar waarschijnlijk had hij er een andere reden voor. Stilton bleef bij de muur zitten. Het duurde een paar minuten voordat Abbas hem zag. Hij knikte naar hem en hielp Mariama vervolgens om de polystyreen doos over de reling te tillen. Terwijl de vistoeristen zich rond de doos verzamelden liep Abbas naar Stilton toe. 'Hallo,' zei hij. 'Het heeft iets langer geduurd. Sorry.'

'Was het leuk vandaag?'

Abbas zette zijn zonnebril af en keek naar Stilton. 'We kunnen haar vertrouwen,' zei hij. 'Ik denk dat je haar kunt vertellen waar het in werkelijkheid om gaat.'

'Dat is mooi.' Stilton stond op.

'Wat heb jij vandaag gedaan?' vroeg Abbas terwijl hij zich weer omdraaide naar de boot. Hij was duidelijk niet geïnteresseerd in Stiltons antwoord.

'Mette heeft gebeld.'

'O ja? Wat wilde ze?'

'Ze was ongerust omdat...'

'Abbas!' riep Mariama. Ze gebaarde dat Abbas naar haar toe moest komen. Dat deed hij. Stilton bleef achter. De vistoeristen vertrokken van de kade en Mariama begon de boot schoon te spuiten. Abbas pakte een boender en borstelde de vissenschubben van de stoelen. Stilton keek naar de haven, de zee en de horizon. Hij voelde zich eenzaam en dacht aan wat Mårten had gezegd: *Je weet waarom je ronddwaalt.* Hij hoestte omdat hij nog steeds last had van de rook van de vuilnisbelt en liep naar de boot toe.

'We willen bij King Of Shawarma gaan eten,' zei Abbas. 'In het centrum.'

'Oké.'

'Volgens Mariama hebben ze daar heel lekker eten. Heb je honger?'

'Ja,' zei Stilton terwijl hij zijn hand op zijn maag legde.

Een kwartier later vertrokken Stilton en Abbas uit de haven. Mariama zou iets later komen, omdat ze de uitrusting voor de volgende dag wilde controleren. Toen de twee Zweden zich niet meer op de kade bevonden kwam er een man uit een van de magazijnen. Hij had voortdurend verslagen over de twee Zweedse mannen gekregen. Van de luchthaven, het hotel, de vuilnisbelt en Barra Ferry. Nu keek hij ze na en liep naar Mariama's boot. Ze liep de ladder op met twee zuurstofflessen in haar handen. De man had ook een boot in de haven liggen en ze kenden elkaar.

'Hallo Mariama,' zei hij.

'Hallo Seeku.'

'Wat wilden die buitenlanders?'

'Vissen.'

'Wanneer?'

'Als de vis wil bijten.' Mariama zwaaide met de zuurstofflessen terwijl ze Seeku passeerde.

'Waar willen ze vissen?'

'Op de vuilnisbelt.'

Seeku volgde Mariama met zijn ogen terwijl ze naar een van de magazijnen liep. Hij wist dat ze niet meer zou zeggen.

Dat irriteerde hem.

Stilton en Abbas zaten in King Of Shawarma en hadden in afwachting van Mariama een paar koude biertjes gedronken. Dit was een aanzienlijk groter restaurant dan dat waar ze de vorige avond waren geweest, maar het was hier veel minder druk en de sfeer was saaier en stijver. Ze hadden een tafeltje genomen bij een raam dat uitkeek op de Nelson Mandela Street. Ze hadden beiden het instinct om nooit met je rug naar de ingang te gaan zitten. Stilton had niet zo'n last van zijn maag meer en Abbas was in een goed humeur. Hij vertelde over de boottocht van vandaag en de uitrusting die aan boord was en keek uit naar de volgende dag, wat meerdere redenen had.

Stilton wilde geen vragen stellen over zijn relatie met Mariama en dat hoefde ook niet, want dat was vrij duidelijk. Het gaf hem een warm gevoel vanbinnen. Hij kende Abbas lang genoeg om te zien dat hij zich goed voelde op een manier die zelden voorkwam.

De reden daarvoor liep het restaurant in en kwam naar hun tafeltje toe. Mariama had een kleine zwarte handtas over haar schouder en droeg een donkere broek. 'Hebben jullie al besteld?' vroeg ze.

'Nee,' antwoordde Abbas. 'We hoopten dat jij iets kunt aanraden.'

'*Domodah*,' zei ze terwijl ze tussen de twee mannen in ging zitten. 'Dat is hun specialiteit. Het is een stoofschotel die we kunnen delen.'

'Wat zit erin?' vroeg Stilton, die aan zijn maag moest denken.

'Pinda's, tomaten en bonen. En daarbij kun je kip of biefstuk kiezen.'

'Biefstuk dan,' zei Stilton, die vermoedde dat de kip van de vorige avond de diarree van vandaag had veroorzaakt.

Mariama wenkte een keurig geklede ober om domodah en een glas bier voor zichzelf te bestellen. Toen de ober wegliep keek ze naar Stilton. 'De boot is klaar en de uitrusting is aan boord.'

'Mooi.'

'Waar gaan we naar op zoek?'

Stilton was perplex. Hij wist niet wat Abbas had verteld, waarschijnlijk niets, maar misschien had Mariama zijn verhaal over het gezonken koopvaardijschip doorzien. Hij wist dat het vroeg of laat zou uitkomen, dus kon hij het net zo goed nu vertellen. Hij pakte zijn glas bier, draaide het tussen zijn handen rond en ging zachter praten. 'We denken dat er dingen in zee gedumpt zijn waarvan sommigen niet willen dat het bekend wordt.'

'Wie?'

'Een Spaans bedrijf, ETG. Weet je waar hun kantoor is?'

'Ja. In Ndow Street. De directeur, Seeku, was daarnet in de haven. Hij heeft me met jullie zien praten en was nieuwsgierig.'

'Waarnaar?'

'Wat we gingen doen.'

'Wat heb je gezegd?'

'Dat we zouden gaan vissen.'

'Meer niet?'

'Nee. Wat hebben ze gedumpt?'

Stilton aarzelde weer en keek naar Mariama. Ze was betrouwbaar, maar volgens wie? Een uitgemergelde man in een tent van kapotgewaaide doeken op een vuilnisbelt. Hij keek naar Abbas, maar wist dat hij van hem geen hulp zou krijgen. Abbas legde alle verantwoordelijkheid bij hem neer. 'We hebben informatie gekregen dat het bedrijf een aantal containers met kernafval in zee gedumpt heeft,' zei hij.

Mariama keek naar Abbas, als om te vragen of hij het onwaarschijnlijke verhaal dat ze net had gehoord kon bevestigen. Dat deed hij met een knikje.

'Wanneer is dat gebeurd?' vroeg ze.

'Twintig jaar geleden,' antwoordde Stilton.

'En dat weet niemand?'

'Degenen die het gedaan hebben weten het, maar zij houden hun mond.'

'Twintig jaar lang?'

Stilton knikte op het moment dat Mariama haar biertje kreeg. Ze nam een grote slok. 'Wat gaan jullie doen als jullie de containers vinden?' vroeg ze.

'Vastleggen dat ze daar zijn en ervoor zorgen dat ze naar boven gehaald worden. Vroeg of laat roesten die containers weg en dan...' Hij besloot zijn onafgemaakte zin met een schouderophalen. Een bijzonder sober gebaar in verhouding tot de gevolgen als de containers inderdaad op de zeebodem lagen.

Het zou een milieuramp veroorzaken die nauwelijks te overzien was.

De stoofschotel was heet, smaakte heerlijk en was binnen een halfuur verdwenen. Met het oog op de volgende dag wilden ze alle drie niet langer in het restaurant blijven. Ze gingen naar buiten en bleven staan. Er verstreken een paar ongemakkelijke seconden, vooral voor Abbas, tot Stilton zei: 'We zien elkaar morgenochtend om acht uur.'

Hij omhelsde Mariama kort en liep weg. Abbas keek hem na. Drie dingen schoten door zijn hoofd. Tom fietste en omhelsde vrouwen. Dat waren er twee. Het derde had met zijn verleden te maken. Was het feit dat Tom hem de ruimte gaf zijn manier om dankbaarheid te tonen voor de periode waarin Abbas degene was die hem in de gaten hield terwijl Tom in afvalruimten sliep en de controle over zijn leven kwijt was?

Misschien wel.

'Ik mag hem wel,' zei Mariama, waarmee ze Abbas' gedachten onderbrak. 'Kan hij duiken?'

'Nee, dat is mijn taak.'

Stilton was bijna bij het hotel toen Sayomo, die zich achter een struik had verborgen, in het donker tevoorschijn kwam en naast Stilton kwam lopen. Stilton herkende hem, het litteken op zijn wang was duidelijk zichtbaar.

'Ben je al verdwaald?' fluisterde Sayomo.

'Ik verdwaal nooit, ik ben met een kompas in mijn hoofd geboren.'

'Maar je kunt op één lijn niet in twee verschillende richtingen tegelijk lopen.'

Stilton kon het niet laten om te lachen en Sayomo volgde zijn voorbeeld. Ze keken elkaar aan.

'Ndow Street,' zei Stilton. 'Weet je waar dat is?'

'Ja.'

Sayomo begon te lopen en Stilton volgde hem. Ze kwamen in de dichtbebouwde delen van de stad. Sayomo gleed op de overvolle trottoirs als een schaduw tussen de mensen door. Af en toe keek hij over zijn schouder om te controleren of Stilton hem nog bijhield. Hij loodste tenslotte een oude man door de stad.

'Dit is Ndow Street,' zei Sayomo toen hij bij een kruising was blijven staan. 'Waarom wil je hiernaartoe?'

'Ik zoek een bedrijf, ETG, ken je dat?'

'Dat bevindt zich in het volgende huizenblok.'

Sayomo begon weer te lopen en Stilton volgde hem. Even later wees Sayomo naar een gebouw aan de overkant van de straat. 'Daar, op de eerste verdieping. Dat is hun kantoor.'

Stilton zag dat er licht achter een raam brandde.

'Ga je naar binnen?' vroeg Sayomo.

'Nee.' Stilton haalde een stapeltje dalasi's uit zijn zak en hield dat Sayomo voor. 'Alsjeblieft.' Hij wist niet precies hoeveel het was, maar aan de gezichtsuitdrukking van de jongen te zien was het meer dan genoeg. 'Bedankt voor de hulp,' voegde hij eraan toe.

'Heb je morgen weer hulp nodig?' vroeg Sayomo.

'Nee.'

Sayomo knikte en verdween in de duisternis.

'Zorg ervoor dat je niet verdwaalt!' riep Stilton hem na, waarna hij weer naar het kantoor keek. Boven de deur van het portiek hing een felle gele lamp. Verder was het donker. Stilton leunde tegen de muur van het huizenblok tegenover ETG en dacht na over wat Mette had gezegd. Haar bange vermoedens waren bevestigd. Ze hadden hier een contact dat was gewaarschuwd dat Abbas en hij hiernaartoe zouden komen.

Hij zette zich af van de muur en wilde net weglopen toen er een brommer voor het portiek stopte. Een jongeman stapte af en zette zijn helm af. Het licht van de sterke portieklamp scheen op zijn gezicht. Stilton herkende hem onmiddellijk. Door zijn jaren als politieagent was zijn geheugen voor gezichten getraind. Het was de jongeman van de luchthaven die naar beneden had gekeken en verwoed op kauwgom had gekauwd. Was het dezelfde jongen die met zijn brommer bij de vuilnisbelt was geweest? Stilton had zijn gezicht daar niet gezien omdat de afstand te groot was geweest. Nu zag hij dat de jongeman het portiek in glipte. Hij bleef staan en keek naar het verlichte kantoor op de eerste verdieping. Na een paar minuten verscheen er een man achter het raam, die een donker rolgordijn naar beneden trok.

Stilton zag zijn silhouet verdwijnen. Seeku, dacht hij. De man over wie Mariama het heeft gehad.

Mariama woonde in een eenvoudig appartement met twee kamers: een keuken die tevens dienstdeed als woonkamer en een slaapkamer. Het gebouw, met vier appartementen die allemaal even groot – of klein – waren, stond aan de rand van Banjul, een halfuur bij de haven vandaan. Mariama en Abbas hadden hier de vorige nacht geslapen en zouden dat vannacht weer doen. In aanmerking genomen dat ze elkaar nog maar twee dagen kenden, vond Abbas het heel merkwaardig dat het zo natuurlijk voelde om hier met Mariama naast zich te slapen. Misschien was dit een opzichzelfstaand fragment van zijn bestaan, een paar dagen die hij beleefde en die zouden verdwijnen, maar dat was niet belangrijk. Hij was hier nu en zij was echt. Ze trok haar kleren uit en hij keek naar haar mooie lichaam.

Hij zag Samira niet meer, hij zag Mariama.

Morgen gingen ze naar kernafval duiken.

*Schiet haar dood, anders doe ik het.*

Olivia lag te woelen, zwaaide met haar arm en raakte Lukas' borstkas. Hij schrok en keek naar haar. 'Wat is er? Olivia?'

Ze opende haar ogen. Het zweet droop van haar gezicht.

'Heb je een nachtmerrie gehad?'

Ze ging zitten en begon te hyperventileren.

'Olivia?'

Ze kwam uit bed en haastte zich naar de keuken. Haar handen trilden toen ze de kraan opendraaide om een glas water in te schenken. Ze dronk het in één keer leeg, waarna ze enigszins kalmeerde.

Het was een nachtmerrie geweest.

Een stem zei dat ze haar wilde doodschieten.

Een stem die ze niet herkende.

Haar hartslag werd rustiger en ze ging op het aanrecht zitten in een poging het te begrijpen. De nachtmerrie was niet gegaan over het moment dat er bij de rendierherdershut op haar was geschoten, maar over de vrouw die in het huisje met een ijskoude stem 'Schiet haar dood' had gezegd terwijl ze vastgebonden en met een plastic tas over haar hoofd op de vloer lag. Als een slachtoffer.

Ze moest die vrouw te pakken krijgen.

Lukas verscheen naakt in de deuropening. 'Voel je je nu iets beter?'

Olivia keek naar hem. 'Sorry, ik wilde je niet wakker maken, maar wat die vrouw in de bergen me aangedaan heeft... Nu heb ik zelfs nachtmerries over haar.'

'Dat is toch een volkomen natuurlijke reactie op wat je meegemaakt hebt?'

'Jazeker, maar ik ben politieagent. Ik moet in staat zijn mijn gevoelens te onderdrukken. Kom eens hier.' Olivia gebaarde dat Lukas naar haar toe moest komen en liet zich van het aanrecht glijden. Hij sloeg zijn armen om haar heen en ze voelde hoe hard ze hem nodig had. Dichtbij. Rondom haar. Zodat ze de werkelijkheid waarin ze haar wilden doodschieten kon buitensluiten.

Het was precies acht uur 's ochtends. De zon was opgekomen en verspreidde zijn roodgouden stralen over de volkomen kalme Atlantische Oceaan. Alleen de lange, zachte deining maakte duidelijk hoeveel kracht de watermassa onder de oppervlakte had.

De witte boot die de haven van Banjul uit voer liet een schuimende wond in het kalme wateroppervlak achter. Mariama stond aan het roer en had een rode bandana rond haar haar gebonden. Abbas stond naast haar in de stuurhut. Hij droeg een zonnebril en keek uit over de eindeloze zee. Dit was op meerdere manieren een andere ervaring voor hem. Hij had zijn duikcertificaat in de baai van Marseille gehaald en was nog nooit op open zee geweest. Dit water was anders, dieper en met het oog op hun opdracht gevaarlijker. Hij voelde zijn maag omdraaien.

Stilton zat in zijn witte shirt op het achterdek en hoopte dat hij niet zeeziek zou worden. Hij was opgegroeid aan de buitenste scherenkust en had ruwe zeeën in alle mogelijke variaties meegemaakt zonder dat hij daar last van had gehad. Met de lange deining van de Atlantische Oceaan had hij echter moeite. Hij had het een paar keer eerder meegemaakt toen hij op een booreiland voor de kust van Noorwegen werkte en aan land ging omdat zijn dienst erop zat. De deining van de Noord-Atlantische Oceaan had de boot net zo lang heen en weer gewiegd tot hij over de reling had gebraakt.

Hij duimde dat het deze keer niet zou gebeuren.

In de haven was hij gespannen geweest en had hij voortdurend om zich heen gekeken. Werd hun vertrek geobserveerd? Hij zag niemand, maar dat wilde niets zeggen. De kuststrook was lang en hun boot was vanaf het land eenvoudig te volgen. Hij had zich ervan verzekerd dat er een verrekijker aan boord was, omdat hij de omgeving in de gaten wilde houden als ze op open zee waren.

Mariama had de coördinaten in de gps ingevoerd. Het gebied waar ze naartoe gingen was een flink eind varen. Ze had nog steeds moeite om te geloven dat er containers met kernafval op de bodem van de zee lagen. Ze wist niet zeker hoe diep de zee was op de plek waar ze naartoe gingen, maar voor de kust van Gambia bevond zich een tektonische plaat en waarschijnlijk lag de bewuste plek daarboven. Was het nog verder, dan zou het onmogelijk zijn om diep genoeg te duiken teneinde de containers te bereiken. Ze had St. Joseph Island als richtpunt, dat lag in westelijke richting, en de positie waar ze naartoe gingen bevond zich voor het eiland.

Abbas keek uit over de zee. Hij zag iets en kneep zijn ogen tot spleetjes. 'Waar is de verrekijker?'

Mariama wees naar een plank onder het bedieningspaneel. Abbas pakte de grote groene verrekijker en hield hem voor zijn ogen. 'Wat is dat?' vroeg hij. 'Dolfijnen?'

Hij gaf de verrekijker aan Mariama en ze keek in de richting die hij aanwees. 'Nee, dat zijn zwaardwalvissen,' zei ze. 'Af en toe steken ze in kleine groepjes de tektonische plaat over.'

Abbas' verlangen om hier te duiken werd niet bepaald groter door die informatie. Hij liep de stuurhut uit en ging naast Stilton zitten.

'Hoe is het met je?'

'Goed. Ik vind het spannend.'

'Ik ook.'

Abbas haalde een camera uit zijn zak, een Nikon Coolpix W300 die tot ruim dertig meter onder water kon fotograferen. Hij hoopte dat de plek waar hij ging duiken niet dieper was. 'Die heb ik gekocht voordat we vertrokken.'

'Mooi.' Stilton had daar zelf niet over nagedacht. 'Hadden we iets mee moeten nemen om de straling te meten?'

'Ik ben op zoek geweest naar een stralingsmeter die in diep water werkt, maar dat was te lastig en te duur. Het belangrijkste is waarschijnlijk om te controleren of er containers op de zeebodem liggen. Als dat zo is, dan moeten anderen maar bepalen hoeveel straling ze afgeven.'

Stilton knikte. Hun opdracht was om de aanwezigheid van de containers te bevestigen of te ontkennen, waarna de rest door anderen geregeld zou worden. Ze keken allebei naar de zee, die verraderlijk kalm was.

Abbas boog zich over de reling en stak een hand in het water. Het was minder koud dan hij had verwacht, in elk geval aan de oppervlakte. Hij keek naar het eindeloze, glinsterende wateroppervlak. 'Ik heb zwaardwalvissen gezien,' zei hij. 'Door de verrekijker.'

'Jezus... begin je spijt te krijgen?'

'Nee.'

'We zijn er bijna!' riep Mariama naar het achterdek. Stilton en Abbas kwamen snel overeind en gingen naast haar staan. Ze wees naar het scherm naast het roer en ze zagen een rasterpatroon op het water met cijfers aan de randen. Stilton en Abbas wisten allebei niet precies hoe ze het scherm moesten interpreteren, maar dat wist Mariama wel. 'We naderen het punt dat de coördinaten aangeven. Dat is hier.' Ze wees naar een van de rasters op het scherm. 'Daar stoppen we.'

Een paar minuten later zette ze de motor af en de boot minderde vaart.

'Is het hier?' vroeg Stilton.

'Dit is de positie die ik gekregen heb.'

'Goed. En nu?'

'Nu activeer ik mijn sonar.'

'Werkt die met geluidspulsen?'

'Ja.'

Stilton had een beetje ervaring met diverse soorten sonarapparatuur, zoals sonars om vis op te sporen, actieve sonars en *side scan* sonars. Dit was een actieve sonar die geluidspulsen stuurde die weerkaatst werden door voorwerpen die zich in het water bevonden. De tijd die het kostte voordat de echo terug was vertelde op welke afstand het voorwerp zich bevond, een container bijvoorbeeld.

Mariama startte de motor weer en liet de boot over het wateroppervlak glijden. De sonar stuurde geluidspulsen in diverse richtingen binnen het raster dat ze afzochten.

Het kostte tijd.

In het begin staarden Abbas en Stilton naar de meter die signaleerde of de geluidspulsen weerkaatst werden, maar er gebeurde niets.

Na een halfuur liep Stilton met Mariama's verrekijker de stuurhut uit. Hij hield hem voor zijn ogen en keek naar de zee. In de verte zag hij de contouren van St. Joseph Island. Mariama had verteld dat het onbewoond was. Ooit had er een fort gestaan, maar daar was alleen een ruïne van over, die soms werd bezocht door groepen toeristen.

Hij liet de verrekijker zakken en ging op de reling zitten. Vreemd genoeg transpireerde hij vandaag niet, hoewel de zon brandde. Misschien werkte de wind verkoelend, misschien ook niet.

We zijn hier in elk geval, dacht hij. We doen wat ik heb gezegd dat we zouden doen, we controleren of de informatie van de klokkenluider klopt. Klopt die niet, dan gaan we naar huis. Dan moet de onderzoeksleider een ander motief voor de moord op Kaldma vinden en ga ik naar Luna terug. Klopt de informatie wel, dan wordt de kwestie waarschijnlijk afgehandeld door mensen op hogere niveaus met wie ik niets te maken heb, maar uiteindelijk is het resultaat hetzelfde. Ik ga naar Luna terug, met een veer in mijn oor, zoals Minken zou zeggen.

'We proberen een nieuw raster!' riep Abbas vanuit de stuurhut. Ze verlieten het punt dat de coördinaten aangaven en begonnen in de rasters eromheen te zoeken. Stukje bij beetje, raster na raster.

Urenlang.

Zonder een spoor van een echo van de sonar.

Uiteindelijk zette Mariama de motor uit en liet de boot door het water glijden tot hij vanzelf stopte. Stilton liep de stuurhut in en ging naast Abbas staan.

'Er zijn hier geen containers op de zeebodem,' zei Mariama. 'Sorry.'

Stilton knikte en keek naar de zee. Abbas observeerde hem. Dit idee van Tom was vanaf het begin een gok geweest, maar nu hadden ze het in elk geval onderzocht. In zekere zin hadden ze een goed resultaat bereikt. Als er geen gedumpte containers waren, dan was er ook geen kans op een potentiële milieuramp, wat positief was. Tom zag er echter niet uit alsof hij dezelfde mening had.

'Kunnen we een laatste poging doen?' vroeg Stilton aan Mariama. 'Heb je alle rasters afgezocht?'

'Ja.'

'En als we het zoekgebied nog iets uitbreiden?'

'We kunnen niet de hele Atlantische Oceaan afzoeken.'

'Nee, maar nog één raster misschien?'

Mariama glimlachte en startte de motor weer. Ze maakte een bocht om buiten de randen van het rasterpatroon te zoeken en zette de sonar aan.

Binnen een minuut kreeg de sonar een echo binnen. Stilton gaf een schreeuw en wees. Mariama keek op het scherm. 'Dat is een school vissen,' zei ze. 'De signalen zijn veel te onregelmatig om een vast voorwerp te kunnen zijn.'

'Weet je dat zeker?'

'Volkomen zeker.'

Stilton keek in Mariama's ogen en besefte dat ze het inderdaad volkomen zeker wist.

De echo was afkomstig van een school vissen.

Geen van hen zei iets terwijl ze naar Banjul terugvoeren. Stilton moest verwerken dat zijn beslissing om hiernaartoe te gaan niets had opgeleverd en dat deed pijn.

Abbas had inmiddels geconstateerd dat hun tijd in Banjul bijna voorbij was, dus ook zijn tijd met Mariama. Hij wist niet hoe hij daarmee moest omgaan. Mariama dacht ongeveer hetzelfde. Haar tijd in Banjul was niet voorbij, ze woonde hier, maar wel de tijd met de eerste man aan wie ze sinds een heel lange periode gehecht was geraakt. Ze draaide zich om en keek naar Abbas. Hun blikken ontmoetten elkaar.

Toen ze de haven naderden pakte Stilton de kijker weer en keek over de zee naar St. Joseph Island. Deze keer zag hij niet alleen een verlaten wateroppervlakte, maar ook een donkerblauwe boot in de verte. Wanneer was die opgedoken? Hadden ze hun boot gezien? Dat maakte niet meer uit, hun opdracht was beëindigd. Morgen zaten ze in het vliegtuig naar de kou en de teleurstelling in Zweden.

Ze meerden in de schemering aan. Naast een van de magazijnen was een kleine, primitieve bar die bestond uit een eenvoudige toog met palmbladeren bij wijze van dak en een lange man die voor zijn flessen stond. Ze spraken met Mariama af dat ze naar de bar zou komen als ze klaar was met het controleren van de uitrusting die ze niet hadden gebruikt. Ze legde een duikpak op de kade en legde daar een paar zuurstofflessen naast.

'Hallo Mari! Heb je hulp nodig?' vroeg een jonge vrouw. Het was Tida. Zij en haar broer Moses waren goede vrienden van Mariama. Botenbezitters hielpen elkaar als dat nodig was. Mariama was iets ouder en voelde zich soms de moeder van de ouderloze broer en zus. In elk geval van Tida. Moses hing steeds vaker bij oudere jongens rond.

'Graag,' zei Mariama. 'Je mag de zuurstofflessen wegbrengen.'

'Hebben jullie gevist?' vroeg ze.

'Nee, we waren op zee om naar een paar dingen te duiken, maar hebben niets gevonden.'

'Met die twee in de bar?' Tida knikte naar Stilton en Abbas.

'Ja. Ze komen uit Zweden.'

Tida pakte de zuurstofflessen op en Mariama liep met het duikpak en wat andere spullen naar haar toe.

'Waar wilden jullie naar duiken?' vroeg Tida.

'Dingen waarvan ze vermoeden dat die hier gedumpt zijn.'

'O ja? Metalen dingen?'

'Waarom denk je dat?'

'Toen we een tijdje geleden op zee waren om het net op te halen zat er een lange metalen stang in die heel zwaar was. We hadden geen idee wat het was.'

'Waar hebben jullie die stang naar boven gehaald?'

'Ik weet het niet precies, maar ik kan Moses halen. Hij weet het wel.'

Tida zette de zuurstofflessen weer op de kade en rende weg. Mariama bleef staan en keek naar de bar. Ze zag de twee Zweden met een flesje bier voor zich zitten. Het kan natuurlijk dat we op de verkeerde plek gezocht hebben, dacht ze. Aan de andere kant hadden ze heel exacte coördinaten gehad. Ze ging op een houten bolder zitten wachten. Het duurde niet lang voordat Moses op een brommer kwam aanrijden. Tida zat achterop. Hij remde vlak voor Mariama en zette de motor uit.

'Je wilt iets weten over die metalen stang?'

'Ja.'

'Die was helemaal verroest en gebogen. En loodzwaar, we kregen het net nauwelijks naar boven. Hoe zou die in het water terechtgekomen zijn?'

'Wat hebben jullie ermee gedaan?'
'We hebben hem teruggegooid.'
'Waar?'
'In zee.'
Mariama stond op. Ze wist dat Moses nogal veranderlijk kon zijn, afhankelijk van de hoeveelheid drugs die hij had gebruikt, maar ze wist ook dat hij scherp was als hij zijn best deed. Ze ging naast hem staan. 'Ik bedoelde waar op zee jullie die metalen stang gevonden hebben,' zei ze. 'Weet je dat nog?'
'We waren bij de boei waar het net aan vastzit.'
'En waar is die boei?'
'Ver weg, bij St. Joseph Island.'
'Kun je hem aanwijzen?' Mariama pakte haar telefoon en haalde een gps-kaart op. Ze begon bij de haven en verschoof de cursor.
'Verder weg,' zei Moses. 'Meer in de richting van St. Joseph.'
Mariama verschoof de kaart in westelijke richting tot Moses zei: 'Daar ongeveer! Daar ergens is de boei.'
'Is die er nog?'
'Ja. We leggen ons net eraan vast.'
'Mooi. Wacht even.'
Mariama liep snel naar de bar. Voordat ze er was zag Abbas al dat er iets was gebeurd. Ze bewoog zich op een vreemd geconcentreerde manier. Hij had er spijt van dat hij een biertje had genomen.
'Wat is er?' vroeg hij toen Mariama bij hem was.

Ze legden de duikuitrusting, de zuurstofflessen en alle andere spullen weer in de boot. Ze wilden bij de boei van Moses zijn voordat het te donker was. Om hem zo snel mogelijk te vinden namen ze Moses mee. Tida vroeg of ze ook mee mocht, maar dat wilde Mariama niet. 'Jij moet in de haven blijven voor als er iets gebeurt,' zei ze.
Ze voeren met een snelheid van ruim veertig knopen de haven uit. Mariama's boot had krachtige schijnwerpers, maar ze hoopte dat die niet nodig waren. Onderweg vertelde Moses opnieuw over de metalen stang die ze in het net hadden aangetroffen, en Stilton en Abbas speculeerden erover wat het kon zijn. Was een van de stangen waarmee de containerdeuren werden dichtgehouden zo verroest dat hij van de container was gebroken?

'In dat geval is er haast bij,' zei Stilton.

'Of het is iets wat van een boot gegooid is omdat het niet meer nodig was.'

'Dat hoeft niet.'

Stilton was het meest alert. Er was nog steeds hoop om een enorme ramp te voorkomen.

Ze stonden naast Mariama in de stuurhut terwijl Moses op het achterdek zat en zijn armen met een glimlach spreidde. Hij vond de snelheid heerlijk.

'Waar ligt die boei ergens?' vroeg Stilton.

'Veel verder naar het westen dan waar we gezocht hebben,' antwoordde Mariama. 'Vlak bij St. Joseph.'

'De coördinaten waren dus verkeerd?'

'Ja. Maar volgens jouw verhaal is het schip in een zware storm terechtgekomen en dreef het min of meer stuurloos af. Het was in die situatie misschien niet zo gemakkelijk om de exacte positie vast te stellen.'

'Dat zou kunnen.'

De zon was verdwenen. Aan de horizon was nog een streep licht te zien, maar de maan begon het over te nemen. Mariama stuurde in westelijke richting naar het eiland dat ze als richtpunt aanhield. Ze vertrouwde Moses. Hij zou zijn boei vinden. Stilton en Abbas waren daar minder van overtuigd. Stilton had Moses' ogen gezien en besefte dat hij drugs had gebruikt. Het kon alle kanten op gaan.

'Mari!' riep Moses ineens. Hij was bij de reling gaan staan.

'Ja?'

'Ga langzamer varen!'

Mariama verminderde de snelheid enigszins.

'Kun je de schijnwerpers aandoen?'

Ze zette de krachtige schijnwerpers aan en doofde de lampen die het water voor de boot verlichtten. Het licht verspreidde zich in twee lange, brede bundels over het donkere oppervlak.

'Meer naar binnen!'

Ze draaide de lampen naar binnen. Er was niets te zien. Moses rende naar de stuurhut, pakte de hendel waarmee de schijnwerpers versteld konden worden vast en liet het licht langzaam over het water glijden. 'Vaar een stukje achteruit,' zei hij.

Ze voer een stukje achteruit.

'Daar is de boei!' Moses wees en ze zagen de grote witte plastic boei in het licht glanzen. Mariama zette de motor onmiddellijk uit en liet de boot naar de boei glijden. Moses liep naar de reling van het achterdek.

'Zit je net op dit moment aan de boei vast?' vroeg Abbas.

'Nee.'

Mariama liet de sonar zakken zodra ze bij de boei waren en zette hem aan. Stilton en Abbas gingen achter haar staan. Ze zwegen allemaal. De zoele wind van vanmiddag was inmiddels koeler, de deining was toegenomen en Stilton voelde zijn maag een beetje.

Zo ver op zee had de stilte iets magisch. Het water dat rond de schroef bewoog veroorzaakte zachte klotsende geluiden, af en toe klonk er een kreet van een vogel aan de horizon, de wind waaide met een zacht geruis rond de stuurhut.

Ineens kregen ze een echo.

Luid en duidelijk, volgens Mariama.

'Is het geen school vissen?' fluisterde Stilton.

'Nee. Er ligt een voorwerp op de zeebodem, zes meter voor ons.' Ze noemde het 'een voorwerp' omdat Moses achter haar was komen staan. Ze wilde niet degene zijn die vertelde waarnaar ze op zoek waren. Dat moest Tom doen als hij dat wilde.

Dat deed hij echter niet.

'Hoe diep ligt het?' vroeg Abbas.

Mariama keek op het scherm van het echolood. 'Achtentwintig meter. Red je dat?'

'Ja.'

'Er kan hier een sterke onderstroom staan.'

'Bedoel je dat we het zoeken moeten afbreken?'

Ze wilde heel even 'Ja' zeggen, tot ze zag hoe vastbesloten Abbas was. Hij was van plan dit te doen. Hij pakte een duikpak en trok het aan. Moses was weer op het achterdek gaan zitten, hij voelde dat hij uit de buurt moest blijven. Vroeg of laat zou Mari hem vertellen waar het allemaal om ging. Op dit moment was het voornamelijk spannend.

'De zuurstofflessen,' zei Abbas terwijl hij zijn camera in een van de borstzakken van het duikpak stopte.

Mariama hielp hem met de flessen en controleerde de veiligheidslijn. 'Hier,' zei ze. Ze gaf hem een krachtige rubberlamp voor als de voorhoofdslamp niet voldoende was.

Abbas pakte de lamp aan en liep naar de reling. Hij schoof de kap van het pak over zijn hoofd en keek naar Stilton. 'Als er zwaardwalvissen verschijnen moet je het zeggen.'

Stilton glimlachte en Abbas zette de duikbril op. Stilton hielp hem op de reling te gaan zitten. Abbas zwaaide naar Mariama, leunde naar achteren over de reling en viel in het water.

Even later was hij verdwenen.

Stilton had de verantwoordelijkheid voor de veiligheidslijn. Hij voelde hem tussen zijn handen door glijden en keek naar de zee. De blauwe maan stond inmiddels hoog aan de hemel, het koude licht glinsterde op het water en de hemel was bezaaid met sterren. Misschien hebben we de containers gevonden, dacht hij. Dat zou ongelofelijk zijn. Hij had het gevoel dat hij door de veiligheidslijn in zijn handen fysiek contact had met Abbas, die naar onbekende diepten afdaalde. Ik ben degene die hem naar beneden heeft gestuurd. Nu zijn we alleen door middel van een dunne lijn met elkaar verbonden. Wat gebeurt er als hij daarbeneden verdwijnt? Als hij niet meer bovenkomt, ergens aan blijft haken, een ingeklapte long of decompressieziekte krijgt, wordt verslonden door een zwaardwalvis?

'Hoe ver is hij al afgedaald?' vroeg Mariama, waarmee ze Stilton uit zijn onaangename gedachten haalde.

De meters waren aangegeven op de lijn, dus kon hij het controleren.

'Zesentwintig meter. Hij is bijna op de bodem.'

Mariama ging naast Stilton staan. Hij rook een zwakke geur die hij niet kon thuisbrengen. Het was geen parfum, maar een andere geur. 'Maak je je zorgen?' vroeg hij.

'Ja. Jij niet?'

'Abbas vindt voor bijna alles een oplossing, maar...'

'Maar?'

'Misschien gebeurt er op de zeebodem iets waaraan hij niet gewend is.'

'Hoe lang kennen jullie elkaar?'

Stilton draaide zich om. Moses zat nog steeds op het achterdek en maakte een V-teken. 'Lang,' antwoordde hij.

'Hij gaat met jou mee naar huis.'

'Dat neem ik aan… Wil je dat hij blijft?'

'Ja… Als hij tenminste weer bovenkomt.'

Abbas was langzaam en zonder problemen tot achtentwintig meter afgedaald. Hij zette zijn zwemvliezen op de verhoudingsgewijs stevige bodem en scheen om zich heen met de voorhoofdslamp. Het zicht was niet veel meters. Mariama had gezegd dat het object zich recht voor de boot moest bevinden. Hij begon langzaam vlak boven de bodem te zwemmen. Vanuit zijn ooghoeken zag hij kleine vissen die glansden in het licht van de lamp langszwemmen. Hij naderde een koraalrif en werd ineens meegetrokken door een onderwaterstroom. Abbas pakte een koraaluitsteeksel vast en vocht tegen de stroom tot de kracht ervan iets minder werd. Hij pakte de rubberlamp die hij had meegekregen. Het licht daarvan was aanzienlijk sterker dan dat van de voorhoofdslamp en hij zag veel vissen die gevangen raakten in de lichtbundel.

Hij was echter niet op zoek naar vissen.

Hij zocht steun tegen het koraalrif en trok zich door het water naar voren. Het licht van de lamp gleed over zand, dood koraal en af en toe een murene die zich terugtrok tussen de lavastenen. Abbas voelde aan de lijn om contact te hebben. Die stond strak. Plotseling verscheen er een zwart-wit sylfeachtig wezen in de lichtbundel. Abbas schrok en maakte een onwillekeurige handbeweging, waardoor de lamp een enorm groen verroest metalen voorwerp verlichtte dat zich een paar meter voor hem bevond. Zijn hart begon te bonken. Hij zwom ernaartoe en verlichtte het voorwerp, dat een flinke lengte had. Hij zwom tot het eind langs de zijkant van het voorwerp en zag dat de achterkant korter was.

Het was een container.

Abbas haalde de camera uit zijn borstzak, zette de lamp aan en begon te filmen. Het eerste waar hij de camera op richtte was een symbool in het midden van de korte kant van de container, een driehoek met een zwarte rand en een gestileerde zwarte propeller op een gele ondergrond.

Stilton stond met de lijn in zijn handen bij de reling en keek op zijn horloge. Hoe lang was Abbas al beneden?

'Vrij lang,' zei Mariama, die zijn gedachten blijkbaar kon lezen. 'De flessen bevatten voor minstens een halfuur zuurstof.'

'Oké.'

'Mari!' riep Moses terwijl hij naar de zee wees. In de verte voer een donkerblauwe boot recht op hen af. Stilton en Mariama draaiden zich om en keken naar de boot.

'Wie is dat verdomme?' zei Stilton.

'Geen idee,' antwoordde Mariama, waarna ze zich de stuurhut in haastte.

Ze startte de motor en riep tegen Stilton dat hij aan de lijn moest trekken om Abbas een seintje te geven dat hij zo snel mogelijk naar boven moest komen. Seconden later werd er vanaf de boot geschoten. Moses, die op het achterdek stond, werd door de kogelregen in zijn borstkas en zijn gezicht geraakt. Hij viel over de reling en belandde in het water.

'Móses!' riep Mariama.

Stilton rukte aan de lijn op het moment dat de volgende kogelregen werd afgevuurd. Een van de kogels raakte Mariama's arm, maar ze bleef het roer vasthouden.

'Haal Abbas naar boven!' schreeuwde ze.

Stilton hurkte bij de reling en zag de blauwe boot naderen. Een nieuw salvo raakte de boot, waardoor de zijramen braken en de glasscherven in het rond vlogen.

Nu was Stilton degene die schreeuwde. 'Varen! We moeten ze bij Abbas vandaan lokken!'

Het lukte Mariama om de gashendel met haar gezonde arm helemaal naar beneden te duwen en de boot spoot weg. Stilton viel door de acceleratie naar achteren en liet de lijn vallen, waarna die langzaam naar de diepte zonk.

Abbas had de krachtige ruk aan de lijn gevoeld. Hij had net foto's gemaakt van de tekst die hij aan de zijkant onderaan de container had gevonden, ESPAÑA TRANSPORTE GLOBAL, en had de scharnieren van de containerdeuren gefilmd. Die kwamen bijna los van de container. Toen hij de lijn vastpakte voelde hij geen weerstand. Had

Tom de lijn losgelaten? Hij stopte de camera weg en begon langzaam te stijgen, zodat hij geen duikersziekte zou krijgen.

Mariama's boot was snel, maar de schroef was geraakt en de kogels hadden een gat in de zijkant geslagen. In het ergste geval was de benzinetank geraakt. Ze wist niet of ze naar Banjul, St. Joseph of open zee moest varen om te ontsnappen. Stilton rende naar de stuurhut en zag bloed van Mariama's arm druppelen.

'Ik kan het roer nemen!' riep hij.

'Oké.' Mariama deed een stap opzij. Stilton nam een snelle beslissing. Hier zouden ze binnen een paar minuten doodgeschoten worden. Op de boot achter hen hadden ze blijkbaar een automatisch wapen. Hij stuurde de boot op volle snelheid naar St. Joseph. Het was niet ver meer naar de kuststrook. Hij had geen idee of er zandbanken of rotseilanden voor de kust lagen en kon ze vanwege de snelheid en de duisternis ook niet zien, dus voer hij op goed geluk rechtdoor.

Abbas bereikte het wateroppervlak en zette de duikbril af. Mariama's boot was verdwenen. Hij keek om zich heen en zag twee boten die op volle snelheid naar St. Joseph voeren. Wat gebeurde er? Hij haalde de zuurstofflessen van zijn rug en liet ze naar beneden zakken. Na een paar zwemslagen stootte hij ergens tegenaan, gaf een schreeuw en kreeg een slok koud water binnen. Hij hoestte het water op en zag dat hij het lichaam van Moses had geraakt. De jongen lag op zijn rug en de staalblauwe maan scheen op zijn dode, bebloede gezicht. Het water om hem heen was donker. Abbas wist dat bloed in het water bepaalde dieren aantrok. Hij begon zo snel mogelijk naar de boten in de verte te zwemmen.

Een van de twee stond in brand.

Dat was Mariama's boot.

De vlammen laaiden op het voordek op. Stilton hield het roer stevig vast en koerste recht naar het eiland toe. De boot achter hen kwam dichterbij. Een nieuwe kogelregen sneed door de duisternis en Stilton zag dat Mariama weggeslingerd werd en op het dek viel. Hij hurkte om de kogels te ontwijken en zag een wit strand naderen.

Hij duwde de gashendel naar boven, maar de boot minderde geen vaart. De motor gehoorzaamde niet meer. De boot kwam op volle snelheid in ondieper water terecht en schoot het strand op. De kiel sneed door het zand, waardoor de boot enigszins afgeremd werd, maar de snelheid was nog zo hoog dat de brandende romp over het strand gleed en een paar lage palmbomen verpletterde voordat hij tussen de dichte donkergroene jungleplanten tot stilstand kwam. Stilton tilde de bewusteloze Mariama op en liet zich over de reling vallen. De vlammen hadden de stuurhut inmiddels bereikt. Stilton wist dat het om seconden kon gaan. Hij strompelde met Mariama in zijn armen de jungle in en liet zich achter een groot rotsblok vallen.

Meteen daarna volgde de explosie.

De boot werd in duizend stukken gereten, de delen vlogen over het strand en kwamen in de jungle terecht. Stilton boog zich over Mariama heen om haar tegen de brokstukken te beschermen. Na een paar seconden werd het stil, alleen het gesis van de brandende bootdelen in het water was te horen. Stilton keek boven het rotsblok uit.

De andere boot naderde het strand.

Dit was geen geschikte plek.

Hij trok Mariama een stuk de jungle in en probeerde te zien of ze ernstig gewond was. Hij zag dat haar broek nat van het bloed was, voelde aan haar hals en constateerde dat haar hart klopte.

Hij had twee keuzes.

Bij Mariama blijven en vermoord worden of haar verstoppen en een poging doen om de personen op de blauwe boot verder het eiland op te lokken en als dat gelukt was te beslissen wat hij daarna zou doen.

Hij verborg Mariama zo goed mogelijk. Ze lag achter het rotsblok en hij bedekte haar met palmbladeren en dode takken. Toen hij weer boven het rotsblok uit keek zag hij twee mannen van de blauwe boot aan land springen. Ze hadden allebei een wapen in hun hand. Hij kwam overeind en begon de jungle in te rennen. Even later draaide hij zich om en keek naar het strand. De twee mannen liepen zwijgend rond de resten van het wrak. Hij bracht zijn handen naar zijn mond en brulde: 'FUCK YOU!'

Zijn kreet drong tussen de palmbomen door en bereikte het

strand. De mannen bij de romp schrokken en begonnen naar de jungle te rennen. Stilton zette het weer op een lopen. Hij had geen idee waar hij was, alleen dat het een onbewoond eiland met de ruïne van een oud fort was. Waar die ruïne was wist hij niet. Wat hij wel wist was dat hij werd achtervolgd door twee mannen die beiden gewapend waren en vastbesloten waren hem dood te schieten terwijl hij zelf ongewapend was.

Hij had niet eens een mes bij zich.

Stilton rende zo snel als hij kon om een voorsprong te krijgen zodat hij de tijd had om een plek te vinden waar hij iets kon doen. Hij wilde niet dat zijn achtervolgers hem kwijt zouden raken en naar het strand terug zouden keren, waar ze Mariama misschien zouden vinden. Hij wilde ze overmeesteren, waarna hij Mariama zou ophalen en hun boot zou nemen om Abbas te zoeken.

Geen eenvoudig plan, in de duisternis op een onbewoond eiland.

De maan kwam hem te hulp. Stilton bereikte een opening in de jungle en zag een stukje verderop iets glinsteren. Waardoor werd het maanlicht gereflecteerd? Hij rende ernaartoe en bereikte een grote zandvlakte. Iets verderop zag hij een hoge steenformatie. Was dat de ruïne? Stilton rende er over de zandvlakte naartoe.

Het was de ruïne. De overblijfselen waren verweerd en hij onderscheidde het restant van een muur.

Hij bleef bij de ruïne staan en draaide zich om naar de jungle. Toen hij zijn adem inhield hoorde hij brekende takken en zachte stemmen. Dat waren zijn achtervolgers. Hij liep op de tast langs de muur tot hij een smalle opening bereikte. Daar glipte hij in en hij wachtte.

Het duurde een paar minuten voordat de mannen de zandvlakte bereikten. Stilton zag ze duidelijk in het maanlicht. Ze bleven staan en keken naar de muur. Hij hoorde dat ze zachtjes iets tegen elkaar zeiden, waarna ze wezen. Hij trok zich nog iets verder terug en wachtte af. Toen hij voorzichtig keek zag hij dat de mannen zich opgesplitst hadden.

Uiteraard.

Ze wilden hem van twee kanten naderen en insluiten.

Hij wrong zich door de opening en kwam aan de binnenkant van de muur. De maan verlichtte de binnenplaats alsof het een schijnwerper was. Niet ver bij hem vandaan zag hij de restanten van een groot stenen gebouw dat deels was ingestort. Stilton haastte zich er zo zachtjes mogelijk naartoe en klom via een raamopening naar binnen. Het dak was ingestort, zodat er niet veel ruimte over was. Hij schatte zijn situatie in. Als ze hem tegelijkertijd zouden vinden, was hij kansloos. Hij probeerde zijn hartslag te kalmeren en haalde zo geruisloos mogelijk adem terwijl het zweet van zijn lichaam droop. Op dat moment hoorde hij een kort geratel, alsof er een steen wegrolde. Hij duwde zich tegen het restant van het raamkozijn en keek naar buiten. De binnenplaats was aan deze kant leeg. Waar was het geluid vandaan gekomen? Was het een dier geweest? Hij pakte een flinke steen van de grond. Het was niet veel bij wijze van wapen, maar het was in elk geval iets.

Hij luisterde of hij meer geluiden hoorde.

Stilton ging ervan uit dat zijn achtervolgers wisten dat hij zich bij of in de ruïne bevond. Ze hadden tenslotte niet ver achter hem gerend. Ze konden niet weten of hij gewapend was, ook al had hij hun kogelregen niet beantwoord, dus zouden ze voorzichtig zijn en sluipen.

Hij hoorde geen geluiden meer.

Stilton wachtte. Hij voelde dat de hand met de steen begon te trillen. Hoe lang moest hij hier blijven staan? Wat was het alternatief? Als hij in de maneschijn de binnenplaats op liep was hij een schietschijf.

Hij bleef net zo lang staan als zijn zenuwen toelieten.

Ze weten dat ik hier ben en wachten me op of ze zoeken op andere plekken in de ruïne.

Op dat moment hoorde hij een geluid.

Eindelijk.

Iemand hoestte veel te dichtbij, zo dichtbij dat Stilton zich razendsnel omdraaide en een wapen zag glanzen voordat hij zijn steen wegslingerde. Het schot dat werd afgevuurd veroorzaakte een brandend gevoel in Stiltons bovenarm, maar zijn steen verraste de schutter en raakte zijn wapen. Stilton maakte gebruik van de seconden die hij daarmee had gewonnen. Hij stormde naar de schutter toe en smeet hem op de grond. Al zijn woede over Moses en Mariama en Abbas en zijn bloedende bovenarm concentreerde Stilton in de vuistslag tegen het gezicht van de man. Hij strekte zich uit naar de steen waarmee hij het wapen had geraakt en wist dat hij in staat was om de schedel van de moordenaar onder hem te verbrijzelen.

Zo ver kwam hij niet.

Op het moment dat hij de steen op het hoofd van de man wilde laten neerkomen kreeg hij een enorme trap tegen zijn kaak. Het bot kraakte en hij vloog opzij. De tweede achtervolger stond een meter achter hem en richtte zijn automatische wapen, dat hij op heuphoogte hield, op Stilton. De maan verlichtte zijn gezicht, dat volkomen uitdrukkingsloos was.

'Fuck you,' zei hij en hij hief het geweer.

De loop kwam maar tot een paar decimeter boven zijn heup voordat de glanzende punt van een mes vlak naast zijn strottenhoofd naar buiten drong. De rest van het mes zat in zijn nek. De man viel boven op Stilton terwijl een krachtige straal bloed uit zijn mond spoot. Stilton worstelde zich onder hem vandaan om het bloed te ontwijken. Vanuit zijn ooghoeken zag hij Abbas in een boxer achter het raam staan.

'Waar is Mariama?' vroeg Abbas nadat hij door het raam was gesprongen.

'Bij de boot. Ze is neergeschoten.'

Abbas liep snel naar de moordenaar van Moses en trok het mes uit zijn nek. De andere moordenaar lag bewusteloos naast hem. Stilton kwam overeind en probeerde het warme bloed van zijn gezicht te vegen.

'Ik denk dat Mariama nog leeft,' zei hij.

Ze renden door de jungle naar het strand. Stilton wees de weg naar het rotsblok waarachter hij Mariama had verstopt. Abbas liet zich naast haar op de grond vallen en voelde aan haar hals. Haar hart klopte. Hij tilde haar op en begon naar de blauwe boot te lopen.

'Neem het duikpak mee!' riep hij naar Stilton. 'De camera zit erin!'

Stilton vond het pak in het zand, haalde de camera eruit en liep achter Abbas aan. Is hij helemaal hiernaartoe gezwommen? dacht hij. Hij besefte dat Abbas dat inderdaad had gedaan, als hij tenminste geen lift van een zwaardwalvis had gekregen.

De achtervolgers hadden de sleutel in de boot achtergelaten. Ze hadden er duidelijk niet op gerekend dat de avond op deze manier zou eindigen. Het lukte Stilton om de motor te starten en ze voeren weg van het eiland.

Abbas onderzocht Mariama. Hij sneed haar kleren open en probeerde in te schatten hoe ernstig haar verwondingen waren. Ze was niet in levensgevaar, oordeelde hij, wat bevestigd werd toen ze haar ogen opende en langzaam bij bewustzijn kwam.

'Het komt goed,' zei Abbas zo beheerst mogelijk. 'Rustig maar.'

'Moses...' stamelde Mariama.

'Ik weet het, het is verschrikkelijk... Het spijt me...' Abbas streelde haar voorhoofd en keek naar Stilton. 'Mag ik je telefoon lenen?'

Hij kreeg de telefoon en belde Eddie Barrow. 'Hallo, met Abbas. Bedankt voor de uitrusting, die kwam uitstekend van pas. Nu heb ik een auto in de haven nodig.'

'Wat is er gebeurd?'

'Mariama heeft schotwonden en heeft verzorging nodig. Kun jij dat regelen?'

'Dat weet je wel. Het ziekenhuis?'

'Het liefst een privékliniek.'

'Ik regel het.'

Abbas verbrak de verbinding en keek naar Stilton, die achter het roer stond. Hij zag dat er bloed over Stiltons bovenarm liep. 'Ben jij ook geraakt?' vroeg hij.

'Alleen een schampschot. Hoe is het met haar?'

'Ik denk dat er geen acuut gevaar is. Ze is in haar arm en haar heup geraakt. Eddie regelt dat ze naar een arts wordt gebracht.'

Stilton knikte en verhoogde de snelheid. In de verte zag hij de haven van Banjul.

Abbas kwam naast hem staan. 'Je had gelijk,' zei hij.

'Gelijk?'

'Over de containers.'

Stilton had volledig verdrongen dat het duiken naar de containers de reden voor hun boottocht was geweest. Hij was helemaal uitgeput door de achtervolging op het eiland. 'Heb je ze gevonden?' vroeg hij.

'Ja. Ik heb ze gefilmd en foto's gemaakt.'

Stilton keek een hele tijd naar Abbas. Ze hadden gevonden waarnaar ze op zoek waren geweest, maar het had een onschuldige jongen het leven gekost.

'Dat is mooi,' zei Stilton na een tijdje, waarna hij weer naar de haven van Banjul keek.

Abbas pakte de onderwatercamera en laadde al het materiaal van de zeebodem op Stiltons telefoon. 'Ik stuur het nu naar Olivia,' zei hij.

Ze sliepen allebei onrustig. Lukas omdat hij niet wist of Olivia weer een nachtmerrie zou krijgen en opnieuw bezweet uit bed zou stormen. Olivia om dezelfde reden. Bovendien was ze benieuwd hoe het met Tom en Abbas was afgelopen. Ze wist dat ze zouden gaan duiken en toen haar telefoon plingde was ze min of meer wakker. Niet klaarwakker, maar voldoende om haar telefoon bliksemsnel te pakken. Ze had een bericht van Abbas via WhatsApp gekregen. Ze stapte uit bed, streelde Lukas even over zijn arm en liep naar de zitkamer.

Daar haalde ze de bestanden op die Abbas met een korte opmerking erbij had gestuurd: *Wat vind je hiervan?*

Ze bekeek de bestanden, een combinatie van foto's en films, en toen ze daarmee klaar was belde ze Mette. Het was bijna drie uur 's nachts, maar op dit moment bestond het begrip tijd niet voor haar.

Toen Mette haar zachtjes maar opgewonden hoorde vertellen over het materiaal van Abbas bestond het begrip tijd voor haar ook niet meer.

Mette bleef trouw aan wie ze was. 'Kom hiernaartoe,' zei ze.

Het was al laat op de avond toen de blauwe boot de haven van Banjul in voer. De kleine minibar was nog open en de plaatselijke gasten zaten voor de toog. Op de kade stond een grote bestelwagen, waar Eddie tegenaan leunde terwijl hij naar de boot keek. Zodra de boot de kade had bereikt liep hij ernaartoe om te helpen. Abbas en hij droegen Mariama voorzichtig naar de bestelwagen, Eddie ging achter het stuur zitten en Abbas nam naast hem plaats. Toen de auto wegreed bleef Stilton eenzaam bij de blauwe boot achter. Hij wist welke taak hem te wachten stond. Hij moest praten met Tida, een meisje dat hij niet kende. Ze maakte zich los uit de duisternis van het magazijn en stelde de enige relevante vraag: 'Waar is Moses?'

Stilton keek naar haar jonge gezicht, de enigszins schuinstaande ogen en de schouders die nu nog recht en onwetend waren.

'Moses is dood,' zei hij. Hij wist geen andere manier om het te zeggen.

Mette zat in haar gele badjas bij de keukentafel en bekeek de films die Abbas had gestuurd. Olivia zat naast haar en trommelde met haar vingers op het tafelblad.

Mårten was net in een grijze flanellen pyjama en met een kapsel waarmee hij op Einstein leek de keuken in gekomen. Hij zag meteen hoe ongewoon opgewonden zijn vrouw was en dat verontrustte hem. 'Waar kijken jullie naar?' vroeg hij.

'Een potentiële milieuramp,' antwoordde Mette.

'En in het beste geval het motief voor de moord op Fredrik Kaldma,' voegde Olivia eraan toe.

'De opnamen zijn heel wazig.'

'Dat komt omdat ze op de zeebodem gemaakt zijn. Je ziet dat het containers zijn, er staat een naam op, España Transporte Global, en er zitten scheuren in de naden.'

Mette was het op twee punten met haar eens. Ze konden niet bepalen in welke staat de containers waren, maar het was voldoende dat ze op de zeebodem lagen, door ETG waren gedumpt en misschien kernafval bevatten. Ze voelde haar hart bonken.

'Wat doen we nu?' vroeg Olivia.

Mette leunde naar achteren en streek een pluk haar van haar wang. Mårten zag dat een van haar benen onder de tafel op en neer wipte.

'Dat is niet zo eenvoudig... De ontdekking is nogal off the record en de films zijn heel wazig. We moeten de internationale politieautoriteiten erbij betrekken en proberen ze ervan te overtuigen dat de containers illegaal gedumpt zijn en een milieuramp kunnen veroorzaken. Het liefst zonder dat die informatie ETG bereikt.'

'Dus?'

Mette deed haar ogen dicht en begon in haar analoge namenregister te bladeren. Het duurde zo lang dat Olivia zich afvroeg of ze in slaap was gevallen. Dat was niet zo.

'Jaan Kloven!'

Olivia had geen idee wie Jaan Kloven was, maar afgaand op de naam kon het een Nederlander zijn.

'Hij heeft jarenlang bij de Milieukamer van het Internationaal Gerechtshof gewerkt en zit tegenwoordig bij Europol. Hij zou deze kwestie kunnen behandelen,' zei Mette met onmiskenbaar enthousiasme. 'Absoluut. Hij is perfect. Ik neem onmiddellijk contact met hem op.'

Olivia keek naar Mette. Ze was gefascineerd door haar bijzonder uitgebreide contactennetwerk.

Mårten liep naar de tafel toe. 'Willen jullie kamillethee?' Hij hoopte dat de thee Mettes hartactiviteit enigszins zou kalmeren.

'Graag,' zei Olivia.

Terwijl Mårten de rustgevende thee ging zetten klapte Olivia het scherm van haar laptop dicht en boog zich naar Mette toe. Hun ogen, waarin hetzelfde te lezen was, ontmoetten elkaar.

'Het is ze gelukt,' zei Olivia.

'Ja, het is ongelofelijk... Heb je al contact opgenomen met Tom?'

'Nee, ik wilde het materiaal eerst aan jou laten zien.'

Mette knikte en keek naar de rug van haar man, die bij het fornuis stond om water te koken. 'Doe hem de groeten van ons allebei,' zei ze.

'Dat doe ik.'

Stilton liep de receptie in en hoopte dat er iemand zou zijn, ook al was het midden in de nacht. Dat was in eerste instantie niet zo, maar nadat hij een hele tijd op de receptiebel had gedrukt, verscheen er een slaperige jongeman die een voortand in zijn bovenkaak miste. Stilton wees naar de plank achter de balie. Daar stonden een paar flessen van merken die hij niet kende.

'Heb je whisky?' vroeg hij.

'Lekkere whisky, wil je ijs?'

'Nee.'

'Mooi. We hebben geen ijs. Deze?'

De man pakte een fles van de plank en Stilton bestudeerde het etiket. Het enige wat hij herkende was het woord 'whisky', dat helemaal onderaan stond.

'Deze is goed.'

De man bukte zich, pakte een glas en vulde het tot de helft, waarna Stilton gebaarde dat het voldoende was. 'Kan ik de fles meenemen?' vroeg hij.

'Het is jouw geld.'

Stilton pakte de fles en het glas en liep naar buiten. Rechts van de ingang stonden een paar plastic stoelen in de duisternis naast de muur. Hij pakte er een, ging zitten, zette de fles op de grond en nam een slok uit het glas. Het was geen whisky, maar dat maakte niet uit. Hij had alcohol nodig. Door de belevenissen op zee en op het eiland, de moord op Moses, de neergeschoten Mariama en het lastige gesprek met Tida besefte hij dat hij voorlopig niet zou kunnen slapen. Bovendien deed zijn kaak pijn door de schop die hij in de ruïne had gekregen. Hij nam nog een slok en keek naar het glas.

'Ze denken dat je een drugsdealer kunt zijn.'

Stilton schrok. Sayomo stond naast zijn stoel. Hij was in de duisternis geluidloos naar hem toe geslopen.

'Hoe weet je dat?'

'Ze hebben me gevraagd om je in de gaten te houden.'

Stilton leunde naar achteren en nam nog een slok. Hij begon schoon genoeg te krijgen van deze stad.

'Maar ik geloof niet dat je een drugsdealer bent,' ging Sayomo verder.

'Dat is fijn... maar waarom geloof je dat niet?'

'Ik heb je op een rode fiets met een mand gezien. Drugsdealers fietsen niet.'

Stilton wist niet of hij moest lachen of tegen Sayomo moest zeggen dat hij moest oprotten. Hij koos een derde alternatief en schonk zijn glas weer vol. Vervolgens zei hij: 'Je kunt tegen je opdrachtgever zeggen dat ik morgenochtend precies om elf uur op het politiebureau ben zodat we dit eens en voor altijd kunnen uitzoeken. En hoepel nu op.'

Sayomo haalde zijn schouders op en verdween net zo geruisloos als hij gekomen was. Stilton keek hem na en nam opnieuw een slok. De pijn in zijn kaak begon minder te worden. Nog een half glas en dan was de pijn verdwenen. Misschien zou het beklemmende gevoel omdat hij verantwoordelijk was voor Moses' dood ook verdwijnen. Hij keek naar de donkere inrit van het hotel. De palmbladeren bewogen in de wind, de hitte was draaglijk en de witte kat sloop naar hem toe. Hij bukte zich en streelde hem over zijn rug. Dat was tegen zijn gewoonte, omdat hij geen enthousiasme voor dieren kon opbrengen.

Luna hield van dieren.

Hij miste haar.

Stilton nam het vliegtuig van 6.45 uur via Amsterdam naar Stockholm, lang voordat hij op het politiebureau van Banjul werd verwacht. De man op de stoel naast hem had een plastic emmer met kleine rode bessen bij zich. Die at hij een voor een op terwijl ze naar Schiphol vlogen.

Abbas was bij Mariama in de privékliniek gebleven. De kogels waren operatief verwijderd en ze was stabiel. Hij wilde bij haar blijven.

Stilton en Abbas wisten allebei dat de politie bliksemsnel zou worden ingeschakeld, vooral als ETG ontdekte dat hun boot in de haven lag en de bemanning verdwenen was.

De politie zou op volle sterkte aanwezig zijn.

Een dode man in zee, Moses, een dode en een gewonde op St. Joseph, en een neergeschoten vrouw. De Zweedse man die uit het land was verdwenen zou al snel verdacht worden.

Stilton maakte zich daar echter geen zorgen over. Hij wist dat Gambia geen uitleveringsverdrag met Zweden had. De man met de kromme rug mocht zoveel trucs verzinnen als hij wilde.

Abbas zou waarschijnlijk betrokken worden bij het onderzoek naar wat er was gebeurd, maar hoefde zich ook geen zorgen te maken. Hij had Mariama als getuige. Zij kon bevestigen dat ze op open zee vanaf een onbekende boot waren aangevallen en beschoten toen ze aan het nachtduiken waren, zoals toeristen nu eenmaal doen. En dat Moses was doodgeschoten vanaf de onbekende boot die Mariama's boot had achtervolgd en dat er eveneens op haar was geschoten. Bovendien zou Abbas op een volledig geloofwaardige manier kunnen verklaren dat wat er op het eiland was gebeurd zelfverdediging was geweest.

De twee keiharde moordenaars hadden aan het kortste eind getrokken.

Maar dat zou pas over een paar uur plaatsvinden.

Op dit moment, nu Stiltons vliegtuig opsteeg, zat Abbas naast Mariama's ziekenhuisbed met haar hand in die van hem. Tida zat aan de andere kant van het bed. Met haar andere hand hield Mariama een van Tida's handen vast. Een paar stofdeeltjes dwarrelden in het licht van de ochtendzon.

Mette zat met haar telefoon bij de keukentafel en belde met Jaan Kloven. Ze had hem 's nachts een verslag gestuurd over de gebeurtenissen in Banjul en had Abbas' foto's en films vanaf de zeebodem eraan toegevoegd, net als het opgenomen gesprek tussen Pedro Suárez en Fredrik Kaldma.

Kloven had net zo doortastend gereageerd als ze had gehoopt. Hij was op de hoogte van Kaldma's aanklacht uit 1999 met betrekking tot de gedumpte containers door ETG en dat het bedrijf die beschuldiging hardnekkig en met succes had ontkend.

'Suárez had dus gelijk,' zei Kloven.

'Helaas wel. Hoe gaan we dit aanpakken?'

'Ik heb met een aantal experts gepraat. We zijn van mening dat we ETG met dit materiaal moeten confronteren en moeten afwachten hoe ze erop reageren. Het lijkt aannemelijk dat ze de situatie aanvaarden.'

'En als ze blijven ontkennen?'

'We hebben bewijs in de vorm van foto's en film, plus het gesprek tussen Kaldma en Suárez. Ik denk niet dat ze het aandurven om zich daartegen te verzetten. We weten tenslotte waar de containers zich bevinden en hebben dus al het bewijs dat we nodig hebben. Ik neem aan dat ze dat ook beseffen.'

'Mooi. Trouwens, ik wil niet dat bekend wordt hoe we aan dit materiaal zijn gekomen. Geen namen dus.'

'Oké, dat is geen probleem. We nemen contact met je op. En Mette, bedankt!'

Mette verbrak de verbinding en legde haar armen op tafel.

In principe was ze tevreden, maar er was iets wat haar dwarszat.

Midden op het bevroren meer stond een witte, eenvoudige caravan op glijijzers die als viskeet werd gebruikt en die daar door een sneeuwscooter naartoe was gebracht. In deze tijd van het jaar was het een gebruikelijke aanblik op het ijs van de bergmeren. In de caravan stond een oude Samische vrouw, Nanna Ruong. Ze woonde in Harrok, was al jarenlang alleen en ging hier af en toe naartoe om een beetje afwisseling te hebben. Ze had het kleine uitgezaagde vierkant in de bodem van de caravan net weggehaald en boorde nu een gat in het ijs eronder. Dat kostte tijd, het ijs was hard en ze transpireerde in de rode fleece sweater die ze droeg. Toen de lange metalen boor eindelijk door het ijs was kostte het moeite om hem weer op te tillen. Ze stak een pollepel door het vierkant om de losse ijsschilfers uit het water te halen.

Het eerste gedeelte was achter de rug.

Ze trok haar sweater uit en schonk wat koude vossenbessenlimonade uit een kartonnen pak in een glas. In het midden van de smalle houten tafel stond een rond metalen blik met peperkoekjes. Ze pakte er een en at het op. Nu was ze bijna klaar om te vissen. Ze kreeg altijd kriebels in haar maag vlak voordat ze de blinker voor het eerst in het water liet zakken. Vandaag gebruikte ze witte maden als aas. Ze voelde of het water op de warmhoudplaat nog heet was, omdat ze trek had in koffie.

Het was niet heet meer, maar ze had geen zin om het water opnieuw te laten koken.

Langs de wanden van de caravan stonden twee smalle banken. Op een ervan sliep ze soms. Ze ging met de beker in haar hand op de andere bank zitten. Rechts van haar lag de korte metalen hengel. Het aas zat aan de haak. Ze hoefde hem alleen in het gat in het ijs te laten zakken. Ze nam een slok koffie en keek naar de kandelaar met twee theelichtjes die aan de wand tegenover haar hing. Ze verspreidden een gezellige sfeer als ze brandden wanneer het donker was. Naast de kandelaar hingen twee foto's met spelden aan de wand. Op de ene hield ze een dikke rode forel met mooie witte vinnen vast. De vis had meer dan een kilo gewogen. Op de andere, een oude zwart-witfoto, had haar oudere broer Juhan een arm om haar schouders geslagen en lachten ze beiden naar de camera. Ze keek weg van de foto's. Juhan was lang geleden gestorven en zijn kleinzoon Fredrik was een tijdje geleden vermoord aangetroffen. Het was niet prettig om daaraan te denken. De laatste keer dat ze Fredrik had gezien was hij naar haar woning in Harrok gekomen om haar te feliciteren. Dat zou ze nooit vergeten.

Ze veegde de tranen uit haar ogen en zette de beker neer. Vissen zou haar op prettiger gedachten brengen. Ze zette haar bruine leren pet op, pakte de hengel, liet de blinker in het gat in het ijs zakken, liet de lijn vieren tot de blinker de bodem bereikte en begon de hengel met kleine rukjes op en neer te bewegen.

Het nieuws bereikte de buitenwereld. Het eerste bericht bestond uit een verklaring van het Spaanse bedrijf ETG. Die was kort en bevatte alleen informatie dat het bedrijf een aantal containers zou bergen die in het voorjaar van 1999 voor de kust van Gambia waren gedumpt. Er werden geen meldingen over de inhoud gedaan. Dat deed Jaan Kloven wel in het eerste interview vlak na de verklaring: de containers bevatten middelactief kernafval.

Daarna kwam het circus op gang.

De informatie over de containers verspreidde zich razendsnel. Binnen een paar uur waren de illegaal gedumpte containers met kernafval voor de kust van Gambia wereldnieuws. Alle belangrijke televisiezenders behandelden de kwestie.

De publieke omroep van Spanje, RTVE, zond voor de lunch al een interview uit met Enrico Moratín, een van de directieleden van ETG. Hij stond voor het hoofdkantoor van het concern in Madrid in de zon en probeerde kalm te blijven terwijl hij steeds meer onder druk kwam te staan door de vragen.

'Waarom zijn de containers gedumpt?'

'Volgens de informatie die ik gekregen heb kwam ons containerschip in nood en moest een deel van de vracht overboord gezet worden om niet te vergaan.'

'En daarna hebben jullie ze daar gewoon laten liggen?'

'Nee, we hebben er een aantal keren naar gezocht, maar hebben ze niet gevonden. Het schip was zoals ik al vertelde in nood en we hadden geen exacte coördinaten van de plek waar de containers overboord gezet zijn.'

'Hebben jullie Gambia over het voorval geïnformeerd?'

'Voor zover ik weet is dat niet gebeurd.'

'Waarom niet?'

'We wilden de autoriteiten niet ongerust maken.'

'Jullie vonden het dus beter om de containers voor de kust weg te laten roesten?'

'We waren van mening dat ze niet weg zouden roesten, een oordeel dat we nu ernstig betreuren. Het was een vergissing.'

'Zijn jullie je bewust van de omvang van de milieuramp die op de zeebodem kan plaatsvinden?'

'Ja, en we gaan de containers onmiddellijk bergen.'

'Was dat ook gebeurd als ze niet gevonden waren?'

'Dat is een hypothetische vraag.'

'Het blijkt dat het Zweedse bedrijf GER jullie al in 1999 heeft beschuldigd van het dumpen van de containers. Toen ontkenden jullie dat en hebben jullie GER gedwongen om een kostbare schikking te treffen, hoewel jullie wisten dat ze gelijk hadden.'

'Dat was voor mijn tijd. Wat mij betreft is dit interview afgelopen.'

Het zweet stroomde van Moratíns gezicht terwijl hij via de glazen deuren in het hoofdkantoor verdween.

Hij wilde naar het terras om glasaal te eten.

Ook de Zweedse nieuwszenders schonken veel aandacht aan de gebeurtenis. Dat was deels omdat Zweden betrokken was geweest bij het ontdekken van de containers.

Olivia, Lisa en Bosse zaten in een kamer van het politiebureau en keken naar de rapportage van *Aktuellt*. Die was begonnen met het tonen van de foto's en korte filmfragmenten die Abbas op de zeebodem had gemaakt. Klas Hjärne zat in de filmstudio. Hij droeg een keurig donker colbert en had zijn leesbril op zijn voorhoofd geschoven. De presentator keek hem aan. 'Volgens de informatie zijn Zweedse politieagenten betrokken geweest bij de ontdekking van de containers. Klopt dat?'

'Ja.'

'Op welke manier?'

'In verband met een moordonderzoek hebben we informatie gekregen die naar deze ontdekking geleid heeft,' antwoordde Hjärne.

'Wat was dat voor informatie?'

'Die was afkomstig van een Spaanse klokkenluider die aan het bedrijf ETG verbonden was. Meer kan ik helaas niet vertellen.'

'Waarom niet?'

'De moord is nog niet opgehelderd.'

'Was de Zweedse politie aanwezig toen de containers op de zeebodem gefilmd werden?'

'Niet rechtstreeks.'

'Wat bedoelt u daarmee?'

'Om redenen van geheimhouding kan ik niet ingaan op de manier waarop we werken, maar het gefilmde materiaal heeft ons als eerste bereikt.'

Bosse keek naar Olivia. 'Die vraag heeft hij goed ontweken.'

'Ja.' Olivia voelde haar telefoon in haar zak vibreren. Ze pakte hem en zag dat Sven Bergh haar belde. Dat was niet helemaal onverwacht. 'Hallo Sven. Ik neem aan dat je de nieuwsuitzendingen gezien hebt?'

'Dat klopt, en niet alleen ik, de hele familie. Dit is absoluut fantastisch!'

'Daar ben ik het helemaal mee eens.'

'Mijn vader stelde voor dat we vandaag misschien met elkaar kunnen gaan lunchen om uiting aan onze dankbaarheid te geven. Heb je daar tijd voor?'

'Getrakteerd worden op een luxe lunch ligt gevoelig.'

'Je mag voor jezelf betalen als dat de kwestie eenvoudiger maakt.'

Sven en Olivia lachten allebei.

'Wanneer en waar?' vroeg Olivia.

'Om één uur in restaurant Operakällaren?'

'Dat is prima.'

'Zorg ervoor dat je op tijd bent. Mijn vader is daar nogal gevoelig voor.'

'Ik ook,' antwoordde Olivia.

De familie Bergh gaat blijkbaar graag naar het Operagebouw als er iets te vieren is, dacht ze terwijl ze de verbinding verbrak.

'Je gaat dus met hem lunchen?' merkte Lisa op.

'Ja, en met zijn vader, Aron Bergh.'

'Waarom dat?' vroeg Bosse.

'Omdat ik nieuwsgierig ben.'

Het was een van Olivia's meest karakteristieke eigenschappen en zowel Bosse als Lisa was zich daar uitermate bewust van.

Stilton legde een blok hout in de kachel. Hij zat in de sauna op Rödlöga met de deur open en keek naar de kleine havenmond. Hij had zijn rubberboot met buitenboordmotor bij de werf in Furusund opgehaald en was hiernaartoe gevaren. Rödlöga lag aan de buitenrand van de scherenkust, zo ver weg van het grotestadsleven als je in de buurt van Stockholm kon komen. Vooral in dit jaargetijde, als het water ijzig was en de onbarmhartige kou nog genadelozer werd door de harde wind.

Hier, op de plek waar hij was opgegroeid, voelde hij zich prettig.

Hier zweette hij niet, behalve in de sauna, en daar koos hij zelf voor.

Nadat hij op Arlanda was geland had hij een kort bezoek aan Mette gebracht, had hij met Olivia gebeld en was hij heel even op de aak geweest.

Daarna was hij naar Rödlöga gegaan. Naar de sauna.

Hij had onderweg met Abbas gebeld. De verbinding met Banjul was slecht op de enorme Rödlögafjärden, het water tussen Rödlöga en andere eilanden in de scherenkust, maar hij verstond datgene wat belangrijk was. Abbas zou voorlopig bij Mariama blijven.

Fantastisch, dacht hij.

Daarna had hij aan Luna gedacht en nadat hij zich in het ijskoude zeewater had laten glijden, even later weer op de steiger was geklommen en een handdoek rond zijn lichaam had gewikkeld, belde hij haar in de hoop dat hij bereik had.

Dat had hij.

'Hallo,' zei hij. 'Ik ben thuis.'

'Uit Gambia?'

'Ja. Ik ben op Rödlöga.'

'O ja? Hoe is het daar?'

'Rustig.'

'Fijn... Ik heb gezien dat jullie gevonden hebben waarnaar jullie op zoek waren.'

'Ja.'

'Het is groot nieuws.'

'Ja.'

Het bleef even stil.

'En hoe is het er nu mee?' vroeg Luna. 'Is het onderzoek afgesloten?'

'Voor mij wel, denk ik. Het wordt nu op andere niveaus afgehandeld.'

'Je bent dus klaar?'

Stilton ging op de houten bank op de steiger zitten en keek uit over de zee, een heel andere zee dan die waarnaar hij vanaf Mariama's boot had gekeken.

'Dat hoop ik wel,' antwoordde hij.

'En nu?'

Het bleef stil. Luna's 'En nu?' was een eenvoudige vraag waarachter een stortvloed aan vragen die ze echt wilde stellen schuilging. Stilton stond op en liep het land op. Hij liet zijn telefoon zakken en keek naar het vervallen rode huis waar hij zijn jeugd had doorgebracht.

'Tom?' hoorde hij vanaf zijn heup.

Hij hield zijn telefoon weer bij zijn oor. 'Ik wil geen langeafstandsrelatie,' zei hij.

'Ik ook niet.'

'Dat weet ik. Ik blijf hier nog een paar dagen, daarna ga ik naar de aak om mijn spullen in te pakken en kom ik naar jou toe.'

'Dat zou niet zo slim zijn.'

'Waarom niet?' Stilton voelde zijn maag omdraaien.

'Ik heb een ticket voor vrijdag geboekt,' zei Luna. 'Ik land om 22.55 uur, mocht je me willen ophalen.'

Op het moment dat Olivia Sven in het restaurant een hand gaf voelde ze al dat er iets niet helemaal klopte. Toen hij een stoel voor haar naar achteren schoof besefte ze wat het was. Sven was aangeschoten. Er stond een glas whisky op zijn plek en daarnaast een halve fles wijn. Ze trok de stoel naar de tafel en keek om zich heen.

Aron Bergh was er nog niet.

'Sorry,' zei Sven. 'Dat zul je altijd zien. Ik heb je vanochtend nog verteld over zijn punctualiteit en nu is hij te laat. Hij moest nog iets op kantoor doen, maar hij kan hier elk moment zijn.'

'Is hij nog steeds actief in het bedrijf?'

'Nee. Hij komt één keer per week langs, voornamelijk om zich te laten zien en het personeel bang te maken, en daarna gaat hij hiernaartoe. Hij heeft al jaren dezelfde routines, maar volgens mij is dat belangrijk als je ouder wordt.'

'Geldt dat ook voor jou?'

'Mijn hele leven heeft uit routines bestaan, de meeste tegen mijn zin. Waar heb je trek in?'

'Iets lichts.'

'Ze hebben hier een voortreffelijk gerecht van geroosterde sint-jakobsschelpen uit Frøya met bloemkoolcrème en meiraap. Hoe klinkt dat?'

'Goed.'

'Dan nemen we dat. Wat wil je drinken?'

'Citroenwater.'

Sven wenkte een ober en bestelde. Toen hij weer naar Olivia keek zag ze dat zijn houding verstrakte. 'Mijn vader komt eraan,' zei hij.

Sven stond op en Olivia draaide zich om. Bergh senior laveerde met een rechte rug tussen de tafels door, een paar obers maakten een lichte buiging en Sven trok de stoel tegenover Olivia naar achteren. Ze wist niet zeker of ze ook moest opstaan, maar Aron was haar voor. 'Blijf zitten.' Hij stak zijn hand uit om haar te begroeten. 'We hebben elkaar als ik het me goed herinner op Värmdö gezien,' zei hij. 'Olivia Rönning. Je droeg een blauw jack.'

Met zijn geheugen is niets mis, dacht Olivia. Ze keek naar Aron terwijl hij ging zitten. Hij had verbazingwekkend weinig rimpels op zijn scherp gesneden gezicht, de rechte neus werd geflankeerd door twee diepliggende bruine ogen en zijn lippen waren enigszins ingevallen. Hij droeg een donkerbruin kostuum met een grijs overhemd en een lichtgroene stropdas.

'Ik blijf niet lang,' zei Aron terwijl hij met zijn vingers knipte om een ober te wenken. 'Ik moet naar kantoor terug. Er zijn problemen met de productie in Wuhan.'

Sven schrok. 'Ik dacht dat dat afgehandeld was.'

'Jij denkt heel veel, Sven. Dat is niet bijzonder productief in het bedrijfsleven.' Hij keek naar Olivia. 'Heb je al besteld?'

'Ja, ik neem de sint-jakobsschelpen.'

'En wat drink je erbij?'

'Citroenwater.'

'Uitstekend. Ik ben geen voorstander van alcohol tijdens de lunch.'

Olivia zag dat Sven zijn wijnglas ronddraaide. De ober nam

Arons bestelling op, lichtgerookte zalm en mineraalwater.

Aron boog zich naar Olivia toe. 'De reden waarom we hier zitten is jullie prestatie met betrekking tot het optreden van ETG. De familie Bergh is heel dankbaar voor datgene wat jullie bereikt hebben. Onder de indruk en dankbaar. Zowel vanwege de rehabilitatie van GER als vanwege Fredrik. Zijn verdwijning heeft ons jarenlang gekweld, voornamelijk mij. Ik had torenhoge verwachtingen van hem. De familie heeft helaas geen erfgenaam aan de mannelijke kant van de volgende generatie. Sven gaf er de voorkeur aan om een losbandig leven te leiden.'

'Pa, alsjeblieft...'

Aron keek naar Sven, die zijn hoofd liet hangen. 'Toen Fredrik verdween ben ik heel lang gekweld door schuldgevoelens,' ging Aron verder. 'Had ik hem te veel onder druk gezet? Had hij zich niet kunnen ontplooien door mijn verwachtingen? Dankzij jou weet ik nu dat dat niet zo was, Olivia.'

'Ik heb het niet alleen gedaan.'

'Natuurlijk niet, maar ik heb begrepen dat jij het onderzoek leidde. Je hebt ons een reden voor Fredriks verdwijning en de moord op hem gegeven. Daar ben ik je bijzonder dankbaar voor. We kunnen eindelijk de balans opmaken. Het is alleen jammer dat jullie de moordenaar nog niet te pakken hebben.'

'Als het een buitenlandse huurmoordenaar geweest is, kan dat moeilijk worden.'

'Dat begrijp ik.'

'Maar we gaan het natuurlijk proberen.'

De ober kwam met Arons zalmgerecht naar hun tafeltje.

'Kun je het voor me inpakken? Ik neem het mee naar kantoor,' zei Aron.

'Natuurlijk.'

Aron stond op en stak zijn hand naar Olivia uit. Ze voelde hoe krachtig zijn greep was. 'Het was bijzonder aangenaam om je te ontmoeten,' zei hij. 'Nogmaals bedankt en veel succes in je verdere politiecarrière.' Hij vouwde zijn servet op en keek naar Sven. 'Probeer je een beetje in te houden.'

Aron stond op en liep naar de uitgang. Olivia zag dat Sven zijn glas weer volschonk, waarna hij het met één slok half leegdronk. Hij keek op, zag dat Olivia naar hem keek en gebaarde met zijn hand. 'Zo is mijn vader nu eenmaal.'

'Hij is vrij hard, als je het mij vraagt. Is hij altijd zo?'

'Ja. Het is een onderdeel van zijn gedrevenheid. Daar heb ik al mee te maken sinds ik geboren ben. Het meeste laat ik van me af glijden.'

'Maar niet alles?'

'Niet alles. En in aanwezigheid van andere mensen kan het soms lastig zijn. "Dat is het lot van de erfgenaam," zei mijn oma altijd. Als je de eerstgeboren zoon bent heb je niet veel te kiezen. Je krijgt je rol met de moedermelk naar binnen en kunt niets anders doen dan het accepteren.'

'Heb je dat gedaan?'

'Waarna de jaren verstreken...' Sven keek naar zijn handen.

Olivia voelde dat hij meer wilde vertellen, maar wist niet of ze het wilde horen omdat hij dronken was. Haar nieuwsgierigheid won het echter en ze wachtte af.

'Ik kreeg de leiding over het bedrijf toen ik vierenveertig was,' ging Sven verder. 'Tegen mijn wil, maar ik worstelde door, ik moest wel... Soms wilde ik net als Marc Wallenberg het bos in gaan om mezelf dood te schieten, maar ik was te laf en te bang voor mijn vader... Bovendien maakte mijn geaardheid de situatie niet gemakkelijker...'

Hij nam een flinke slok wijn en zette zijn glas weer neer.

'Langzamerhand leerde ik echter om te gaan met mijn leven en lukte het me af en toe om een adempauze te creëren. Mijn leven werd draaglijk. Niet gelukkig, maar draaglijk. Toen ik minder ging werken was mijn leven gedurende een lange periode zelfs plezierig. Ik had in die tijd het gevoel dat ik mijn eerdere leven compenseerde. Helaas hebben we een hechte familieband. Er is niet aan te ontkomen om met de familie om te gaan. Hoogtijdagen, feesten, concernvergaderingen en ceremoniële bijeenkomsten kunnen niet vermeden worden.'

'Hebben je zussen dezelfde gevoelens?'

'Mijn jongste zusje heeft zich zo snel mogelijk losgemaakt. Ze verstopt zich in Londen en houdt zich bezig met filantropische activiteiten. Mijn vader noemt haar een softie. Erika, die je ontmoet hebt, is haar tegenpool. Ze beklimt bergen en zeilt mee in de Ocean Race, of liever gezegd, dat deed ze toen ze jonger was. Ze heeft de overdrive van mijn vader geërfd. Ik ben ervan overtuigd dat ze op een dag de leiding over het bedrijf krijgt. Ik hoop echter dat ik me dan in een ander deel van de wereld bevind om te genieten. Mexico misschien.' Sven glimlachte ondanks de verdrietige blik in zijn ogen. 'Proost,' zei hij.

Olivia beantwoordde de toost door haar glas water te heffen. Ze was ineens dankbaar voor haar eigen familie.

'Leeft je vader nog?' vroeg Sven.

'Nee, hij is in 2008 aan kanker overleden, maar mijn moeder leeft nog wel.'

'Zorg goed voor haar. Mijn moeder heeft zelfmoord gepleegd. Of eigenlijk is ze weggeteerd. Ze heeft zich voor alles afgesloten en is verdwenen... Op het laatst zat ze als een kleine grijze vlinder in haar rolstoel.' Sven wreef voorzichtig met een vinger over de rand van het glas. 'Ik mis haar heel erg.'

Pekka Karvonen had drie dagen vrij en wilde die tijd besteden aan ijsvissen, nu er eindelijk ijs lag. Het was zijn favoriete bezigheid in deze tijd van het jaar. Hij zette zelfs zijn telefoon uit.

Hij parkeerde zijn sneeuwscooter op de oever van Njarkalisjaure, een bergmeer ten noorden van Arjeplog waar gegarandeerd vette, mooie rode forel in zwom, en keek naar het ijs. De wind zwiepte de net gevallen sneeuw van het ijs, waardoor lange, glanzende stroken ontstonden. De zon stond hoog aan de hemel en glinsterde op het blauwe, bevroren water.

Het was dit jaar de eerste keer dat hij hier was.

Hij hield een hand boven zijn ogen en keek opnieuw naar het meer.

Ze heeft hem hier dus al naartoe gereden, dacht hij.

'Ze' was Nanna Ruong en datgene wat ze hier al naartoe had gereden was haar caravan. Pekka wist dat dit Nanna's favoriete plek voor ijsvissen was en dat gold ook voor hem. Ze hadden een paar keer samen gevist.

Hij stapte van de sneeuwscooter en begon naar de caravan te lopen. Hij zag dat ze er was door de smalle rooksliert die vanaf het dak naar boven verdween. Hij liep in een wijde cirkel om de caravan heen zodat hij vanaf de raamkant zou arriveren en Nanna niet zou schrikken. Tenslotte was ze al heel oud. Toen hij vlak bij het raam was zag hij haar gezicht en zij zag hem. Mooi. Hij liep naar de deur, klopte zachtjes aan, opende hem en schoof de lap stof opzij. Nanna zat op een van de twee banken met de metalen hengel in haar hand. De lijn liep door het kleine vierkant in de vloer en verdween in het gat in het ijs. Ze knikte naar de warmhoudplaat, waarop een pan met water stond. Pekka maakte een beker oploskoffie en ging op de bank tegenover haar zitten. Nanna droeg haar rode fleece sweater en had een leren pet op. Ze gaf rukjes aan de hengel. Pekka nam een slok koffie. Hij wist wat hem te doen stond. Wachten.

'Heb je al iets gevoeld?' vroeg hij na een tijdje.

'Nee.'

Pekka knikte. Voor ijsvissen was geduld nodig. Soms zat je urenlang naar het gat te staren zonder dat er iets gebeurde en plotseling had je beet. Dan werd er zo hard aan de lijn getrokken dat je het helemaal in je armen voelde, omdat de vis hevig tegenspartelde. In het beste geval kon je daarna een vette rode forel door het gat in de vloer naar boven halen.

Hij hield van ijsvissen.

Nanna draaide zich om en pakte haar beker. Waarschijnlijk was de koffie koud, maar dat was niet belangrijk. Ze nam een slok en keek weer naar het gat. Pekka volgde haar bewegingen met de hengel. 'Ik heb gehoord dat je helikopter neergestort is,' zei ze.

'Ja, bij het Radtjagebergte tijdens noodweer. De bliksem raakte de helikopter.'

'Je moet niet in noodweer vliegen, Pekka.'

'Ik weet het, maar het was heel onverwacht... We waren onderweg naar de plek waar ze Fredrik gevonden hebben.'

Nanna gaf een paar rukjes aan de lijn en Pekka keek naar haar kromme, gerimpelde handen. Ongelofelijk dat ze op haar leeftijd nog op rode forel vist, dacht hij. Pekka vond het geweldig. Zijn opa's en oma's waren jaren geleden al overleden.

'Ik heb op de radio gehoord dat ze hem in de bergen gevonden hebben,' zei Nanna.

'Dat klopt.'

'Was dat op de berg Radtjapakte?'

'Nee, iets verder weg, op de bergwand van de Listivis.'

Nanna liet de hengel iets zakken. 'Is hij daar gevonden?'
'Ja. In een sneeuwbekken vlak boven de oude rendierherdershut.'
Nanna bewoog de hengel langzamer op en neer en even later lag hij roerloos in haar handen. Pekka merkte dat ze in gedachten verzonken was omdat ze met haar hoofd begon te wiegen. Hij wachtte een hele tijd. 'Wat is er?' vroeg hij uiteindelijk.
'Boven het rendierenverblijf?'
'Ja. Iets daarboven.'
Nanna legde de hengel op haar schoot, verstrengelde haar handen en keek door het vieze raam naar buiten.
'Waar denk je aan?' vroeg Pekka.
'Hij was bij mij voordat hij verdween.'
'Fredrik?'
'In Harrok.'
'Ik wist niet dat jullie contact met elkaar hadden.'
'Jazeker.'
'Wat deed hij in Harrok?'
'Ik heb hem over de mijn verteld...'
'Welke mijn?' vroeg Pekka.
Nanna pakte de hengel vast en begon er weer rukjes aan te geven terwijl ze strak naar het gat onder de vloer keek.
'Nanna, wat voor...'
'Ik wil met een politieagent praten,' zei ze.
'Ik ben een politieagent.'
'Jij bent piloot, Pekka.' Nanna bewoog de hengel sneller heen en weer en Pekka besefte dat ze niets meer zou zeggen.
Dat zag hij aan haar bijna tandeloze mond.

Olivia had een onaangenaam gevoel aan de lunch overgehouden. Ze had het zich bijzonder aangetrokken dat Aron Sven op zo'n vernederende manier had behandeld. Ze had vertrouwen in Sven, hij was heel open tegenover haar geweest en had haar over de klokkenluider verteld. Bovendien waren zijn ogen grijs en vol warmte.
Ondanks Aron Bergh.
Ze zat aan haar eigen keukentafel en keek naar het glanzende boek met de geschiedenis van het Bergh-concern dat ze van Sven had gekregen. Ze had er een tijdje in gebladerd en had gelezen dat het be-

drijf in de jaren vijftig van de vorige eeuw was opgericht door Aron Bergh. De titel van het eerste hoofdstuk was: 'Hij begon met twee lege handen'. In werkelijkheid was hij begonnen met een kleine papierfabriek die familiebezit was, maar misschien wilde Aron niet dat dat bekend werd. Het verhaal over de eenzame, krachtige ondernemer was natuurlijk aantrekkelijker. Het bedrijf was langzaam gegroeid en was uitgebreid met andere bedrijfstakken. 'Diversifiëren' was de term daarvoor. Een paar decennia later was Bergh net zo groot als de familiebedrijven Kamprad en Rausing. Het concern had zich ontwikkeld tot een multinational en was in alle werelddelen gevestigd. In 1994 begon Aron een stichting onder zijn eigen naam die doorlopende en eenmalige donaties aan goede doelen gaf. Na verloop van tijd kreeg hij de Orde van de Serafijnen voor zijn liefdadigheidswerk.

Olivia zag Aron voor zich, met zijn rechte rug, stevige handdruk en van sarcasme druipende mondhoeken.

Kaldma's peetvader had een onderscheiding van de koning gekregen.

Het laatste hoofdstuk in het boek ging over de milieu-investeringen van het concern. Ze hielden zich al vroeg bezig met het investeren in de ontwikkeling van nieuwe manieren om energie te winnen, zoals windkracht, zonnecellen, koolstofvezels, golfenergie en alle mogelijke innovaties voor het winnen van alternatieve energie. Parallel daaraan werd Global Environment Rescue, oftewel GER, opgericht. Dat bedrijf werd geleid door Fredrik Kaldma en had als doel om de negatieve effecten van emissies wereldwijd in kaart te brengen en bij te houden.

Dat heeft hem zijn leven gekost, dacht Olivia terwijl ze het boek dichtsloeg.

Ze schonk theewater in en wist dat ze er niet langer aan kon ontsnappen. Ze had het op een afstand gehouden toen alle aandacht op de gedumpte containers gericht was, maar nu die kwestie geregeld was, moest ze iets doen met haar twijfel, niet alleen over het motief van de moord op Kaldma maar ook over de eventuele dader.

Ze ging aan de keukentafel zitten, liet een buideltje groene thee in het hete water zakken en blies erop.

Waarom zou een internationale huurmoordenaar Kaldma in een

bijzonder ontoegankelijk berglandschap om het leven brengen? Waarom bevond Roger Hansson zich twintig jaar later in het gezelschap van een Spaanssprekende vrouw in dat gebied? Waarom was Kaldma doodgeschoten met hetzelfde pistool als dat waarmee er onlangs op haar was geschoten? Een pistool voor verzamelaars. Wat had dat allemaal met ETG te maken?

Ze kon er geen sluitend geheel van maken.

Ze nam een slok thee, wat een kalmerend effect had, pakte haar telefoon en stuurde een sms naar Abbas om even ergens anders aan te denken: *Hoe gaat het met je?* Ze kreeg niet meteen antwoord, legde haar telefoon neer en keerde terug naar haar twijfel.

Kaldma's auto had in een verborgen loods van Defensie in de buurt van de Noorse grens gestaan, een gebouw dat sinds de jaren vijftig gesloten was. Hoe kon een huurmoordenaar dat weten? Klarfors had op oude tekeningen van Defensie moeten kijken om de loods te vinden.

Ze pakte haar telefoon weer en ging naar haar fotobestand. De laatste foto's waren van de loods in Arjeplog en van Kaldma's verroeste auto. De volgende foto was een close-up van het opnameapparaat dat in het dashboardkastje was gevonden.

Plotseling bedacht ze iets.

Aan dezelfde kant van Stockholm, maar dan dichter bij de zee, lag Mette in bed met een slaapmasker voor haar ogen. Ze had gesmuld van de openbare, uitgebreide verontschuldigingen van ETG en was trots. Ten eerste op de prestatie van die twee idioten in Gambia en ten tweede op Olivia. Dit was haar eerste onderzoek en dat was nu afgesloten. Of bijna in elk geval. Ze hoorde Mårten zachtjes snurken en overwoog of ze haar oordopjes zou indoen. Ik waag het erop, dacht ze en ze draaide zich op haar andere zij.

Dat had ze niet moeten doen.

Het was de kant waarop ze begon te denken, waardoor ze het wel kon vergeten om nog in slaap te vallen. Haar gedachten gingen naar de reden waarom Kaldma vermoord was. Het zat haar dwars dat ze geen dader hadden.

Mette besefte dat ze niet in slaap zou vallen.

## Noorse grens bij Sulitelma, 1944

*De ijskoude storm uit het noorden bulderde door het bergmassief, joeg door de valleien en zwiepte in de ogen van de mannen die in de duisternis en de tegenwind vooruit probeerden te komen. Ze hadden het beschermende berkenbos net achter zich gelaten en moesten nu de kale berg op. Ze waren op weg naar de Zweedse grens, maar moesten nog een flink stuk lopen. Vier van hen droegen rugzakken die zo zwaar waren dat hun ski's in de sneeuw wegzakten. De man die helemaal vooropliep was Juhan Ruong, een Samische man die in het dorp Luokta-Mávas in Zweden woonde.*

*Hij zou de mannen naar de schuilplaats brengen.*

*Hij had eerder vluchtelingen de grens over geleid, maar deze keer was bijzonder. Dit waren negen Noorse verzetsstrijders die op de vlucht waren voor de Duitsers. Hij wist dat er een risico op lawines was als ze de bergwand passeerden, maar die gok moest hij nemen. Als ze door de vallei liepen zouden ze ingehaald worden door hun achtervolgers.*

*Ze droegen allemaal witte overalls met smalle, zwarte riemen, hun geweren hingen op hun rug en hun gebreide mutsen waren zo ver mogelijk over hun hoofden naar beneden getrokken. Slechts één van hen, Geir, kende Juhan Ruong, de anderen kwamen uit het zuiden.*

*Een hevige rukwind joeg over de bergwand, waardoor ze allemaal hurkten. Een paar mannen vielen, een van de rugzakken vloog een stuk weg en een paar goudstaven gleden in de sneeuw. Geir haastte zich ernaartoe en hielp mee ze weer in de rugzak te stoppen. Een dof gerommel overstemde het kabaal van de wind. Juhan bleef staan en keek naar de bergwand. Zijn krachtige stem drong door de bulderende wind toen hij tegen Geir begon te praten: 'Er kan elk moment een la-*

*wine naar beneden komen, we zullen over het Pieskehauremeer moeten.'*

*'Is het ijs sterk genoeg?' vroeg Geir.*

*'Niet overal, maar ik weet waar we het meer over kunnen steken.'*

*Juhan tilde zijn stok op en wees in de wervelende sneeuw. 'Die kant op.'*

*Geir vertrouwde Juhan volledig. Hij wist dat de Samische man geboren en getogen was op deze vlakten en dat hij alles wist over het terrein en de weersomstandigheden. Er werd gezegd dat hij geblinddoekt in een rechte lijn door het bergmassief kon lopen. Hij had al vier keer vluchtelingen over de grens gebracht en had diverse Noren van de nazi's gered.*

*Volgens Geir was hij in veilige handen.*

*Juhan zou hen naar de schuilplaats brengen waar de contactpersoon op hen wachtte.*

Het was net tien uur geweest. Olivia had iedereen van de onderzoeksgroep gevraagd om 's ochtends naar Mette te komen. Alleen Stilton was niet aanwezig. Hij was op Rödlöga en had moeite om terug te komen, had hij beweerd. Mårten had koffiegezet, had zijn favoriete koffiebroodjes gebakken en had alles in de werkkamer neergezet. Nu zaten ze allemaal rond de tafel en Mårten ging op een krukje met drie poten tegen de muur zitten.

De zaak is in principe opgelost, dacht hij.

Dat dachten Lisa en Bosse ook. Zij beschouwden deze bespreking als de afronding van het onderzoek.

Dat dacht Olivia echter niet en dat maakte ze duidelijk zodra ze haar mond opendeed. 'Ik was gisteren thuis en begon over het motief voor de moord en de dader na te denken,' begon ze. 'We hebben ons volledig geconcentreerd op de containers, wat heel terecht was trouwens, maar was dat echt de reden voor de moord op Kaldma? Ik vond dat er te veel vraagtekens rond dat motief overbleven. Plotseling dacht ik aan zijn auto, die in de oude loods gevonden is.'

'Wat is daarmee?' vroeg Bosse.

'Er klopt iets niet.' Olivia boog zich over de tafel. Het leek bijna alsof ze zou gaan fluisteren. 'Als Kaldma doodgeschoten is door een huurmoordenaar van ETG en deze zijn auto na de moord verstopt heeft, waarom heeft hij de cassette met het opgenomen gesprek met de klokkenluider dan niet meegenomen? Dat was tenslotte het motief voor de moord en het opnameapparaat lag in het dashboardkastje.'

Het werd stil. Lisa pakte een koffiebroodje. Waarom had ze daar zelf niet aan gedacht?

'Dat is onwaarschijnlijk amateuristisch,' ging Olivia verder.

'Ik ben het met je eens,' zei Mette. Dit was precies wat haar had dwarsgezeten, ze had het alleen niet onder woorden kunnen brengen.

'Je bent dus van mening dat het containerverhaal niets te maken heeft met de moord op Kaldma?' constateerde Bosse nadat het even stil was geweest.

'Inderdaad,' antwoordde Olivia. 'Ik denk dat het om iets anders gaat. Iets wat...' Ze werd onderbroken door haar telefoon. Het was een nummer dat ze niet meteen herkende. Ze keek naar de anderen en besloot op te nemen. 'Met Olivia Rönning.'

'Hallo, met Pekka, heb je heel even tijd?'

'Natuurlijk. Wacht even.' Ze stond op en liep de keuken in. 'Ja?'

'Herinner je je nog dat ik je in hotel Silverhatten een foto heb laten zien van Nanna Ruong, Fredriks tante?'

'Jazeker.'

'Ik heb haar net gesproken.'

'O ja?'

Het duurde niet lang voordat Pekka had verteld wat hij te zeggen had. Toen hij klaar was vroeg Olivia: 'Ze wil dus met de politie praten?'

'Ja.'

'En je weet niet meer dan wat je daarnet verteld hebt?'

'Nee, ze heeft niet meer gezegd, ze is een beetje lastig. Ik heb met Klarfors gepraat en hij vond dat ik jou moest bellen.'

'Bedankt, Pekka, ik bel haar.'

Olivia verbrak de verbinding en belde Nanna, maar er werd niet opgenomen. Ze ging in de deuropening naar de werkkamer staan. 'Dat was Pekka Karvonen uit Arjeplog. Nanna Ruong, de zus van Juhan Ruong, beweert dat Kaldma vlak voordat hij verdween bij haar geweest is.'

'Waar woont die Nanna?' vroeg Mette.

'In Harrok. In het gebergte boven Arjeplog.'

Ze keken allemaal naar Olivia terwijl ze de nieuwe informatie verwerkten.

'Wat deed hij daar?' vroeg Lisa. 'En waarom heeft ze dat niet eerder verteld?'

'Geen idee, volgens Pekka is ze nogal lastig. Ze heeft gezegd dat ze met de politie wil praten. Ik heb haar gebeld, maar ze neemt niet op.'

'Er zijn dus nog familieleden van Kaldma in leven?' informeerde Bosse.

'Eén familielid,' antwoordde Mårten. 'Nanna Ruong is van de Samische tak. Ik heb daar wat onderzoek naar gedaan. Ze is heel oud. Willen jullie informatie over de familie? Ze hebben een bijzonder fascinerende geschiedenis.'

Zonder het antwoord af te wachten stond hij met het oog op zijn leeftijd verbazingwekkend soepel van het krukje op en liep naar het midden van de kamer. Mette deed haar ogen dicht.

'Het geslacht Ruong is afkomstig uit het Samische dorp Luokta-Mávas,' begon hij.

'Daar is Kaldma's lijk toch gevonden?' merkte Bosse op. 'In Luokta-Mávas?'

Olivia keek naar Mårten. 'Is hij op de eigen grond van de familie gevonden?' vroeg ze.

'Dat kun je zeggen, of liever gezegd de rendierweiden van het Samendorp. Ze hebben het recht om hun rendieren daar te laten grazen en er te vissen.'

'Maar toch... Hij is dus doodgeschoten en onder de sneeuw begraven op de oude rendierweiden van zijn familie?'

'Blijkbaar wel,' zei Mårten, die het gevoel had dat zijn onderzoek eindelijk nut had.

'Wat zou dat kunnen betekenen?' vroeg Bosse. 'Kan de moord met zijn Samische afkomst te maken hebben? Heeft het misschien met een oud conflict te maken?'

Het was natuurlijk onmogelijk om daar antwoord op te geven, maar Olivia besefte dat Mårten zich hierin had verdiept. 'Heb je meer informatie?' vroeg ze.

'Veel meer.' Mårten keek naar Mette, die haar ogen weer open had. Ze glimlachte en hij voelde dat hij haar toestemming had om verder te vertellen. 'Fredriks opa Juhan Ruong heeft een bijzonder spannend verleden. Tijdens de Tweede Wereldoorlog werkte hij samen met Noorse verzetsstrijders. Hij heeft meerdere keren vluchtelingen bij Sulitelma over de grens gebracht. Ik heb contact opgenomen met het Noors Verzetsmuseum in Oslo, dat een archief heeft over de geschiedenis van de verzetsbeweging, en daarin wordt Juhan beschreven als een held. Hij schijnt een groot aantal Noorse vluchtelingen van de nazi's gered te hebben. Helaas is hij in 1944 tijdens een dramatisch verlopen actie om het leven gekomen.'

'Wat is er gebeurd?' vroeg Bosse.

'Ze zijn onder een lawine bedolven,' zei Olivia.

'Misschien,' zei Mårten. 'Dat is nooit helemaal duidelijk geworden. Willen jullie meer horen?'

Lisa en Bosse wilden dat absoluut, maar Olivia wist niet waar dit toe zou leiden. Mette deed haar ogen weer dicht. Mårten ging tegenover Olivia aan de tafel zitten, schonk een kop koffie in en vertelde verder: 'Het begon ermee dat de Noorse verzetsstrijders in de buurt van Fauske een Duits transport met vijfenveertig kilo in beslag genomen goud overvielen. Het was de bedoeling om de sabotageactiviteiten en andere acties van de verzetsbeweging, waarvoor onder meer wapens en explosieven nodig waren, met het goud te financieren. Negen verzetsstrijders, die achtervolgd werden door de Duitsers, vluchtten met het goud naar de Zweedse grens. Ze hadden bij Sulitelma afgesproken met Juhan Ruong, die de Noren met het goud via een bestaande vluchtroute die al een aantal keren was gebruikt over de Zweedse grens zou brengen. Het doel was een schuilplaats in de bergen boven Arjeplog waarvan Juhan op de hoogte was. Daar zouden ze opgewacht worden door een Zweedse contactpersoon. De operatie had de naam Bevroren goud gekregen.'

'Bevroren goud?' herhaalde Lisa.

'*Gefrorenes Gold*, oftewel bevroren goud, was blijkbaar de naam die de Duitsers hadden gegeven aan het geld dat ze confisqueerden. Helaas werden de vluchtelingen overvallen door een verschrikkelijke sneeuwstorm en verdwenen ze. Er is aan zowel de Noorse als de Zweedse kant van de grens naar ze gezocht, maar ze zijn nooit gevonden. Uiteindelijk werd aangenomen dat ze om het leven waren gekomen door een lawine of omdat ze door het ijs van het meer waren gezakt.'

'Misschien is dat de oorsprong van het verhaal dat Pekka me verteld heeft,' zei Olivia. 'Er schijnt een grote hoeveelheid goud op de bodem van een meer in de bergen te liggen.'

'Dat zou kunnen.'

'En de opa van Kaldma was degene die de operatie leidde?' wilde Bosse weten.

'Inderdaad, dat was Juhan Ruong,' bevestigde Mårten.
'Wat een tragedie.'
'Inderdaad.'
'En daarna is Kaldma in dezelfde omgeving vermoord... Wat een merkwaardig toeval.'
Mette opende haar ogen weer. Ze was niet iemand die in toeval geloofde, dat had ze nooit gedaan. Voor haar was toeval bijna altijd het resultaat van een verband dat niet op tijd was gezien.
'Dat heb je heel goed onderzocht, Mårten,' zei ze volkomen oprecht.
'Bedankt,' zei Mårten. 'Nu weten jullie in elk geval iets meer over Kaldma's achtergrond.'
'En misschien krijgen we zelfs nog meer te horen,' zei Mette. Ze keek naar Olivia. 'Probeer Nanna Ruong nog een keer te bellen.'
Dat deed Olivia, maar ze kreeg haar nog steeds niet te pakken.
'Ga ernaartoe,' zei Mette.
Het was een voorstel waarmee Olivia het onmiddellijk eens was.

Op weg naar haar appartement probeerde Olivia Nanna Ruong nog een paar keer te bereiken. Ze belde Pekka, die uitlegde dat Nanna waarschijnlijk in haar caravan op het Njarkalisjauremeer was.
'Ik kom naar Arjeplog,' zei Olivia. 'Kun jij me naar dat meer brengen?'
'Jazeker.'
'Moeten we over bergkammen vliegen?'
'Niet van het soort die we de laatste keer gehad hebben.'
'Weet je dat zeker?'
'We kunnen sneeuwscooters nemen als je dat liever wilt, maar dat kost veel meer tijd.'
'Dan vliegen we.'

Haar appartement in de Högalidsgatan was ongelofelijk opgeknapt door het nieuwe balkon, constateerde ze toen ze het resultaat bij daglicht zag. Ze constateerde ook dat ze moest schoonmaken. Het bouwstof lag als een dunne witte laag op de vloer en de kast in de zitkamer. Gelukkig had ze de bank en de boekenkast afgedekt, zodat het niet heel veel werk zou zijn. Nu had ze daar echter geen tijd voor.

Ze wilde alleen wat kleding halen om mee naar Arjeplog te nemen. Daar was het veel kouder dan in Stockholm met zijn saaie weer; de dagen waren grijs en de temperatuur schommelde rond de zeven graden.

Ze ging naar haar slaapkamer, opende de kledingkast en pakte een dikke trui en een set thermo-onderkleding die ze had gekocht toen ze een paar jaar geleden ging skiën. Ze legde de kleding op het bed. Haar bed, met de mooie sprei die haar oma heel lang geleden had gehaakt.

Haar bed, dat ze had meegenomen toen ze verhuisde uit de woning in Rotebro, waar ze haar jeugd had doorgebracht.

Ze ging zitten en streek voorzichtig met haar hand over de zorgvuldig gehaakte vierkantjes. Ineens besefte ze dat ze heel erg naar haar eigen appartement verlangde. Zo was het gewoon. Het was niets voor haar om uit een koffer te leven, ook al was dat in het appartement van de man van wie ze heel veel hield.

Hoe moesten ze dit oplossen?

Ze hadden er niet meer over gepraat. Lukas werd zo in beslag genomen door het aanbod van de galerie in Kopenhagen dat hij het was vergeten en zij schoof het voor zich uit. Ze had hem ook nog niet verteld dat ze in Arjeplog weer in een helikopter zou stappen.

Maar misschien hoefde hij dat helemaal niet te weten?

Lukas was in Kopenhagen en zou daar nog drie dagen blijven. Hij zou ongerust zijn en ze ging er tenslotte alleen naartoe om met Nanna Ruong te praten. Nee, het was stom om het hem te vertellen. Het was beter als hij zich op zijn expositie kon concentreren.

Op dat moment belde Sven Bergh over de lunch in de Operakällaren. Hij wilde zijn verontschuldigingen aanbieden vanwege het gedrag van zijn vader en ook omdat hij zelf iets te veel had gedronken en daardoor te vertrouwelijk was geworden.

'Ik was een beetje te persoonlijk, te openhartig,' zei hij.

'Helemaal niet. Ik waardeerde het dat je me je verhaal verteld hebt. Jij was niet degene die zich niet gedroeg.'

Sven lachte. 'Bedankt,' zei hij. 'Stoor ik je?'

'Nee hoor, ik ben een tas aan het inpakken omdat ik naar Arjeplog ga.'

'O ja? Een kleine skivakantie?'

'Nee, ik ga praten met Nanna Ruong, de zus van Juhan.'

'O ja? Die moet inmiddels al honderd zijn.'

'Nog niet helemaal, maar ze is inderdaad oud.'

'Waarom ga je met haar praten?'

'Vanwege de moord op Fredrik.'

'Ja? Hebben jullie het onderzoek nog niet gesloten?'

'Nee, nog niet helemaal. We zijn er niet van overtuigd dat het dumpen van de containers het motief voor de moord is.'

'Niet? Wat zou het dan moeten zijn?'

'Daar kan ik je helaas niets over vertellen.'

'Ik begrijp het. Tja, zeg het maar als ik je ergens mee kan helpen.'

Op het moment dat Olivia de verbinding verbrak had ze spijt van wat ze had gezegd. Het was slordig om over de diverse eventuele motieven te kletsen. Daar had Sven in dit stadium niets mee te maken.

De consternatie rond de gedumpte containers was op een ideaal moment gekomen. Alle aandacht voor de moord op Kaldma was naar het buitenland verdwenen. Over de gebeurtenissen in de bergen werd niet meer gesproken. Het leek niet waarschijnlijk dat de politie daar nog onderzoek zou doen.

Het was perfect.

Nu kon ze haar opdracht in het noorden uitvoeren, nadat ze de vorige keer niet verder was gekomen dan de rendierherdershut. Het was tijd om er weer naartoe te gaan.

En deze keer hoefde ze niet door de bergen te sluipen.

Behalve de luger nam ze ook een handgranaat mee.

Olivia ging met gemengde gevoelens naast Pekka in de politiehelikopter zitten. Hij merkte dat ze een beetje zenuwachtig was en legde een hand op haar arm. 'De eerste keer is moeilijk,' zei hij.

'Ik weet het. Vlieg nou maar.'

Deze keer vlogen ze onder een wolkeloze hemel en waaide het nauwelijks, tot nu toe in elk geval, en ze waren al snel bij Harrok, het dorp waar Nanna Ruong woonde. Pekka zette de helikopter aan de rand van het dorp neer en wees naar het kleine donkere huis waar Nanna woonde. Olivia liep er op een holletje naartoe en klopte op de deur. Geen reactie. Ze keek door een raam, maar zag niemand. Even later klom ze weer in de helikopter.

'Ze is blijkbaar nog in haar caravan op het meer,' zei Pekka.

Ze vlogen verder en nu kon Olivia bijna genieten van het vliegen, het uitzicht, de uitgestrektheid en de imposante blauw-witte bergtoppen in de verte. Alles zag er heel anders uit nu de zon scheen en het niet hard waaide.

Ze verzonk in gedachten. Moest ze Pekka vertellen over het gestolen goud dat met hulp van Juhan Ruong naar Zweden was gebracht? Dat het verhaal over het goud op de bodem van het meer daar misschien mee te maken had? Misschien later, besloot ze. Maar stel dat het goud op een heel andere plek dan op de bodem van een meer terechtgekomen was.

Haar gedachten gingen naar Tom op Rödlöga, de man die aan iets was begonnen wat wereldnieuws was geworden. En naar Abbas, een van haar beste vrienden, die volgens Tom een nieuwe liefde in Gambia had en daar was gebleven.

Vervolgens dacht ze aan Lukas, die alleen in Kopenhagen was, maar waarschijnlijk gelukkig was in zijn kunststolp. Ze miste hem.

'Daar is hij.' Pekka wees naar het grote, bevroren meer. Olivia zag witte sneeuw op het ijs en op die sneeuw stond een piepkleine caravan.

'Ze is, zoals ik je al vertelde, een beetje lastig,' zei Pekka. 'Het is goed om af te wachten, ze praat wanneer ze dat wil.'

'Ik zal eraan denken.'

Olivia was redelijk gewend aan lastige mensen die alleen praatten als iets henzelf interesseerde.

Pekka vond al snel een goede plek op de oever om de helikopter neer te zetten, waarna ze dicht naast elkaar in een ruime cirkel naar de voorkant van de caravan liepen. Olivia had, door ervaring wijs geworden, haar rugzak met daarin een overlevingspakket bij zich.

Toen ze de caravan vanaf de raamkant naderden ging de deur open en keek Nanna naar buiten. 'Wie is dat?' vroeg ze.

'Dit is Olivia Rönning,' zei Pekka. 'Ze is politieagent en leidt het onderzoek naar de moord op Fredrik. Je zei dat je met een echte politieagent wilde praten.'

Nanna verdween in de caravan. Pekka keek naar Olivia, ze glimlachten naar elkaar en gingen naar binnen.

'Er is oploskoffie.' Nanna maakte een gebaar naar de kookplaat en ging op de bank zitten. Tegen de andere wand stond nog een bank. Olivia liep ernaartoe en ging zitten terwijl Pekka water in een pan schonk. Nanna pakte haar metalen hengel en liet de vislijn in het gat zakken. Olivia zweeg en snoof de eigenaardige geur in de caravan op, een combinatie van koffie, pijptabak en nat leer.

'Je bent jong,' zei Nanna zonder van het ijsgat op te kijken.

'En u bent oud.'

Pekka draaide zich niet om. Hij wist niet of dit de juiste manier was om Nanna te benaderen. 'Voel je iets?' vroeg hij aan Nanna.

'Nee.'

Nanna gaf een paar rukjes aan de hengel. Olivia keek naar Pekka, die haar een beker koffie gaf. Ze had minder geduld dan Pekka en richtte zich tot Nanna. 'U wilde iets over Fredrik vertellen,' zei ze.

'Ja.'

Nanna ging niet verder, dus deed Olivia dat. 'Hij is bij u in Harrok op bezoek geweest voordat hij verdween. Klopt dat?'

Nanna leunde tegen de wand van de caravan en schoof de leren pet een stukje omhoog. 'Zijn vrouw was met haar theater op stap, dus kwam hij naar mij toe,' zei ze.

'Kunt u zich precies herinneren wanneer dat was?'

'Op mijn verjaardag.'

'En wanneer bent u jarig?'

'Elk jaar op dezelfde dag, de achttiende november.'

Olivia dacht na. Kaldma was op 17 november uit Stockholm verdwenen. Was hij hiernaartoe gegaan? Waarom? En waarom had hij dat tegen niemand gezegd?

'Hij wilde me feliciteren omdat ik zeventig was geworden.' Daarmee had Olivia haar antwoord. Kaldma was naar de bergen gegaan omdat zijn enige nog levende familielid zeventig was geworden.

Verrassend, maar ook ontroerend.

En heel ver verwijderd van een liefdesdrama in Arvidsjaur.

'Hoe is hij naar Harrok gekomen?' vroeg Olivia. 'Met een sneeuwscooter?'

'Ja. Waarom vraag je dat?'

'Omdat we zijn auto gevonden hebben, maar niet weten hoe hij naar Radtja is gegaan, de plek waar hij vermoord is.'

'Met de sneeuwscooter dus,' zei Nanna.

Ze liet de hengel een stukje zakken en begon weer rukjes te geven. Olivia had nog heel veel vragen, maar ze wachtte af. Minutenlang. Pekka krabde aan zijn arm.

'Ik heb Fredrik over de blauwe wolf verteld,' zei Nanna plotseling terwijl ze naar de vislijn bleef kijken.

'Wat is de blauwe wolf?' vroeg Pekka. Hij was stomverbaasd. Hij wist dat maar weinig Samen zo'n grote mythologische kennis hadden als Nanna – die kennis was samen met haar generatie grotendeels verdwenen – en hij had gedurende de jaren al veel vreemde verhalen gehoord, maar een blauwe wolf?

'Als de zon op de ijskoude sneeuw schijnt, wordt die op bepaalde plekken blauw,' zei Nanna. 'Dat weet je, Pekka.'

'Jazeker, natuurlijk weet ik dat.'

Hij had het lichtfenomeen tijdens zijn vliegtochten boven het gebergte een paar keer meegemaakt.

'Een van de rotswanden lijkt op een grote wolvenkop als de blauwe sneeuw fonkelt,' zei Nanna. 'Daarom werd de mijn in onze familie zo genoemd.'

Nanna boog haar hoofd om naar het gat in het ijs te kijken. Olivia keek naar Pekka en hij gebaarde dat ze moest proberen om in Nanna's tempo mee te gaan. Het kostte nu eenmaal tijd. Uiteindelijk kon Olivia zich niet meer beheersen. 'De blauwe wolf? Wat is dat voor oude mijn?'

Nanna klemde de hengel tussen haar knieën, bukte zich en haalde een fles onder de bank vandaan. Olivia zag dat het brandewijn was. Nanna deed een scheut in haar koffie en wilde de fles aan Pekka geven. Hij schudde zijn hoofd. Nanna nam een slok van haar koffie en haalde een pijp met een nagenoeg platte kop uit haar borstzak. Ze legde de pijp naast zich, pakte de hengel weer vast en begon te vertellen. 'Mijn vader ontdekte een grote kloof in de berg en vond daar een beetje goud,' zei ze. 'Er was in die tijd goud in andere kloven gevonden, dus legde hij met behulp van explosieven een paar gangen aan, waarna hij stierf. Mijn broer Juhan was gefascineerd door de mijn. Hij ging er samen met een vriend naartoe om goud te zoeken... Maar toen brak de oorlog uit en raakte de mijn in vergetelheid. Toen ik Fredrik over de mijn vertelde werd hij heel nieuwsgierig.'

Olivia opende haar rugzak en haalde er een kaart uit, dezelfde kaart die ze de vorige keer bij zich had gehad, en vouwde hem uit. 'Kunt u aanwijzen waar die mijn ligt?'

Nanna keek op de kaart. Ze kon zich oriënteren zonder de namen te lezen, zowel de Zweedse als de Samische. Haar rechterhand liet de hengel los en ze wees met haar gele nagel een punt aan. 'Daar.'

'Ligt de mijn daar?'

'Ja.'

Pekka zag dat Olivia verbaasd keek. 'Maar dat is de plek waar ik... Daar staat toch alleen een oude rendierherdershut?'

'Ja,' antwoordde Nanna. 'Maar iets verder naar boven is de rotswand die we de blauwe wolf noemden. Volgens Juhan bevindt de ingang zich achter de kop. Ik ben er nooit geweest.' Nanna schoof de kaart weg, stak haar pijp op en begon weer rukjes aan de hengel te geven.

'De eerste keer dat ik in de bergen was, nadat Pekka en ik neergestort waren, daalde ik af langs een bergwand en belandde ik in een grot met jeneverbestakken op de bodem en gekloofd hout. Dat was...'

'Stahlolapo,' onderbrak Nanna haar. 'Dat is een Samengrot, geen mijn. Die ligt hier.' Ze wees een plek op de kaart aan.

Olivia wist niet of ze een heiligdom was binnengedrongen, maar de grot had haar geholpen om haar avontuur te overleven. Ze keek naar de wand tegenover haar, waaraan twee foto's hingen. Op een ervan herkende ze Nanna. Ze stond naast een enigszins oudere man en ze droegen beiden Samenkleding. 'Wie staat er naast u op die foto?' vroeg Olivia terwijl ze ernaar wees. 'Is dat uw broer?'

'Dat is Juhan.'

Olivia boog zich naar de foto toe. 'Ik heb gehoord dat hij samen met de vluchtelingen in de storm verdwenen is... Een enorme ramp.'

'Juhan zou nooit in een storm verdwijnen,' zei Nanna terwijl ze een rukje aan de hengel gaf. 'Hij was in de bergen geboren en kon zich in alle weersomstandigheden redden.'

'Maar ze zijn toch allemaal omgekomen?' zei Olivia.

'Dat werd inderdaad verteld. Ze zeiden dat het Juhans schuld was omdat hij de verkeerde route genomen had.' Nanna was aanzienlijk harder gaan praten en Pekka zag dat ze verontwaardigd was. 'De hele familie leed eronder,' ging ze verder. 'Maar het is niet waar. Het gebergte heeft ze niet weggenomen.'

'Wat is er dan gebeurd?' vroeg Olivia.

'Ik denk dat de Duitsers ze ingehaald hebben, ze doodgeschoten hebben en ze in een gat in het ijs gegooid hebben... Dat deden ze destijds.'

'Maar zou dat niet...'

'Beet!' Nanna gaf een ruk aan de hengel, waarna die naar beneden werd getrokken en ze de lijn liet vieren. Vervolgens begon ze de lijn binnen te halen terwijl ze naar Pekka keek. 'Minstens een kilo,' zei ze met een glimlach.

Olivia en Pekka verlieten de caravan en liepen naar de helikopter op de oever van het meer. De zon was nog niet ondergegaan en Olivia knoopte haar jas open. Ze wilde Pekka net vragen hoe betrouwbaar Nanna was toen ze een ratelend geluid hoorden dat dichterbij kwam.

Ze keken omhoog en zagen een helikopter die boven de oever van het meer vloog.

'Is dat iemand die je kent?' vroeg Olivia.

'Nee, het is een particuliere helikopter.'

In de helikopter die over Njarkalisjaure vloog zaten twee personen, een mannelijke piloot en een vrouw met donker haar. De vrouw keek door haar verrekijker naar de twee personen die over het ijs liepen. Ze herkende een van hen en liet de verrekijker zakken. 'Is het nog ver?' vroeg ze.

'Nee, een paar minuten,' antwoordde de piloot. 'Wil je dat ik daar blijf wachten?'

'Liever niet, laten we een tijd afspreken dat je me weer ophaalt.'

'Prima.'

Toen ze bijna bij de helikopter waren vroeg Olivia opnieuw aan Pekka of Nanna betrouwbaar was.

'Ik denk niet dat ze verhalen verzint. Waarom vraag je dat?'

'Fredrik Kaldma. Toen hij bij haar op visite was heeft ze hem over een mijn met een goudader verteld, waardoor hij verschrikkelijk nieuwsgierig werd. Dat heeft ze daarnet verteld. Stel dat hij op de sneeuwscooter naar die mijn gegaan is in plaats van naar Stockholm terug te rijden en daar vermoord is.'

'Door wie?'

'Geen idee, maar op de kaart van de vrouw en de man die ik achtervolgde en die op me hebben geschoten stond een kruis op de plek van de rendierherdershut. Blijkbaar waren ze op weg naar de mijn, als daar inderdaad een mijn is.'

'Dat kunnen we controleren, het is niet ver vliegen.'

Olivia en Pekka gingen in de helikopter zitten en vlogen naar de plek in het Radtjagebergte waar ze voordat de helikopter was neergestort ook naartoe zouden gaan.

Naar de blauwe wolf.

Ze hingen een tijdje boven de rendierherdershut, deels omdat Pekka een goede plek om te landen zocht, maar ook omdat Olivia hem dat had gevraagd. Ze zag de hut recht onder zich, met daarnaast de stapel planken waar ze na het schot tegenaan was gevallen, en voelde een steek van angst in haar borstkas. Pekka keek naar haar. Hij begreep het.

'Je kunt nu landen,' zei ze.

Pekka besloot om de helikopter een meter of tien naast de oude hut neer te zetten. Hij had radiocontact met Arjeplog gehad, had gehoord dat er slecht weer vanuit het noorden naderde en wilde niet langer blijven dan nodig was. Toen ze op de grond stonden keek Olivia naar Pekka. 'Wat wilde Arjeplog?'

'Waarschuwen voor slecht weer. We moeten niet te lang wachten met terugvliegen.'

De boodschap was glashelder voor Olivia. Ze hadden haast. 'Ik snap het. Ik ren naar de bergwand en controleer of er een ingang is. Als dat inderdaad zo is, dan kunnen we morgen terugkomen.'

Pekka stak zijn duim op en Olivia sprong met een zaklamp in haar hand uit de helikopter. Ze rende een meter of vijftig de heuvel op en bereikte de rotswand. Het kon haar niet schelen of die op een wolvenkop leek. Ze wrong zich tussen de scherpe rotsuitsteeksels in de smalle kloof en moest over een berg grote stenen klimmen. Achter de berg zag ze een oude verroeste metalen deur die op een kier stond.

Zou ze teruggaan?

Dat zat niet in haar DNA.

Olivia duwde de metalen deur voorzichtig verder open, wat een luidruchtig geknars veroorzaakte. Ze liep door de opening en deed de zaklamp aan. Het licht scheen in een lange, smalle gang en een muffe lucht sloeg haar tegemoet. Hier had ze kunnen omkeren in de wetenschap dat de mijn echt bestond, waarna ze in gezelschap van de technische recherche had kunnen terugkomen.

Dat deed ze echter niet.

De reden daarvoor was een nagenoeg gemummificeerd lijk dat aan de rand van de lichtbundel opdoemde. Ze richtte de zaklamp erop en huiverde. Een schedel grijnsde naar haar. Ze hield haar adem in, passeerde het lijk met een paar voorzichtige stappen en zocht steun tegen de rotswand. Er sijpelde koud water langs de rots en haar adem vormde witte wolken. Ze bewoog de lichtbundel een stukje naar rechts en verlichtte een zijgang.

Wat ze daarna zag zou haar nog heel lang achtervolgen en niet alleen in nachtmerries.

In de gang lagen een aantal dode mensen dicht tegen elkaar aan. Uit de berg lichamen staken skeletdelen door verweerde stukken stof. Ze verlichtte de uitgedroogde lichamen en zag verwrongen handen en kapotgeklauwde nagels. Haar maag draaide om en ze moest zich vooroverbuigen. Op de bodem glansde iets. Ze pakte het op en zag dat het een oude Noorse munt van één kroon was. Iets verderop zag ze lege conservenblikjes en naast de lijken lagen kapotte rugzakken en oude verroeste geweren.

Olivia ging rechtop staan en probeerde rustig adem te halen. Ze scheen met de lichtbundel over de bergwand en zag dat er een aantal woorden in de rots waren gekerfd. Ze deed een stap naar voren en probeerde te lezen wat er stond. Daarna pakte ze haar telefoon en nam een paar foto's van de tekst.

De hand waarmee ze haar telefoon vasthield trilde, en dat werd nog erger toen ze alle lichamen begon te filmen. De gang was een donkere, angstaanjagende sarcofaag.

Op dat moment hoorde ze een kort, scherp, schrapend geluid. Instinctief knipte ze de zaklamp uit. Was er een dier in de grot? Een veelvraat misschien? Ze hield haar adem in.

Pekka stampte met zijn voeten op de vloer van de helikopter, deels om zijn bloedsomloop te stimuleren maar voornamelijk omdat hij zich gestrest voelde. De tijd verstreek en ze moesten vertrekken. Hij wilde niet zoals de vorige keer in noodweer terechtkomen en wilde samen met Olivia op een rustige en veilige manier terugvliegen. Hij snapte niet wat ze aan het doen was. Ze zou alleen kijken of er een grot of een mijn was. Hij zette zijn koptelefoon af.

Olivia deed de zaklamp weer aan. Het was stil. Ze stond nog steeds in de gang met de lijken en wist niet of ze verder moest lopen. Ze vroeg zich af hoeveel gangen er waren.

En hoeveel lijken.

Ze besloot om naar de helikopter terug te gaan. Ze liep voorzichtig langs de lijken naar de gang waardoor ze de mijn in gekomen was.

'Olivia.' De stem was als een schot in haar rug. Ze draaide zich razendsnel om met de zaklamp in haar hand. In het halfdonker aan het andere eind van de gang stond een vrouw met een pistool in haar hand, dat ze op haar richtte.

Olivia herkende de vrouw. Ze staarde naar haar en probeerde een samenhangend geheel te maken van de gedachten die door haar hoofd flitsten.

Erika Bergh? De vrouw in het vakantiehuisje? De Spaanse? Arons dochter? Svens zus?

Op dat moment vuurde Erika het eerste schot af. Het miste en sloeg een centimeter naast haar gezicht in de rotswand. De steensplinters drongen in haar linkerwang. Ze liet zich op de bodem vallen en knipte de zaklamp uit. Nu was het aardedonker in de gang. Op dat moment kwam het tweede schot. Het suisde langs haar lichaam en raakte een rotsblok achter haar. De echo was oorverdovend. Olivia kwam overeind en haastte zich naar de gang naar rechts, die ze had gezien vlak voordat Erika het eerste schot had gelost. Ze hield haar hand op de rotswand en liet zich in de opening vallen op het moment dat Erika haar eigen zaklamp aandeed. Het schijnsel verlichtte de gang waar Olivia daarnet nog had gelegen. Olivia rende de zijgang in. Ze durfde haar zaklamp niet aan te doen en verwenste zichzelf omdat ze haar pistool niet had meegenomen zodat ze dat verdomde secreet kon neerschieten. Ze kwam niet veel verder voordat de lichtbundel recht in de gang scheen, waarna opnieuw een schot volgde dat langs haar suisde. Olivia duwde zich tegen de wand aan en zag een zwak licht in een kloof in de rotswand naast haar. Het licht moest afkomstig zijn van de ingang. Ze probeerde zich door de kloof te wringen, die smal was, waardoor haar kleren scheurden. Ze duwde haar lichaam naar binnen tot ze vast kwam te zitten. Op dat moment ging Erika's zaklamp uit en het werd weer aardedonker. Bovendien hoorde ze geen geluiden meer.

Olivia voelde iets in haar nek kruipen, maar haar handen zaten vastgeklemd. Ze hijgde en probeerde zo rustig mogelijk adem te halen. Ze was haar oriëntatie in de mijngangen inmiddels kwijt en had geen idee waar ze was.

Toen haar hartslag enigszins was gekalmeerd wrong ze haar lichaam centimeter na centimeter verder, in de richting van het zwakke licht dat van de ingang afkomstig moest zijn.

Wat deed Erika?

Waarom was het zo stil en donker?

Olivia perste haar lichaam tussen de rotswanden door, de kloof werd iets breder en ze zag het licht van de ingang feller worden. Toen ze zich door het laatste stukje had geworsteld hoorde ze een geluid en zag ze een handgranaat over de rotsbodem naar de ingang rollen. Ze draaide haar gezicht weg en schoof terug in de kloof.

Het duurde een paar seconden voordat er een oorverdovende explosie klonk. De drukgolf duwde haar verder de kloof in, stenen vlogen door de gang, stof waaide op en drong in de ruimte waarin ze zich bevond. Ze kreeg een enorme hoestbui en gaf over.

Daarna werd het stil.

Pekka had de explosie gehoord en staarde naar de rotswand. Wat was dat in vredesnaam? Hij pakte de radio en riep onmiddellijke versterking op. Er bleek een Rescue Hawk in de buurt te zijn. Pekka sprong uit de helikopter en rende naar de rotswand. Hij vond de metalen deur en ging naar binnen. De zaklamp verlichtte een stofwolk. Hij drong door het stof en bleef abrupt staan. Voor de gang die de mijn in liep lag een enorme berg stenen.

'Olivia!' riep hij, waarna hij de stenen zo snel mogelijk weg begon te halen.

Olivia wrong zich uit de kloof. Het stof was enigszins gaan liggen, maar ze durfde haar zaklamp niet te gebruiken. Ze liep heel voorzichtig stap voor stap naar de ingang. De explosie had een ravage veroorzaakt. Delen van de gang waren ingestort en er lag een berg stenen voor de metalen deur. Olivia zette nog een stap en voelde dat haar voet tegen iets zachts stootte. Ze gaf een gil, trok haar voet terug, duwde haar lichaam tegen de wand en deed haar zaklamp aan. Het licht gleed over de rotsbodem en bereikte het zachte waar ze tegenaan was gestoten.

Het was Erika Bergh.

Ze lag op haar zij op de bodem met een plas bloed rond haar hoofd. De drukgolf had haar blijkbaar tegen de rotswand geslingerd. Olivia liet zich op haar knieën naast haar vallen, legde haar vingers op haar hals en voelde een zwakke hartslag. Voorzichtig draaide ze

Erika op haar rug, trok haar jack uit en wikkelde dat rond haar hoofd.

Op dat moment zag ze het water.

Door de explosie was een scheur in de rotswand breder geworden en koud water stroomde de gang in. Het liep al over Erika's arm. Olivia deed de zaklamp in haar mond, schoof haar armen onder Erika's lichaam, tilde haar op en sleepte haar met veel moeite naar een rotsplateau vlakbij.

Pekka sleepte wanhopig met de stenen die de gang blokkeerden. Hij merkte niet dat de scherpe randen de huid van zijn handen openscheurden. Toen hij zich omdraaide om een steen weg te gooien zag hij drie mannen de metalen deur passeren. Het was de bemanning van de legerhelikopter.

'We moeten een keten vormen!' riep hij, waarna hij stenen begon door te geven aan de man die achter hem stond.

Olivia was met Erika in haar armen op het rotsplateau geklommen. Het water steeg langzaam. In de verte hoorde ze stemmen en ze begreep dat Pekka zich aan de andere kant van de berg stenen bevond. Ze keek naar beneden en zag Erika's oogleden bewegen. 'Er is hulp onderweg,' zei ze. 'Hou vol, buiten de grot staat een helikopter.'

Erika's ogen gingen open en ze keek naar Olivia's gezicht. Haar mond bewoog. Olivia boog zich over haar heen en probeerde te horen wat ze fluisterde. Het waren maar een paar woorden. '... ik had je moeten doodschieten... in het vakantiehuisje...'

Pekka en de drie mannen slaagden erin om een gat in de berg stenen te maken en daarna ging het snel. Na een paar minuten kon Pekka zich met een zaklamp in zijn hand door het gat wringen. Hij voelde dat hij in een laag water stapte en verlichtte de gang. 'Olivia!'

'Ik ben hier.'

Hij richtte de zaklamp op de plek waar de stem vandaan kwam en zag haar met een vrouw in haar armen door het water waden.

'Is alles goed met je?' vroeg hij.

'Ja.'

'Wie is dat?'

'Erika Bergh, de vrouw die me destijds neergeschoten heeft. Ze is dood. Kun jij haar van me overnemen?'

Een Noor van de legerhelikopter uit Bodø trok Olivia door het gat naar buiten. Pekka kwam achter haar aan met Erika's lichaam in zijn armen. Een van de mannen rende weg om een brancard te halen en Pekka legde haar daarop neer. Olivia boog zich over Erika heen en zag een boekje uit haar leren jack steken. Ze pakte het en begon daarna haar natte, kapotgescheurde kleren uit te trekken.

'Ik heb een overall in de helikopter,' zei Pekka.

Hij rende weg, kwam terug met een antracietkleurige pilotenoverall en gaf die aan Olivia. Toen ze hem aanhad keek ze naar Pekka. 'In een van de gangen ligt een pistool. Kun jij proberen dat te vinden? Zorg er alleen voor dat je niet op de lijken stapt.'

Pekka gebaarde naar een paar Noren om met hem mee te gaan en liep naar de ingang van de mijn. Olivia trok de twee ritsen van de overall, die van haar hals tot haar enkels liepen, naar beneden. Een van de achtergebleven Noren kwam met een verbanddoos naar haar toe en haalde er een grote pleister uit.

'Je wang bloedt,' zei hij. 'Zal ik de wond verzorgen?'

'Graag.'

De Noor pakte een watje, veegde het bloed van haar wang, ontsmette de wond en plakte de pleister erop. Ze keken beiden naar de dode vrouw op de brancard.

'Ik wil de familie persoonlijk op de hoogte brengen,' zei Olivia. 'Kunnen jullie me zo snel mogelijk naar Värmdö brengen? Dat ligt vlak bij Stockholm.'

'Dat is geen probleem.'

'Hoe lang duurt de vlucht?'

'Ruim vier uur.'

Olivia zat met een veiligheidsriem om op een van de brede banken achter in de helikopter. De Rescue Hawk was veel ruimer dan Pekka's politiehelikopter. Een van de piloten gaf haar twee flesjes water. Ze dronk uit het ene flesje en maakte haar gezicht met het andere flesje zo goed mogelijk schoon. Daarna leende ze een telefoon, belde Lisa en vertelde haar verhaal zo summier mogelijk. Ze voelde zich goed, was met een helikopter onderweg naar Stockholm en had hulp nodig bij een paar dingen. Eén daarvan was het pistool natrekken dat Erika in de mijn had gebruikt. Olivia had het in haar hand terwijl ze met Lisa praatte. 'Het is een luger 08. Ik heb het serienummer voor je. Kun je dat noteren en in het wapenregister opzoeken van wie het is?'

Lisa schreef het nummer op.

'Ik arriveer over een paar uur op Värmdö. Kun je naar de residentie van de familie Bergh toe komen?'

'Ja. Waar gaat het over?'

'Dat vertel ik als ik daar ben. Trouwens, kun je naar Hjärne toe gaan en hem herinneren aan zijn gevulde portefeuille? Ik word door een legerhelikopter gebracht.' Ze verbrak de verbinding en belde Sven Bergh. Na een paar keer overgaan nam hij op.

'Met Bergh.'

'Hallo, met Olivia Rönning. Ben je op kantoor?'

'Ja.'

'Is je vader op Värmdö?'

'Ja. Hoezo?'

'Ik wil dat je naar hem toe gaat. Ik word door een helikopter naar Värmdö gebracht.'

'O. Wat is…'

'Ik heb informatie voor jou en Aron die ik zo snel mogelijk in een persoonlijk gesprek met jullie wil delen.'

'Gaat het over Fredrik?'

'Nee.'

Daarna belde ze Mette en Mårten om ze op de hoogte te stellen.

De volgende die ze wilde bellen was Lukas, maar ze bedacht zich. Het zou te ingewikkeld zijn om de situatie uit te leggen. In plaats daarvan pakte ze het boekje dat in Erika's jack had gezeten en begon erin te lezen.

De rest van de vlucht naar Stockholm hield ze zich bezig met alle puzzelstukjes op de juiste plek leggen.

De helikopter die naar de landingsplaats naast het hoofdgebouw afdaalde was aanzienlijk groter dan de helikopter die er normaal geparkeerd stond. De struiken bogen tot de grond door en het grind spatte metershoog op door de luchtverplaatsing die werd veroorzaakt door de rotorbladen. Toen ze op de grond stonden ging de deur open en klom Olivia in haar soepele pilotenoverall naar buiten. Ze keek met een kalm gevoel naar het grote huis.

De puzzel was gelegd.

Sven Bergh en Lisa kwamen het huis uit lopen. Lisa gaf haar meteen een vel papier. Olivia keek er even naar, waarna Sven een opmerking over haar overall maakte. 'Hij lijkt een beetje groot voor je,' zei hij met een glimlach.

Het was alsof hij de aandacht wilde afleiden van het onaangename gesprek dat hij blijkbaar verwachtte.

'Zullen we naar binnen gaan?' stelde Olivia voor.

Sven leidde de twee jonge vrouwen door een grote, donkere hal die was gedecoreerd met jachttrofeeën en oude olieverfschilderijen. Het was inmiddels bijna zeven uur 's avonds en de wandlampen brandden. Olivia rook een zwakke geur van cigarillo's.

'We gaan hier naar binnen,' zei Sven met een handgebaar.

Ze kwamen in een ovale kamer met boekenkasten van vloer tot plafond en een breed raam, dat uit drie delen bestond die waren voorzien van mondgeblazen glas en uitkeek op het meer. De verlichting was afkomstig van goed verborgen lichtbronnen die een warm en behaaglijk licht verspreidden, en uit een van de hoeken stroomde vioolmuziek. In het midden van de kamer stond een rechthoekige tafel met mooi ivoren intarsia. Aron Bergh, die een lichtblauw joggingpak droeg, zat aan een korte kant van de tafel.

Lisa en Olivia waren verbaasd over zijn kledingkeuze, die nogal verrassend was, hoewel hij dat natuurlijk zelf moest weten. Bovendien was Olivia met haar pilotenoverall ook niet zoals anders gekleed.

'Welkom,' zei hij zonder een spier te vertrekken.

'Dank je,' antwoordde Olivia. 'Dit is Lisa Hedqvist. Ze is een van de leden van mijn onderzoeksteam.'

'Ga zitten,' zei Sven. 'Willen jullie iets drinken?'

'Nee, dank je,' antwoordde Olivia, waarna Lisa haar hoofd schudde.

Ze gingen zitten en Olivia legde het vel papier dat ze van Lisa had gekregen op de tafel voor zich. Sven liep weg om de muziek uit te zetten en ging vervolgens een stuk bij Aron vandaan zitten. Olivia zag hoe zenuwachtig hij was, maar gelukkig was hij wel nuchter.

Ze richtte zich meteen tot Aron. Sven had hem beslist verteld dat Olivia met een helikopter vanaf Arjeplog onderweg was en hen meteen wilde spreken. Wat hij daarvan vond kon ze niet aflezen van zijn gezicht, dat zich deels in de schaduw bevond. Misschien had hij zijn plek aan de tafel bewust gekozen.

Olivia concentreerde zich op zijn ogen. 'Je dochter Erika, de zus van Sven, is helaas dood,' begon ze. 'Ze is een paar uur geleden in een mijn in de bergen gestorven.'

Aron vertrok geen spier.

Sven schrok en probeerde te begrijpen wat hij daarnet had gehoord. 'Erika is wat? Dood?'

'Helaas wel.'

Sven keek met een wezenloze blik in zijn ogen naar Olivia. 'Maar... wat... hoe... welke mijn?' stamelde hij.

'Dat kan je vader je beslist vertellen,' zei Olivia terwijl ze naar Arons ogen bleef kijken.

Sven keek naar Aron. Buiten klonk het geluid van de helikopter die opsteeg en wegvloog. Arons lippen bewogen niet.

'Dan moet ik misschien helpen,' zei Olivia. Ze trok de rits van de overall een stukje naar beneden omdat het warm was in de kamer en bleef naar Aron kijken. 'Je bedrijf heeft een heel mooi boek over de geschiedenis van het Bergh-concern uitgegeven. "Hij begon met twee lege handen", is de titel van het eerste hoofdstuk. Dat was echter niet zo. Je begon met vijfenveertig kilo gestolen goud dat in 1944 uit Noorwegen gesmokkeld is. Het goud kreeg je in handen door negen Noorse verzetsstrijders en een Zweedse Samische man op te sluiten in een mijn en ze daar te laten verhongeren. Met behulp van het gestolen goud en tien dode mannen heb je de basis voor je imperium gelegd. De mijn bevindt zich ten noorden van Arjeplog. Daar is Erika vandaag gestorven.'

Het was alsof Olivia een verbale voorhamer tegen het voorhoofd van Sven ramde, maar Arons gezicht bleef uitdrukkingsloos. Sven zocht naar een vorm van logica in wat hij daarnet had gehoord en stelde uiteindelijk de meest onlogische vraag: 'Wat deed ze in de bergen?'

'Ze wilde waarschijnlijk de sporen van je vaders wandaad uit het verleden wissen. Misschien was ze van plan om de mijn op te blazen.'

Eindelijk kwam er een reactie van de man wiens gezicht in het donker verborgen was. 'Waar heb je die fantasieën vandaan?' vroeg Aron met een glimlach.

'Van je dochter. Ze heeft me veel verteld voordat ze in mijn armen stierf.'

Dat was niet waar, maar dat kon Aron niet weten. Olivia maakte gebruik van de kaarten die ze in haar handen had. 'Wist je dat ze in de bergen was?' vroeg ze.

'Nee,' antwoordde Aron.

Sven stond op en liep naar een tafeltje waarop flessen drank stonden. Lisa zag dat hij een flink glas whisky inschonk. Ik kan me voorstellen dat hij drank nodig heeft, dacht ze. Olivia pakte haar telefoon, haalde een videofilm op en hield het scherm zo dat Sven erop kon kijken nadat hij weer was gaan zitten. 'Zo zag de mijn eruit toen ik er vandaag was,' zei ze. 'Dit zijn de stoffelijke resten van de verzetsstrijders en de Samische man Juhan Ruong, de opa van Fredrik Kaldma en tevens de jeugdvriend van je vader.'

Sven keek naar de film en kreeg braakneigingen, die hij probeerde weg te spoelen met de whisky. Na een flinke slok keek hij weg. Olivia haalde een nieuw fragment op en liet hem dat eveneens zien. Op dit moment richtte ze haar aandacht volledig op Sven. 'Deze tekst is in de wand van een van de mijngangen gekerfd.'

Sven boog zich naar haar telefoon toe, kneep zijn ogen tot spleetjes en mompelde zachtjes wat hij las: 'MOGE JE VOOR EEUWIG BRANDEN IN DE HEL ARON BERGH.'

'Omdat de tekst in het Zweeds is, ga ik ervan uit dat dit het werk van Juhan Ruong is. De anderen in de mijn waren Noren.'

Sven hield het glas met een trillende hand vast en keek naar Aron. 'Ik snap het niet, pa, waar gaat dit over?' Daarna keek hij weer naar Olivia. Ze zag zijn wanhoop. Het was niet haar bedoeling om Sven aan te vallen, maar zoals hij zelf tegen haar had gezegd was dat nu eenmaal het lot van de erfgenaam.

Aron boog zich een stukje naar voren zodat het licht op zijn gezicht scheen.

Olivia trok de ritsen nog een stukje naar beneden, pakte het boekje dat ze in Erika's jack had gevonden en legde het voor zich op de tafel zonder het open te slaan. 'Dit is een heel oud notitieboekje van Juhan Ruong, waarin korte informatie staat over de vlucht van de verzetsstrijders van Sulitelma naar de mijn, met inbegrip van de naam van de contactpersoon die de Noren zou opvangen bij de blauwe wolf. Dat was Juhans naam voor de mijn. Die contactpersoon was Aron Bergh, Juhans trouwe vriend. Dat dacht hij tenminste.'

De blik in Arons diepliggende ogen was secondelang verankerd in die van Olivia. Daarna begon hij te praten. 'Wat daar gebeurd is, is verjaard.'

'Dat klopt, maar ik denk dat de aandeelhouders van het Bergh-concern niet zullen juichen van blijdschap als de waarheid bekend wordt, en vooral niet de waarheid over Fredrik Kaldma. De moord op hem is trouwens niet verjaard.'

Het werd stil rond de tafel. Niemand bewoog, behalve Sven, die zijn whiskyglas over het mooie intarsia heen en weer schoof. Hij begon zijn zelfbeheersing te verliezen. Zijn stem was hees en verstikt door de ingehouden tranen. 'Wat heeft de moord op Fredrik hiermee te maken?' stamelde hij.

Olivia keek naar Aron. 'Ik neem aan dat je hierover ook wilt zwijgen? Dan kan ik het net zo goed vertellen.'

Arons gezicht was weer in het donker verdwenen.

'Tijdens de oorlog zat je bij de eenheid van het Korps Commandotroepen dat in de bergen gestationeerd was. Klopt dat?'

'Ja.'

'Daarom wist je van het bestaan van de grote militaire installaties boven de Jutisdam.'

'Dat wist iedereen bij de commando's,' zei Aron. 'Waarom begin je daarover?'

'Omdat Fredriks auto daar een tijdje geleden in een loods gevonden is. De moordenaar heeft de auto daar in 1999 naartoe gereden. De loods is veertig jaar afgesloten geweest.' Olivia liet de informatie net zo lang bezinken tot ze zag dat Sven begreep wat haar bedoeling was. Vervolgens richtte ze zich weer tot Aron: 'Ben je in het bezit van een luger Po8?' vroeg ze.

'Ja,' antwoordde Aron. 'Dat is een verzamelobject.'

'En een moordwapen.' Olivia stopte haar hand in de overall en haalde het pistool tevoorschijn dat Pekka uit de mijn had gehaald. 'Is dit het pistool?'

'Hoe moet ik dat weten?' zei Aron.

'Nee, dat is misschien niet zo gemakkelijk, maar het is wel degelijk van jou. In elk geval volgens het wapenregister. Met dit pistool heeft Erika geprobeerd om mij dood te schieten.'

'Helaas is haar dat niet gelukt.'

'Pa!' riep Sven.

'Dit is ook het pistool waarmee Fredrik twintig jaar geleden doodgeschoten is,' ging Olivia onbewogen verder. 'Ik geloof niet dat Erika het destijds gebruikt heeft. Volgens mij was jij dat. Of liever gezegd, ik weet dat jij het was.'

Sven stond zo abrupt op dat zijn stoel omviel. Hij liep naar het tafeltje met flessen en vulde zijn glas bijna tot de rand met whisky voordat hij zich naar Olivia omdraaide. 'Was mijn vader daar ook bij betrokken?' vroeg hij met opeengeklemde kaken.

'Ja.'

Sven zette de stoel overeind, ging zitten en nam een flinke slok uit zijn glas. Zijn hand trilde; zijn hele wereld stortte in.

Lisa keek naar Aron, wiens gezicht weer in de schaduw verborgen was, en vervolgens naar Olivia. Haar bewondering voor haar collega was de afgelopen minuten aanzienlijk toegenomen. Dat ze hier de kracht voor had!

Dat had Olivia inderdaad, in elk geval voorlopig nog. Ze trok het bovendeel van de overall naar beneden en steunde met haar armen op tafel terwijl ze naar Aron keek. Hij draaide zijn gouden zegelring zwijgend rond zijn pink. 'We kunnen dit snel en eenvoudig afsluiten, Aron,' zei ze. 'Je hoeft alleen te bevestigen wat ik over de moord op Fredrik gezegd heb. Of we kunnen je DNA vergelijken met de huidfragmenten die onder Fredriks nagels aangetroffen zijn en die daar vlak voor zijn dood terechtgekomen zijn. Jij en ik weten allebei dat het een match is, maar dat kost iets meer tijd.'

Aron trok zijn lippen een stukje naar binnen en keek naar een van de boekenkasten, misschien naar het prachtige boek over de geschiedenis van het Bergh-concern. Olivia zuchtte even. Ze voelde zich nog steeds gejaagd. Dat gevoel was begonnen toen ze vanochtend in Pekka's helikopter was gestapt. Of misschien had ze het gevoel al vanaf het moment dat ze een eeuwigheid geleden voor het eerst bij Pekka was ingestapt. Ze moest dit echter tot een goed einde brengen.

Aron zweeg.

'De achtergrond is kort,' ging Olivia verder. 'In de herfst van 1999 reed je peetzoon naar de bergen om een bezoek te brengen aan Nanna Ruong, de zus van zijn opa. Nanna heeft bevestigd dat hij daar geweest is om haar te feliciteren met haar zeventigste verjaardag. Ze vertelde hem over een mijn waar zijn opa naar goud gezocht had, waardoor Fredrik nieuwsgierig werd en er op zijn sneeuwscooter naartoe gereden is. Hij ging de mijn in en ontdekte wat ik een paar uur geleden ook ontdekt heb: een sarcofaag met vergane lichamen en de ingekerfde tekst waarin gewenst werd dat Aron Bergh zou branden in de hel. Waarschijnlijk was Fredrik zowel geschokt als verward. Ik weet niet wat hij daarna precies gedaan heeft, maar dat...'

'Hij belde mij,' onderbrak Aron haar.

Er verstreken een aantal seconden in doodse stilte. Sven durfde zijn glas niet aan te raken. Langzaam boog Aron zich naar voren zodat zijn gezicht in het licht kwam. Hij had nagedacht over zijn opties en had een beslissing genomen. Het was afgelopen. Hij keek met een zweem van respect in zijn ogen naar Olivia. 'Ik was bij de Noorse grens om te skiën,' begon hij. 'Mijn jachthut ligt daar niet ver vandaan. Fredrik was volkomen in de war. Hij kwam net bij de mijn vandaan, was op de sneeuwscooter naar Tjärnberg gereden om bereik te hebben, en ik probeerde hem te kalmeren. We gingen samen naar de mijn en hij liet me de lijken zien, wat natuurlijk bijzonder onaangenaam was. Ik probeerde hem uit te leggen dat het misschien beter was om het verleden te laten rusten. Misschien waren het mensen die tijdens de oorlog een tragisch ongeluk was overkomen. Hij liet de ingekerfde woorden zien en daar had ik natuurlijk geen verklaring voor. Hij wilde naar de politie in Arjeplog gaan om over de mijn te vertellen. Dat vond ik een slecht idee en we raakten slaags met elkaar. Hij was sterker dan ik en rende naar buiten. Ik ging hem achterna en schoot op zijn rug en hoofd toen hij op de sneeuwscooter ging zitten. Daarna begroef ik hem in het grote sneeuwbekken dat zich iets hoger op de berg bevond en dat sindsdien onaangetast gebleven is.'

'Tot afgelopen zomer,' zei Olivia.

'Inderdaad.'

Arons gezicht verdween weer in de schaduw. Het enige geluid was afkomstig van het glas dat Sven over de tafel schoof. De stilte leek een eeuwigheid te duren.

'Er stond te veel op het spel,' zei Aron uiteindelijk, waarna hij opstond. 'Ik neem aan dat jullie voor vervoer zorgen?'

'Ja,' antwoordde Olivia. 'Ik heb nog een laatste vraag. Waarom stuurde je Erika de eerste keer naar de bergen?'

'Heb je dat nog steeds niet door? Je weet toch alles?' Aron zette zijn vingertoppen op de tafel en Olivia hield zijn blik vast. 'Ik had op het nieuws gezien dat jullie het lijk gevonden hadden,' zei hij. 'Dat was een probleem. Het risico bestond dat jullie de mijn ook zouden vinden.'

'Je hebt haar dus gevraagd om naar de bergen te gaan om je sporen te wissen?'

'Ze is de enige in de familie die ik vertrouw,' zei Aron. 'Of was.'

'Heeft zij me de envelop met de kogel gestuurd?'

'Waarschijnlijk wel. Ze kon ijskoud zijn. Ze was... ze was zo... zo... ze was...' Arons stem liet hem voor het eerst in de steek, de woorden stokten in zijn keel en hij pakte de rugleuning van Olivia's stoel vast. 'Ze was precies zoals ik,' zei hij.

Aron schraapte zijn keel en begon naar de deur te lopen. Sven sprong op van zijn stoel. 'Ik weet al van jongs af aan dat je een heel onaangenaam karakter hebt, maar dat je zo verdomd weerzinwekkend bent dat je je eigen peetzoon vermoordt is...'

'Slappeling,' zei Aron, waarna hij de kamer uit liep.

Olivia gebaarde naar Lisa dat ze hem achterna moest gaan en Sven liet zich weer op zijn stoel vallen. Olivia keek naar hem. Hij sloeg zijn handen voor zijn gezicht en begon te huilen. Na een tijdje vermande hij zich en keek met bloeddoorlopen ogen naar haar. 'Dit is zo... volkomen onbegrijpelijk allemaal... Mijn vader heeft Juhan en Fredrik vermoord? Dat is zo ziek...' Hij sloeg zijn handen weer voor zijn gezicht, waardoor Olivia nauwelijks kon horen wat hij zei. 'Hoe is Erika gestorven?' fluisterde hij.

'Ze probeerde alle sporen te wissen door de mijn op te blazen, dat denk ik tenminste, maar ze raakte gewond aan haar hoofd en bloedde dood.'

'Ter wille van mijn vader...'

'Misschien niet alleen daarom. Je hebt zelf gezegd dat ze op een dag de leiding over het bedrijf zou krijgen. Dat was hoogstwaarschijnlijk niet gebeurd als het geheim van de mijn bekend geworden was.'

'Waar is ze nu?' mompelde Sven.

'In het Forensisch Centrum in Umeå... Mag ik je iets vragen als je daartoe in staat bent?'

Sven veegde de tranen van zijn wangen en keek naar Olivia. 'Weet jij wat voor relatie Erika met Roger Hansson had?'

'Waarom vraag je dat?'

'Hij was samen met haar in de bergen toen ik ze daar tegenkwam. Hoe kenden ze elkaar?'

Sven haalde zijn neus op en nam een slok uit zijn glas. 'Hij was sinds een paar jaar haar... hoe heet dat ook alweer... personal trainer. Ze gingen veel met elkaar om, maar ik kende hem niet.'

'Wat deed hij in de bergen?'

'Dat weet ik niet. Misschien had ze hulp nodig met wat ze in de mijn van plan was.'

'Nog één ding... Heb jij Erika verteld dat ik naar Nanna Ruong zou gaan om met haar te praten?'

'Ja, ze was hier toen ik je belde.'

En meteen daarna is ze naar de mijn gegaan om te proberen daar eerder dan ik te zijn, dacht Olivia. Wat uiteindelijk haar dood is geworden.

Sven stond langzaam op. 'Misschien moet ik met mijn vader meegaan,' zei hij terwijl hij over zijn ogen wreef.

'Doe dat,' zei Olivia. Ze dacht aan de hechte familieband waarover hij het had gehad.

Sven liep de kamer uit en Olivia voelde dat ze langzaam instortte. Ze pakte haar telefoon met een tollend hoofd, zag vlekken voor haar ogen en moest zich vasthouden aan de tafel. De vlekken verdwenen na een paar seconden. Olivia belde Nanna Ruong, die meteen opnam. 'Met Nanna.'

Ze was blijkbaar weer in haar woning in Harrok.

'Hallo, met Olivia Rönning. Ik ben vanochtend in uw caravan op het ijs geweest en we hebben over Fredrik gepraat.'

'Ja?'

'Ik wil alleen vertellen dat u gelijk had. Uw broer Juhan en de vluchtelingen zijn niet verdwenen tijdens de sneeuwstorm. Hij heeft de mijn bereikt, waar een contactpersoon op hem wachtte. Dat was Aron Bergh. Weet u wie dat is?'

'Jazeker. Hij heeft de familie al die jaren geholpen en is Fredriks peetvader. Wat is daar dan gebeurd?'

'Aron heeft uw broer en de vluchtelingen bedrogen. Hij heeft het goud dat ze bij zich hadden gestolen en heeft ze in de mijn opgesloten, waarna ze daar gestorven zijn.'

Ze hoorde Nanna's ademhaling versnellen en wachtte af.

'Dus Juhan is daar?' vroeg Nanna uiteindelijk. 'In de mijn?'

'Ja.'

'Dan kan ik hem dus begraven?'

'Ja.'

Olivia liep naar buiten en zag een politieauto bij de woning wegrijden. Lisa zat op een van de stenen traptreden. Olivia ging naast haar zitten en keek naar de fontein, die geen water meer spoot. Lisa keek naar de pleister op haar wang en sloeg een arm om haar heen. 'Je was meedogenloos daarbinnen,' zei ze.

'Aron was meedogenloos, ik deed alleen mijn werk.'

Lisa glimlachte en Olivia pakte haar telefoon. Ze wilde Lukas bellen om te vertellen wat er was gebeurd. Ze keek naar haar telefoon en zag opnieuw vlekken voor haar ogen dansen, die even later weer verdwenen. Ze hield haar telefoon dichter bij haar gezicht. Lisa keek nauwlettend naar haar. Olivia legde een vinger op haar telefoon en haalde hem weer weg. Na een paar seconden vroeg ze: 'Hoe doe ik dit ook alweer?'

'Heb je het over je telefoon?'

'Ja, ik ben vergeten hoe ik moet bellen.'

Lisa keek naar Olivia's afwezige gezichtsuitdrukking en zag haar benen trillen, waarna ze in elkaar zakte.

Het vliegtuig uit Bangkok had ruim een uur vertraging en zou rond middernacht landen. Stilton vond een ongezellig café en bestelde een kop zwarte koffie. Terwijl hij een slok nam probeerde hij zich te herinneren of het in Banjul een uur eerder of juist later was. Hij gokte op het eerste en belde Abbas.

Hij had gelijk.

'Sliep je nog niet?' vroeg hij.

'Nee. Ben je in Thailand?'

'Nee, op Arlanda. Luna landt over een uur.'

'Komen jullie naar huis?'

'Ik weet het niet, maar ik neem aan van wel,' zei Stilton. 'Blijf jij daar?'

'Voorlopig wel.'

'Hoe is het met Mariama?'

'Ze slaapt, maar ze is weer op de been,' antwoordde Abbas.

'Mooi. En hoe is het met dat meisje, Tida?'

'Vrij goed, ze logeert op dit moment bij ons.'

'En de politie?' vroeg Stilton verder.

'Die houden zich rustig. Toen bekend werd wat er voor de kust op de zeebodem lag was dat een enorme schok. Mariama heeft verteld wat ons deel in de gebeurtenissen was en daarna hebben ze die Seeku gearresteerd. Ik sta hier op dit moment hoog aangeschreven.'

'En ik?'

'Ik heb jouw rol afgezwakt. Je bent er met je staart tussen je benen vandoor gegaan.'

'Dank je. Ik spreek je later.' Stilton keek naar zijn lege koffiekopje. De wereld was onrechtvaardig.

Mette en Mårten waren tot laat opgebleven. Ze hadden Olivia's angstaanjagende films van de mijn bekeken en hadden over Aron Bergh gepraat. De peetvader. 'Een bijzonder onaangenaam persoon,' had Mette gezegd, waarna ze aan zijn zoon Sven had gedacht. Soms valt de appel kilometers ver van de boom. Mårten had veel waardering van zijn vrouw gekregen voor zijn 'Samische onderzoekswerk', wat hij op prijs stelde, en uiteindelijk waren ze naar de slaapkamer gegaan.

Nu lagen ze naast elkaar in het tweepersoonsbed naar het plafond te kijken. Mårten deed zijn ogen dicht in een poging om in slaap te vallen, Mette had haar slaapmasker op haar voorhoofd geschoven. Na een tijdje zei ze: 'Ik wil het doen... Nu.'

Mårten opende zijn ogen. 'Maar lieverd, ik moet ruim een uur van tevoren een pil slikken als je wilt...'

'Ik wil het huis verkopen.'

Mette trok het masker weer over haar ogen.

Olivia lag in een smal ziekenhuisbed met een dunne deken over zich heen. Het was laat in de avond. Lisa had haar hiernaartoe gebracht en twee artsen, een vrouw en een man, hadden veel tijd aan de patiënt besteed. Ze hadden naar haar verhaal over de gebeurtenissen van het afgelopen etmaal geluisterd en hadden haar patiëntendossier van haar operatie tijdens de herfst bekeken. Het duurde niet lang voordat ze constateerden dat haar toestand het gevolg kon zijn van een posttraumatische stressstoornis. In afwachting van de uitslag van de testen die ze hadden gedaan zou ze voor observatie in het ziekenhuis blijven, maar ze waren van mening dat haar toestand niet verontrustend was.

Lisa bleef zitten nadat de artsen de kamer hadden verlaten.

Ze bleef tot Lukas in de deuropening verscheen. Hij was rechtstreeks van Arlanda naar het ziekenhuis gekomen. Op dat moment sliep Olivia. Lisa stond op en nam Lukas mee naar de gang. Hij zag er ongerust uit. Lisa had contact met hem opgenomen toen hij op weg was naar Kastrup en hij wist niet meer dan dat Olivia in het ziekenhuis lag omdat ze in elkaar was gezakt.

'Hoe is het met haar?' fluisterde hij, hoewel ze in de gang stonden.

'Er is geen acuut gevaar en ze slaapt nu.'

'Kan ik naar haar toe gaan?'

'Natuurlijk. Ik ga naar huis, zodat jullie rust hebben.' Ze omhelsde hem. 'Het komt goed met haar, Lukas. Ze heeft deze keer geen fysieke verwondingen.'

Lisa vertrok en Lukas opende de deur van Olivia's kamer zachtjes, haalde diep adem en ging naar binnen. Tijdens de therapie bij Sanna hadden ze zich de laatste tijd geconcentreerd op zijn ziekenhuisfobie en hoe hij daarmee moest omgaan. Dit was zijn eerste uitdaging. Hij moest zich er in eerste instantie op concentreren dat Olivia hier lag en niet hij. Niemand dwong hem om hier te zijn. Hij was hier ter wille van haar.

Het licht was uit, op een brandend lampje naast het bed dat een gezellig geel licht verspreidde na. Hij zette voorzichtig een stoel bij het bed, ging zitten, deed zijn sjaal af, opende zijn jas en keek naar haar. Zijn stoere, mooie vriendin die hem zo geweldig had gesteund. Die ervoor had gezorgd dat hij zoveel sterker was geworden. Nu lag ze opnieuw in een ziekenhuisbed. Het deed pijn om haar zo te zien, haar gezicht was nat van het zweet en een paar haarslierten zaten vastgeplakt aan de pleister op haar wang. Ze had geen fysieke verwondingen, had Lisa gezegd, maar het was duidelijk dat er iets was gebeurd.

Lukas haalde diep adem en concentreerde zich op datgene waaraan Sanna en hij hadden gewerkt. De omgeving relativeren, één ding per keer, rustig ademhalen. Niet toestaan dat de paniek hem overviel. Het zou hem lukken. Dat moest. Hij boog zich naar Olivia toe en streelde zachtjes met zijn vingertoppen over haar hand. Daarna leunde hij naar achteren op de stoel, opende zijn tas geruisloos en pakte zijn schetsboek en een potlood.

In het begin was hij enigszins wazig. Ze kon haar ogen niet goed focussen en haar hersenen beseften eerst niet waar ze was, maar uiteindelijk viel alles op zijn plek. Ze was in een ziekenhuiskamer en Lukas zat naast haar. Ze wist wat dat kon betekenen. 'Je had niet hoeven komen,' fluisterde ze.

Hij keek op van het schetsblok, bestudeerde haar met een heldere blik en glimlachte. 'Natuurlijk wel,' zei hij.

'Maar alles is goed met me, ik ben alleen heel erg moe, dus je mag best weggaan als je...'

'Ik ben hier,' onderbrak hij haar. 'En ik ga niet weg voordat je me eruit gooit.'

'Maar...'

'Maak je geen zorgen. Ik voel me goed.' Hij boog zich naar voren, pakte haar hand en gaf er een kus op. 'We moeten er alleen mee stoppen om elkaar op deze manier te zien.'

Ze glimlachte naar hem. 'Hoe is het in Kopenhagen gegaan?'

'Goed. Het is een prachtige galerie. Ik zal je de foto's laten zien. In eerste instantie moet ik een heleboel schilderijen maken, maar ik ben al begonnen.' Hij pakte het schetsblok dat op zijn schoot lag en hield het haar voor.

Ze zag zichzelf in potlood, liggend in het ziekenhuisbed, geschetst met een hand die zo vast was dat de tranen bijna in haar ogen sprongen. Zat hij hier al zo lang? Hoe was hem dat gelukt? 'Wanneer is de expositie?' vroeg ze.

'In de zomer. Ik heb dus nog tijd.' Hij legde het schetsblok en het potlood op de vloer en keek haar aan. 'Wat heb je met je wang gedaan?'

'Het is alleen een schaafwond. Daar hebben we het later nog wel over.'

'Ik zou jouw werk nooit kunnen doen.'

'Misschien is het een troost voor je dat ik verschrikkelijk slecht zou zijn in wat jij doet.'

Lukas boog zich naar voren en gaf een lichte kus op haar mond. 'Ik hou van je,' zei hij. 'Hoe lang denk je dat je hier moet blijven?'

'Ik neem aan dat ze het bed nodig hebben. Zodra de resultaten van de testen binnen zijn sturen ze me waarschijnlijk naar huis.'

'Oké. Dan moet ik snel een feest regelen.'

Olivia schrok.

'Ik maak maar een grapje,' zei hij. 'Geloofde je me?'

'Je weet het nooit met jou.'

'Is dat lastig of juist goed?'

'Allebei,' zei ze, waarna ze zijn hand pakte. 'Ik denk allebei.'

Ze zat op de trap te wachten op de man van wie ze hield. Ze moest hem bepaalde dingen uitleggen. Dat hij misleid was. Dat hij verdwaald was. Dat hij niet besefte wat het beste voor hem was, maar dat zij dat wel wist. Ze wist dat ze bij elkaar hoorden. Dat ze voor elkaar bestemd waren op een niveau dat niemand anders kon begrijpen. Ze waren verheven. Uitverkoren. Ze frunnikte aan de rode baret die ze in haar hand had. Ze zat hier al heel lang, maar ze had geen haast, ze zou hier blijven zitten tot hij thuiskwam. Daarna zouden ze alle misverstanden uitpraten.

Eens en voor altijd.